TIANTIAN DOU YOU DA TAIYANG

本书荣获第二届《中国作家》剑门关文学奖大奖
第十一届河北省精神文明建设『五个一工程』奖

天天都有大太阳

康志刚◎著

花山文艺出版社

图书在版编目（CIP）数据

天天都有大太阳/康志刚著.—石家庄:花山文艺出版社，2018.1（2023.6 重印）

ISBN 978-7-80755-977-1

Ⅰ.①天… Ⅱ.①康… Ⅲ.①长篇小说－中国－当代 Ⅳ.①I247.5

中国版本图书馆CIP数据核字(2017)第312769号

书　　名：天天都有大太阳

著　　者：康志刚

责任编辑：梁东方

责任校对：齐　欣

封面插图：卢国欣

装帧设计：王爱芹

美术编辑：胡彤亮

出版发行：花山文艺出版社（邮政编码：050061）

（河北省石家庄市友谊北大街330号）

销售热线：0311-88643221/29/31/32/26

传　　真：0311-88643225

印　　刷：北京一鑫印务有限责任公司

经　　销：新华书店

开　　本：880㎜×1230㎜　1/32

印　　张：11.375

字　　数：280千字

版　　次：2018年6月第1版

2023年6月第2次印刷

书　　号：ISBN 978-7-80755-977-1

定　　价：55.00元

冀中平原的乡土风情画（代序一）

雷 达

康志刚的长篇小说《天天都有大太阳》，大跨度地表现农民近三十年经历过的裂变和疼痛。作品的笔法是传统的，但浓厚的泥土气，鲜活的人物相，大平原上特有的物候和言语，赋予了它独特的情调，它的叙述清新润朗，结构紧凑匀称，是一部颇具艺术特色的作品。

小说的中心事件是柏树庄的村委会选举，中心人物叫李连春。故事围绕李连春与柏树庄各色人等的冲突和纠葛展开。李连春和刘囤本是民选村委会主任这出大戏中的两个对立的角儿，也是小说的主要驱动力。另一重要线索是在李连春与情同手足的好兄弟丁全保之间，围绕他们共同喜爱的女人艾香，展开了牧歌式的爱情叙述，使情节一波三折。

整体上看，这是一部把浓厚的乡土根基和田园诗性作为审美基础的小说，尽可能地摆脱了理念先行和政策性评价的干扰。仅凭这一点，就保证了这部小说审美上的基本成功。作品的魅力来自于丰富的乡土人情世界。这是小说最突出也最让我欣赏的地方。譬如，艰难的友情，男女间朦胧的爱，淳厚的伦理，古道热肠，互帮互爱，永不忘根，永远地感念土地，以及在世移事迁、人情变异中，思考中国乡土和农民的命运走向。其中，有一根精神线索始终贯穿其中，那就是热爱乡土、回归乡土、回归生命之根。

小说浓厚的乡土人情表现在主要人物身上。作者是在用生活本身的逻辑力量，来推动和塑造人物的。主人公李连春身上寄托着作者对乡土变迁的理解。李连春返乡，是个非常关键的情节，作者处理得比较好。我们以前看过很多作品，里面的主人公无一例外都要回到土地上来，把种地当作自己的本分和最后归宿，这是中国小说的一个不变的轮回。但关键在于，你回来得合理不合理，今天的农村是不是人们都还愿意回来，抑或根本不愿意回来，而在他们喜欢的城市里工作、生活、发展。有些人宁可漂泊在路上。小说中的丁全保却表现出另一种令人沉思的选择。他是一个种庄稼的好把式，他始终不愿意“出山”到城里去，其中虽有顾及面子的复杂原因，但最根本的还是千百年来土地观念的积累和束缚已深深渗透在他的身心。今天这样的农民还有多少？肯定不多了，但也不是没有。他们无论如何不愿意放弃原有的生活方式。

对当今乡村的人事，作者时有独到的思索与发现。譬如白玲玲就很复杂。从神情到内心都充满矛盾，她不得不屈从于命运，但对人的尊严的侮辱，以至于让自己的儿子在村子里一直抬不起头来，使她椎心泣血，在极度的压抑中生活。和刘囤的每一次，都是违背自己内心意志的。白玲玲心气那么高，长得那么漂亮，又那么灵巧，但最后不得不被命运逼到了死旮旯里。她是没有办法才奋起反抗的。只是她最后的自卫和反击写得还不够充分，有些简单化了。小说还有一个大的遗憾，是作者让艾香死得太早，后来虽不断地提到艾香，其实已经没有多大力量了。艾香和全保是一对典型的、优秀的中国传统的农村夫妇，如果作者不过早让艾香去世，让他们一直陪伴着主要人物和主要情节进展，将会使作品更加丰富饱满一些。

小说的人物对话写得生动有趣，大白桃骂街就骂得有味；就是小说中的人物一见面，闲闲聊起，也都自自然然。这充分显示出作者较好的白描功力。这让我想起了河北已故作家贾大山，康志刚在某些方面和他有些相似。这部作品是一种圆形的封闭形的结构，里面暗含了一种大团圆的结局，最后人们都回到乡下来了。我们正处于急剧变化的转型期，回到农村是一种价值选择，不回到农村也是一种价值选择。现在作品的这种圆形的封闭式结构，主人公最后能回到家乡，其实还是表现了一个农村世界的自满自足的理想。中国农民的生活已发生了很大的变化，和几十年前完全不同了，当然他们骨子里那种“农民性”的根因还是很深的，需要我们表现和发现的东西非常多，但中国当代的乡土文学对这方面的开掘还没有达到那种理想的程度，还有很大的空间和缺憾。

总的看来，康志刚的这部小说有一套自己的叙述方式，生活气息浓郁，人物形象鲜活，很接地气。作为一部长篇小说，能做到这些已属难得。

（作者为当代著名文学评论家、中国小说学会会长）

我读康志刚的小说（代序二）

关仁山

在我们河北小说家中，康志刚的短篇小说写得有味道，文笔清新，描写细腻，读来让人亲切感动，耐人寻味。对于在短篇小说领域耕耘并已颇有成绩的志刚而言，他拥有了自己的艺术风格。但是，形成风格的同时更要求作家自我超越。所以，创作长篇小说对于康志刚是一个挑战、突围，是他的创作所面临着的重要和迫切的任务。从短篇小说到长篇小说的转型，绝不只是将篇幅拉长些、人物复杂些、情节跌宕些，更重要的则是所表现的生活时空体的真正需要。康志刚勇敢地迎接了挑战，而且在他第一部长篇小说《天天都有大太阳》中完成了对自己的超越和突破。

我喜欢这大平原的生活。大平原上的柏树庄民选大会按时进行。两位竞选人是李连春和原村主任刘囤。刘囤外号“刘三刀”，他小时候和小伙伴打架动过刀子，这是他人生的“第一刀”；“第二刀”是19岁那年挥着菜刀抢去了大碗漂亮的新媳妇，几年后又将其抛弃迎娶了他现任的夫人、小美人“大白桃”；他的“第三刀”，则让他登上了柏树庄的政治舞台。之后，他又把当时担任村团支书的李连春排挤出村委会。李连春决心闯出一条人生路为自己争口气。在20世纪80年代中期，他组建了一支建筑队去城里干建筑，几年的闯荡，让他阅尽了商场的险恶和诡秘，当然也有人性中的美好和温暖。正当李连春春风得意之时，我国推行基层民主选举，他毅然放弃城里的公司回来和刘囤竞选村主任。

这也是一场正义和邪恶的角逐，在这里诡诈和荒诞相交织，阴险与卑鄙相依并存，各种人物怀揣着各自的心理粉墨登场。在对乡村权力的追逐中，作者的笔锋直指人性的内核和历史的黑洞来进行拷问，让读者嗅到乡村芬芳的同时也嗅到了弥漫其间的腥秽；其实这也是浸淫着几千年封建文化的中国乡村民主化进程的一个真实缩影，里面还有作者对农民兄弟般的深切理解和对国民劣根性的思考和揶揄、嘲讽。在选举最关键的时刻，身患绝症奄奄一息的丁全保，让儿子槐林用小车把自己拉到竞选现场，在生命的最后一刻他把自己最神圣的一票投给了李连春。

这是极为震撼人心的一幕！也是至关重要的一票，因为它洗刷了刘囤为战胜李连春而泼到他身上的那盆污水！有血有肉，栩栩如生的人物形象跃然纸上。

李连春和丁全保自小就是非常要好的伙伴，后来他们同时爱上了美丽温柔的艾香。艾香心里其实更钟情于李连春，但她的父母看丁全保身体健壮是种庄稼的好把式，硬是逼她嫁给了全保。从此，李连春和丁全保这两个好朋友就像两条河道里的水一样，按照各自的河床流向了不同的方向。当李连春在城里发迹后，看到自己的好友依然靠着那几亩地过着贫困的日子，就想帮全保一把。李连春的一片好心却引起了丁全保的误解和猜疑。后来艾香因病去世，丁全保也患了食道癌。李连春捐弃前嫌不但掏钱帮他治病，而且还资助他的儿子丁槐林读大学。李连春的义气和真诚终于感动了丁全保，他对自己从前的做法后悔不已。

刘囤是柏树庄的一霸，他凶恶阴险，贪婪好色，是当前中国乡村恶势力的一个代表。这个人物写得入木三分。世界千奇百怪，当你看清了，心中会战栗的。

我们看到当李连春在城里发迹后，在柏树庄引起了极大震动，人们都梦想着一夜暴富，跻身于柏树庄的“上流社会”。传统美德受到严重考验，利欲熏心让一些人的人性迅速地嬗变和扭曲。其中就有外号“大洋人”的小菊，这是小军从山里用花言巧语和小计谋“诓”来的女人，她贪图享受又爱慕虚荣，当年小军就是利用她的这种人性弱点让她上钩的。一个偶然的机会，“大洋人”和人贩子相识并加入了拐卖儿童的犯罪团伙。最后美梦破灭，迎接她的是一副锃亮的手铐。此外，还有几条副线：李连春的老父亲和小寡妇兰芳的黄昏恋，这是一种超脱于一切世俗和利益之外的美好情爱；还有丁槐林和李连春的女儿小叶子的纯美恋情，他们的结合是丁全保和李连春友情的延续和升华。丁槐林和小叶子结婚后，毅然放弃在城里的工作回村里当大学生村干部，协助李连春建设新农村搞现代农业开发，他的这一选择表现了当代大学生择业观念的转变。李连春当选村主任，刘囤不甘心失败，他通过自己的几个心腹用恐吓和借刀杀人等种种卑劣手段，来给李连春使绊子阻止他在村里开展工作，期待着李连春打退堂鼓后自己在柏树庄东山再起。当有一天他喝醉酒又来找白玲玲发泄兽欲时，白玲玲想着因为刘囤对自己名声的败坏，儿子小毛头至今还娶不上媳妇，一怒之下将刘囤捅死。当白玲玲被公安局带走后，李连春和乡亲们联名写信证实她是正当防卫。就在白玲玲即将被释放回家时，年过五十的“李老师”来找白玲玲，想和她重续美好姻缘……

这部小说跨越二十多年时光，从20世纪80年代中期写起，通过一个个富有生活气息的生动细节，揭示了当代农民的痛苦、迷茫和彷徨。而他们的心路历程，正是伴随着时代的发展变迁一路走来。

读过这部作品，感觉康志刚对以下乡土问题进行了深入关注和思考：在当前经济全球一体化的大背景下，中国农民的出路何在？是纷纷背井离乡到城里凭借廉价的劳动力打工生活，并因此带来诸如社会治安、孩子上学、老人赡养以及因大量的人员流入而让城市背负巨大的社会资源压力等等社会问题，还是让农民利用自身的资源和优势，在世世代代耕作的土地上来实现脱贫致富呢？人们富裕起来了，但精神境界却因空虚而急剧萎缩，因此亟须构建和重塑一个新的适合中国农村实际又具有现代精神的道德和思想体系！这是小说的思想价值所在。

我还看重这部小说成功地将政治话题转化为了艺术话题。康志刚的家乡正定有着悠久的历史、深厚的文化积淀，也有着独特的民俗风情。在小说中，作家从不同侧面、多重角度为读者描绘了一幅具有北方平原特色的民俗风情画。乡土气息浓郁，那棵伫立于村头的大柏树，正是柏树庄人坚韧顽强、生生不息的象征。乡风民俗之浓郁的美，是最吸引人、打动人的地方。文本里有作家发自内心对乡亲的挚爱和对故乡的敬重。这样的艺术氛围，剔透，跳跃，诗意，代表了康志刚的文字精神。

我期待他创作出更好的小说来。

（作者为当代著名作家、河北省作家协会主席）

引　子

民选村主任是柏树庄历史上从来没有过的事情，开天辟地头一遭，村民们都觉得格外新鲜。

这天，柏树庄的人差不多都赶来了，就连在外面打工的、做生意的也赶了回来。自从生产队解散后，人们难得这么凑到一起，整个村委会大院就像开了锅一般热闹。有交头接耳说悄悄话的，也有大声喧哗的；小孩子们在人群里钻来钻去地嬉闹，像一条条光溜水滑的泥鳅，薅都薅不住；不时还传来母亲呵斥自己小孩子的声音；就连狗也来凑趣儿，在会场上跑来跑去；真比过年还要红火几分。

在人们热切的期待中，竞选开始了。首先是两位候选人刘囤和李连春发表竞选演讲。

关于竞选演讲，刘囤满肚子的抵触情绪。娘个头，看如今当个村主任麻烦不麻烦，竞选不算，还要发表什么球蛋演讲？这不是折腾人吗？他就叫来柏树庄的“秀才”刘玉民，让他帮自己写一份演讲稿。当刘玉民提起笔来，刘囤却想不出当选后的具体做法。这几天他一直都在绞尽脑汁地想着如何对付李连春了，哪还有心思去琢磨这个？他在屋地上踱着步，手指头插到头发里，转动着眼珠子挖空心思地想呀想呀，也没有说出个子丑寅卯来。这可难为了刘玉民，他再有文才，可巧妇难为无米之炊，只好写几句空话套话来敷衍。刘玉民离开后，刘囤望着那满纸空话的演讲稿，心里越咂摸越不是滋味。转而又想，这竞选不就是走走形式嘛，强龙压不过地头蛇，自己的威力就在那里摆着，是秃子头上的虱子，当选还不是板上钉钉的事儿呀，还费那个脑筋干吗呢？这样一想，心里的底气又上来了，把演讲稿团巴团巴扔到了屋地上，从鼻孔里发出一声冷笑："哼，耍笑人哩，老子偏不拿它当回事儿！"

因此他往台上走时，依然腆着他的啤酒肚，就像平时走在大街上一样，眼皮只是朝下瞭一瞭，一把抓起话筒——这是他平时在村委会通过屋顶上那只高音喇叭，向柏树庄人发号施令时的习惯性动作。他把嘴贴住话筒，噗噗吹两下，口气非常大，再通过扩音器放大几百倍，就变成了冬天咆哮的北风，变成了老虎的低啸，将空气都震得颤动起来。之后，脸上强挤出几分笑，扯着嗓子说："各位乡亲，你们可听好了，只要你们投我一票，还让我担任柏树庄村主任，我保证把咱柏树庄治理好。我刘囤不会亏待你们的。我的演讲结束——"

"啪，啪，啪——"下面响起几声稀落的掌声。掌声的来源是刘囤的几个亲信——大贵、二歪以及他们的亲属。二歪两只大手拍得最起劲，也最响。他还把两只手高高地举过头顶，显然是要引起全场的热烈响应，但回应者却寥寥无几，像往水面上落下几滴雨点子，倏忽间就没了声息。

人群里传来一阵嘘声，还有几声冷笑，但很快也像风似的消逝了。人们都把目光投向了李连春。

李连春的演讲亲切得像和人拉家常。他没有把话筒拿起来，而是两手撑着桌子，身子微微前倾，面带微笑地告诉大家，他要把自己在城里搞建筑积累的经验，用来发展柏树庄的经济，进行新农村建设。他扳着手指，数叨着他抓经济上项目的计划……最后，他向大家承诺：如果他能当选，他先出资将村里四条主要街道铺成水泥路，结束柏树庄下雨一街泥、晴天满街土的历史。

“哗”——他的话音刚落，下面就响起暴风雨般热烈的掌声。

坐在主席台上的杨乡长，拿眼角悄悄地扫了刘囤一眼，脸上露出一丝不易察觉的微笑。然后，又把目光转向李连春，心想：没错，李连春被村民认可了。

在这热烈的掌声里，坐在主席台左端的刘囤，脸刹那间变成了绛紫色，像让人掴了一记响亮的耳光。他眯缝起那双豹子眼，怒视着他的“臣民”们，恨不得把目光变成刀子，去割他们的肉，剜他们的心。他后悔自己没有把演讲当回事。可当回事又有什么用呢？他肚子里哪有这么多道道儿？以至于让李连春今天大出风头，首先在势头上压过了自己。

正在刘囤又是愤然又是难堪时，连春又开口了——他这才注意到连春还一直站在话筒前没有离开。

只见连春沉下脸来，深吸一口气，再缓缓地吐出来，说：“刚才是我的竞选演讲，下面我说一个题外话。也许大家都知道了，就是有人出于某种不可告人的目的，造我的谣，对我恶语中伤。这不但是对我的污辱，更是对死者的不尊重！我和艾香从前的确有过恋爱关系，但后来她嫁给全保后，我们就以朋友关系相处了。任穿朋友衣，不占朋友妻，这是做人最起码的道理。全保是我的好朋友，大家说，我李连春哪能做那种下三烂的事儿？这只能说明一个问题，这个制造谣言的人，他心里有鬼，才会这么卑鄙！”

连春越说越激动，停顿一下，又接着说下去：“我今天在这里说这件事儿，一来是向乡亲们澄清一下；二来我也想告诉大家，这事儿我暂时不去追究，但这并不排除我将来拿起法律的武器，让恶语中伤者受到应有的惩罚！”最后几句话，连春说得斩钉截铁，掷地有声。

此时的刘囤，恨不得找条地缝儿钻进去，那一双双射向他的尖辣辣的目光，让他浑身不自在。他更不敢和杨乡长对视，那两束从眼镜片后面射出的锐利的目光让他心里发怵。见多识广的他，面对这个突发场面竟然慌了手脚，额头上早已沁出了细密的汗珠，但又不好去揩，真是如坐针毡。

最后，杨乡长做总结讲话。他除了对这种做法进行了严厉的批评之外，叮嘱人们一定要珍惜自己手中的这份权利，选出自己最信得过又能把柏树庄搞好的领头人。

接下来，村民代表遵照选举程序，以每户为单位，下发选票，又讲明了填写选票的一些要求和注意事项。

下午三点，是收交和公示选票的时间。这时的阳光似乎比上午更明亮，洒满了整个村委会大院。挂在东围墙上面的那块大黑板上，写着竞选者的名字。因为正对着亮灿灿的大太阳，四周那赭红色的墙砖，弥散着如朝霞一样的迷人色彩。

唱票员每念一张选票，书记员就在那人的名字下面用粉笔画一道杠儿。——随着李连春下面的“正”字越来越多，人群里发出了一阵轻微的躁动。大多数的人眉开眼笑，极少数的人紧锁眉头，脸色灰黑。大贵仿佛置身于隆冬时节，两只手怕冷似的不停地搓着，二歪一口接一口地抽烟，两人的眼珠子都恨不得跳到唱票员手里的选票上面。

就在这时，令人震惊的一幕出现了，只见槐林用小拉车推着父亲丁全保，走进村委会大门，朝主席台走来。丁全保躺在车里，手里的选票在阳光下像一面猎猎的旗帜。虚弱至极的全保，特意换上一身新衣服，而且把蓬乱的头发也修剪了，胡子也刮干净了。他的脸瘦得仿佛只剩下一双眼睛了，而这双眼睛却明亮如炬，像是汇集了他生命的全部能量，摄人心魄！车子在主席台前停下来，全保把那张在“李连春”三个字后面打着对勾的选票，交到赶来的工作人员手中，然后将目光移向连春，吃力却又是坚毅地说：“连春哥，我、我支持你！下辈子，咱、咱俩还是好，好兄弟——”说完，体力不支的他，疲倦地闭上眼睛，两行泪水顺着眼角淌下来。

“全保，我的好兄弟——”连春握住全保的手，眼睛也湿润了。

已经病了很久的全保，在他生命的弥留之际，投了连春一票。当天晚上，丁全保溘然离世。

李连春以高票当选柏村庄村主任。

一

柏树庄人都知道，李连春和丁全保是光屁股玩大的好伙伴。

全保不善言辞，稳重内向，而连春却机敏，活泼。连春喜欢唱歌，他唱“北京的金山上”，还唱“地道战”，“一条大河”，他会唱很多的歌。除了唱歌，连春还爱听广播。那时家里没有收音机，但村里的大喇叭差不多一天到晚都是开着的。听到毛主席在天安门城楼上接见红卫兵，他就雀跃着朝大人们喊，哎呀，毛主席又接见红卫兵哩，这是第八次！人们惊叹道，啧，这孩子，连这个也留心听哩。

而全保却对这个不感兴趣，他就知道闷着头瞎玩，一副天塌下来和自己无关的样子。

按说，连春和全保是不该成为好朋友的。可他们偏偏成了好朋友。

春天，他俩在稻田里挖慈姑，挖地梨。慈姑和地梨蒸熟了，有一股让人垂涎的清香。夏天去小河里玩水，还爬到树上掏鸟窝，粘知了；秋天，当稻穗低垂，芦草吐絮，他们嗅着稻谷的幽香，在周汉河里摸鱼，捞虾；也背着荆条筐去村北打猪草，还用弹弓打鸟玩。

那时的柏树庄非常迷人。因是依坡而建，村子南低北高。村南方圆十多里，因低于几里外的滹沱河河床，河水的浸透使这里泉水遍地。有大鸣泉、小鸣泉，还有周泉、韩泉，当然，更多的根本没有名字，因为用手随便在哪里一挖，就会冒出涓涓细流，一眼新泉便诞生了。泉眼又分沙泉和泥泉两种，沙泉随水喷出来少量细腻的白沙，人们在稻田里干活，喜欢用沙泉的水来解渴，那水富含矿物质，清凉甘甜；而泥泉的水是不能喝的，因为随水涌出来大量乌青的泥，浑得似勾兑了水的墨汁。有了泉水，便有了池塘、河汊，这里鱼跃鸟翔，水草丰美。据县志记载，明洪武七年（1374年），常山府韩太守从四川老家带来稻种，教给人们种植水稻。从此，这里人的餐桌上便有了香喷喷的白米饭。除了广种稻米，人们还栽藕植苇，一派旖旎的鱼米水乡景象。而村北，因为地处高坡上，就种植小麦、玉米、棉花等耐旱作物，和平原上其他村庄又毫无二致。这半洼半岗、稻麦两熟的特殊地貌，被村里人引以为豪，更为小孩子们带来了无穷的乐趣。

有一次连春和全保在村南稻田里拔稗草，全保比连春拔得多。回到家，全保就从小车上扯下一大抱，硬是塞给了连春，他不愿意让连春感到沮丧。那时，因为父亲的问题，村里的小孩子像躲避瘟神一样躲着连春，不敢再和他玩。而全保和他依然是好朋友。全保的奶奶喜欢教孩子们念歌谣，全保学会了就念给连春听。

连春至今还记得全保喜欢念的那首童谣“蔬菜精”：

蔬菜精，蔬菜精，
青枝绿叶红眼睛。
神农年间出了世，
蔬菜们见了都心惊。
吓得韭菜叶儿扁，
吓得小葱叶子空，
吓得莲藕肚里净窟窿；
吓得茄子没血色，
吓得山药蛋藏土中，
剩下辣椒、大蒜、芥菜没处躲，

放出些辣味逞威风。
葱辣嘴，蒜辣心，
芥菜儿专辣人的鼻梁心，
唯有辣椒最厉害，
从嘴里一直辣到屁股根。

长大后，两人同时喜欢上了艾香，但最终艾香嫁给了全保。随着时光的流逝，这两个好朋友也如同两条河道里的水，顺着各自的河床流向了不同的方向。全保一直在家里种地，连春组建了一个建筑队，先是在乡下揽活干，不久就去城里闯荡，而且生意越做越红火。进入80年代后期，他想扩大规模成立建筑公司，这时，他就想到了丁全保。

这天，连春来到全保家时，全保刚吃过早饭，正在院里给猪拌食。

连春扔给全保一支烟，笑着说："嗬，我刚才瞅了一眼，你家的猪又长膘了！三亩地，一头牛，老婆孩子热炕头，全保呀，你还真在家里待得住！"

全保说："连春哥，你笑话我哩。我哪能和你比呀，没有那两下子，咱就老老实实在家种地呗。"

连春点着烟，眯起眼睛盯住全保："你呀，就是太保守！让我说，你也不能总这么在家窝着。如今建筑活儿好揽，我想成立个公司，你就去帮我料理料理吧，咱一块儿干，我不会亏待你。"

全保摇摇头："我哪走得开！眼瞅着夏天就到了，艾香那个病天一热就容易犯，再说也该锄地里的草了——"

连春又劝说了一番，见全保依然不动心，而且态度也不怎么热情，感到很没趣，就说，全保，你忙吧，我还得去城里呢。就告辞出来了。

艾香收拾好碗筷，从灶房里走出来，望着连春远去的背影，她问全保："连春哥怎么走了？他和你说吗来？"那两块饱满的颧骨，在晨曦里闪着迷人的亮光。

全保一撇嘴："让我去他工地上干哩，我不去！"

"村里人都巴不得跟他干哩，你为吗就不去？连春哥可是好意！"

全保瞅她一眼："哼，别成天价哥长哥短的，烦气——"然后提上猪食桶，朝前院的猪舍走去，边走边说，"我可不想去给他打工！"

艾香知道又把全保的醋坛子打翻了，笑了笑，不再言声。只是感到惋惜，如果全保跟着连春去城里干，总比一天到晚守着这几亩地强吧？

把家里收拾好，他们就去村西的高岗上给小麦浇水施肥。

和往常一样，全保挖田埂口子，艾香怀里抱一个脸盆，在前边撒化肥。一股早春麦田里特有的清新气息扑进他们鼻子里。

艾香撒一把化肥，像是自言自语般地说："眼看夏天就到了，我害怕——"

"怕吗呀，夏天还能把你吃了？"全保不解地扫她一眼。

艾香一脸的忧悒："还不是担心我那个病呗。我记得，去年夏天就比上年闹得厉害。""唰"一把化肥像雪粉般落在麦田里。

艾香有哮喘病，那是小时候在一个大热天去田里打猪草，因中暑落下的病根。那时家里穷，父母亲没钱给她医治，结果发展成了肺心病，每年的夏天和冬天都要发作一次。发作时脸憋得铁青，出气就像拉风箱一样，呼呼作响。

"哦，那你干活儿可得悠着劲，这病最怕累着了。"

全保的话让艾香心里暖烘烘的，她笑着说："你放心，我才不肯把自己累坏哩，你说，我有那么傻吗？"

全保又挖开了一个田埂口子，然后点上一支烟，盯着自家麦田看。他喜欢这块土地，更喜欢这绿得似要滴出汁液的小麦，那宽展展的麦叶上还闪耀着一层露珠的光亮。这呈现出一派勃然生机的麦田，让他突然想到前几年在收音机里听到的那个新闻：某县一个农民靠种地年收入逾万元，成为全县第一个万元户，县委书记亲自给他送大红喜报祝贺。

此时，这令人赏心悦目的葱绿，竟然幻化成了一片耀目的殷红，在他眼前晃动着。全保觉得那个从县委书记手里接过致富喜报的人，竟然是他自己。

连春刚迈进家门，电话就“嘟嘟”地响起来。

他赶到堂屋，从茶几上抄起听筒。

“喂，是连春吗？”是张大虎的声音，声浪震得连春的耳膜直发麻。

“是我，大虎哥——”

“你什么时候来城里？”不等连春回答，大虎就开始下命令了，“哎，11点以前必须赶过来，今天我让你认识一位朋友——”

放了电话，连春正要出发，二兰子白胖的身子像条面口袋一样戳在他跟前：“你刚才去全保家了？”

“去了，这次扩大规模，正缺人手哩，我想让全保跟我一块儿干，可他就是不肯出去，不知道他是怎么想的！”

二兰子朝地上狠狠地啐一口，那张饼子脸又往下耷拉了半寸，冷笑道：“活该，热脸贴了冷屁股不是？我看说别的都是假的，你心里就是放不下那个艾香！”

连春瞪她一眼：“我和全保当年就差磕头拜把子了，你怎么总往歪处想？你看看他们家过的，艾香又有那个老病根，两个孩子也都大了，正是需要钱的时候！我看着心里不落忍！”

“不落忍你就上赶着往人家身上贴？人家又不稀罕你，哼，没记性！”

看到连春脸上有了愠色，二兰子赶忙住了口。连春也不再和她计较，推上摩托出了门。

连春赶到城里，直奔县建筑公司。这是一栋米黄色两层小楼，张大虎的办公室在二楼，紧挨楼梯口。

张大虎是个大块头，浓眉，高鼻梁，阔嘴巴，那红彤彤的脸膛让人觉得他成天是让酒精泡着的。他是转业军人，脾气急，说话也冲，性格里也有一股子火辣辣的酒味。他正坐在那张棕色皮椅上，拿着一张报纸翻看。身后的水磨石窗台上，摆着一盆茉莉花，花枝上鼓出几个乳白色的花骨朵。看到连春，张大虎将报纸扔到桌上，两条又黑又粗的眉毛耸一下，笑着挖苦他：“嘿，真没出息呀，一晚上也舍不得离开老婆！都快成老黄瓜了，还当个宝贝搂着哩！”从桌上拿起一盒“石林”烟，抽出两支，一支递给连春，把另一支在鼻子前闻一闻，才塞进嘴里。虽说他位居县建筑公司经理，但人很随和，说话诙谐风趣，往往荤的素的一起上，又豪爽大气，因此朋友多，路子也野。

张大虎告诉连春，他已经替他在华阳饭店订好了房间，中午请建行经理老穆吃饭。因为扩大规模，连春急需一笔资金，前几天他找过张大虎，请他帮忙办点贷款，想不到大虎这么快就开始给他想办法了。

头下班，他们赶到了华阳饭店。

穆行长是一位秃头顶中年男人，穿一身深蓝色西装，系一条红领带，又白又圆的脸似一枚刚剥皮的土豆。连春看他第一眼，心里就敲起小鼓，因为直觉告诉他，这人不大好说话。

酒喝到酣处，谈话就切入了正题。大虎说：“老穆呀，我就打开窗子说亮话吧，眼下国家正发展个体企业，像连春这种有胆识又有魄力的农民，你们建行得好好扶一把！他们个顶个都是大能人，能拼能打，嘿，有股子闯劲！”

穆行长点点头，拿一根香烟在手里把玩着，白得没有一丝血色的脸上堆满笑纹："呵，大虎，咱都是老朋友了——"目光匆遽地在大虎脸上扫一下，然后叹息一声，做出爱莫能助的样子，"上边是有这么个政策，只是眼下行里资金有点紧张！你们先别急，得耐心等一等——"

连春沉不住气了，赶忙说："穆行长，我来城里打拼两年多了，也不能总这么小打小闹，塞嘴里一个烧饼，就不觉饿了。再说我既然来城里，不就是想干出点名堂吗？常言说，既在江边站，就有望海心！我钱袋子鼓了，到时候也能有朋友们一壶好酒喝呀？这不，正赶上国家有这么个好政策了，如果资金不能到位，我这个牌子可就挂不起来了！"

"你说得倒是这么个理！"老穆拉长了声调，"嗯呀，不过你着急也没用，不是我不给你办，还真得等等，看情况才能定！这样吧，你的情况我也知道了，我把它当回事记着哩！"他不抽烟，那根香烟已被他揉碎了，烟丝散落在桌子上，像爬来了一堆蚂蚁。

从饭店出来，连春紧锁着眉头对大虎说："我看老穆这人城府太深，让人捉摸不透——"他是觉得穆行长这人太滑头，只是不好对大虎直说。

大虎笑了笑，安慰他："在金融界混，哪个肚里没几条道道儿！不过嘛，这事儿我看还是有希望的。我和老穆也不是一天两天的交情了，他人是油滑了点儿，可我张了口，他总不会驳我面子吧！"

此后连春几次去找老穆，老穆依然推说行里资金太紧张，让他继续耐心等待。

大虎急了："这家伙，就是这个毛病，我看他非敬酒不吃吃罚酒不可！"

但在这件事上，大虎又不能对老穆来得太猛。他深知这家伙的秉性，真要逼他太急了，他一反感起来贷款的事儿就更没戏了。最后还是由他出面，找到了经委马主任。他对老马说：“咱们县里的民营厂子少得可怜，在建筑方面更是个空白！咱们得想办法扶持一下！”说民营建筑是空白，那只是相对而言的，因为早就有像连春这样的包工队了。但他们无论是资质还是实力，和连春相比都差了一大截子。

老马是刚调到经委的，他正盘算着如何做出点成绩让人们认可他，听了大虎的介绍，就对连春这个乡下汉子产生了兴趣。在大虎的引荐下，他见了连春一面。他对连春印象不错，朴实里透着一股精明。不容易呀，一个农民，腰里掖上一把瓦刀来城里闯天下，而且还要办公司，这需要何等的勇气和魄力！

当老马了解了连春目前的困境，正琢磨着如何来帮他一把时，偏巧，县里评选先进个体劳动者。老马认为这是个好机会，就向评委会力荐了连春。连春属于个体建筑业的佼佼者，非常顺利地入选了。因为是第一次开展这种活动，县里把声势造得很大，在影剧院召开了表彰大会，县领导亲自给入选者颁发证书。接下来，县广播站和县里的小报又对入选者进行了一番大张旗鼓的宣传，还把他们的大幅照片贴在了县政府门口的宣传橱窗里。连春的名气和身份提高了一个档次，这时老马让大虎再去找老穆，果然，老穆不好再推诿了，做个顺水人情，很快就给连春把贷款办了。

几天后，伴随着一阵“噼里啪啦”鞭炮的炸响，连春的“飞宇”建筑公司正式挂牌成立了。

望着一地红通通的鞭炮的碎屑，连春的眼睛禁不住湿润了——自己刚进城才两年多就有了属于自己的公司，心里有一种难以压抑的喜悦和激动。

为这次挂牌，连春特意买了一件西装，脖子上还系一条鲜红的斜纹领带，再配上那件雪白的衬衫，他就像脱胎换骨似的，哪里还像一个乡下人？连一点儿影子也没有了。

这个剪彩仪式，连春是让大虎来帮着张罗的。大虎喜欢张罗这种事情，也有这个能力和魄力。他不但把经委的马主任请来了，还请老穆来捧场。

老穆就站在大虎身边，那油光光的头顶格外扎眼。他不停地笑着，逮机会就和大虎说话，像是以此来弥补对他的歉疚。

对于老穆，连春却怨不起来，不管怎么说，人家毕竟最终给自己把贷款办了，尽管他心里有些瞧不起他，但表面上又不能显露出来——以后和人家打交道的时间还很长，要学会克制自己的情绪，喜怒哀乐不要挂在脸上，如果没有这点涵养，往后还怎么在社会上闯荡呢？

既然挂牌成立了公司，就得有像样的办公室。

大虎就把自己一个工程队闲置的房间租给了连春。当然，租金只是象征性的，反正房子也是闲着，倒不如利用起来做个人情。今天这个挂牌仪式，就是在这个闲置的院子里举行的。

中午，在酒桌上马主任和大虎开玩笑：“我说张经理呀，我真佩服你的胸怀，你难道没有想到把连春扶持起来，正是给自己树了一个竞争对手吗？你可别忘了，同行是冤家呀！”

大虎两手在大腿上猛地一拍，哈哈地笑了：“怕嘛哩！连春从乡下来，两眼一抹黑，咱就应该带带他。将来他发展起来了，也有我们一份功劳啊！”

马主任向大虎伸出大拇指：“嘿，好样的，有大将风度！我看，以你这个胸怀，不用过多久，你们建筑公司就成了全县的建筑龙头了！”

这句话真是说到了大虎心里，他的确有这样的抱负，将来县里的个体建筑行业发展起来了，他就成立建筑集团，把他们都统统收编到他的麾下，那时他自然就是集团总经理了，不但权力大了，而且又露脸又风光。因此他越发高兴起来，人算不如天算，这是上天给他送来个李连春，将来他就是自己手下的一员大将！

“来，大家统端一个——”大虎扯开大嗓门，端着酒杯，满面春风地向大家提议。

二

小麦早已收过了，玉米长到了齐膝高，透过碧绿的玉米叶隐约可见黄灿灿的麦茬。全保正猫着腰锄草，脚踩在齐崭崭的麦茬上，发出噗噗声。他头上扣一顶已经泛白的半旧大草帽，穿一件短袖灰白衬衫，西斜的太阳在他黧黑的脸颊上涂一层酱红色。刚下过一场透雨，地皮湿润暄软，经太阳一晒，散发出清爽好闻的泥土味。

槐林骑着自行车，顺着田间小路，急匆匆赶来。自行车在坑洼不平的土路上颠簸着，发出哐啷哐啷的响声。

“爸——快回去吧，我妈的病又犯了！”槐林边朝父亲喊着，边从车上跳下来。

“哎呀——”全保惊叫一声，拎上锄头，飞快地跑出玉米地。几棵玉米让他踩倒了，眨眼间又顽强地竖起来。

一进门，他看到艾香躺在床上，脸憋得铁青，变成个紫茄子。金贵刚为她打上了点滴。女儿槐花拉着母亲的手，俯身望着母亲，急得似要哭出来。

“用不用去医院？”全保喘着粗气，急切地问金贵。

“不用，”金贵取下听诊器，咂了一下嘴，“全保哥，刚才真危险呀——心跳120多下！哎，再观察一下吧。”

当他瞥见全保那惊悚的目光时，又赶忙宽慰他：“现在降到了90！稳住了！”伸手把点滴调慢一些，扭头对槐花说：“就这个速度，记住，不能输快了！”

全保悬着的心终于落下了，他从桌子上拿起毛巾，擦了擦脸上的汗，对金贵说了几句感谢话。金贵笑了笑，露出一对儿小虎牙：“全保哥，你还客气嘛哩！咱乡里乡亲的，我干的就是这个！我只想对你说，嫂子平时千万不要累着了，她这病是犯一次重一次，可大意不得！”说着，又俯下身为艾香号脉。

看艾香的病的确稳定了，金贵直起细溜溜的身子，如释重负般地对全保笑了笑：“我看嫂子不会再有大问题了，就输液吧。今晚上输三瓶，换药时叫我一声！”说完，接住了全保递给他的烟，拎上诊包就告辞了。

送走了金贵，全保回到屋里，像刚发现槐林一样：“槐林，放暑假了？”

“嗯——”槐林还沉浸在刚才的情境中，“爸，我一进门，正碰到槐花，说我妈的病犯了，她去叫金贵叔，我就去地里叫你！”

槐花也手捂胸口，涨红着一张小脸，说：“哎呀，爸，今个儿可吓死我了。后半晌我妈先是说身上没劲，我就让她躺到床上别动。后来我就听我妈喘气越来越紧，我怀疑我妈犯病了，就问她叫不叫医生？我妈说没大事，天太闷了，待一会儿就好！后来，我妈喘气声儿越来越大，我看她脸都憋青了，就跑去叫金贵叔！”那张酷似母亲的鸭蛋脸上，沁满了密密的汗珠，像鲜嫩的果子上挂满了晶亮的雨滴。

全保沉下脸来，瞪女儿一眼：“那会儿你还等吗哩？你妈不让叫，你就不叫啦？长脑子干吗哩？”

全保真生气了。本来，下午槐花想到田里帮他锄地，他没答应，让她在家里好好守着她妈。可这孩子也太粗心大意了，差点耽误了大事。

这时，艾香睁开眼：“我没事，你们不用担心！”

“妈——”槐花走到母亲跟前，轻轻地叫了一声。虽说这次有惊无险，她还是觉得对不住母亲，何况又挨了父亲一顿斥责，于是就趴在母亲床前抽泣起来，窄窄的肩膀随着哭声耸动着。

艾香说：“我这不是好好的吗？你哭吗哩？你爸干了一下午活儿，你哥也刚从学校回来，你去做饭吧！”

槐花抹一把眼睛，听话地去了厨房。全保坐到床头，静静地望着艾香，心中有一种说不清的滋味，有酸楚，但更多的还是愧疚。

本来，今年麦收他打算花几个钱雇收割机。可艾香死活不肯：“钱多烧得你？几十块钱哩，你以为那是块儿八毛，恁多钱能买多少麦子？本来种庄稼就没多大赚头，再花钱雇收割机，说不定还赔本呢。不就是几亩麦子呗！”

全保还不服气：“你以为我怕割麦子啊，我是怕把你给累着了！”

“我干不多，还不会少干点呀？再说，我又不是用纸扎的，哪有那么娇气！”

话虽然这么说，可一旦到了麦田里，那双瘦小却不失坚韧的手一握住镰把，她就把自己的病抛至脑后，跟在全保身后，“唰、唰、唰”镰刀飞快地割着麦根，一会儿就放倒一大片，一点儿也不肯少干。那件浅红色的衬衫映着如波似浪的麦黄，越发的鲜艳夺目，像清晨天边上洇出的一片美丽的霞霓。那张饱满的鸭蛋脸上，沁满了汗珠，又顺着白皙的脸颊和弯曲的鼻沟淌下来，滴在整齐的麦茬上。让太阳晒成淡黄色的麦秆，散发出一股干爽好闻的气味。不时有翠绿的蚱蜢从里面跳出来，飞落到白亮亮的麦茬里。

直到累得吃不住劲了，艾香才撂了镰刀，拿出手帕擦把汗，来到地头大杨树下喘口气。大杨树上有一只布谷鸟在叫，那叫声像是说“不忘打场——”，似对人们做个提醒。是的，每到麦黄时节，村里村外就传来布谷鸟一声声的鸣啭，叫声总伴着阵阵麦香飘进每一户人家。人们就知道，麦子成熟了，该收拾农具准备开镰了。

在布谷鸟一声声的鸣叫里，艾香那双黑亮的眸子一直紧盯住全保。她爱看全保干活。全保浑身黧黑，手不大脚也不大，但完全是为干活儿而生的。他一旦来到田里，就像猛虎下山，又像鱼儿游进大海，浑身上下都透出一股机灵劲儿。尤其一到麦收，他就变欢实了，有时竟然连鞋子也不穿，光着两只脚丫子，踩着麦茬割麦子。割完麦子又踩着麦茬往车上装麦捆儿，再拉到打麦场。经年的磨砺，使他的脚板上生出铜钱厚一层老茧。其实他光着脚干活，也有几分炫耀的意思。每每看着全保挥舞着镰刀，在金黄色的麦浪里似一艘乘风破浪的小船一样向前猛冲时，艾香心里就生出一种激动，激动里又夹杂着一缕甜蜜。看全保多能干呀，看他干活儿，简直比舞台上那些表现劳动场面的舞蹈还要来劲——劳动，也是一种艺术啊！而且，比艺术又多了实用价值。

是的，她为全保感到自豪。若论干农活，十个连春也不是全保的对手。他不去城里就不去吧，就凭他这一身的力气，他们家不愁过不上好日子的。艾香这么想着，就抿嘴笑了，线条柔和的嘴角向两边翘起来，那样子极美。

然而麦收的活儿是在和时间赛跑，他们家六七亩地，全保再能干也免不了顾此失彼，艾香给他帮了大忙。可麦收一过，艾香的哮喘病就加重了，全保再不让她去地里，这一次他是给她下了死命令。

但问题还是出现了，真是怕鬼就来鬼。全保越想越感到后怕，幸亏槐花放暑假了，不然后果真不堪设想！

艾香喝下一碗鸡蛋汤，渐渐地，脸上有了血色，像从深紫色的云彩里透出了一抹喜人的霞光。全保长长地呼出一口气。

“你看看，我说没事就没事吧！你放心，不给咱槐林娶上媳妇，我才不会离开你们哩！我哪舍得！”艾香瞅全保一眼，和他开了一个玩笑。然后一咧嘴笑了，露出一口整齐的牙齿，白，亮。

“爸，你去睡吧，我守着俺妈！”槐林走进来，对父亲说。

儿子长大懂事了呀。望着已接近一米七的槐林，一股热流涨满了全保的胸膛。他朝槐林摆摆手：“你别管，安生睡你的觉吧！”

艾香也催他：“妈没事儿，你去睡吧，啊，听话！”那双泛着水波一样的目光里，溢满了那种属于母性特有的慈爱。

他们家的院落和村里其他人家没有什么两样，三间北房，一明两暗。紧靠东墙，一溜三间厢房，厢房的北端，也就是和正房的衔接处，是一间厨房。没有门窗，就那么敞着，完全是开放式的。站在院里，锅灶、风箱一览无余——那终年的油烟气，熏黑了房梁和墙壁、灶台，仿佛什么都是黑乎乎的，黑里却透着漆亮儿，有一种温馨和厚重感，让人联想到饭菜和柴草的香气。全保和艾香住在北屋的东间，女儿槐花住西间，槐林就住在厢房里。

槐林躺在床上，将两条胳膊交叉着，垫在脑袋下面，却没有一点儿睡意，眼睛一直盯着屋顶。

月亮升起来了，将院里映得一片银白。有几只蟋蟀在低吟——咯吱吱，咯吱吱，声音是透明的，又像月光一样轻盈。渐渐的月光照进屋来，映在了槐林脸上。这是一张充满血色的青春的脸，浓眉下是一双清澈如潭的眼睛，里面盈满了对未来的向往和憧憬。

这个孩子，别看他平时不怎么爱说话，似一个闷葫芦，可心里却不像外表那么平静。对人对事儿，他都有自己独到的看法。而且性格倔强，这一点极像他的父亲。他开学后就要读初三，明年夏天就要参加中考了。本来紧张了一个学期，今天总算盼到放假了，在回家的路上，他的心情是多么轻松和惬意呀，就像一头小马驹被人从栏里放出来，在田野里、在大路上狂奔着、跳跃着，尽情地撒欢。然而母亲这突发的一幕，让他的心情变得沉重了。就在这一刹那，他感到自己突然间长大了，对这个家有了一种责任感。他想，如果自己将来考上了大学，毕业后又留在城里，那么家里的重担只有父亲一人来承担了。而父亲越来越老，母亲身体又这么糟糕。这么一想，一种忧虑像乌云般布满他的心头。他甚至还想，自己是不是应该放弃考学，回来帮父亲打理这个家，当他的左膀右臂呢。可他又舍不得那么做，因为在他眼里外面的世界是精彩的，他不愿意把自己的一生交付给这块土地，于是他马上打消了这个荒唐想法。——对一个连远门都没有出过的少年，外面的世界就像磁石一般吸引着他，那么富有诱惑力。

这天晚上，他睡得很晚，直到母亲又输完了一瓶点滴，他才迷迷糊糊地进入了梦乡。

月亮偏西了，淡淡的雾气泛出铅灰色，将天地笼罩住。一阵微风吹来，凉爽，宜人，带着村外玉米地的清凉气息。树叶发出窸窸窣窣的声响，像夜的梦呓，轻微，细碎，压过了蟋蟀的叫声。不久从东院邻居家，传来几声清脆的鸡鸣。

夜，却越发的静谧了。

三

每天天一亮，全保就起来，拿上锄头去田里锄草。待太阳升起来，似要将他的脊背烤出油来，他就拎上锄头打道回府。和大集体时不同，如今想什么时候下地就什么时候下地，自个儿干自个的，自由，随意。

待他从田里回来，艾香往往早把饭桌摆在了院里。一碟咸菜丝，上面淋几滴香油，一盘炒茄子或炒豆角，还有熬得软乎乎香喷喷的小米粥，这就是农家的早饭。而全保的早饭差不多就是中午饭了。

今天艾香醒来后，感到有些胸闷，心口处像压着一块大石头。她估摸着也没什么大问题，可能昨晚天太闷了，就没对全保说。待全保下地后，她就起来，到院里透透气。她想，在院里待会儿也许会好些吧。

见厢房的门还紧闭着，她就喊："槐林，起来吧！"

槐林被母亲喊醒了，翻个身，眼也懒得睁开，嘴里嘟囔道："妈，让我再睡会儿好不好，我困得受不了！"

艾香伸手拍一下门："放假都这么多天了，你还这么歇着呀。一个半大小子，哪能吗活儿也不干呢。快起来，趁着天凉快帮你爸锄会儿地去！"

母亲的责怪让槐林很不耐烦，他揉一揉惺忪的睡眼，隔着窗户朝妈妈抱屈："妈，你烦不烦呀？千金难买清晨觉——"

就是槐林这句话，让艾香一下子恼了。刚放假那几天，槐林一心想着多帮父母干些活，可艾香却不肯：孩子紧张了一个学期，好不容易熬到放假了，应该先让他放松几天。她有点溺爱儿子。可问题是槐林都回来半个月了，还是整天待在家里玩。她去地里干吧，身体又吃不消，再说全保也死活不让她往田里走。看着全保每天从地里回来，衣服让汗水溻个溜透，她心疼得不得了！可此时槐林竟然说了一句"千金难买清晨觉"，呵，你可真会享福。她的脸顿时给气歪了。

"你爸爸要是也像你这样，你还不天天喝西北风？"她气咻咻地训斥儿子。她真想踢开门，去扇槐林一个耳光，这个孩子怎么越大越不懂事了。她心里呼呼地直冒火。

艾香哪里知道，这几天槐林心里也不好受，他心里窝着一股子邪火。

为什么？就因为他看到父亲成天吭哧吭哧地在田里做活儿，累个半死，却换不来多少钱。在他看来像一头老牛一样的父亲，这是不思进取，是顶没出息的。哎呀，这都什么年代了，还这么把土地当作宝贝似的，这有什么价值？他又想到了和父亲一同长大的连春。看看人家，刚进城干了两年多吧，就骑上了大摩托。他是村里第一个买摩托的人，又是第一个装电话的人家，看人家多风光呀？再看看自己父亲，纯粹一个老顽固！真是愚昧透顶！这个正在县三中上学的小伙子，自认为读书多，眼界开阔，他就觉得父亲越看越不顺眼了。尤其是当他听说连春曾经让父亲去城里和他一起干，却被父亲回绝了，这让他更瞧不起自己的父亲了。天底下哪有这么傻的人，放着金砖不要却偏偏捡土坷垃，天生受罪的命！但他也只是在心里这么抱怨罢了，他不敢当面挖苦父亲。刚放假回来时，他本来想去田里给父亲当个帮手的，后来，干脆就把这个想法放弃了。他恨不得将那几亩地扔掉，那就是乡下人的穷根儿呀。这个自以为有新观念的中学生，又开始把自己的愤慨转向了土地。

昨晚他睡得很晚，抱着从同学那里借来的盒式“三洋”牌录音机，听流行歌曲。前两年他迷香港的张明敏，这两年又喜欢上了台湾的费翔。当然，邓丽君的《把我的爱情还给我》他也非常钟情。

他正在睡梦里畅游，却被母亲叫醒了。不但觉睡不成了，还挨了一顿斥责，他一急就对母亲说了句过头话：“妈，你少烦我！讨厌不讨厌！”

“你、你——”艾香一手扶门框，一手指向屋里，她感到自己的胸腔里像着了火，随即，一股滚烫的热流涌至喉咙，像一个火团一样堵在那里，令她窒息。嘴唇也渐渐变紫了，想说话，却又说不出来。她预感到不妙，就转身仄仄歪歪地来到正房，一歪身子倒在床上，大口大口地喘气。两只手在胸口处胡乱地抓挠，恨不得在那里撕开一个大口子。

这时，全保和往常一样正在玉米地里锄草。他脖子上搭一条蓝白格子汗巾，黑红的脊背上闪着汗珠的亮光，嗅觉里，满是清晨田野里清新的气息。

太阳已从地平线上升起来，一束橘红的光亮扯开晨雾，映亮了大地。霞和光交织在一起，把东北角的天空绘成了一幅绚烂的图画，那枚红彤彤的大太阳，就是从那里跳出来的，那是大自然呈现给人们的一种大美！玉米长得已挨到人的胸脯，像生机勃勃绿意盎然的丛林。全保喜欢有这么多的庄稼和他做伴，他觉得自己已融入里面，成了它们当中的一员。他今天的心情格外好。因为这葱翠蓊郁的玉米，仿佛在告诉他，今年又是一个好收成！投桃报李，你对土地好，土地自然就对你好。他发现这土地，这庄稼，也是有灵性的，你真诚对待它，它就会以它的方式来回报你。

这样想着，一种自豪感在全保心里油然而生。是的，他有一身的力气，他不怕吃苦。

这一次，全保是被槐花从地里叫回去的。

当他赶到家时，看到艾香正躺在床上大口大口地喘气，手在胸口处乱抓乱挠，脸又憋成了紫茄子。

金贵瞥他一眼，急促地说："全保哥，我看嫂子这次情况不大好，还是快点把她送医院吧！"

全保慌神了，他想不到艾香的病这次犯得这么厉害。自己清早起来下地时，她还好好的。听到他起来，还嘱咐他："天热，早点回来！"怎么这么一会儿工夫就出了问题？

"送哪个医院好？"他真慌了手脚了，两只手不停地搓着，像个不知所措的小孩子。

金贵边给艾香打针，边说："去城里来不及，嫂子是哮喘病引发了肺心病。去乡卫生院——"

"槐林，快去拉小车！"全保的嗓子都哑了。

槐林赶忙往外跑。今天早晨对他是一次心灵的撞击，他万万没有料到自己的几句话竟然闯下了这么大的祸。他像是做了一场噩梦。自己太任性，太自私了。然而后悔已经晚了，他盼着母亲能转危为安躲过这一劫。

在这夏日的清晨，全保拉着小车，槐林和槐花在后面推着，穿过村街，飞快地往乡卫生院赶去。早晨的凉风，擦着他们的身子溜过去。

还不到八点，急诊室里只有一位值班的高个子女大夫。她用手翻开艾香的眼皮，拿手电照了照，然后戴上听诊器听了心脏。移开听诊器，皱起眉头，责怪全保："早干吗来？晚了——"

"嗡——"全保两眼一黑，觉得自己踩中了人生的一个陷阱。但他不相信这是真的。

"艾香，艾香！你醒醒呀——"全保一把抓住艾香的手，用力地摇晃。仿佛艾香睡着了，他要把她喊醒似的。也许艾香不忍离开这个世界，也许还有什么话要说，在全保的声声呼唤里眼皮动了一下，慢慢睁开了，但眼睛没有了一点儿光泽。她望着全保，伸手指了指两个孩子，嘴唇嚅动着，想说什么却没有发出一点儿声音。随即，眼睛慢慢合上了，任全保再如何呼唤，也没有再睁开。她的手在全保手里渐渐变凉了，那张脸也由黑紫色慢慢地变成灰白，白得像一张纸。

槐林和槐花围着母亲，哭作一团。槐花一边喊妈妈，一边跺脚。他们无法接受这个现实，母亲怎么说走就走了，连个招呼也不打？这是一场怎样的噩梦啊。

全保一把抓住女大夫的手，扑通跪下了："求求你大夫，求求你，一定要把艾香救活！"

女大夫抽回了让全保死劲抓住的手，无奈地摇摇头："冷静点吧，我们也没办法。"

一张失血般苍白的脸上，又恢复了那种属于职业性的冷漠。

葬了母亲，槐林一进门，给父亲跪下了。

"爸，是我害死了我妈呀！"他两手捂住脸，呜呜地恸哭起来。

"啪——"全保扬起巴掌，扇了槐林一个耳光，"我打死你这个畜生！"

“爸，你打死我吧！你打死我吧——”槐林两只眼睛惊遽而羞愧地盯着父亲，赎罪似的哀求他，声音很低很沉，像一个万念俱灰的犯人在等待对自己的判决。

“你——”全保又抡起巴掌，这一次手却停在了空中，没有落下来。他从槐林脸上依稀瞥见了艾香的影子，这个孩子长得太像他母亲了，白皙的脸红润而又丰满，那双清澈的眼睛，时时流露出一种倔强和执拗。他仿佛又看到了艾香临咽气时那种期待的眼神，还有指向槐林的那只手，她的手指显得那么沉重，似有千钧之力。那是临终时对他的嘱托：要把两个孩子抚养大，让他们成家立业，这样她在那个世界才能安心！

全保收回巴掌，突然蹲下来，捂住脸，像个小孩子似的哽咽起来。

槐林抱住父亲颤动的肩膀：“爸爸，我不上学了，我要帮你干活儿！”

全保抬起头，用目光逼视着槐林：“你说嘛哩，再说一遍？”

“爸，我要帮你干活儿。”

“啪——”全保怒不可遏，他猛地跳起来，抬手又掴了儿子一巴掌，命令他，“你敢！你个小兔崽子，我告诉你，你一定要给我考上大学！”

“爸爸，我、我不敢了！”槐林眼里汪着泪花，捂住火辣辣的脸颊。

“妈——”旁边的槐花又哇地大哭起来，这个小丫头，仿佛这才感到自己真的失去了疼她爱她的母亲，真切地品尝到了失去母爱的滋味。她双手捧住脸，边哭，边跑到屋里，一头扑到了床上，瘦小的肩膀像打摆子一样抖动不止。那是母亲睡过的地方，那里似乎还留有母亲的余温。疼她爱她的母亲啊，像根本没有离开她，依然躺在那里一样。

村西，全保家那块玉米地里立起了一座新坟，坟头上插着引魂幡，引魂幡四周插满了白色丧棒，一个大花圈也端放在坟前。与时俱进，如今柏树庄人去世，也和城里一样时兴送花圈了。在四周葱绿的玉米的映衬下，那个五颜六色的花圈非常醒目，像一大朵美丽的芍药花。

全保独自一人在坟前蹲着，耷拉着脑袋。良久，他站起来，呆呆地盯着坟茔。他脸色发青，发黄，人也似瘦了一大圈，眼珠深陷在眼眶里。他上身穿一件深蓝色背心，下身是一条灰白色短裤，这是艾香亲手给他缝制的。

面对这矮矮的坟头，全保喃喃自语："艾香，咱俩不是说好了，都活到七老八十，看着咱槐林和槐花成家立业，过上好日子吗？你怎么这么狠心，丢下我们说走就走了？"鼻子一酸，两行清泪顺着清癯瘦削的脸颊淌下来，流过那两道深深的鼻沟，滴到脚下的泥土里。

他想：这辈子，他欠艾香的实在太多了。艾香和他生活了十多年，哪享过几天福？又圪蹴下来，双手抱头呜呜地哭起来。

从远处的大杨树上，传来斑鸠的叫声，"咕咕咕"，"咕咕咕"，声音沉闷又有几分凄凉。没有一丝风，天闷得像个大蒸笼。

全保去艾香坟上时，槐林正独自待在屋里默然神伤。

虽说已给母亲烧过了"一七"纸，但这个孩子依然像傻了一样。他明白是自己把母亲推向了那个世界，从此天人两隔，因而心里的愧疚无时不在折磨他。这几天，他就是在这种无比痛苦的煎熬下度过的。每一分，每一秒，都像有一把刀子在他心里狠劲地划拉。

他在屋里踱来踱去，目光离乱，神情倦怠，像一只幼小而无助的困兽。

忽然，他停下来，望向窗外。窗外是湛蓝的天，像一张蓝色的玻璃纸，又似倒悬于头顶上的一泓湖水，表里俱澄澈啊。这高远浩瀚的苍穹，让槐林打开了想象的翅膀。正是对未来的憧憬和向往，使郁结在他心里的痛苦有所减缓了。是的，自己要走出一条和父亲截然不同的人生路，这样才能告慰九泉之下的母亲，并且弥补对母亲深深的愧疚。他想象着自己此刻变成了一只小鸟，正拍动着翅膀，朝辽阔的蓝天飞去，飞去。

四

因为前些天接手了一个工程，又是和对方签订协议，又是核算成本，连春忙得不可开交，就一直没时间回来。

这天，他回到家，才得知艾香去世了，是二兰子告诉他的。

轰——像晴天打了个霹雳，他呆在了那里。

当他明白这不是在梦境中时，恨不得马上去找全保，狠狠地赏他一个耳光。如果全保脑瓜子灵活一点儿，不光指望那几亩地过日子，那么艾香也不会累病的。哼，是全保生生地把艾香给毁了。

恨完了全保，他又责怪二兰子："你可给我打个电话呀，这么大事儿!我再忙，也得回来一趟！"二兰子一撇嘴，说："人家全保又没有通知你，你贱呀，哪有自个儿觍着脸赶去的？"二兰子还暗自窃喜呢，全保这样做正合她的心思，她不愿意让连春参加艾香的葬礼，因此故意不给连春打电话。

"看你这话说的！红事儿等着请，白事儿要主动嘛，你连这个也不懂？"

二兰子不以为然："哎呀，我去了还不行吗，咱的礼儿到了。"艾香去世那天，她早早就赶去，帮着布置灵堂、糊丧棒。出殡那天，又给孝子们扯孝衣孝帽，给艾香净面，一刻也没消停。村里人都知道连春和全保要好了一场，她不去面子上也说不过去。但她就是不愿意让连春去。

晚饭吃得格外沉闷。

撂下饭碗，连春就去找全保。

天还没有完全黑下来，黛蓝色的天幕上还泛着蛋青色的天光。空气中飘着饭菜和炊烟的香气。

全保正坐在院里抽闷烟，见连春进来，赶忙起身。他的手刚伸进口袋，一支烟已向他递过来："抽我一支吧！"口气是亲切而友好的，就像他们小时候那样。

连春手里拿的是一盒"石林"，是为承揽那宗工程请发包方吃饭时剩下的。那精美时尚的烟盒射出幽暗的光泽，却刺痛了全保的眼睛。一盒"石林"五块钱，比他抽的那种几毛钱一盒的"菊花"烟高出好几个档次。你牛呗，眼气我哩。全保在心里嘀咕着，弄不明白连春来干吗？自从连春进城后，不知怎的，他就更不想见到他了。

连春在全保对面的马扎上坐下来，一脸的沉痛。

"想不到艾香她——"连春说，"我今天回来才知道这个消息——你为吗不给我打个电话呀？"

全保心里"咯噔"一下：坏了，怎么就没有告诉连春一声呢？脸上开始发烧。他暗自责备自己：你当时真的就没有想到这一点？但另一个声音又驳斥他：不是这样的，你不能用这个理由来为自己开脱。那么，你为什么就不通知连春呢？

全保不敢面对这个问题，他只是将烟含在嘴里，狠劲地吸，手有些抖。

"我当时也想给你打个电话来着，又怕你工地上忙，离不开——"全保的话显得底气不足。

连春弹弹烟灰："这是大事儿，我再忙，也得回来一趟！"尽管他对全保满含怨气，但真的见到他，又变得冷静起来。

"我，我也没想到她会走那么快——"全保哀哀地说。

没等连春答话，全保就赶忙把话题岔开了。

“我，我也得向你祝贺，都当上经理了——”

“唉，我倒不太在乎那个。”连春眼睛里跳出一星光亮，“依我看，今后这形势，就是让人们都去发挥自己的能力哩！光窝在家里种那几亩地有吗出息？”

连春的话对全保又是莫大的刺激，他脸上有些挂不住了。连春这不是在借机挖苦自己吗？莫非，只有他那样才算有出息？他非常反感连春说这种话，他认为这是拐着弯来责怪他，贬低他。那次，连春找他让他跟他去城里干，就弄得他在艾香面前很没面子。因此，他的犟劲又上来了。这土地可是祖祖辈辈传下来的，养活了一代又一代的人啊。而无论你在城里多么风光，不照样还是个农民吗？你那是去人家城里讨饭吃呀！

“连春哥，你别总说这个。猪拱鸡扒，一个人一个活法儿。”全保淡淡地说。然后，就扭过头，不再理连春了，只是默默地吸烟，一口接一口地吸。

连春看不清全保的脸，但从他的话语里听出了异样。可还是想劝说他，让他尽快从痛苦中解脱出来，开始新的生活。而且，观念也要变一变。此时的连春有些激动，心里有好些话要对全保说，恨不得把自己这几年在外面闯荡的经历讲给他听。就像小时候他们在田里割草，累了，就坐在渠岸上，望着满眼绿油油的喷着香气的庄稼，望着辽阔的蓝天和那一朵朵呈各种形状的白云，无拘无束地说笑，畅谈自己的未来那样。

然而连春发现，全保没有兴趣听这些，甚至开始反感——是啊，他们毕竟不是那个对一切都怀揣美好憧憬和好奇心的少年了！

蝙蝠开始在院里飞来飞去，偶尔发出几声吱吱的叫声。一缕凉风从天上吹下来，这是伏天里一个难得的凉爽而舒坦的夜晚。

两人都沉默着，空气似乎又凝固了。只有咂巴香烟的声音，轻微，却又生涩。烟头也一闪一闪的，似要将沉闷的空气点燃。

“到底是好烟，好吸！”过了好大会儿，全保才开口。

“那就再抽一支。”

全保接了连春递来的烟，续上，深深地吸一口，再缓缓地吐出来。不再说话，空气又似凝固了。

两人都各揣心事。连春无法理解全保，作为大哥，他本来是想帮全保一把，可全保却这么冷漠，根本不领他的情。这还是当年的那个全保吗?

人啊人！连春不禁在心里感叹着，抬头望一眼夜空。满天亮晶晶的星斗，像一双双来自远古的眼睛，正默默地注视着他们。人的胸怀为什么就不能像夜空那样坦荡而高远呢?为什么就不能像这璀璨的群星一样纯净而博大呢?他在心里一遍又一遍地询问着，却又不能回答这些“天问”！

不能再待下去了。他将烟蒂扔了，起身告辞。

他没有回家，而是朝村南走去，走进小学校，来到了那棵大柏树下面。

这里早先曾是一座庙宇，正殿为龙王堂，后殿为孔雀佛阁，阁里矗立着一尊“准提骑孔宣”的泥塑。相传，早年这里住着一个孔雀精，名曰孔宣。孔宣凶残暴戾，经常骚扰百姓，吃人害命。一天，有位名叫准提的道士路过此地，决定为民除害。他从二月二十五日一直等到十一月初五，终于在大鸣泉旁边将孔雀精擒获，除掉了这个吃人的孽障。于是，人们建庙塑像以资纪念。

可谁也说不清，那座青砖黛瓦的庙宇何年何月竟了无踪影，只留下了这棵大柏树。后来，大约在民国时期，县政府将这里设置为国民第七完全小学。新中国成立后，成为村办小学。然而，不管世事如何改变，那棵大柏树仍巍然挺立，浮苍滴翠，分外丰蔚，犹如一位饱经沧桑却依然具有蓬勃生命力的巨人。

“连春哥——”一个尖细的声音在他耳畔响起，“你长大后想干吗？”

三十年前一个洒满银色月光的晚上，连春和全保在大柏树下玩耍，那时的晚风里饱含着稻花馥郁的香气。

“我长大后要开大轮船，在大海上航行——”顺着大柏树的枝杈，连春似望到了夜空的最深处，有几片薄薄的云彩飘在天上，月亮将它们镀一层亮色，像大海里的白帆，又似大海涌起的朵朵浪花。

“我想开火车——呜呜呜，一直开到外国去，开到天边去，想开多远就开多远！”全保嘻嘻地笑着，得意地晃动着身子，昂首挺胸，就像真的开上了火车。

两人都开心地笑起来。没错，他们的未来就像这幽远的夜空，可以任想象天马行空，随意驰骋的。内心里的激动和对未来的向往，就像潮水一样撞击着他们心灵的堤岸。

唉，全保，你食言了呀。连春的心绪又跳回到了现实。——如果当初全保听从他的话，跟他去城里干，那么艾香也许不会这么早早地离开人世的。

他痛苦地垂下头，一串热辣辣的泪珠顺着脸颊，扑簌簌滴落到地上，声音沉重得似要砸出一个大坑。

五

三伏天，地里没有什么活儿可干，全保还是喜欢来这里，背一个草筐，筐里放一把镰刀。回家时他就随便在田埂边、渠岸上，割一筐青草，带回去喂猪。其实他是不愿在家里待着。待在家里，眼前总晃动着艾香的影子。是的，这个家到处都有她的气息。屋里屋外，厨房里、院子里——他觉得她还没有离开他。可当他想到艾香已经去了那个世界时，顿时像从一场梦魇中醒来了，一种空落落的感觉紧紧地攫着他的心，他无法承受这个残酷的现实。如果说艾香刚去世时，是在他心里划开了一道口子，那么，这时他却在忍受伤口撕裂的疼痛。

“咦，还在想你的艾香呀？”这天，全保正望着玉米地发怔时，身后传来一个女人的声音。那声音，亮，脆，却又有一种温柔到极致的力量，牵引着他的听觉，又一直传达到他的心底。

全保一扭头，白玲玲正笑吟吟地盯着他。

白玲玲生一张娇美的瓜子脸，白润细腻，一双丹凤眼明亮妩媚、顾盼生辉。她穿一件白底红碎花短袖汗衫，衣领处露出一片粉白的胸脯；头发烫得像鸡窝一样，夸张地向四周蓬松着；右手拿一只紫皮大茄子，左手拎一根大葱，臂弯里还夹了一小捆芹菜。茄子已被她咬去几口，露出淡绿色的茄肉，像月偏食的月亮。手里的大葱她也吃去一大截，四周飘着新鲜大葱和芹菜的香气。

今天一吃过早饭，她就扭动着细细的蜂腰，来自家小菜园里摘菜。她喜欢这个时候来地里，这时，天还没热起来，太阳也不毒，不怕晒坏了皮肤。她非常注重保养。

见全保怔在那里，白玲玲又“咔哧”咬了一口茄子，慢慢地嚼着，眼睛觑着他：“家里想不够，还跑到这里来犯相思病！你真是个情种！”

全保哪有心思和白玲玲开玩笑呀，出于礼貌，他对白玲玲笑了笑，叹口气：“唉，艾香这辈子真是冤了，跟着我也没吃了，也没喝了，说走就走了，我越想越觉得对不住她。你说，到哪去找这么好的人？”

白玲玲在地边上拣个干净处坐下，开导全保：“哎哟喂，大兄弟，人的命天注定，她人已经走了，就不能再活过来吧，你说是不是呀？你再着急，又顶吗用？再说她真要活过来了，还不吓你一大跳——那不是活见鬼了？”白玲玲轻轻地笑了。艾香出殡发丧那两天，她也去帮忙了。她和二兰子给艾香净身，布置灵堂，然后又扯孝衣，糊丧棒。那么俊气一个人儿，说走就走了，她心里也非常难受。

“我是说，她走得太突然了，这也是一辈子？还没享过一天福哩！我越想心里越难受，越觉得亏欠她。”

“那就不去想——”白玲玲提高了声音，像个大姐姐一样安抚他，“你要想对得住她，就得想法把日子过好了，把俩孩子抚养大，让艾香在那边放心才对。”

全保用感激的目光望白玲玲一眼，然后蹲下来，窸窸窣窣地从口袋里掏出烟，放嘴里一支。凭直觉，他认为白玲玲心眼的确不坏，可又弄不懂她怎么又和村主任刘囤乱来呢？在这一刻，他宁愿相信那只是一种传言罢了，是有人在故意污辱她。——见人家生得漂亮，就恶意进行诽谤和诋毁。不知怎的，他竟然为白玲玲感到不平和抱屈。

白玲玲忽地笑起来：“回头吧，我给你介绍一个比艾香更漂亮的，到时候看你还想不想她了？”又咬一口茄子，漂亮的丹凤眼紧盯住全保。

这句玩笑话让全保的眉头舒展开了，他顺坡下驴，笑道：“好哇，就从你娘家村里给我介绍一个吧，我就要像你这个模样儿的。”

白玲玲佯嗔道：“呸——人家艾香刚走，你就这么胡思乱想，还口口声声说要对得住人家哩，你们男人呀，没一个好东西！几天不挨女人，就像个馋嘴的猫！”

全保笑了，脸却微微泛红。

两人开了会儿玩笑，白玲玲眨动了两下眼睛，盯住全保问道：“全保，就你这个能干劲儿，为吗不种点来钱快的？”

全保叹息一声：“这不，我也正琢磨这个哩！这几年为给艾香看病，欠了一屁股债。明年槐林就要上高中了，我磨盘压着手哩！你说种点吗来钱快呢？帮俺出个主意。”

白玲玲眼睛一亮："要不，你就种西瓜吧。我娘家哥这两年种西瓜，每年少说也收入两三千块。要不是怕麻烦，我也早种了。唱戏凭嗓子，拉弓要膀子，要想挣钱呀，也真得想个好点子哩。"

全保苦笑道："俺又不懂技术，怕种不来。"

"那好办，明年开春我领你去我娘家一趟，让我哥给你说道说道呗。"

"好啊！那太谢谢你了！"

全保心里一热，这个看上去大大咧咧的女人，她身上有一种让人感到温暖的东西。这是一个多么爽快又热心的人呀！

"嗳，连春不是成立建筑公司了吗，你怎么不去跟着他干？"白玲玲望着全保，目光里有几分不解。

一提到连春，全保心里又开始乱糟糟的了，他觉得连春的心太野了，野得没边没沿的。而且，连春对他越是热心，他心里越是感到别扭："我呀，还是觉得种地好，种地心里踏实。我就是个种地的命！"

"你说的也有道理，就你这个能干劲，在家里也不愁挣不上钱。咱一个乡下人，还是在家里干稳当。"

不知不觉，太阳已移到了远处的树梢上，四周的景物都有了立体感，像一幅美轮美奂的油画。玉米地边的土坎上，长了几棵喇叭花，藤蔓爬到了玉米顶端，那深红色的花朵和玉米的红缨相互辉映，艳丽得让人目眩。

回到家，白玲玲把菜放到院里树荫下，走进屋里，从缸里舀一瓢玉米粒，走出来，"唰——"，往地上撒一把。几只鸡奔过去抢食，各色的鸡——白的、棕红色的、黑的、黑白相间的、芦花色的，远远望去，像河滩地上兀自长出的五颜六色的蘑菇。

突然，一声咳嗽从街门口传来。那是干咳，故意给人动静的。刘囤背着手走进院来。

刘囤是个大块头，富富态态的，一双豹子眼，肥肥的下巴，短短的鼻子，腮帮子刮得很干净，泛一层铁青色。瞅人时喜欢把眼睛眯起来，两束锐光就从那两道眼缝儿里悄悄地射出来。

“玲玲——”刘囤嘿嘿地笑着走近白玲玲。

他来白玲玲家是临时决定的，本来他要去村委会，在半路上看见麻五背着草筐，正颠颠地朝村外走。刘囤眼前立刻浮现出白玲玲那张姣美馋人的瓜子脸，心里一阵发痒，两只脚就改变了方向。

“唰——”白玲玲又往地上撒一把玉米粒，然后才把脸扭向刘囤：“呦，今个儿是刮的哪股风呀，把大村长给吹来了？”

“嘿嘿，管他娘的哪的风哩，反正我是想你了！”从那双豹子眼里，射出一道绿莹莹的光。

白玲玲嗔他一眼：“胡吣八咧！想你娘个球吧！”一扬手，把玉米粒全部撒到地上，扭身往屋里走去。浑圆的臀部一扭一扭地动，把刘囤的两只眼睛都快晃花了。

“嘿嘿，那你想我了——”刘囤笑着，跟在白玲玲身后往屋里走。

“哎呀，也不撒泡尿照照自个儿，自作多情！”

“你又有新相好了是不是？”

“呸——”白玲玲转身啐他一口，脸颊涨得通红，身子倚住门框，“狗嘴里吐不出象牙来！你怎么不说你姐姐你妹妹？”

如果是别的女人，刘囤哪里会饶过她。可话又说回来，别的女人也不敢对他如此放肆的。然而他对白玲玲却不恼，不但不恼，心里还乐滋滋的。打是亲，骂是爱。白玲玲可是个大美人呀，柏树庄的一枝花。就因为他喜欢她，连她生气的样子也喜欢看。因为脸颊涨红，那张瓜子脸生动得就像涂了油彩，大眼角使劲蹙着，一双丹凤眼就越发的媚态百生，馋得刘囤恨不得将她整个人含在嘴里。是的，美人连皱眉也是好看的。

“今个儿这是怎么啦？吃枪药了？我这么多天没来了，莫非连口水也不让我喝？你的心莫非是冰块做的？”一双贪婪的眼睛早瞄住了白玲玲胸前那两坨肉，就像饿狗见了大骨头，嘴里差点流出了哈喇子。

白玲玲看到刘囤这副德行，想笑，却又憋住了，故意绷起脸，尖尖的下巴颏微微上仰着。

白玲玲和刘囤相好，有一半是迫于刘囤的淫威，而另一半，则是出于对麻五的报复，她不喜欢那个麻脸男人，她恨麻五永远占有了她。

几年前一个夏天的傍晚，她一个人在村西玉米地里拔草。带着狗，在村外溜达的刘囤来到她跟前，那双豹子眼就那么久久地逼视着她。她从刘囤的眼睛里瞥见了两团燃烧的火苗，里面更有那种男性对女人的审视和占有。她感到一阵惊悸，就像一只被狼逼到旮旯的小羔羊，想逃走，但两腿又发软，打战。何况，刘囤身边还蹲着一条张着血盆大口的狗，一双蓝莹莹的眼睛也在盯着她。她的懦弱和胆怯，等于为刘囤身上的欲火又浇了一桶油。刘囤一伸胳膊，将她拦腰抱住，她挣扎了一下，但很快就停下来，闭上了眼睛。刘囤力气太大了，她再挣扎也是徒劳的。想着麻五脸上那些像苍蝇屎一样让她恶心的麻坑，她就任刘囤的手伸进她的胸脯，在她身上游走。然后，像饿狼似的刘囤将她放倒了。那时候，夕阳渐渐沉下山去，四野被铅灰色的暮霭笼罩了。

和刘囤的这种关系让白玲玲心里一直都非常矛盾，但是在柏树庄，刘囤毕竟大权在握，她不能和他一下子闹掰。她不敢！她对刘囤的脾性了如指掌，那是一张狗脸，一翻脸，什么损事都能做得出来。

“哎嘿，真不想理我了？”刘囤盯着白玲玲的眼睛问。

“哎呀，人家和你开玩笑嘛！你说呢，大村长来了，哪有不让到屋里去的！你说，我是挡着你哩，还是拦着你哩？”白玲玲换上一副笑脸。

刘囤哈哈地笑起来："这就对了嘛！我说哩，玲玲不会甩了我的！"

在刘囤看来，只要他看中了村里哪个女人，那女人是不敢拒绝他的。事实上他的确和村里几个颇有姿色的女人有过那种关系，只是自从把白玲玲弄到手，他对其他女人就不再感兴趣了。

一进屋，刘囤的手就伸进白玲玲上衣里，却被白玲玲推开了："也不看个时候，大天白日的，俺闺女一会儿就回来了！"

刘囤喘着气，像一条雄性十足的癞皮狗："好多天没摸它了，早馋得受不住劲了！"

白玲玲不动弹了，嘴上却说："让我家麻五给你白干活不算，你还占我的便宜！"

刘囤家前些天盖新房，他舍不得请包工队，而是让村里人给他"撺忙"。"撺忙"就是白干的意思。老实巴交的麻五，就被他请去"撺忙"了。

刘囤听了这话很高兴，仿佛让人家男人给他白干活，他又占人家女人的便宜，这才叫本事！嘿嘿嘿，他一咧嘴笑了，一股烟味从嘴里飘出来，喷到白玲玲脸上。白玲玲赶忙别过脸去。

当刘囤往床上推白玲玲时，被白玲玲拒绝了："不骗你，俺闺女马上就回来了——晚上吧，晚上咱去村外野地里！"

一听这话，刘囤住了手，虽说心里有一百个不情愿，但眼睛里还是充满了希望："咱可说好了，不许变卦呀！"

"我骗过你吗？哄你是小狗子。"

刘囤咬着嘴唇笑了，他只好把身上的欲火暂时压一压了，尽管这是件很痛苦的事情。不过，大白天做那种事毕竟不痛快。晚上在大野地里，没遮没拦的，地当床，天作被，娘的，要多痛快有多痛快！过瘾！他的眼前，顿时浮现出骏马在大草原上恣意驰骋的画面。

白玲玲扭转身，盯住刘囤：“你得答应我一件事——”边说边整理着让刘囤解开的衣襟。自从那次得手后，刘囤总想给白玲玲点好处，往她手里塞过钱，也买过耳环、戒指、衣料。他这样做，一来是堵白玲玲的嘴，让她心甘情愿地和自己长期保持这种关系；二来他也是真心喜欢白玲玲。但白玲玲就是不领他的情，他不理解她，觉得她有点古怪，脑子里像是少一根弦——哪有女人不爱财的？他当然无法知道，白玲玲是不想以这种方式“卖”自己。

刘囤眼珠一转：“我的小心肝，你有话就快说嘛，只要不把我的脑袋割下来，我嘛都答应你！”

“我想让你给我家小毛头安排个电工！”为了儿子，白玲玲不得不向刘囤张口了。

虽说刘囤一直想给白玲玲点好处，但电工这事毕竟不同，何况又是白玲玲自己提出来的，他不想马上答应她。他得端点架子，于是一下一下地挠着头皮，说：“这个嘛，这个嘛，你得容我考虑考虑，按理说哩，咱村眼下不缺电工。不过你放心，我会尽力给你办的！”

“反正我把话撂这儿啦，你就看着办——”

刘囤笑笑：“那还用着你说呀，我能办肯定办，不过总得开个会，和大家商量一下吧，这毕竟是个大事儿。”说完，一屁股坐在床上，掏出烟慢悠悠吸一口。他突然想到李连春成立建筑公司的事儿，脸上的肌肉绷紧了：“你看连春，成立那么个××公司，哼，瞎烧包哩！”

白玲玲知道刘囤的心思，就故意激他：“人家那是有本事呗。连春可是咱村里的大能人呀，我看他准能干好！”

“呸，我看这小子不地道，瞎折腾呗！”

在刘囤心里，他对连春又是妒忌又是提防。当初连春带着几个人去外面搞建筑时，他并不把他放在眼里。一个乡下人去城里闯荡，哪像吹口气那么容易？可现在人家都成立公司了，他心里就酸溜溜的。可转念又想：即便连春成立了公司，可他的根儿还在柏树庄。孙悟空能耐大不大？可能耐再大，也逃不脱如来佛的手掌心吧！这样一想，那紧皱的眉头就舒展开了。噗，对准白玲玲的脸，喷出一口浓烟。

“哎呀，呛死个人——”白玲玲抬手在脸前狠劲地扇，嗔刘囤一眼，“烦气——”正在这时，女儿小萍唱着歌从外面回来了。这是个只有十四五岁的女孩子，穿一件浅红色连衣裙，肤色和母亲一样白皙细腻，一双豆荚一样的眼睛里，流露出泉水般的清纯。也和母亲一样漂亮。

小萍瞥见刘囤坐在屋里，心里便怏怏不快。对于母亲和刘囤的关系，她早有耳闻。她看不惯母亲这种做法，也因此可怜自己的父亲。因为母亲，她心里总是感到自卑，平时在同学面前抬不起头来。尤其是当她看到同学们交头接耳时，总怀疑是在议论自己的母亲。她认为是母亲给她丢尽了脸面，平时动不动就和母亲拌嘴。她在乡中上学，离家很近，本来可以不住校的，但她索性就把被褥搬到学校去，平时不怎么回家。就连星期天，她也不愿意回来，宁愿一个人孤零零地待在学校里。现在放暑假了，她只好硬着头皮回来了。

小萍只是往屋里扫了一眼，就嘟起嘴，去了她房间。

“小萍，放暑假了？”刘囤马上又恢复了平时的威严，但声音却又是温和亲切的。这个犟巴巴的小姑娘，让他仿佛看到了一个活脱脱年轻时的白玲玲。

白玲玲瞪他一眼：“废话，都吗时候了，还不放假！”

刘囤有些纳闷，白玲玲今天真是吃枪药了，要不哪来这么大火气？但转念一想，他好像明白了，莫不是因为人家闺女回来了。这娘儿们，这么护犊子！莫非怕我打她女儿的主意？

再待下去已无多大意思，刘囤向白玲玲投去一个暧昧的眼神，便告辞朝外走去。一条暗影，投落在了院里。

几只在门口觅食的鸡，像受到多大惊吓似的，奓着翅膀四散而去了。那个黑影离去后，院里又恢复了先前的宁静，阳光在地上跳跃着，似发出“啦啦啦啦”的响声。

刘囤来到村委会办公室，会计老房正坐在那张米黄色的半旧办公桌前看报纸。两道稀疏的眉毛，横在凸起的眉骨上。

见刘囤进来，老房抬起眼睛，一张瘦脸上立刻绽开菊花一样的笑纹：“嗬，主任来了！”

说着，嚓，拉开抽屉，取出一份红头文件，递给刘囤：“这是昨天下午收到的，你看看吧！”

刘囤接过来，匆匆扫一眼，是县里发的要求各村做好秋收秋种的通知。这种通知年年都有，内容大同小异。但如今已不像从前了，土地都分到了各户耕种，不用你去多管，谁也不肯耽误了。他把文件往桌上一扔，坐下来，没说什么，抽出一支烟，在桌上蹾一下，衔进了嘴里。

作为村主任，他上午总要来办公室溜一圈，有事没事，在这里吸上几支烟。其他几位村干部，有事就来一下，没事就在家里忙自己的事情。明面上村干部是没有工资的，他们只是挣点补贴。而补贴是没有标准的，村里有钱了就多发点，钱少了就少发点。反正家里地里的活计也不耽搁，而且在村里又风光又体面——从某种角度看，这最后一条顶重要。刘囤虽说只是村主任，却是柏树庄的“大拿”，村里的财政大权他一人独揽，那个水道爷，说起来是个支书，其实只挂了个虚名，是个摆设。其他几位副手也只是极力地奉迎讨好刘囤，心甘情愿地做他的左膀右臂。

刘囤吸一口烟，眯起眼睛盯住老房。他对老房比对其他几位副手要高看一眼，老房从前在生产队当会计，人看上去貌不出奇，可这人内秀，好模样长到里面了。不但打得一手好算盘——

他白白的又细又长的手指，仿佛就是为拨拉算盘珠子而生的——而且思路也格外清晰，记忆力好得惊人。刘囤当上村主任后，正好生产队解散了，上边让实行联产承包责任制，老房的会计也就寿终正寝。正在他又是失落又是沮丧时，刘囤重新起用他，让他担任了村会计。这让老房对刘囤感激涕零，自然而然就成了他的心腹。好多机密事，刘囤总是和老房商量。老房人很精明，在一些事情上还为刘囤出了不少好点子，因此村里人都戏称老房为“二村长”。

“你说，连春那小子能不能成大气候？”刘囤又吐出一口烟，抬起肥实的下巴，冷不丁问了老房这么一句。一道锐光，从眯起来的眼睛里唰地射到老房脸上。

老房打了个愣，随即两只眼睛像算盘珠子似的飞快地转动几下，怪怪地笑着，说：“连春呀，他算个吗哩，他要是成了大气候，连蛤蟆老鼠不也成精了？”

刘囤手里架着烟，脸上的每一块肌肉都活泛起来：“这不，人家还成立了建筑公司哩！我看咱县里太小，都快盛不下他了！”

老房一撇嘴，冷笑道：“呸，剥瓜子剥出个小螃蟹，吗仁（人）也有！也不撒泡尿照照自个儿，身上有多少脓水，几斤几两，莫非自个儿还不清楚。你再折腾，还能超过人家县里的国营大公司？”

这句话更让刘囤感到开心了，他烟也忘记吸了，只是望着老房笑。他觉得老房看人看事儿贼准。

这些天，刘囤脑子里一直晃动着李连春的影子。这个影子让他心里极不舒服，就像吃米饭让砂子硌了牙。在他看来，村里人就应该在村子里好好待着。如果连春只在村里侍弄那几亩地，或者像其他村民一样，也只是做点小本生意——有做豆腐的，有开小卖部的，还有骑一辆除铃铛不响，哪儿都咣啷乱响的破自行车，串村买废铜、废铁、废铝或收破烂。如果连春也像这样，他是看不起他的，心里也不会这么腻歪。如今连春不但去了城里，而且还组建了建筑公司。他一办公司，就成了经理。而经理和包工头，这可是两个完全不同的概念啊！

可话又说回来，如果连春从城里回来，也时常来拜访他一下，请他喝点酒，套套近乎，那么他对连春的看法也许会好一些。可连春偏不这样干，像是故意和他叫板。在柏树庄，哪个敢和他刘囤叫阵呢？从前，也就是他刚上任时，有人不服他，明里暗里拆他的台，但几个回合下来，对方就以惨败收场，哪个不是被他打得落花流水，从而尝到了他刘囤的厉害，乖乖地臣服于他？没有这两下子，他能在柏树庄压得住阵脚？何况，李连春也曾是他手下的一个败将。

此时，就像连春再一次被他打败了似的，他心里非常高兴。又想着那密密实实的庄稼地，还有白玲玲那光滑似绸缎一样的肌肤，他的身上顿时又燥热起来了。抬头望望窗外，天蓝莹莹的，太阳白花花地照着，像是故意考验他的耐力，半天都不移动一下。

看刘囤还坐在那里，老房对他有些讨好地笑笑：“我说主任，有我在这盯着哩，你回家吧！反正也没吗事儿，有事了我在大喇叭上喊你！”

“我没事儿，在这坐会儿！”其实，他是不愿意看到大白桃。那个女人他早就厌烦了，不但厌恶她的长相，而且也烦她无休止的唠叨。在这里他可以清静一会儿，眼不见心不烦。他的脑子里只有那个白玲玲，那一团白花花的肉，馋人。

晚饭后，刘囤把嘴一抹，就朝外走。

他走得很匆忙，他害怕大白桃找个什么茬儿把他缠住。这两年，大白桃变得格外敏感，成天像防贼一样提防着他。他呢，因为有把柄在大白桃手里攥着，因此也不敢对她怎么样，害怕大白桃和他吵翻，后院起火，弄个鸡飞狗跳，让全村人看笑话。大白桃撒起泼来是很有一套的，她最大的特点就是将女性的生殖器赋予了那么多的形容词。无论和谁吵架，都是跳着脚，手几乎汆到人家鼻子上，嘴里像放机关枪：哎呀呀，你个小黑×，小白×，小红×、小花×，小绿×，小紫花×，小青紫蓝×，小——这一通骂，就连大老爷们也会羞个满脸通红。在柏树庄，刘囤怕过谁？没有！但他只怕这个大白桃。他并不是从内心里怕她，而是害怕她急昏了头，对他跳着脚撒泼，让他这个大村长不好收场。

有一次，大白桃骂大街却弄出个大笑话。那年她在前院墙根下面种了一溜北瓜。一天早晨起来，她猜疑有人偷摘了，就站在门口两手叉腰骂起街来：狗抓哩，猫掐哩，谁偷了俺家北瓜啦，左查（数）右查不够对儿啦——十二个北瓜剩下十仨啦——“哄”看热闹的街坊邻居禁不住大笑起来。大白桃还不知人们为何笑她，就被刘囤一把扯进院里。那天，刘囤第一次那么硬气，对她好一顿斥责。从此这个笑话便在柏树庄流传下来，一传就是十几年。比方有人犯糊涂了，人们就开他（她）的玩笑：哎呀，你也学人家大白桃呀，十二个北瓜变成十仨啦，左查右查碰不够对儿啦？

今天，刘囤刚迈出一只脚，身后就响起了大白桃像碎玻璃碴儿一样的嗓音：“我的天爷，刚撂下饭碗就走哇，是不是又让哪个女妖给勾着魂哩？”

刘囤身子一激灵，心里敲起小鼓：莫非这娘儿们知道我今晚的事儿了？但很快就镇定下来，明白这是女人的小把戏，她是在虚张声势、敲山震虎。他眨巴了几下眼睛，装出生气的样子，对大白桃吼道：“你瞎浪叫吗哩，叫春呀你，烦不烦？我去村里转转，你也大惊小怪的，让人割了尾巴啦？简直是瞎扯淡！”见他真动了气，大白桃就信以为真了。

刘囤抽动一下鼻子，一甩胳膊，赶忙溜走了。

天刚擦抹黑，西边天际还留有晚霞的痕迹。那是一块大棉垛一样的云彩，一抹赭红就从这团硕大的棉垛里隐隐约约地透出来，显得深沉，诡谲。街上有人走动，见了刘囤，都亲热地打声招呼。刘囤充分调动自己的视觉和听觉，享受着人们的恭维。

村外非常安静，四野里没有一个人影。天上那块云彩又暗淡了一些，透出的那种赭红色渐渐变成了葡萄一样的灰紫色。黄昏的翳影已悄然笼起，然后又向四周铺展，颜色也在慢慢加深加浓。远处的树木、田畴，很快就隐没在苍茫的暮色里。四周的光线越来越暗，后来连跟前的庄稼也模糊起来。一股夜晚来临时特有的凉气从田里逸出来，里面杂糅着玉米地里那种甜丝丝、湿漉漉的气息。

天完全黑下来了。

刘囤点一支烟，蹲在村口的田坎上，内心里火烧火燎的。

果然，当第一颗星星跳出来朝大地眨眼睛时，刘囤听到了轻盈的脚步声。很快他看到一个黑影朝这里走来。从走路的姿势，他就认定是白玲玲。

“嗯——嗯——”他右手握成拳头，抵住鼻尖，将嘴巴遮住，轻轻地咳两声，左手里的烟头在黑夜里一闪一闪的，像狼贪婪的眼睛。

那个身影便停住，然后就朝他移过来。

果然是白玲玲。

看到白玲玲手里攥着个包袱，刘囤就像吃了大烟，全身的神经顿时兴奋起来：呦，这女人真是机巧呀，如果碰到人，她就说去菜园里摘把菜，或者说给猪薅把草。而这个包袱，其实就是她的褥子。一缕花露水的香气扑进刘囤鼻子里，他贪婪地张大了鼻孔，狠劲地吸。

刘囤迎着白玲玲，猛地站起来，像霍然冒出的一堵墙。

“哎哟，吓我一跳，我当是谁哩！”

“嘿嘿，不给你个动静，你知道我在这呀？怕吗哩，我又不是大老虎！”

“你是一只饿鬼！”

“对，一会儿就吃了你！”刘囤眼睛里射出两道蓝莹莹的光，像坟地里飘移不定的磷火。

他们向玉米地深处走去。“唰啦啦，唰啦啦”，传来衣服划拉玉米叶子的声音。

又有几颗星星跳出来。深蓝色的苍穹上，渐渐地现出了银河隐隐约约的影子，看不到头又看不到尾，仿佛证明着宇宙的浩瀚和虚空。四野又恢复了先前的宁静。如果仔细听，就会听到玉米蹿节的声音，还有不知名的小虫子的鸣叫，“咯吱吱——咯吱吱——”舒缓而悠闲。这些都是天籁，是真实的存在。

六

第二天傍晚，麻五正圪蹴在院里，手里拿一个剩馒头，一块块地掰着喂他家那只大黄猫。黄猫吞一块，他扔一块，嘴里还喵喵地叫着。白玲玲在厨房里做晚饭。

刘囤一走进来，就大声喊道：“玲玲，我给你报喜来了。”当看到麻五时，他狠狠地皱了一下鼻头。

麻五盯住刘囤，笑了笑，没说话。虽说他知道刘囤让自己戴了绿帽子，但又不好对刘囤怎么样，他不敢。

听到刘囤的声音，白玲玲赶忙从厨房里走出来，甩一下手上的水珠，笑道：“哎呀呀，看你这么大呼小叫的，吗好事呀，快叫俺高兴高兴？”心里早已明白，小毛头的事儿办妥了。

“下午村委会研究过了，让小毛头明天就去上班吧！”说完，刘囤就把目光落在了白玲玲的胸脯上。

白玲玲不禁飞红了脸，用目光嗔他，嘴上却说：“哎呀，多亏了大主任，回头让麻五好好谢谢你。”又赶忙给麻五使眼色，

“还傻愣着干吗呀？快给主任倒茶呀！你个木头人！”

麻五并没有马上起身，但也没有表示出反感，就那么愣愣地望着他们。是在潜意识里进行一种抵抗吧？那只饿极了的猫哪里还等得及，一个漂亮的跃身，一口咬去了他手里的半块馒头，转身跑走了。

刘囤摆了摆手：“别忙了！我得赶紧回去！”朝白玲玲一挤眼，“要说谢嘛，还是你来吧。呵，麻五他怎么谢我？”

这是刘囤第一次当着麻五和白玲玲开这么露骨的玩笑，就因为帮了白玲玲的大忙，刘囤就这么肆无忌惮了。白玲玲脸上有些挂不住了，偷偷地瞥麻五一眼。

“嘿嘿，说着耍哩，你们谁也不要谢我！”望见白玲玲脸上的窘态，刘囤赶忙改口，依然笑着，将手背在身后，朝外走去。

刘囤一离开，白玲玲的脸立马笑成了一朵花，还禁不住轻轻地哼起了歌。

麻五感到很不舒服，但又不能对白玲玲怎么样，谁让自己娶了这样一个漂亮女人呢？受点委屈又有什么？

当初他一见到白玲玲，白玲玲的妩媚简直让他呆住了，半天都缓不过神来。他小时候经常听大人们讲故事，说一个男人因家里穷，娶不上老婆。忽然有一天，他下地回来闻到一股肉香。当他好奇地掀开锅盖，顿时吃了一惊，只见锅箅上馏着几个暄腾腾的大白馒头，下面是一锅香喷喷的炖猪肉。一连几天都是如此，后来他耍个心眼，提前收工，这才真相大白。原来天上一个仙女爱上了他，就每天下凡来给他做好吃的。听着这个故事，他的脑海里总会浮现出一个美丽迷人的仙女。

后来上学后，学到一个词，形容一个美貌的女子用“美若天仙”，因此在他心里仙女是美得不得了啊。而究竟有多美，他哪里又想象得出！夏天的夜晚，他就躺在屋顶上，望着繁星闪烁的夜空，想着仙女们如何在天上生活。明知道那只不过是老辈人的一个传说，却又希望是真的。想着想着，就盼着有一位仙女飘然下凡，悄悄地落在他身边。这时他就会闭上双眼，仿佛已经闻到了一股袭人的香气。那种香气，是凡界女子所没有的。然而当他睁开眼，身边并没有仙女和他同枕共眠。只有天上的星星在朝他眨眼睛，像是在嘲笑他的荒唐。是的，那时他就喜欢这样想入非非。

想不到，后来真有一位天仙闯进了他的生活。是的，当他一见到白玲玲，就惊喜地发现，自己小时候的幻想竟然实现了，这个女人不就是上天送给他的仙女吗？然而他又明白，如果不是白玲玲在学校发生那场师生恋，他哪来的这个福分？就凭他这个样子，不打一辈子光棍才怪哩！呵，天上掉馅饼了。每每想到这个，他就偷偷地乐。

晚上睡下后，当他抚摸着白玲玲光滑如绸缎般的肌肤时，就克制着不让自己去想白玲玲的过去。是啊，想那个干吗呀？反正她是自己女人了，傻子才会自寻烦恼，才会自己和自己过不去呢！尤其是当把白玲玲搂在怀里时，他就更不去管她过去的那些糗事。此时此刻他从白玲玲身上，得到了一种生理上的满足和快乐；有时，看到白玲玲对他流露出不屑的眼光，他又不由得想到了她从前的经历。尤其是后来白玲玲和刘囤又有了那种关系，他就感到自己的尊严受到了极大伤害。但他不敢给白玲玲脸子看，他依然愿意把她视作仙女。

把饭桌摆在了当院，一家人开始吃晚饭。

白玲玲拿起一个煮鸡蛋，在桌上磕一下，剥去皮，放进小毛头的碗里："唔，当电工可不比干别的，成天爬电线杆，上上下下的多费劲呐！多吃点长劲！"

白玲玲今天太高兴了，明天小毛头就成为村里一名电工了，这对他们家是一件大喜事。别看小毛头年岁不大，今年才十六岁，却是个小机灵鬼，这一点是随了母亲。本来白玲玲还指望儿子将来考上大学，到城里去工作，可这个孩子把他的聪明劲儿用歪了，只是一味地贪玩，一上初中学习成绩就急剧下滑，最后连个高中都没考上，而且一回到家就嚷嚷着让母亲给他找个轻闲活干。白玲玲又是生气又是疼爱，不过看儿子不但机灵，手也很巧，就盘算着让他当电工。如今在村里电工依然是“电老虎”，论地位仅次于村干部。如果没有点势力，或者和村干部没点特殊关系，就很难捞到这个职位。

麻五端着一碗北瓜疙瘩汤，正呼噜噜地吃得香甜。听白玲玲这么一说，瞥儿子一眼：“你妈说得对，就得多吃点，长得壮壮实实才没人敢欺负咱！”

白玲玲不爱听这样的话，白麻五一眼：“不会说话就别说，没人把你当哑巴。哼，净说打锅话！你说，咱小毛头长得不结实吗？我看谁敢欺负他！”

麻五没想到，他就随便说了那么一句，却引来了白玲玲一顿数落，他脸上哪里挂得住呢。尤其是当着小毛头，让他实在没有面子。因此一股邪火涌上来：“哼，不就是个破电工呗，看把你美哩！你以为谁稀罕哩！”白玲玲越是得意，对他越是莫大的刺激。他心里清楚小毛头是怎么当上电工的，他不傻，但又不妨装个傻子。然而此时他却不能再装下去了，他要给白玲玲点颜色看。于是脸上的麻坑先是变红，红得似要滴出血来，倏忽间又变成了紫青色，像熟透了的桑葚。

白玲玲一愣：哎呀，把麻五的醋坛子给打翻了。

她完全可以不买麻五的账。你以为你有多大能耐是不是？如果麻五不是这个窝囊样儿，她还会那么做吗？谁让自己嫁给了这样一个男人呢？麻五一脸大麻子，不但相貌丑陋，而且身子短，腿短，胳膊短，又因为胖，整个人看上去就像一个大木桶。当着儿子小毛头，她不愿意和麻五闹翻。闹翻了麻五的牛劲一上来，保不准会说出什么不得体的话。儿子大了，她得顾及自己的面子。

不过，今天她也为麻五这种态度感到欣慰。如果麻五一味地保持沉默，连个响屁也不敢放，那他还是个有血性的男人吗？她不愿意总是看到麻五那个窝囊样儿。她忽然生出一个想法：逗逗麻五。于是便沉下脸来，把筷子往碗上一搁："我的老天爷哩，饶吃凉不管酸吧，你还说这种风凉话！小毛头当上电工，难道你沾不上光吗？你看你那个样子，就差把我给吃了！"不等麻五搭话，又说，"你吃我，你有那个胆吗？就是借你仨胆，你也不敢！"她用的是激将法。

果然麻五把筷子往桌上一拍："妈的，你倒有理了是不是？你当我还真是个傻子呀！"那张上窄下尖的枣核脸因为剧烈扭曲变得越发难看了，像一条风干的老丝瓜，每一个麻坑里都迸出火苗子了。这几年他憋了一肚子怨气，只是平时不敢发泄罢了，今天他要维护一下自己那点可怜的面子，不能再装傻充愣了。

"唉——"小毛头看他们要吵起来，叹息一声，端上碗去了里屋。

看把麻五窝在心里的火给激出来了，白玲玲不仅觉得有趣，还为他高兴。对，高兴。因为，麻五这才像个人样儿呀。这些年，他在她眼里仿佛只是一个没有灵魂的皮囊，甚至是一条狗，一只鸡。她不喜欢他，却可怜他，因为他毕竟是自己男人。因为欣喜，她还意犹未尽，再一次狠狠地激他："咦，长本事了！也不就是这么点本事呗！看看人家连春，你也去学人家呀！你就光知道在家里发火。哼，草鸡毛，窝里爹！"

一提到连春，麻五就像让霜打了的茄子，慢慢垂下脑袋。可不，同样是一个男人，连春都在城里办公司当大经理了。人家又没长俩脑袋，哪来那么大能耐呢？而自己呢，就会每天骑个破自行车串村收破烂，和人家相比自己算个什么呢？还有什么资格在女人面前逞强？可话又说回来，如果他像连春那样，也去城里办公司，白玲玲还这么不把他放到眼里吗？

这样一想，麻五把脑袋垂得更低了，一脸的沮丧和无奈。这样呆了一会儿，把脸埋在碗里，呼噜噜，喝一口疙瘩汤。

望着灰溜溜的麻五，白玲玲心里更不是个滋味了。想着自己和刘囤的那些事儿，就感到有些对不起麻五。麻五有什么过错？不就是因为娶了自己？而她又怎么能用那种残酷的方式来折磨他，伤害他？而麻五呢，对她又是那么宽容，从来都是服服帖帖的样子。这种复杂的情绪就这么折磨着她，让她非常痛苦。

唉，这个男人呀，也太可怜了！望着埋头吃饭的麻五，白玲玲禁不住这样感叹。

晚上躺下后，望着外面明光光的月亮，白玲玲禁不住又想到她的初恋。那是一段甜蜜而又掺杂着痛苦的记忆，让她永远割舍不下。李老师那洒脱的身影，从来没有在她脑海里消失过。而且他讲课的每一个动作，每一个眼神——他的眼神深沉而不乏热情——都让她无比着迷。所有这些就像刻在了她大脑里，又时不时像放电影一样浮现出来，而且越沉淀越回味无穷，对他的思念，也就越发强烈。尤其是夜阑人静，她望着外面皎洁的明月，听着夜鸟的声声鸣叫，就一遍遍地回味和李老师在一起的每一个细节。仿佛再一次感受到了那双有力而温暖的大手，在她身上轻轻地爱抚，而他呼出的那团热气就扑在了她脸颊上。她呢，早瘫在了李老师的怀里。他的怀抱是那么宽厚，那么温暖，在这十多年后的今天，当她闭上眼，依然还能清晰地记得那种让她心醉神迷的感觉。

有一次，当她又闭上眼睛，充分调动自己的想象重温那种美妙的感觉时，一只手突然掀开她身上的被子。还没等她反应过来，一个赤条条的身子压在她身上。她一愣，在这一刹那甚至产生了一种幻觉——是李老师！对，李老师。因为激动她全身开始战栗，“啊”地叫了一声。可当她明白压在她身上的人不是李老师时，麻五早已抵住她的下身，随即进入了她的身体。一种从来没有过的厌恶，让她一伸手就将麻五推了下来。

七

第二年一出正月，白玲玲就带全保去了她娘家一趟。

大地刚刚解冻。太阳变得温暖起来了，到处都是大地复苏的气息，有芳香的泥土味，还有湿漉漉的水腥味。

回到家，全保就开始忙活了。他先是整地，挑沟，铺肥——主要是草圈肥和鸡粪、豆饼。再耠沟，做瓜床，铺地膜，打眼，架棚，然后再育种。他选的品种是“京豫”，这也是白玲玲娘家哥极力推荐的。“雨水”那天，再把瓜苗移到瓜地。那些天全保整天待在瓜地里。他做得非常仔细，不敢有半点马虎。

这时候田野里非常安静，偶尔有心急的人家来麦田里锄草。其实早春的麦田还没有多少杂草，不耐锄，三下五下就锄干净了。小麦正返青，像有一只看不见的巨手正在一点一点地为大地着色，染绿。全保耳朵上夹一支烟，在早春温暖和煦的阳光里忙活着。因为他的心情是愉快的，竟然感觉不到一点儿劳累。而脑海里却时常幻想着自己依靠种地成为“万元户”，县委书记亲自给他颁发大红致富喜报。这个幻象，又让他生出几分激动和期盼。

就这样，在全保热切的目光里，瓜苗一天天长大了。他小心翼翼地学着白玲玲娘家哥的样子，给西瓜“奶肥”——不说施而说“奶”，就有母亲给小孩子喂奶的意思。可见人们对给西瓜上肥多么讲究，完全当作自家孩子一样呵护。他所“奶”的，是从县农科所买来的西瓜专用肥。

然后就是给西瓜间苗，打枝，授粉；待西瓜长到四五厘米时，还要掐去门瓜，到了膨胀期，再施肥，浇水。

这个时节，桃花、杏花已悄悄地开过了。树叶已经缀满了枝头，那一团一团的嫩绿，正一点一点地将春天推上绚烂。这时透过密密的瓜叶，可以看到拳头大的西瓜了。那滚圆碧绿的西瓜，透出一种喜人的亮色。

又过去了一些日子，当小麦开始扬花，布谷鸟又有一声没一声地叫起来，西瓜成熟了。西瓜熟了，杏子也就熟了。甘甜的西瓜，香喷喷的杏子，和红了脸的大蜜桃是夏天送给人们的第一份礼物。

全保坐在畦岸上，嘴里叼着烟，望着碧绿的瓜地出神。夕阳又圆又大，挂在天边，橘红色的余晖落在瓜叶子上，望上去像夕照下熠熠闪亮的河面。几片棉絮一样的云彩，带着夕阳反射的淡橘色，沉静而闲适地浮在空中。

今天是他家瓜园开张的第一天，买主是省城的一家热电厂，他是通过一个远房亲戚联系的。人家刚拉走一车。为了摘瓜，他今天起个早，和请来帮忙的人整整忙活了一上午。中午，为了表示酬谢，他还弄了几个菜，摆了一桌酒席。吃过饭后，他又来到了瓜园。

当夜幕降临，全保就趴在窝棚里，仰起下巴眺望夜色下的瓜地。衔在嘴角的烟头，在墨黑的夜色里一闪一闪，像飘浮游动的萤火虫。

自从这西瓜临近成熟，全保白天和夜里几乎都守在瓜地里。一来是提防有人偷瓜——来偷瓜的主要是小孩子们；他们来地里打猪草，渴了总喜欢打瓜园子的主意。二来也是看猪，万一谁家的猪从圈里跑出来，到田里找东西吃，就喜欢来瓜地饱餐一顿。当然了，这种情况是不多见的。他最怕的还是前一种，生产队解散了，人们的心也涣散了，什么损事也有人干得出来。

晚上，他大部分时间就是趴在这窝棚上吸烟。他爱看天上或明或暗的星星。吸着烟想心事，吸着烟看星星。有月亮的晚上，他还爱看月光下的瓜地。月光下的瓜地是什么样子的？月光下的瓜地非常的美呀，素月分辉，每一片瓜叶上都铺一层银白，又似有似无，看上去整个瓜园就像一个平静而波澜不惊的湖面。有小虫子附在瓜叶下面咯吱吱地吟唱，是湖水荡起的一朵朵浪花吧。他喜欢夏天的晚上，更喜欢月照下的瓜园，他感到此刻整个人也融入了这奇妙美丽的大自然之中，从肉体到心灵都彻底放松，那是一种何等美妙的享受啊。

忽然，身后传来窸窸窣窣的响动。他一惊，俩胳膊一用力，坐了起来。

一个黑影移过来。

“谁？”他问，声音急促，心想，莫非有人来偷瓜？

那人没有立刻应答，而是发出轻轻的笑声。全保感到纳闷，但知道是熟人，心里便踏实了些。

“看你个兔子胆，谁还能吃了你？”原来是白玲玲，身上还裹挟着饭菜的香味。

全保疑惑地望着白玲玲：“这么晚了，来这野地里干吗？你胆子可不小。”

“怕吗哩，莫非还怕让老虎吃了？”

“老虎倒没有，可有坏人呀！”全保闻到了从白玲玲头发上散发出的花露水的香气。

“我还怕坏人吗？哎，都成老梆子了，没人稀罕喽！”白玲玲的语气很沮丧，像是抱怨韶华易逝，岁月无情。一跃身，紧挨着全保坐在了窝棚上。

全保无声地笑笑，心里却琢磨着白玲玲到底有什么事儿。这时，白玲玲仰起尖尖的下巴，望着满天的繁星，愉快地说：“全保，我真眼气你呀，整天守着瓜地，晚上还在这窝棚里睡觉，用城里人的说法，你有多浪漫呀！你看，这满天的星星多么好看，你看那是北斗七星吧？哎呀，这么亮，真像个大勺子。全保，你还记得小时候念过的歌谣吗？”

全保摇摇头："我哪记得，你说说。"

白玲玲脸上带着笑，想了想，轻轻念道："日头出来照西坡，我把天上的星星说一说。辰辰星出来摆着溜儿，九女星出来颤哆嗦。勺星出来分四角，还有三个星星后跟着。水平星出来分上下，一个高来一个矬。南斗北斗做天下，东斗西斗子孙多。扫帚星出来抱一撮，牛郎织女出来依天河。紫微星出来把北口，四处的星星紧跟着。天上星多表不尽，咱单把牛郎织女说一说——"

"嘿，你记性真好，小时候就是这么念哩。"待白玲玲念完，全保惊喜地说，"那时候，到了夏天，一吃过晚饭，一家子就拿上凉席上房乘凉，看天上的星星，看大瓷盘似的月亮。我倒记得这个——月婆婆，亮光光，月亮底下去捡粮。张小牛，李小光，一捡就是一大筐。"

白玲玲拍着手说："就是，就是。还有哩，你听我说——孩子们出来耍哟，一家子出来俩哟。会走的，走出来，会爬的，爬出来，月子坑里的抱出来。"

这个歌谣让全保想起小时候在明亮的月光下，小伙伴们相互招呼着出来玩耍的情景。他更来了兴致，因记忆的闸门被打开了，又想起一个，说："玲玲，你再听听这个。"然后别起嗓子，模仿老妪的声音，用责备的口吻念道："女子家，少说话，今年不比往年家。过了一年大一岁，眼看就要找婆家。"

白玲玲大声笑起来："你个蔫不拉唧的坏家伙，说着说着就说歪了。"

全保只是嘿嘿地笑，不再吭声了。

白玲玲继续说："你再听这虫子叫，真像唱歌一样好听。"上中学时，白玲玲是个文艺爱好者，爱唱歌，嗓子又甜，而且上台表演过节目，还悄悄地写过诗，先是歌颂"文革"，后来是批林批孔，再后来就是学大寨赶昔阳了。她身上有丰富的文艺细胞。

全保和她开玩笑："好哇，那你别走了，就和我在这做伴吧！"他终究想不明白她为什么要摸黑赶来。莫非她就是喜欢这里，和他一样喜欢夜色下的瓜地？还是嘴馋了，想吃瓜了？不管怎样，一会儿摘个西瓜，先犒劳犒劳她。

而白玲玲却觉得全保很有意思，这个看上去有些木讷的男人，竟然和她开这种玩笑。她禁不住嗔他一眼："嗐，你想得倒美，谁愿意在这陪你呀？你心里不是放不下你的艾香吗？"说完，用手掩住嘴，像个小姑娘似的哧哧地笑。

全保有些尴尬，忙说："我给你摘个西瓜吃。"一跃身，跳下窝棚，嚓嚓地蹚着瓜秧子，再弯下腰，搜寻熟透的西瓜。在他的四周，小虫子忽然停止了鸣叫，田野复归于静谧。

当他手托一个大西瓜又踅回窝棚时，白玲玲正学着他的样子，趴在窝棚上，两只脚拍打着，更像个快活的小女孩了。朦胧的星光下，她脸颊的轮廓越发的秀美诱人。

"你这是谢我呀？"她一骨碌坐起来。

全保也不言声，一手托瓜，另一只手啪地在上面拍一下，再把瓜放地上，拿出瓜刀，咔嚓一声，于是甜丝丝的瓜香四溢开来。

他托起一块，递给白玲玲。白玲玲接住，跳下窝棚，双手捧着西瓜，快活地吃起来。

西瓜的确好吃，又沙又甜，而且籽少。白玲玲说："看看，让你种这个品种还真种对了！"

全保大口地吃着，西瓜汁流了他一手。他抖一下，有几分喜悦地说："今天才走了一车，就挣了二百多块，照这样下去，这几亩西瓜少说也得赚两千多块！"

"其实呀，就是不去城里干，咱也不见得挣不到大钱！"白玲玲一抬手，又咬一口西瓜。

“就是，就是，一个乡下人，怎么就非得去人家城里讨饭吃呢？”全保心里很高兴，脑海里又浮现出那个依靠种地成为“万元户”的新闻，还有那张大红喜报，那红通通的颜色多么喜庆呀！

白玲玲知道全保这是针对连春说的。虽说她对连春打心眼里佩服，但也能理解全保：如果这村里人都到城里去，那这土地还不都撂荒了！像连春这样的人毕竟还是少数，哪能人人都去学他呢？庄稼人嘛，就得像全保一样，在这土地上多动动脑筋！

说起来，她对全保开始产生好感，是从同情开始的。艾香丢下他和两个孩子，说走就走了，全保真是可怜！她满以为像其他丧偶的男人那样，时间不会太长，全保就急不可耐地续弦的。她也曾把她娘家刚离婚的堂妹介绍给全保，她堂妹长相不错，饱满的脸庞，一双欢实的眼睛，一笑脸上俩酒窝，而全保却不为所动。后来又给他介绍了一个，但全保依然没那个心思。她这才恍然明白，原来全保心里依然放不下艾香。哎呀，如今到哪去寻找这么痴心的男人呢？打着灯笼也难寻呀。全保的重情重义，让她深深感动了。

上午，当她在自家玉米地里拔草时，远远的，看着全保和前来给他帮忙的人在瓜地里摘瓜，然后再用抬筐把瓜运到地头，她心里禁不住乐滋滋的，她为自己能帮全保一把而高兴。吃过晚饭，她在家里待不住，就悄悄地走出来，又悄悄地走向村外，那种小心翼翼的样子就像一只夜游动物，更像夜晚出来游走的狐仙。这几年，每到夏天，吃过晚饭，她总爱到村边溜达。她喜欢各种庄稼的气味，里面还杂糅着炊烟的香气，非常好闻。她还喜欢月夜下村边那种幽静恬淡的氛围，在这种氛围里她可以浮想联翩，有时还禁不住轻轻地唱歌。往往唱着唱着她就闭上了嘴巴，因为她听到了草丛里小虫子的吟唱，她认为，这大自然的声音远比自己的声音美妙啊。

今晚，当她来到村外后，两只脚就不听使唤似的径直朝全保家瓜园走来。是想和全保说会儿话吗？她也说不清的……

八

当初连春成立建筑公司的消息传到柏树庄时，在一户人家竟然引起了一场轩然大波。这个人家的女主人就是大洋人。说起大洋人，这里还有一段有趣的故事。

十几年前，小军作为县里抽选的民工，去离这里一百多里地的大山里修水库，他们就住在大山脚下的一个村子里。小军住的这户人家，只有三口人，两位老人和他们的女儿小菊。对这个女儿，两位老人早早发下话，要把她嫁到山外的大平原。这个名叫小菊的女孩子就是现在的大洋人，那时她才十九岁，高挑的个头，梳两条油亮的大辫子，走起路来在背上来回甩动着，活泼里又不乏山里女孩子的一点儿野气。又大又黑的眼睛，圆圆的脸颊，白皙里透出一层红润，鲜嫩而水灵——不似如今这般，那极度膨胀的两腮，把她的脸撑成个柿子样儿。那时，小菊对这个从大平原来的小伙子很好奇，总是主动和他搭话，向他打问山外的情况。

“我这辈子要是能走出大山去，见见大平原，就是死了也心甘！”有一次她靠在小军的铺盖上，眼睛忽闪忽闪地盯着小军说。

小军明白，是大平原把这个房东女儿给迷住了。这时，他心里生出一个想法：把这个女人带回家做自己的媳妇。于是，一有空闲他就对她大讲特讲大平原。什么平原上一眼能望到天边上啊；什么平原上全是大马路，干什么都骑自行车——自行车的铃声又是多么响亮，丁零零，丁零零，一直传出去老远；平原上水皮浅，几铁锹挖下去，就能冒出又清亮又甘甜的地下水。哪像他们这大山里，地下全是大石头，水倒是有，可那是经年积下的雨水。人们用的是雨水，喝的也是雨水。他还说，平原上的女人们脸蛋子又白又嫩，个个都像抹了粉子一样。还有一条更让她兴奋不已，小军说站在他家屋顶上，能看到北京的天安门，看到毛主席他老人家在天安门城楼上向人们挥手致意！妈呀，平原真好！小菊听得眼都直了，心早飞到大平原上去。哎呀，这个该死的山旮旯，往前望是山，往后望也是山，四周都是高大的山，这层层叠叠的大山挡住了她的视线，眼里只有山、山！她早住烦了。尤其是听说平原上的女人们成天搽脂抹粉，更让她无比艳羡而又心驰神往。因此在她眼里，大平原简直就是天堂，是仙境。她一定要走出去。可那个年代，要走出大山可没那么容易，一来，她家在平原上没有一门亲戚；二来家里又没有人在外面做事，要改变命运只有靠她自己了。于是她灵机一动，开始打小军的主意。对于小军，她谈不上多么喜欢，但也不讨厌。小军个头不高，身子也单薄，但模样还算周正，不但能说会道，通身还有一种来自平原男人身上那种特有的气质，比山里男人多了几分精明和活泛。于是她就开始在小军身上押注了——她的赌注，是她一生的梦想和幸福！

果然，她成功了。那天中午，她瞅见小军胳膊上托着黄绿色外衣，一脸疲惫地从工地上回来，知道他一进门必定先去茅房，便抢先一步走进去，佯装小解。小军和平时一样朝茅房走去。“呀——”她装作极度的害羞和气恼，惊叫一声，赶忙提着裤子站起来。小军先是怔住，之后忙转身，嘴里喃喃着：“对不起，实在对不起，我没看见，吗也没看见！”像个惊弓之鸟般逃出去。

晚上，小菊瞅机会，像一只山狐一样钻进小军住的厢房里，一头扑到小军怀里，晃动着脑袋啜泣起来：“你说，你让俺今后还有吗脸面见人？俺身上的你都看见了，你还说没看见，我——

我将来还怎么嫁人？我就是你的人了！”

本来，今天的事情让小军一直不好意思。他不敢和小菊对视。甚至还害怕小菊骂他流氓，把他告到工地领导那里。但又觉得自己冤枉，只看到小菊蹲在茅坑上，因为无比的惊悚，他哪里还敢对她多扫一眼？但人家硬说他看到了，他是百口莫辩呀。这件事如果传到柏树庄，不弄个名声扫地才怪。名声坏了，恐怕他连个媳妇也说不上了。然而，他又想不到这女人竟然会扑到他怀里。小菊正值青春妙龄，通身都有一种少女特有的诱人气息，而且那柔滑的肌肤就紧贴着他；那两条粗大柔韧的辫子，盘在他的大腿上，似在抚摸他。一阵酥痒，从他的大腿根处陡地生出来，然后迅速地传至全身。这个处于青春期的男人，哪里受得了这个，身上的血“嗡”地涌到头上，脑袋胀大了，感觉下身也热乎乎的膨胀起来。他一努劲，将小菊放到了炕头上，笨手笨脚地，就将这个山里女孩子占有了。非常的匆忙，匆忙得竟然让他没有感觉出什么来，但又是极度的亢奋和激动。

有了第一次，就有第二次第三次。而且一次比一次有滋味，一次比一次上瘾，这让他欲罢不能。有一天，小菊告诉他自己怀孕了。在那个年代未婚先孕，全家人都会脸上无光。恰好冬天来临，工地上就要放假了。小军就把小菊带回来，就这样两人匆忙地入了洞房。小菊也终于实现了她来平原生活的美好愿望。

刚嫁到平原时，她怕被人看不起，为此颇费了一番脑筋，就先从装扮上入手——穿衣打扮总是向城里人看齐。城里的女人时兴将头发剪得短短的，也就是电影《杜鹃山》里党代表柯湘的那种样式。有一天，她从山里的娘家回来，人们的眼前一亮，发现她竟然是活脱脱一个党代表！城里人时兴穿那种瘦瘦的“鸡腿裤”，她从娘家回来，也换上了这种样式的裤子。后来，城里女人时兴烫头发，穿喇叭裤了，她从娘家回来，头发也烫了，有时是鸡窝样儿，有时又是大波浪，一圈圈的像瀑布一样披在肩上，如同老绵羊的大尾巴。一条喇叭裤，裤脚宽得能当拖布。这还不算，后来她又学会了抽烟。起初是当着人才抽，渐渐地不当人她也抽，真有了烟瘾了。因此小军家的街门口，就成了柏树庄一道西洋景。人们只是在电影上见过吸烟的女人，用村里人的话说，那大多不是什么好货色，不是国民党特务，就是贪图享受又爱慕虚荣的资本家小姨太太、地主婆之流，这些人都是害人的美女蛇，女妖怪！因而在人们眼中，这个从大山里来的女人，就变得神秘而古怪了，又有几分妖艳！在小菊生了两个儿子之后，身体像气吹似的发胖了，因又是把头发烫成了爆炸式，时尚里又透出一点儿放荡不羁，村里人就送她一个诨号：大洋人。后来，那个美丽的名字“小菊”，就像让秋风吹跑了，逐渐淡出了人们的脑海。

今天，她在街门口望风时，听说连春在城里成立了公司，当上了大经理，这个消息让她无比震惊。她虽然和连春见面不多，可连春却给她留下了难以磨灭的印象。记得她和小军结婚那天，闹洞房的男人里面，有一个诙谐机灵的小伙子，非缠着她给他点烟不可。她接过打火机，咔嚓打着火。当打火机快要挨着烟时，他跳上了椅子。她仰头伸胳膊，再点，他又抬起下巴，将烟高高地翘起来。有人嚷道：“哈，连春那家伙，硬啦！”哄！笑声溢满了屋子。她非常尴尬，点吧，又够不着，就红着脸僵在那里，心里痛恨这个机敏而又难缠的小伙子，但闹新娘是个喜庆事儿，山里山外一个理儿，三天内不分辈分大小和长幼，只要不把新娘的衣服扒光了，都不算为过，这是闹新娘的底线。而新娘呢，心里再不乐意，也不能发火只有忍耐。看玩笑开得差不多了，连春不再为难她，笑嘻嘻地从椅子上跳下来让她把烟点了。这是那天最精彩的一幕，也是婚礼的高潮，当时她的脸羞成了一块红绸布。

就是这个曾让她尴尬过的李连春，如今在城里当了经理，这是柏树庄人想也不敢想的。她由连春联想到了小军。村里哪个男人出息了，她就喜欢把小军扯过来和人家去比较。不比不知道，一比吓一跳——原来她绞尽脑汁甚至不惜一个少女的羞耻得到的男人，竟然这么不中用。白天就知道侍弄那几亩地，晚上打半夜麻将回来，爬上炕就扯她的被子。不管她有没有那个情绪，只管往她身上爬跨。小军是个贪图享乐和安逸的男人，没有什么远大志向，这是她对他的评价。其实，当年她一嫁过来就明白自己上当了。原来平原和自己想象的差距相当大，和小军描绘得更是有天壤之别。什么天气好的时候，站在房顶上能看到几百里外的天安门，看毛主席他老人家朝人们招手；什么棉花能长到大树那样高，摘棉花得先登梯子上棉花树。——自己嫁过去，就等于掉进福窝里了。嗐，原来小军把她当成傻瓜骗了个结实！一来生米已做成熟饭，二来看到平原上虽说远没有小军说得那么好，可毕竟比山区生活要好多了，而且出门也不再爬上爬下的，便安心地和他过起了日子，就权当小军和她开了一个天大的玩笑——她原谅了他，觉得他很有意思。然而，有一点她还是计较的——原来小军家的生活条件在村里是最差的。她小菊可是个黄花大闺女啊。这样一盘算，就觉得自己是做了一桩蚀本的生意。她恨自己当时太无知了，竟然那么轻信小军的那张油嘴。

有了这种情绪，大洋人哪还在门口坐得住呢，拎上马扎就回来了。一进门，“啪——”，将马扎扔到了院里。那马扎滚了几下，躺在了那株美人蕉下面。

响声把小军吓了一跳。他赶忙从屋里出来，见大洋人那张扁脸狠劲耷拉着，涂得血红的嘴唇高高地噘着，用村里人的说法，就是能拴住一头小叫驴了。小军又瞥见那只滚到一边的小马扎，明白它又成了大洋人的出气筒。他自然也知道，接下来自己将面临和这马扎同样的境遇了。

果然，大洋人瞥他一眼，那目光恨不得把他连肉带骨头都吞进肚里。

小军心里发毛了，这姑奶奶今个儿到底怎么了？谁又捅了她这个马蜂窝呢？

“哼——”大洋人把烟往地上一掷，劈头盖脸地对小军一通发泄：“你说，当时我怎么就瞎了眼，嫁给了你这个窝囊废？就是闭着眼，俩手随便划拉一个，也比你强吧！”她越说越激动，愈加对小军生出了目眦尽裂般的愤恨，“你说吧，我跟了你，离娘家这么远不算，你是让我吃了，还是让我喝了？呵，你可给我说呀？你哑巴了，还是让鸡毛堵了嘴？”

小军想说：不但让你吃了，让你喝了，还让你抽了呢？你看看村里哪个女人抽烟？你还不嫌丢人现眼呀你！先前，他听说人们叫自己媳妇大洋人，心里还感到腻歪，后来想想，这个绰号是非常适合她的。

“你说，你还是个男人吗？呸，你只是披了一张男人的皮！”大洋人不但脸蛋子大，嘴也有点大，然而，一双眼睛又黑又亮，这就将她的脸衬托得有了几分美感。

小军被大洋人骂蒙了。在大洋人面前，他无法气粗胆壮，腰杆也难以挺直。因当初他向人家吹嘘大平原时，说得太夸张太离谱了，在人家面前就有了“短”。有时他觉得不该那么诓她时，又找出以下理由安慰自己：如果不这样办，你能娶到黄花大闺女？因此虽说大洋人平时的做派让他反感，但也不敢说什么。他害怕人家急了眼，一抬腿跑了。而二茬子光棍的滋味又是最难受的。他害怕。

见小军不吭声，大洋人就把满腹的委屈劈头盖脸地撒出来：“你看看人家连春，人家都进城当经理了，你，你再撒泡尿照照自个儿呀，吗时候才让人把你当个人看呢？”

小军终于明白大洋人为什么发这么大的火了。明白了，心里也就释然了：“你怎么不拿我跟省长、县长去比？人家连春是谁？他可是咱村里的人精！”

大洋人两道眉毛一竖：“哎呀呀，我的天爷，怎么就不能比？莫非你就不是人，不是个男人？——你怎么就这么没志气哩！白天就知道鼓捣那几亩地，晚上就知道在我身上瞎鼓捣！光这么鼓捣下去，你有出息才怪！莫非能捣鼓出花儿来呀？你也学学人家连春呀！让老娘也过几天舒心日子。你不是说，你们平原上的日子都甜得像吃蜜吗？”

这又等于打了小军的脸，他牙疼似的捂住腮帮子，连声说道：“咱可没那个本事，嗨，咱可没那个本事！”他又想采取以退为守的战术，他不想和她干架，他没那个底气，更没那个必要。

“呸——”大洋人啐他一口，皱皱鼻子，“一条扶不上墙的赖狗！你还想就这么混下去？从今往后，你得给我想出个赚钱的门道来！要不你就打你的光棍！”这个女人，可知道小军的软肋在哪里。

院里那棵大槐树上，有几只知了叫得正起劲，“吱——吱——吱”，声音悠长而闲适。从院墙外面，飘来邻居家油炝葱花的香味。小军抽动了几下鼻子，嗯呀，该做中午饭了，扭头就钻进灶房。

这是去年发生在小军家的一幕，从此大洋人就天天盼着小军能找到个挣钱的门路。然而她等了快一年了，小军那里却总不见个动静。

这天她质问小军：“你找到挣钱的门路了没有？”

小军刚从田里回来。麦子收过了，他去为玉米锄草。热汗从他头上涔涔地滴落，白背心差不多让汗湿透了，紧贴在身上。他将背心脱下来，搭在晾衣绳上。然后从缸里舀一瓢水，弯下身子开始洗脸。洗好脸，正两手扯着毛巾擦背，大洋人那咄咄逼人的声音就传了过来。

本来，头顶着大太阳在田里锄了一上午草，总算熬到天晌午了，他盼着吃过午饭后往靠椅上一躺，打开袖珍收音机，听一段单田芳的评书，然后美美地睡上一个午觉。谁知，还没喘口气呢，大洋人就唠叨起来。

他开始后悔，自己当初真是昏了头，领来了这么一个好吃懒做又性格古怪的女人，看来这辈子都无法安生了。他叹息着，明白老天爷其实对每一个人都是公平的。就拿他来说吧，有了媳妇儿晚上倒是舒服了，可也抬不起头来了，整天就生活在大洋人无端的指责之中，你说烦不烦?

他狠劲地咽口唾沫，为自己辩解："嗯呀，你看我是那种挣大钱的人吗?不是那个虫儿，咱就入不了那个木儿！嗨，咱就老老实实在家种地吧！"

大洋人今天却不同于以往，抱怨完了也把午饭给小军做好了。脸上的神色也不似从前那般难看，而且把饭桌早摆在了院里大槐树下面，开始扭动着腰肢往上面端菜。一盘炒茄子，一盘蒜泥拌豆角，那新鲜的蒜香飘出去老远，逗引着人的食欲；主食是小米稀饭，这是小军大热天下地回来最喜欢吃的。从前，他喜食大米粥，后来村南不能种水稻了，他就喜欢吃小米饭了。大洋人一边往桌上摆着碗筷，一边说："你不说我也知道，你哪来挣大钱的本事！"声音却是柔和的，竟然没有半点怨怼的意思。

小军坐在板凳上，盛一碗小米粥，拿起一只暄腾腾的大馒头，"咔哧"，咬一口，又夹了一口炒茄子。茄子是从自家的小菜园里现摘的，味道又鲜嫩又可口。他吃着，心里想：虽说大洋人说话这么难听，但内心还是疼自己的，看今个儿做的这饭菜，多合自己的胃口！

大洋人喝下一口米粥，那两道描得黑黑的眉毛往上一挑，说："我听连社媳妇说，连社跟着连春干一个月能挣小二百呢！要不，你也找找连春，去跟着他干吧！"

“让我去找连春？你脑子灌糨糊了吧？如今人家可是城里的大经理，脸儿大了！”

大洋人乜斜他一眼：“你真是个死猪脑子，不就因为他是经理，咱才找他哩呀！你去跟他说说，就跟着他去城里干呗！”

按说，这倒是个不错的主意。只是，他担心就这么冒昧地去求人家，人家是否买他的账？

“我不去！我和人家连春又没吗交情——”

大洋人推开碗，嗔他一眼：“癞皮狗，扶不上墙！想吃热豆腐，就不能怕烫嘴！”

小军没吭声，他还有什么理由再反驳大洋人呢？他们的两个孩子都是带把儿的，将来又得盖房又得娶媳妇，哪个没有万儿八千的能交代了？

小军走进连春家时，二兰子正坐在堂屋里吃午饭。一只花狸猫偎在她身边，两只琥珀一样的眼睛盯着它的主人。看到小军走进院门，二兰子眉头一皱：稀罕！小军来我家干吗呢？

“嫂子，吃饭呐？”

“是小军呀？快屋里坐，坐！”二兰子放下碗，笑着招呼小军。

在二兰子看来，小军最大的本事就是将山里的女人给诓来了。因此她对小军产生了兴趣——想不到呀，这个貌似平常的男人竟然还有这么两下子。柏树庄的人，一直以来有一个观念：不管人好人赖，只要干了件让人佩服的事儿，就算是个人物了。就是这件事儿，让二兰子对小军改变了看法。只是大洋人无论是行事还是做派，都和柏树庄的女人格格不入。但小军毕竟有了女人。而且，整天打扮得怪里怪气的大洋人也成了柏树庄的一道西洋景，更是人们茶余饭后的谈资。因此二兰子认为，村里有这么个古怪女人倒也不错。

小军不想进屋，就站在堂屋门口，问二兰子：“连春哥怎么没回来？”

二兰子把嘴一撇：“他呀，自从当了那个破经理，你看看把他忙的。——从前吧，他再忙，到了晚上也得赶回来！如今倒好，晚上说不回来就不回来了！这个家，在他眼里连个旅馆都不如！”说着，从碗里挑出几根面条，甩到了花狸猫跟前。

小军看出来二兰子看似在抱怨连春，其实心里美着呢！他就说：“连春哥当经理了，和从前肯定不一样，有多少人要找他办事呢！东一个事儿，西一个事儿，他哪个不应酬！”

“忙，也是瞎忙呗！当个破经理，也不多挣几个钱。再说了，你以为进城办公司那么容易吗？人家城里吗能人没有？他呀，那是心气太高了！”

小军鸡啄米似的点点头：“嫂子说得不差，去城里闯，哪个没有两把刀子三把攮子！不过，连春哥这么费劲，还不都是为了给大家伙找碗饭吃呗！”

嗐，这小军的话可说到二兰子心里去了。可不是嘛，在连春工地上干活儿的，大多是柏树庄的乡亲。起初二兰子极力反对，说乡里乡亲的不好管理，弄不好要得罪人的。连春却说肥水不流外人田，咱不但要自己挣钱，也得让乡亲们的钱袋子鼓起来。如今，村里已有二十多人在连春的工地上干活。有抄锅儿、白蛋、国庆、六成，还有黑狗、铁蛋、灶火、碴碴儿、老笨，等等。因为收入不错，如今这些人的生活都提升了一个档次。

二兰子笑笑：“你说的倒是实话！可不是那么回事呗！一年下来，他赚不赚钱，可总得给大伙儿开工资吧。说难听话，我们要是赔了，那工资一点儿也不能少给人家！”

“就是，就是——”小军附和着，他没有耐心再和二兰子唠叨下去了，就切入正题，“嫂子，我今天来是想求你个人情，让你跟连春哥说一下——”他显得有点难为情，对着二兰子苦笑了一下。然后整个脸肌就僵住了，一双眼睛，紧盯住二兰子。

二兰子眨巴一下眼睛："给他说吗哩？"

"嫂子，是这么回事——"小军说，"你看，我也找不到挣钱的门路，也没有吗手艺，不会木工，不会瓦工，但像搬砖和泥呀，这些还难不倒我！我不怕吃苦！"

原来小军是为这事儿来的："这件事嘛，还得等着连春回来，我可做不了这个主儿！现在工地上好像不缺人手。"

"哎呀，我的好嫂子哟，你就给连春哥说说嘛。你就对他说，我干活一个顶俩儿。——他就听你的。"

望着急得满脸涨红的小军，二兰子就答应给他试试。

"我的好嫂子，下辈子，我给你当牛做马——"小军感激得就差给二兰子下跪了。

"别这么说！咱一个村里住着，帮你也是应该的。"二兰子笑着摇了摇手。她有点可怜小军。唉，一个大男人竟然混到这个地步，也太寒碜了。

这天，连春很晚才从城里回来。

连春站在屋地上脱衣服时，二兰子把小军的事情对他说了。

连春有些惊讶。在他看来，小军是个自命不凡的人，尤其是他靠着两片嘴皮子，把大洋人从大山里诓来后，还真把自己当成了一个人物；接人待物，无论是神色还是语气都傲气十足。在家里对大洋人装孙子，在外面呢，却爱摆个谱，端个臭架子，牛气哄哄的！再说，小军有什么技术呢？不就是两片嘴皮子好使呗！他到工地上能干什么？只能给他打杂做个小工。可他又不缺小工。

见连春不吭气，二兰子替小军说情："我想呀，这肯定是大洋人把他逼的！大洋人吃男人的喝男人的，这还不算，恨不得再把男人的骨头砸碎吸干骨髓。你说，小军还能有吗办法？只好出来找活儿干呗！"

连春不再说什么了。是呀，从一开始，他在用人上就向乡亲们大开绿灯。比如那个老笨，人笨得真像榆木疙瘩一样不开窍，数数儿只能数到二十，一过二十，就开始往回数了。而且呢，家里又穷，都快三十岁了还打着光棍。人笨，身上却有力气，壮得像头耕牛。在连春这儿干，数他挣钱多。这不，才来一年多吧，就有媒人上门来给他说媳妇了。

还有那个老黑，因小时候在房上玩耍，掉下来摔瘸了一条腿，连春就让他在工地上记个账，为大家发发工资，凑合着吃碗饭。人心都是肉长的，因为感激连春，他们干活儿都非常卖力气，把心都掏给了连春。

“好吧，那就让他去！”连春说得有几分勉强。他倒要看看这个油嘴滑舌的家伙表现如何。他愿意帮他一把，可就怕他不争气。

九

槐林以优异成绩考上了县一中。一中是一所全市重点中学，来到这里就等于跨进了大学校门一只脚。

时光如梭，似眨了一下眼睛的工夫，三年的高中生活就结束了。这年夏天，槐林参加了高考。

一天晚上，一家人吃过晚饭，全保站在院子里抽烟，当他看到堂屋里正盯着电视屏幕看得出神的槐林和槐花时，心里感到了一些欣慰。——两个孩子终于长大了。

他又抬起头望着浩瀚的夜空。满天的星星，映入了他的眼帘。

他忽然觉得，那亮晶晶的星星多么像艾香的眼睛啊。那么，到底哪一颗是艾香的呢？他使劲地抬着下巴，在这星的海洋里寻找着，寻找着。

这时，村里的大喇叭“呼呼”地响了两下，像老牛吐气，之后一个粗重的声音传过来：“丁槐林，丁槐林，听到广播后，到村委会拿信！”一连广播了三遍。是老房的声音。

是不是槐林的大学通知书？这几天，正是大学发放入学通知书的时候。

“槐林，槐林！”全保扭头朝屋里喊。

“爸，怎么啦？”槐林从堂屋里探出脑袋。

“村里大喇叭上喊你拿信哩，是不是通知书呀？”

“噢——”槐林大叫一声，像一只猴子一样从屋里跳出来，嘴里说着，“没错，准是通知书！”早一溜烟跑了出去。

槐林再回来时，手里拿着一个大信袋，他晃动着信袋，说：“爸，通知书，是通知书！”声音里有一种无法压抑的喜悦。

“快让我看看！”

槐林兴奋地将手伸进信袋，灯光下，“哈尔滨工业大学”几个烫金大字跳到了全保眼里。

喜悦之余，全保不免又愁上眉梢。因为，前些年为给艾香看病，他借了一屁股债。而槐林一上大学，家里的开支无疑就加大了。再说，槐花快上高中了，一上高中花项也会增加。这样想着，他竟然冒出这样一个念头：让槐林放弃上大学，回来给自己当个帮手吧。

然而，他又马上否定。那一次，不就是因为这个他打过槐林一巴掌吗？如果不让槐林上大学，这不是自己打自己的嘴巴吗？再说，他能忍心耽误了儿子前程？他想来想去就是拿不定主意，于是这个问题开始折磨他，让他尝尽了那种即喜亦忧的复杂滋味。

第二天晚上，连春从城里回来，二兰子告诉他槐林考上大学的消息。

“咦，真是鸡窝里飞出凤凰了！就全保那个死巴劲儿，想不到会生出这么聪明个小子。”吃着饭，二兰子还禁不住大发感慨。

“这孩子真争气！”连春说，心里非常高兴。他为全保高兴，也为艾香高兴。他仿佛看到了九泉之下的艾香咧开嘴笑了，那是满足和欣慰的笑啊。

吃完饭，连春就朝外走。

顺着大街一直往西走，走不多远，就是全保家。在全保家胡同口上，连春停住了。他想起上次去他家时，全保表现出的那种冷淡和反感。这一次全保对他会是什么态度？他踟蹰起来。

这时，一个声音在他耳边响起：你就这么眼睁睁地看着全保遭难，袖手旁观吗？你就眼瞅着槐林上不成大学，误了孩子前程？你忍心吗你？

可他身边却没有一个人影。街道、屋宇，还有墙头、树木，都让夜色涂上一层炭灰色，变成了黑魆魆的暗影。空气里还飘着饭菜的香味。一条狗几乎擦着他的腿，匆匆地跑过去。

你怎么能和全保计较这个呢？你可是老大哥呀。他这样责怪自己，终于又迈开了步子。

全保正坐在院里，一边吸烟，一边叹息，还在为钱的事儿发愁，才一天多时间，嘴上就急出一层燎泡。莫非，还去朝人伸手借钱吗？一想到借钱，他心里就像塞进去一块冰，全身都凉津津的。本来为给艾香看病，他该借的都借了，把亲戚们借了个遍，因此他哪还好意思再去向亲戚们张口呢。

正在这时，街门吱呀一声被推开了。

“谁？”

“我！”来人手里的烟头像小星星一样，一闪一闪地向全保移过来。

“是连春哥呀！”

“哈哈——”连春大声地笑着，“我给你们道喜来了！”

连春在全保跟前站住了，手伸进衣兜，掏出烟来，递给全保一支：“吃饭时你嫂子告诉我的！听说今年咱村只有槐林考上了，这孩子真争气！”

全保苦笑道：“争气是争气，可花钱的时候也来了。”他说得轻描淡写，不想让连春看出他正为钱的事儿寝食难安。

连春从兜里掏出一沓钞票，说："这是一千块，我知道你手头紧巴——"

全保呆住了，他想不到连春是为这个来的，这可是雪中送炭啊，一股暖流顿时涌遍他全身。然而，随即他又有些讪讪的，两手不停地搓着，不好去接钱。但他心里又是非常矛盾的，不接吧，槐林上大学的事儿可能要泡汤。这时，他恨自己竟是这么无能。可又想到连春也是好意，他还有什么理由拒绝他呢？就笑了笑，说："我哪能花你的钱呢？你办了公司，摊子大了，正需要资金呢！"

连春早把钱塞到了他手里，全保还是推辞："哎呀，我怎么能花你的钱，不能。"连春说："你说的也对，我是需要钱，可我需要的是大钱，这几个钱对我来说根本起不到作用，却能给你解决大问题！哎呀，快拿着，不能把孩子的前程给耽误了！"

全保哪里还好再推辞呢，但他觉得握在手上的不是钱，而是一块沉甸甸的大石头。这石头虽说热乎乎的，却又压在他心口上，压得他喘不过气来。

这天晚上，全保久久不能入睡。槐林可以上大学了，可他心里却依然轻松不起来。

……那虬劲而挺拔的枝杈，像一只只张开的手掌，向着天空伸展开去，仿佛要把蓝天、白云都拥进自己的怀抱——那棵大柏树又浮现在他眼前。

那时候，每到初一和十五的晚上，他和连春都要赶过来，看村里上了年纪的女人们偷偷地给大柏树上香。来这里上香的人，只是低声地叨念几句，就匆忙地离开了。而第二天人们再也不会提起昨晚上的事情，回家问大人，大人警告他们：看到就看到了，千万不许说出去！那时候，大队的民兵们时常押着人游街，这些人不是地主富农，就是牛鬼蛇神；还有新揪出来的走资派，其中就有连春的父亲秋山。而烧香拜佛是被视作封建迷信活动的，让上边知道了可不得了。

可为什么，人们都冒着被批斗的危险，来这里烧香许愿呢？因此在连春和全保眼里，大柏树越发的神秘甚至神圣起来。

一个有月亮的晚上，全保问连春："你说，这大柏树还能长多少年呀？"

"不知道。也许它会永远长下去。"连春说着，就抱住了大柏树——其实他只抱住了不到一半——大柏树只有两个大人才能抱拢。

全保又问他："咱村的树一长粗就都刨了，怎么这棵就没人刨呀？"

连春也不明白："嗯！不但没人刨，还没人敢爬到这上面玩哩。"

全保笑了："嘿，就是想上也上不去呀！"是的，大柏树不但高大，而且还粗硕，再机灵的人也难于攀上去。

但他们依然不明白人们对这大柏树为什么这么敬畏，不管是什么脾性的人，一旦来到它面前就都变得心平气和了。那么，是人们对这棵大柏树心生敬畏，才使它躲过无数次自然和人为的灾害呢，还是因为它的生命力格外顽强，才使它如此长寿？他们也想不明白。

他们俩，就站在皎洁的月亮下面，面对着这棵大柏树，开始盟誓。连春说："全保，咱俩以后要像亲兄弟一样亲。"全保说："比亲兄弟还亲哩，咱俩。"连春说："今后不管谁有了难处，都要帮一把。"全保点点头，说："这一辈子，咱们不闹意见，不打架，永远像亲兄弟。"连春说："咱俩就是一对儿亲兄弟。"全保说："对，咱俩就是亲兄弟！"于是，两颗天真纯洁的心，紧紧地贴在了一起。

那天晚上的月亮，圆，白，给大地洒一层清辉。整个村子，屋宇、树木，都沐浴在了这银色的月色里，像黑白老照片，比现实多了一种朦胧而深沉的美。啊，古老而又新鲜的月亮呀，你曾目睹过多少人间悲喜，然而你依然那么淡定和超然。如果说月色下的柏树庄是一幅水墨画，那么这棵参天的大柏树，就是这幅水墨画的一个亮点，仿佛整幅画都是由它来支撑和照亮的。

而此刻在他俩眼里，这大柏树就是一位威严而睿智的老人……

想着想着，全保紧紧合上了眼睛。他不敢再去面对那棵大柏树了。然而，大柏树的雄姿在他脑海里像扎了根……

他眼睛一热，一串泪水从眼角淌下来。

十

二兰子刚要脱衣服上床，见连春推门进来，扭身望着他，问："你表示了？"

"表示了。"

"怎么个表示法儿？"二兰子的声音开始急促了。

"人家最需要吗，我就帮人家吗呗！"连春的语气不急也不缓。

"这么说，你给他钱了？"二兰子终于按捺不住，嗓门子大起来。

"给了一千！帮人，就得帮到底。"连春理直气壮地说。

"你是钱多得花不清了？"二兰子一听说给了那么多，觉得像割去她身上一块肉，愀然作色。

连春向她解释："要没这点钱，槐林说不定真上不成哩，你说咱能看着不管吗？谁让我和全保从小就是好朋友哩！"

"哼——"连春的话，又勾起了二兰子对艾香的猜疑和妒忌，"别猪鼻子插葱装人样了！你以为我是傻子？就那么好糊弄？我看是当初人家那脸蛋子勾了你的魂儿啦！忘了那会儿人家是怎么一脚把你给踢了？如今看你混得像个人样儿了，给你抛个媚眼子，你就屁颠屁颠地上赶着给人家送钱！有多少钱够你填那个黑×窟窿！”

“哎哎，你怎么说话哩？我和全保当时就差拜把子了！他家有困难了，我不帮一下，那还有点人味没有？再说艾香人儿都没了，你还瞎说八道！”连春说完，就走出屋来，坐在院里抽烟。他想让二兰子冷静一下。

但二兰子怎么能冷静下来呢，此刻她心里就如同刮起狂风的湖面。自从她得知了连春和艾香曾经恋爱过，就开始对艾香心存戒备了。如果艾香长得丑一点儿，或者只是一般，她也不会这样的。偏偏这艾香生得那么漂亮，性格又温和，说话又好听，因此她就害怕他们旧情萌发。连春越是发达，她心里越没底。而艾香的突然离世，让她去除了一块心病。可她又不理解，没了艾香，连春为什么还是那么关照他们家？而且这一次，他一出手就给了人家一千。看来，艾香虽然走了，可她也把连春的心带走了。

二兰子越想越生气，走出屋来，对着连春哂笑道：“你还不肯承认是不是？我早知道，你和艾香不清不楚！”

“你再瞎说！”听到二兰子又把艾香搬出来了，连春腾地站起来，揎拳捋袖，眼里都喷出了火苗子。

因为正在气头上，二兰子哪还去顾及什么，劈头盖脸地冲连春嚷道：“你俩就是不干净，我就是说了，你敢对我怎么样？”

连春一伸手，“啪”扇了二兰子一个耳光：“我看你还敢瞎说——”艾香是个多么好的女人呀，本来她就命运多舛，这一辈子够不幸了，他怎么能容忍二兰子再这么糟践她。

“啊——”二兰子大叫一声，先是用手捂住脸，愣了足有五秒钟，随后一头扑到连春怀里，歇斯底里般地嚷道，“今个儿我也不想活了，你干脆把我打死吧！我早就知道你心里没有我了，你光结记着那个野女人哩！”

连春没有再动手。刚才那一巴掌，因为生气他下手非常狠，过后就后悔了。二兰子跟着自己辛辛苦苦一路走来，不容易。何况二兰子说得没错，他心里的确一直放不下艾香。——自结婚以来，这是他第一次向二兰子动拳头。

“你、你把钱都给人家吧！我看你还过日子不过了？”连春的妥协，反而让二兰子更是不依不饶。而且，鼻涕眼泪也都流出来了。这些年，她一直把对连春的猜疑藏在心里。今天她要大闹一场，也给自己争些尊严——这一点非常重要，因为在她看来连春已经不是从前的那个连春了。

她越想越气，一不做，二不休，她像一头发疯的小鹿，用头猛烈地撞击连春的腹部。连春退到了堂屋，她也追到了堂屋。

“呜——呜——我不活了，我今天就死在你手里得了！我早知道，你巴不得让我死哩！”

正在这时，秋山老汉推门进来了。他就住在隔壁院里。其实，他早听到儿子和儿媳的吵嚷声了，但他不想赶过来。两口子过日子，哪断得了勺子碰锅沿儿的？何况，自己岁数大了，害怕一句话说不对，让儿媳妇小觑。

但后来听到吵嚷声越来越大，他不得不赶过来。老人是个高个子，虽说已是六十多岁的人了，但身板依然很硬朗，那厚实的肩膀仿佛诉说着昔日的坚韧和威武。像两把小刷子一样的眉毛下，是一双炯炯放光的眼睛，有一种不可冒犯的威严从里面射出来。

“嗳嗳，这是干吗呢？是唱戏哩，还是练武哩？哼！我看你俩都是吃饱了撑的！”老人的嗓音亮得像洪钟，屋里的空气都震荡起来了。

老人这极有震撼力的声音，让二兰子不得不收敛住了。她抬手抹下眼睛，对公公哭诉道：“爸，今个儿你得给评评这个理，你说说，他心里还有我没有呀？”

秋山老汉伸出大手用力摆了摆，口气也缓和下来了：“嗯！有吗话就不能好好说吗？一个个大喊大叫的，都是奔四十的人了，就不怕让人听到笑话？”

“爸——”二兰子用手捂住嘴，哽咽起来，哀求似的望着老人，“你说，他跟全保不沾亲不带故的，他儿子考上大学，和咱家有吗关系，他一下子就给人家送去了一千。他这不是让钱烧的又是吗哩！咱要是有钱，救济他一个也罢，可咱还贷着款哩！”二兰子越说越激动，嗓门不由得又大起来了，“我的老天爷，他以为当了个经理，就是个人物头了？那钱可不是大风刮来的！”二兰子不好说出她对连春和艾香的猜疑。

“不就是一千块钱吗？我总不能眼睁睁地看着槐林上不了大学吧？”

“你给我住嘴！”看两人又要吵起来了，老人盯住连春，“你救济人家个钱，也不能说不对！可是，你又和谁过日子哩，这种事你总得和你媳妇商量好吧？”老人突然停住，将口气放缓了，“二兰子说得也不是没有道理，虽说你生意不错，可还背着贷款哩！肩上也不轻松！”

“可不是呗！你说，他这不是昏了头又是吗哩！”老人的话说到二兰子心窝里去了。

连春说：“我既然给人家，就有我的道理！我的业务能周转开就可以了，不差这点钱。可话又说回来，没有这一千块钱，槐林他——”

“得了吧，”二兰子啐他一口，“我问你，你和槐林是吗关系呀？他全保没有钱，怪他没本事！”

老人扭头对二兰子说：“你也不能说他和全保就没有关系，连春和全保嘛，他们俩可是要好了这么多年，就差拜干兄弟了，按理说呢，他帮一下全保也不框外！这不，钱，连春也给人家了，你再闹下去让人听到了，不笑话连春，可得笑话你无情无义！”

“咱家就是有座金山银山，也禁不住他这么往外扔！”见老人说到这个份上，二兰子不好再闹下去了，嘟噜着脸，猛地坐到沙发上。

连春点上一支烟，嘬了一口，渐渐冷静下来，他明白二兰子这样做，很大程度上也是在为他着想。

说起来，连春对二兰子是心存感激的。他的父亲因在“文革”中受冲击，那些年他在村里抬不起头来，而和他相爱的艾香也离他而去了，这无疑对他又是一个沉重的打击。到他二十六岁时，竟然没有一个媒人迈进他家门槛。那时他的母亲还在世，老人就四处托人给他说媒。他也害怕自己真的打一辈子光棍，晚上时常失眠，胡思乱想，以至于眼圈总发黑，发青。可想不到，正在这时二兰子闯进了他的生活。那是初夏的一天，连春赶着队里的毛驴车，去公社种子站买玉米种，半路上，把路过的二兰子挂倒了。二兰子正要发脾气，忽然看到面前这个小伙子生得眉清目秀，心里的火气竟然跑去了大半。何况，这事儿也不能全怪人家，是自己拐弯不看路。但连春不放心，又带她去公社卫生院做了检查，见没大碍才舒了一口气。连春的厚道和热心让二兰子十分感动，并且心生爱慕。于是两人就相恋了。这在那个年代也堪称一段传奇。

婚后的十多年里，二兰子一心一意地和他过日子。他曾暗暗地发誓：待将来腰包鼓起来，一定要让二兰子享享清福。他要在城里安个家，让二兰子过上城里人的那种生活。他的好几个同学就住在了城里。他们有的是“文革”结束后恢复高考时，考上中专或大学的——尽管那时他们都已结婚生子；也有的是当兵在部队提干，前几年转业回来的。那时在人们眼里，这些人就算是发迹了。自从他们发迹后，再没有和连春联系过。因为在那个年代，如果一个人没有考上大学，抑或当兵没有提干，就注定是没有出息的！那时候，二兰子却对他不嫌不弃。

想着这些，接下来不管二兰子再怎么叨叨，连春只是坐在沙发上一根接一根地吸闷烟。他知道，只要自己不吭声，二兰子闹不了多大会儿就会偃旗息鼓的。

十一

秋山老汉离开儿子家，就朝西院的老屋走去。

那老屋，是70年代初期的建筑，房屋的后墙和两面山墙都是青砖扣斗（就是一半砖一半土坯），而前脸则是用土坯砌成。窗户还是木格子，上面用白棉纸裱糊，只有中间镶一块玻璃。——院里的一切景物，树木、柴垛、鸡窝，还有猪棚，就是通过这块小玻璃映进屋里人眼睛的。相看两不厌，那一个个的日子，就在这人与景物的注视中逝去了。

而东院是连春近两年刚盖的新房，卧砖到顶，大玻璃门窗。当时连春执意让老人搬到新房住，秋山老汉说他就喜欢住这老屋，住在老屋心里踏实。村里的老人们，大多喜欢住老屋。也许是用这种方式，来固守住那段和自己朝夕相伴的岁月吧！

别看秋山老汉平时话语不多，五六十年代却是柏树庄一位风云人物。十五岁上，他就帮父亲挑起了家里的重担，后来又在县里的粮站扛过麻包，在运输队里赶过牲口，二十九岁，就当上了柏树庄的大队长。这一干就是十多年。那期间他组织大伙儿办过食堂，“大跃进”时也搞过高产田，而“文革”中却被打成“走资派”，脖子上挂着纸牌子在大街上游斗。不过，他一直不明白，自己一直是按着上边的精神来开展工作的，怎么就被戴上“走资派”的帽子呢？直到“文革”结束给他平了反，他才知道自己之所以受冲击，其实是个历史性的错误。他没有怨天尤人，他想得开：很多人都受到了冲击，自己还有什么可抱怨的呢？刚开始，他也着实高兴了几年，认为这才是最好最理想的社会。而世界原本就该是这样的。可后来这个社会变得让他越来越不明白了，当年好不容易才成立的生产队，怎么说解散就解散了呢？尤其是，上边一天到晚喊着允许一小部分人先富起来。那一小部分人指的都是什么人？为什么不让大部分人富起来？然而，一个事实却摆在他面前——自此人们都变得不安分了，满脑子想的都是钱。这个当年被称为“走资派”，曾经带领全村的乡亲改天换地的带头人，对这个越来越热闹的世界看不明白了。后来，连春竟然也带着一帮人去城里搞建筑。他认为儿子做事太冒失，就说，我总觉得这个世道还得变，我怕你将来吃亏！连春却不拿父亲的话当回事，认为那是他被批斗怕了！后来，当连春在城里成立公司又当了经理时，他心里替儿子捏着一把汗。当时村里人都是用羡慕的眼神看他，他却怎么也高兴不起来。什么狗屁经理，这不是自己给自己封的吗？说不定哪天上边政策一变，说裁就裁了！

因为他和连春说不到一块儿，所以平时就很少到东院去。吃饭时，总是二兰子给他把饭菜端过来。二兰子呢，也乐意图个清静。她不怕每天多走几步路。

秋山老汉刚在炕上坐下，就听到院里有响动，细听，似有人在推动街门。这么晚了，谁还来串门呢？莫非是她？

“谁？”他隔着窗户问。

一串脚步声飘到了屋门口，轻得像吹起的一股微风。屋门被推开了，随着一声“我”，露出一张窄窄的脸。一双欢实而又不乏几分妩媚的眼睛，迎向了秋山老汉。

“是你呀——”秋山老汉眉开眼笑，“我还以为谁呢！”

那女人脸上带着笑说：“我给你包了饺子，是你最喜欢吃的猪肉茴香馅！”她穿一件深红色短袖衬衫，长长的头发拢至脑后，用一条皮筋挽住。细细的腰身，窄窄的肩膀，是那种让男人心生爱怜的女人。

这时，秋山老汉才注意到女人手里提了个搌布包。女人把布包打开，一碗还冒着热气的饺子呈现在他面前。一股热乎乎的香气，直扑进他鼻子里。

这女人名叫兰芳，四十多岁的人了，却因生得小巧玲珑，又天生一副小窄脸，因而看上去竟像三十多岁。她年轻时一直暗恋着秋山老汉，那时候，担任着大队长的秋山，正春风得意。她的脑海里，一天到晚都是秋山的身影，甩也甩不掉。然而，秋山不但比她大了十多岁，还当上了两个孩子的父亲。后来，她嫁给了本村在各方面都很平庸的二来子，好在她天天都能看到秋山。她喜欢秋山那魁梧挺拔的身材，更喜欢他那豪放豁达的性格。白天，她就尽可能地利用各种机会多看秋山几眼；晚上，就在睡梦里和他幽会，一次又一次。有时，她还把正趴在她身上吭哧吭哧地耕耘的二来子当作秋山。这种方式对她那无比饥渴的心灵来说，也算是一种慰藉吧。就是在秋山老汉最倒霉时，也丝毫没有减弱她对秋山的倾慕。前几年二来子得病去世了，她没有改嫁，因为秋山老汉成了她精神上的寄托，她再不需要其他男人。可让她万万没有想到的是，后来连春的母亲也离开了人世。她认为这都是命运的安排，看来，上天还是怜悯和顾惜她的，于是，她就开始和秋山老汉来往了。

有时，她给秋山老汉送些好吃的，也会碰到村里人，但人们似乎并没有想那么多。因为按街坊辈，兰芳唤秋山为大叔。虽说街坊辈瞎胡论，但因年龄相差太大，人们也不去往那方面想，其中也包括秋山自己。后来，当他得知这个女人竟然暗恋了自己这么多年，又是震惊又是感动。但那时，他心里还让和自己相携相伴走了将近四十年的老伴占据着，丝毫没有其他女人的位置。是兰芳的温柔和体贴，把他紧闭的心扉打开了，也焐热了，兰芳和连春的母亲就重叠到了一起。那熄灭的爱欲，又死而复燃了。死而复燃反而比先前更汹涌更炽烈。终于，他们有了肌肤之亲，那种灵与肉的结合让他们如痴如醉。这个对秋山老汉来说还算年轻的女人，又重新焕发了他对生活的向往——虽说已近暮年，但那种重新燃起的激情，像是又把他带回到了年轻气盛之时。直到这时，才引起了村里人的猜疑。但他们哪还在乎别人说什么，那种被爱所滋生出来的勇敢足以让他们发昏的。只是，当兰芳提出结婚时，秋山老汉才冷静下来。他怕让人笑话。——如果不结婚，两人再怎么样，毕竟没有婚姻之实，人们只能在背后嚼舌头。可真到一起生活，人们说闲话可就无所顾忌。再说，他也是不好向连春张口。自己都这把年纪了，怎么好意思说这种事儿，何况兰芳又比他小十多岁，辈分也不对，儿子儿媳怎么看他？

今天，兰芳特意为秋山老汉包了饺子。这个正处于热恋之中的女人，梦想的实现让她激动不已。有时，她想这份爱来得太迟了；然而自己毕竟得到了，不是在梦中，而是活生生的现实啊！这一生，死而无憾。当她有几分羞涩地和秋山老汉肌肤相亲时，她就充分调动自己的记忆和想象，去回想年轻时秋山的模样。这种现实和回忆的结合，竟然让她感到一种难以言说的美妙——前者是她对秋山的渴望，而后者则是这种渴望的实现，而且又相隔这么多年，那种幸福感彻入骨髓，让她心醉神迷。

刚才，当她来到秋山家街门口时，正听到东院连春和二兰子吵架，又听到秋山老汉劝说儿子儿媳的声音。她提着饺子又踅回家去。

当她再次朝秋山家走来，恰好，他也从儿子的院里回来了。

秋山老汉说：“你也不怕麻烦呀！我吃过饭了！”

兰芳娇嗔道：“人家特意给你包的嘛，还不趁热吃几个！尝尝我今儿个拌的馅怎么样啊！合不合你胃口！”

“好吧！”秋山老汉把一双大手在脸上抹一把，伸手拿起一个饺子放到嘴里，像小孩子一样咂巴咂巴地咀嚼起来。一张皱巴巴的脸溢满笑意，像让秋风吹拂的菊花瓣。

“不难吃！”将饺子咽下去，他又伸手去捏。

兰芳扑哧笑了，秋山老汉的吃相真像一个顽皮的小孩子，这让她有一种说不出的甜蜜，小巧的鼻子都笑歪了。

虽说秋山老汉吃过了晚饭，还是把一碗饺子吃个精光。

“你看，可把我撑坏了！”他拍拍鼓绷绷的肚子，对兰芳快活地眨眨眼。墨黑的胡楂在光影里也跟着乱颤，脸上泛一层红光，像刚喝了几杯烧酒。兰芳的到来就像一束光亮将他这个凄冷的屋子映亮了，也烤暖和了，一直暖到了他心里去。

“连春两口子怎么啦？”

“唉，也不为吗大事——”他没有想到兰芳听到连春和二兰子吵架了，又不好隐瞒，就把他们吵架的原因说了，然后叮嘱兰芳，“这件事你知道就行了，千万不要对别人说！”他害怕这件事传出去影响二兰子的形象，更影响到连春和全保的关系。

这天晚上，兰芳没有留下来。因为，刚才发生的事情让秋山老汉没有了那种情绪。何况，虽说他身板硬朗，精神矍铄，但毕竟是上年岁的人了。兰芳很体谅他。

其实，兰芳今天包饺子，还是有目的的。她想再顺便催催秋山，尽快把他们的婚事办了。就是把她的被褥搬过来，放在秋山老汉的炕上，名正言顺地和他做夫妻。

但看到秋山老汉兴味索然，她也没好意思张口，和他说了会儿闲话，就悄悄地走回家去。

十二

这些天，连春一回到家，遇到的就是二兰子的一张冷脸。夫妻没有隔夜仇，他不明白，这一次二兰子怎么就没完没了啦？

晚上睡下后，二兰子就给连春一个脊背。

因为冷战了这么多天，二兰子猜测着今晚连春会主动和她和解的，搬她的肩膀，然后再对她好言相劝，就像从前那样。这也是她最期盼的。

然而这一次，连春却非常沉得住气，他是想着要把二兰子的犟脾气拗过来。

因此，二兰子再一次失望了。没有等来连春的宽慰，她感到很委屈，她想，让我主动搭理你呀，我可没那么贱！此时这个倔强而又一根筋的女人，又和连春较起劲来。哼，你一有钱了，长能耐了，就变脸嫌弃我了？如果你真敢那样做，我就四处编派你，让人们都知道你是当代的陈世美！这样一想，她胆子也大了，心里也更有底气了。她又想到了艾香。哎呀，原来自己竟然被连春蒙在鼓里这么多年。他是打着和全保要好的幌子，暗地里和艾香来往的。虽说艾香已经不在世了，但她依然在连春心里活着哩。她受不得这个！

这天晚上，连春和二兰子又是同床异梦。

连春望着黑乎乎的屋顶，眼前又浮现出艾香那迷人的笑靥。

是的，那时的艾香水灵娇美，像稻田里一株亭亭玉立的水葱，也像一棵鲜嫩翠绿的艾草。艾香的嗓音甜美，清亮，让人听着如食甘饴。她是学校文艺队的台柱子，也是最耀眼最美丽动人的校花。初春时节，她和他们来到周汉河边玩耍。连春折下一根柳枝，抽出白白的骨条，做成一支柳笛。他把柳笛衔到嘴里，鼓起腮帮子，于是一支优美欢快的曲子在水田里骤然响起。艾香听着听着，就禁不住随着笛声唱起来，全保在旁边看得入了迷。有时，他也跟着连春的笛声哼上几句。他的嗓音粗犷，粗犷得有几分野性，和尖细的柳笛声形成极大的反差，逗得艾香在一边嘎嘎地大笑。但全保并没有停下来。这情这景，让这个少年兴奋不已，欲罢不能。那时候，艾香对他俩印象都不错。

再后来，艾香感情的天平向连春倾斜了。

一天放学后，连春和艾香顺着杂草葳蕤的田塍，去河边玩耍。艾香伸手去稻田里采一束慈姑花，怕掉进水里，一把拉住了连春的手。第一次，连春在异性面前脸上烧起来，却不由得把艾香的手攥得紧紧的。艾香俊秀的小手让连春感到柔软而温热，这种感觉从此就像烙在了他记忆里一样，抠都抠不掉，并成了一种最美好最值得珍惜的回忆。从这天开始，他俩正式恋爱了。

然而，最终艾香没有属于他。

嫁给全保，并不是艾香的本意，她无法违抗父母的意愿——全保生得敦实、健壮，像一头力大无比的牛，是乡下人最青睐的那种体魄。而连春呢，虽说人聪明伶俐，但身体孱弱单薄，而且在艾香的父母看来，连春的爱唱歌爱听广播，那终究不是庄稼人的正经来派，远不如全保稳重，更让人感到踏实。再说，连春的父亲还是个“走资派”。为此艾香和父母争吵过，也哭闹过，还绝过食，但最终禁不住父母的苦苦哀求，她妥协了。是的，他们就艾香这么一个女儿，他们要为她找一个能干、实诚的男人，将来也好为他们老俩养老送终。

一天晚上，连春和全保这两个好伙伴又相约来到周汉河边。

“连春哥，我，我对不住你了——”全保神色有些慌乱，但说得很真诚。艾香能成为他的人，是上天赐给他的福气。

“全保，我有一句话对你说。”连春极力让自己笑了笑。

“说吧。”

“你要善待艾香！”

“就这意思？没了？”

“没了。”

“你不放心我？”

“不是。我就是想对你说说。”

“你这可放心了？”

“放心了。全保，记住，咱还是好兄弟。”

“是的，连春哥。”

“那就好。”

说完，连春一转身，朝村里走去。他没有再回头，他走得坚毅而悲壮。

只是，回到家，连春用被子蒙住头，躺了一整天。

……

婚礼的头天晚上，艾香隐约听到了她熟悉的柳笛声。柳笛声哀怨凄婉，如泣如诉，没有了往日的欢快。她悄悄地走出家门，顺着阒然无声的周汉河，循着笛声走去。这是个有月亮的春夜。

果然，她看到了连春。连春正倚在一棵大柳树上，面对着瓷盘一样的满月，嘴里衔着柳笛，鼓着腮帮子狠劲地吹。洁白的月色将他通身镀上一层银辉。河里不时有青蛙在鸣叫，“呱——呱——呱——”。月光下，远处池塘里那片苇丛呈现出铅灰色，像水墨画中神秘的山岚。此时她再也控制不住自己了，轻轻地唤着连春，疾步走过去，一头扑进连春的怀抱，喃喃道：“连春，你骂我吧，我背叛了你。可我没有办法呀，我不能不听父母的话。我恨自己懦弱，没主见！可我不忍心让老人伤心啊！连春，原谅我，好吗？”她仰起脸来，一双红肿似水蜜桃般的眼睛，乞怜般地望着连春。她仿佛看到连春的心在滴血。是她，在他心里划了一道深深的口子。

对于艾香的到来，连春并不感到多么惊讶。因为他相信她能听到他的笛声，但他又不想真的见到她。

此时艾香的啜泣，还有那因为过分激动而有点语无伦次的表白，让他原谅了她。此刻他还能说什么呢？毕竟，她是嫁给自己的好朋友。他要成全全保。他只有把那种惆怅和失落，深埋在心底。同时埋藏在心里的，还有对艾香那份深深的爱。

因此，当艾香说“连春哥，我要把我的第一次，给你——”时，连春毅然摇了摇头，轻轻地推开了她。他绝不能做对不起全保的事情。

艾香因为激动，肩膀抖动着，眼里汪着泪花，说：“连春哥，虽说这辈子咱们做不成夫妻，但你就是我的亲哥哥了。”

“好吧！我就当你是亲妹妹。”连春故作愉快地笑了笑，似在安慰艾香，又像安慰他自己。

此刻，他们的眼里都有一个月亮的影子，两个月亮在相互凝视着，不知道哪一个更接近真实，但都是洁白无瑕的，似比天上的月亮更白，更亮。

“全保是个好人，他会让你幸福的。”连春又说。艾香只是一个劲地点头。她眼里的那个月亮，渐渐变成一大滴泪珠，顺着脸颊滴下来。她不敢再看连春，转身走开了，耳边依然回响着嘹亮的蛙鸣，之后那熟悉的笛声又悄然响起，呜呜咽咽，似梦似幻。水田里波光摇曳，远处的池塘蒸腾起一层水汽，乳白色的水汽和月光融为一体，再渐渐北移，最后将整个柏树庄笼罩住了……

二兰子说得不错，连春心里一直放不下艾香。虽说他极力让自己忘记她，但这又是难以做到的。起初，他还想像从前那样和全保来往，但他从全保的眼神里，察觉出了一丝对他的戒备。此后，他就很少再去全保家，他不想打扰全保和艾香平静的生活。

艾香离开人世后，连春对她的思念和轸怀反而更甚。对于二兰子，他只是从心里感激她，但说不上多么爱她——尤其是近两年，他觉得她变得竟然那么俗气。

一双杏核一样的眼睛，白皙俊俏的鸭蛋脸——此刻，温柔妩媚的艾香，轻轻地唤着“连春哥”，似又姗姗地朝他走来，仿佛她根本就没有离开他，没有离开这个爱与恨总是相互交织的世界。

连春长长地叹出一口气，感到脖颈上凉冰冰的，一摸，是泪水把枕巾打湿了。泪水是悄悄流下来的，没有一点儿声息。

十三

明天，槐林就要去哈尔滨上大学了。

今天一大早，全保就将槐林叫到跟前，将一千块钱交给他，说：“你带去吧！记住，这是你连春伯伯给的！要是没有这一千块钱，说不定你还走不成哩！”

槐林手里攥着钱，心里既感动又兴奋。他终于要离开农村了。而离开农村，正是他一直以来的梦想。

下午，槐林走出村西口，来到了那个高岗上，走进了自家田地里。

是来向母亲告别吗？是的。他的母亲长眠在这里，已经和这块土地融为一体了。而明天他就要离开家乡，到一个遥远而又陌生的地方。那里有他的梦想，有他对未来的向往。

正值农历八月初，西瓜秧早已收过了，下茬种上了玉米。但那个看瓜的窝棚依然伫立着，像一只小船般漂浮在无垠的碧波之中。摇啊摇，一个一个的日子，从它旁边驶过，它却没有一点疲惫，像是要飘向天涯海角。

一阵微风吹来，玉米叶发出窸窸窣窣的响声，一片亮闪闪的绿波向远处涌去。

“槐林——”一个声音在他身后响起，声音很沉。

他一惊，回过头，见父亲站在身后。

太阳斜射得更厉害了，映亮了全保的左脸颊，像镀上一层金箔；也映亮了他脚前那丛碧绿而挺拔的营草。全保的脸颊越发消瘦了，而嘴角上却流露出一丝坚毅。

父亲的庄重和肃穆让槐林感到惊诧。想不到，和自己朝夕相处的父亲，今天竟然变成这样一副神情。这让他对平时总是沉默寡言的父亲，有了一种全新的认识。

“爸——”他轻轻地唤一声，泪珠开始在眼眶里打转。眼前的一切——母亲的坟茔，蓊郁的庄稼，还有落日，远山，以及昂然挺立的菅草，都像浸在水里一样晃动起来。

全保咽了一口吐沫，小声说：“我知道你在这里！”

十四

在县迎宾酒楼里，连春订了一桌酒席。

磷肥厂要盖两栋家属宿舍楼，连春想把这宗生意揽下来。马主任把磷肥厂厂长安大胜约来，又让建行的穆行长作陪。本来还有张大虎，但他临时有事儿缺席了。

安大胜是个小个子，三十七八岁，小平头，长一张雷公嘴，下缩脸，眼睛不大却非常有神。因为他这人太精明，又生一张雷公嘴，人就送他外号：安猴子！

“这是我的好朋友，他是咱县里第一个成立个体建筑公司的农民！也是咱们经委系统的编外生力军。你们认识一下，交个朋友！”一见面，马主任就把连春介绍给安大胜。

对于这宗业务，马主任不敢打包票，他和安大胜的关系也是非常微妙的。他当化肥厂厂长时，和安大胜是竞争对手，安大胜在背后拆过他的台。每次两人去经委开会，彼此只是点点头，客气地打个招呼。后来老马成了县经委的领导，虽说是个副职，但毕竟成了安大胜的顶头上司，安大胜心里不服，但面子还是要顾及的。

今天安大胜给不给自己面子呢？望着高深莫测的安大胜，马主任心里没底。

马主任刚去了日本一趟——因为县电子元件厂要从日本引进一套彩电行输出生产线，他就带着元件厂厂长以及相关技术人员去日本考察了一个多月，前几天刚回来。

“嗨，老马，你不错呀，到小日本那遛了一圈。嗐，吃洋面包，喝洋牛奶了！”一落座，安猴子就大声嚷叫，声音里满含了醋意。

马主任不屑地一笑，弹弹烟灰：“那有什么？有人不是说嘛，去日本根本不算出国，日本满大街都是汉字，比方你找个饭馆或去卫生间，根本用不着打听，按着说明就找到了，名字也跟咱差不多。”

马主任越是这么低调，安猴子越是好奇。他用手抚着尖尖的下巴，一双艳羡的目光盯着马主任：“还是不一样。那毕竟是外国，出了国门啊。”心里却想：妈的，这世上的好事怎么都让老马摊上了？

这毕竟是个话题，是正餐之前的小菜。于是，马主任就讲了他在日本的种种见闻。他说，在日本首先是吃饭不习惯，菜做得味淡不说，什么东西都是甜的，就连炒鸡蛋也放糖，甜腻腻的吃不惯。去街上吃面条吧，太贵，一小碗面合人民币十来块。为了节省外汇，他们只好用电炉煮从国内带去的方便面。成天吃方便面，吃得都要吐了。还有，哪都是广告。一部电视剧演不到几分钟，“嚓”就停住插好长时间广告。还没看上几眼，又停住播广告。算下来，广告时间比电视剧时间还长，到后来也就弄不清是广告里插播电视剧，还是电视剧里插播广告了。还有，坐公共汽车，一抬头，扶手上也是小广告。——商业化程度之高，让人咋舌。不过，去商店买东西最舒服，一进门女服务员就先向你鞠躬，那腰一直弯到九十度——其实，还不是为了让你在这里大把花钱呀。

“小日本，小日本——”穆行长抬手理一下额前那几根少得可怜的头发，说，“他娘的小日本，人都猴精哩，要不人家的发展水平会比咱先进一个世纪。”

安猴子两只小眼珠滴溜溜乱转。他正在想日本的女人，在电影上，他见到的日本女人一个比一个漂亮水灵，个个天仙似的。他就问老马：“听说资本主义国家都有红灯区，逛了没有？”马主任哈哈地笑了：“听说有，大多是歌伎，卖艺不卖身。但我们没有去——也不会去的。”

闲谈就到此为止。这个铺垫做得不错，把酒桌上的气氛活跃了。虽说安猴子还意犹未尽，他还做着他的美梦——如果他有这样的好机会，说什么也要去一趟日本红灯区，尝尝日本小娘儿们的滋味。但老马已经撇开了这个话题，他再说也就没意思了。

“老安，是这么回事——”酒过三巡，马主任开门见山，对安猴子说，“我听说你们厂里要盖两栋家属楼，不知道找好建筑队没有？”

安猴子的眼睛闪电似的眨一下——这也像极了孙悟空，然后把雷公嘴一努，笑道：“就为这两栋楼，有好几家建筑队找过我！也有外县的。遇到这种事，一个个鼻子都灵着哩！目前家属楼的规划、设计、征地等前期工作已经做好了，下一步，我们得按规矩办，公开招标。”

马主任点点头：“那没错，是得公开招标。我的意思是，你给连春一个竞标的机会。”

安猴子笑笑：“我们选定的是国营建筑队，民营的嘛，就怕他们资质低，工程质量也差。”

马主任皱一皱眉头：“那倒不见得吧，如今的一些民营‘工建’可小瞧不得。比如连春吧，以他的实力和技术，中标不成问题，而且质量绝对能达到验收标准。再说，不就是两栋宿舍楼吗？又不是什么大工程，他们完全可以胜任。”

“哎呀，这事儿是厂务会上定好的，不好办呀。”

看安猴子开始推诿，马主任不再跟他绕圈子了：“这个道理我明白。我不提过高要求，只要给连春个竞标资格就可以。”

马主任的话刚落音，连春赶忙端起一杯酒，一脸真诚地对安猴子说："安厂长，你放心，我如果真能中标的话，质量肯定让你满意！——来，我敬你一杯！"话音刚落，"吱"地一声，将酒灌进肚里，咂巴一下嘴，"先干为敬！"

老穆也为连春帮腔："我和连春打过交道，你尽管放心，他绝对踏实可靠！"

安猴子朝连春眨眨眼："我们可是执行的新验收标准的指标呀。"

连春颇为自信地笑了笑，胸有成竹地说："没问题，我们平时就是按照新验收标准施工的。"

安猴子猛吸几口烟，望着马主任，一脸的无奈："老马，要论咱们的关系嘛，那可没说的。再说，你又是经委领导，我的顶头上司呀，你的话我敢不听吗？你一个唾沫星子就能把我砸死！你说是不是？可是，我的大主任，这事儿还真是麻烦——"

他停住不说了，眼珠子转两下，像终于下了决心似的，说："老马，咱就打开窗户说亮话吧，组织部的张部长也给我打了电话，说和外县的一个建筑队经理是同学！这下你明白了吧，就是我让连春竞标，也是白搭！"

"这么说，公开竞标只是个幌子？"

安猴子笑了："这事儿还让我说那么明白吗？如今的事儿，难道你还不清楚？"

潜规则，又是潜规则！马主任苦笑一下，有些后悔答应帮连春这个忙了。你这不是在安猴子面前自讨没趣吗？他没有想到，这件事会这么复杂。不就是两栋家属楼吗？而且只是要求参加竞标，怎么这么麻烦？

但为了把这件事办成，他又强挤出几分笑："这样吧，你先让连春参加竞标。张部长那儿你去说一下，不要搞那种弯弯绕，就来个公开透明，谁中标这活儿就是谁的。"

“这个，这个——”安猴子想不到老马依然不肯罢休，他嗫嚅着，“恐怕张部长不干！”

“你小子是不是不把我放在眼里？再说，我只是要求公平竞标，给连春一个机会！”老马绷起脸来，声音柔中有刚，将了安猴子一军。看来，不能一味地对这个家伙客气。

果然安猴子脸上堆起笑：“哎呀，看你说的，我哪有那个胆呀。这得让我费费脑筋，关键是我怎么去跟人家张部长说。你知道，张部长可不是那么好说话的！”处世圆滑的安猴子，没有料到平时对人总是那么和气的老马，也有沉下脸的时候。老马一硬气，他就软下来了。

马主任乘胜追击，对他下了最后通牒：“我不管你想什么办法，这事儿总得讲个公平。按说，盖宿舍楼是你们厂自己的事情，作为经委领导，我不该去掺和。可你们又属咱经委管，这话我也该说——一定要公平竞标，不许搞歪门邪道！只要资质达标，谁都有竞标的权利！”停一停，又转换语气，“你小子不要忘了那句老话：帮人一把，胜造七级浮屠！”

安猴子有些尴尬，撩一下眼皮：“我能不帮连春一把？你放心，我会想办法的。你朋友的事情，也就是我的事情嘛！”

“好吧，帮人帮到头，杀猪杀到喉！你争取给他个机会！”看安猴子态度不错，马主任心里踏实了，脸上终于露出笑容，“我看呀，你小子是个吃硬不吃软的货，就该这么敲打一下！”

不等安猴子答话，老马站起来，举起酒杯对安猴子说：“来，我替连春敬你一杯！”

安猴子也赶忙站起来：“不敢，还是你马主任厉害！”一仰脖子将杯里的酒喝干了。

其实，安猴子这句话是双关语。本来嘛，当初他和老马都是县里重点企业的厂长，凭什么就让老马来经委当副主任？就为这件事，他心里一直耿耿于怀。他认为，老马肚里的墨水不就比他多点呗，那又有什么了不起？他觉得老马升得这样快，一定要了小聪明，是在背后下了功夫的。

老马自然听出了安猴子的弦外之音，但他故意不去理会。他知道安猴子没有被提拔，吃亏就吃在他处世太圆滑太世故了。物极必反嘛，有时人太聪明了，也不见得是件好事。

今天，老穆话不多。只是偶尔插上一句。然而，他的眼睛和脑子却没有闲着。老马为什么对连春这么好？不仅出面给他办贷款，还这么卖力帮他揽业务。他们之间，一定是有什么猫腻——无利不起早，他才不相信老马什么也不图呢。可他又知道老马不是那种贪财的小人。但有一点却是事实，连春的确是个机灵人，日后会有大出息的。因此，他对连春也不得不看重起来了。

从酒店出来，老马对连春说："走，到我办公室坐会儿吧！"

经委在县政府斜对过，是一个独立的小院落，一座两层灰色小楼。院里停着几辆车，有面包车也有小汽车。几棵枝干斜依的梧桐树在院子南端伫立着，浓荫匝地。树底下，停一排自行车。旁边是一个小花圃，里面种着月季、丁香还有芍药。正值花期，都热烈地开放着，像是在迎接每一个来人。

连春跟着老马上到了二楼。

走进办公室，老马顺手把屋门关上了。金秋十月，这是北方最好的季节。老马将北窗打开，一股清凉的风吹进来，裹挟着楼下马路边上月季花的香气，沁人心脾。连春一身的燥热似乎也被吹去了。这是一座千年文化古城，又是旅游胜地，街道绿化搞得非常好，美得像个大花园。

老马脱去西装，解开衬衣的领子，点着一支烟，在椅子上坐了，盯着连春："虽说老安答应给试试，但我还是不放心。我知道这小子滑头一个！就怕他——"

望着一脸忧虑的马主任，连春心里又敲起了小鼓："那怎么会呢？这事你还得帮我想办法！"连春明白，这时的磷肥厂正红火呢，在县里叫得很响，每当厂里有什么举动，哪怕是一丝风吹草动都会惊动整个县城。就拿他们厂盖这两栋家属楼来说吧，整个县城早已风传个遍。眼下能给职工盖住宅楼的单位能有几个？而磷肥厂就有这个实力和气魄！这无疑又为磷肥厂做了一次广告。如果连春能揽下这宗活儿，同样也为他和他的公司做了一次活广告，无论是知名度还是档次都会提升一大步。

老马弹弹烟灰，有几分无奈地对连春说：“这样吧，舍不得孩子套不住狼，你只有去他家跑一趟了！”说完，叹出一口气，“按说，这话我不该说给你，可这就是当下的社情呀。没法儿的事儿！”

“好吧！”连春点了点头。他想，马主任说得不错，和安猴子这种人打交道，不下点本钱是办不成事的。

这时，连春突然想起张大虎：“大虎今天到底有吗事儿呢？他可说好了要来的。”

老马苦笑一下，鼻翼两端挤出两条弧形皱纹：“唉，这个大虎呀，人倒是挺能干，可就是有那个毛病——”

连春看老马吞吞吐吐的，越发好奇：“大虎到底出吗事儿了？”

老马又无奈地撇撇嘴：“还能出吗事儿呀，不就是为那个呗！下面的小头痛快了，那大头可就麻烦了。”他告诉连春，去年分到建筑公司一个女大学生，在办公室做资料员，想不到大虎竟然和这女孩子搞上了。

“哎呀，还有这事儿？我怎么就没听说呢？”连春诧异地望着马主任。他见过那个女资料员几次，人长得的确出众，高挑的个头儿，圆嘟嘟的脸盘，走路时爱夸张地扭动细腰，一身的香气；而且细眉细眼的，有些像电影上的日本女人。想不到大虎竟然做下这种丑事儿，成了一只吃窝边草的兔子。哼！骚兔！

老马笑笑：“大虎和人家都好了半年了。你说，大虎这个人，让我怎么说他呢？如今你猜他还要怎样？非要和他媳妇儿离婚哩，这，这不是瞎胡闹吗？”老马越说越生气，一张脸都黑了。

连春突然想起来，前些天他去找大虎，发现他和自己说话时总是心不在焉，似是有什么心事。原来，还真是有心事。

“他要离婚，他爱人肯答应吗？”

“可不是呗，问题就在这！他爱人死活不答应他，那天来经委哭闹，说大虎真要离婚，她就割腕自杀！这不，后院起火了！你看这个大虎，你看这个大虎，都四十多岁的人了，这不是自个儿给自个儿找麻烦吗？嗨，这个大虎呀，光图底下的小头舒服了——”老马咧着嘴，一副恨铁不成钢的样子。

“也是，看这个大虎——”连春叹息着，“论本事吧，他比谁都大，可也太贪色了，过分——”

连春离开后，老马没有再睡午觉。他感到有些疲倦，就给自己泡了一杯浓茶，然后又点了一支烟，倚在沙发上，慢悠悠地抽起来。

也许是下午刚上班的缘故，机关里特别安静。尤其是二楼的楼道里，静得没有一丝声响。只有从窗外不远处的马路上，传来自行车清脆的铃声，还有汽车轧轧地驶过的声音。隔壁的米主任下午去县里开会，张副主任也许中午喝多了，正在屋里呼呼大睡。

马主任有一个很气派的名字：马鹏飞。显然，父母期待着儿子将来能有一个好前程。在他刚读完高二，正要雄心勃勃准备第二年考大学，“文革”开始了，高考被取消。他只得回村里劳动。后来，那般热闹终于有所降温，上边开始招收工农兵大学生。面对少得可怜的指标，一般村民的子女是没有那个福气的。马鹏飞自然和它无缘，因为他和村干部家没有一点儿关系。那年县化肥厂要招一批临时工，他父亲托了一个亲戚让他来厂里当了工人。老马聪明好学，人又热情勤快，不久就由临时工转成了合同工——这一步对他非常重要。再后来他当上了车间主任，几年后又担任了副厂长。刚开始实行厂长负责制时，他在全厂工人热切的目光里，成了这个工厂的当家人。当时，他太高兴了，感觉自己施展才能的机会终于来临。他在管理上果然有一套，全厂上下实行负责制，人们的积极性都被调动起来了。短短两三年，他就让化肥厂成了县里利税大户。他的照片时常刊登在市报的头版位置，成了全市改革开放的风云人物。刚好，县经委要从基层选拔一位有工作经验的人来担任主管业务的副主任，这人非他莫属，于是他就直接转干，走上了县经委的领导岗位。是的，那是一个不拘一格降人才的年代。

安猴子就是被老马给比下去的。本来，在老马当厂长之前，磷肥厂是县里的佼佼者。他呢，也是县里炙手可热的人物。然而，当老马升格为一颗光芒四射的太阳时，他这颗星星便黯然失色了。可又无可奈何，谁让马鹏飞运气这么好呢——他以为老马运气好。

这次的日本之行，虽然刚才马主任说的大多是生活方面的不习惯，但对他的观念却是一次不小的冲击。他目睹了日本高度发展的经济，还有人们办事的高效率。那是一个讲究快节奏的国度，在街上人们走路都匆匆忙忙，像让时间给拉着拽着。中国和人家相比，就显得拖沓多了。这次日本之行，还让他更坚定了一个信念：中国只有走改革开放之路，才会有出路，才能屹立于世界强国之林。

在大阪，他结识了一位老华侨，老先生年近七旬，十几岁就远渡东瀛闯天下，现在已是拥有上亿日元的大老板。见到从祖国来的同胞，老人万分激动，那天特意设宴款待了马主任一行，宴毕又和他们彻夜长谈，非常关注中国的改革开放。临别，还赋诗一首赠给马主任，以表达他的爱国情怀。老马深受感动，也回赠老先生一首诗："侨居东洋六十年，报效中华心向汉。颠沛奋斗情如初，高龄寿年志更坚。志士爱国诚可贵，吾辈敬慕倍欣慰。初会真情亲如故，海山深情永不悔！"诗写得说不上有多高的水平，却是他真情的流露啊。老马喜欢古格律诗，尤其偏爱曹操的乐府诗。他还把曹操的《龟虽寿》中的"老骥伏枥，志在千里；烈士暮年，壮心不已"，请县里的书法家用隶书写成条幅，装裱了悬挂于自己的办公室，作为人生的座右铭，以鞭策自己奋进，在这个新岗位上有所作为。

那位老华侨对他触动极大。让他感到欣喜的是，老先生所期望的正在中国渐渐地实现着。由此他也想到了李连春，中国的经济发展，离不开连春这种敢作敢为的个体经营者。因此他帮连春，也是出于这样一种素朴的爱国情怀。此外，他从连春身上还看到了自己当年奋力拼搏的影子。他愿意帮他一把。

他不知道能不能给连春争取到这个竞标的机会。

一想起安猴子那副莫测高深的样子，他的心又不得不悬起来。

十五

一盘马家卤鸡，一盘崩肝，一盘热切丸子，这几样都是常山古城的名吃。其中，马家卤鸡已有三百余年历史了。马家是回民，对选料特别考究，一律采用鲜嫩活鸡，屠宰时严格遵循伊斯兰教规，全部由清真寺掌教操刀。卤煮时将一鸡翅插入口腔，使头部弯回，另一翅折叠，两腿别起，爪入膛内呈琵琶状。然后放入百年老汤中，再配以丁香、砂仁、豆蔻、白芷等名贵肉料，以及花椒、大料、小茴香等调味作料；而且卤煮时还要按鸡龄长短定火候。煮好的卤鸡黄里透红、颜色鲜亮，鸡皮油光平展，不破皮、不脱骨、不塞牙、不腻口，久食而不厌，老幼皆喜。据说，当年因八国联军进犯北京而逃往西安的慈禧太后及光绪皇帝还京途中，驻跸常山行宫。他们品尝马家老鸡后，也赞不绝口，从此，马家老鸡声名大噪。

这崩肝也是大有来历的，相传，唐代大将郭子仪在常山退敌回营后，将士们以炖煳的牛肝为食，虽有些煳味却满口清香。后来一位马姓厨师尝试着在其中加入汤及调料，终成“崩肝”而流传至今。崩肝做法独特，是选取优质牛肝，经过高温蒸煮等十几道工序做成的，色泽酱红，有些像风干的黄花菜，而且口感筋道，越嚼越有滋味。

今天这一桌酒席，是连春特意安排的。他和马主任商定，两人一起来劝说张大虎，让他彻底放弃离婚的想法。老马说他置办酒席，连春不干，说：“大虎老哥帮我这么多忙，这是个机会，我得表示一下。”老马只好作罢。连春不想去饭店，害怕那里人多眼杂，传出去会闹得满城风雨。他就把酒席安排在自己办公室，这里不仅安静，而且保密性也好。

连春特意把二兰子带来，做大虎的说客。为那件事儿，他俩后来又僵持了好几天，见拗不过二兰子，连春只好妥协了，两口子又恩爱如初。对于来城里做说客，二兰子非常乐意。她觉得脸上有光。

今天，大虎穿一件浅色衬衣，头发有些凌乱，脸上也略显疲惫。双眼依然炯炯放光，那种孔武有力的军人气质没有消失。他知道今天这场酒席不是那么好吃的，有些像古人摆的鸿门宴。但他一进来还是让自己保持镇静，他不想在老马和连春面前失面子，要有处乱不惊的风度。

“嗬嗬，今个儿这酒喝着怎么和从前味道不一样呢？”喝下一杯酒，大虎故意吧嗒几下嘴，然后笑嘻嘻地望着老马和连春，装作什么也不知道的样子。

老马淡淡一笑：“大虎，咱们的交情也不是一天两天了，我说一句话，不知你爱听不爱听？”

说着，一双锐利的目光像电子光束般扫向大虎。大虎一怔，马上低下头去，躲开了老马的目光。他最惧怕老马这双眼睛了，经委这几位领导，他最敬重的就是老马。虽说老马很少粗声大嗓地和人说话，脸上总是那么和气，但他感到老马身上有一种无法言说的威严。他那儒雅稳重的气质，还有饱满的额头，像时时在告诉人们这是一位知识渊博的领导，不可小觑。因此在老马面前，大虎总有些发怵。感到自己缺少了什么？缺少了什么呢？自己的块头和力气都比老马大，声嗓也比老马高。然而和老马在一起，他就是感到心里发虚，觉得自己只是个空壳子，一具行尸走肉而已。而人家老马呢？不但肚里墨水比他多，而且有“道儿道儿”，是一员文将，“武能定国，文能安邦”啊，而后者往往比前者更不易。因此他就总觉得老马比自己高明，而且在他看来就连经委一把手米主任，和老马相比也差了一大截子。有时，他不免替老马抱屈：这么优秀一个人，怎么只是个副手呢？这世上的事儿，还他妈真不公平！他敬重老马，从内心里服他。

“马主任，你，你有话就说呗！”大虎瞥老马一眼，他觉得老马的目光已经探到了他心里。虽说他表面上平静，心里早发毛了。

“大虎呀，我之所以和你成为朋友，是因为看你能干，是个人才，我和米主任都对你抱有很高的期望。可真想不到，你却闹出这种丢人事儿。我先告诉你，你这个婚绝对不能离，别的咱先不说，你肯定得背个处分了——和本单位女孩子乱搞，影响非常恶劣。我还能说吗呀，你呀，让我很失望——”

老马的话掷地有声，句句击打着大虎的心扉。大虎尴尬地笑笑，为了面子还为自己辩解：“嗯呀，我和小红是有感情的，不是和她乱搞，更不是成心要人家。再说啦，最初并不是我勾引她，人家本来对我就有那个意思嘛。你们不晓得，小红这闺女可真不赖，会体贴人，是个好姑娘。我们是真有了感情。”

连春说：“老哥，再怎么说，你也不能不顾念嫂子吧？人家当年跟你时，你不过还是个当兵的，如今你做领导了，不该做下对不住嫂子的事儿。我知道嫂子对你可是一百一，何况还有俩孩子！”

虽说连春情绪很激动，但他的口气又是轻描淡写的。他和大虎关系好倒不假，可人家毕竟是县建筑公司领导，因此他说话不得不注意分寸，既要站在他妻子和孩子的立场上来规劝他，又不要伤他面子，让他反感。大虎的女人连春见过几次，虽说只是个普通的家庭妇女，却是个典型的贤妻良母，只是面相老了些。大虎会拜倒在小红的石榴裙下，是因为那女人不但年轻漂亮，也比他妻子活泼机灵，更有几分性感。

见连春开口了，二兰子哪还闭得住嘴巴。何况连春也说到她心里去了。因此，连春的话一落音，她马上接腔：“大虎哥，你知道做一个女人家有多难吗？平时吧，活儿一点儿也不比男的少干，该上班上班，可下班了哩，你们男的可以抽根烟，喝杯茶呀，我们女人家哩，还不得钻厨房，做一家子的饭菜呀。还有哩，像照料小孩呀，洗洗涮涮呀，你说，哪一样离得开我们女人？就拿我来说吧，连春常年在城里忙他的，家里地里还不都是我一肩挑——”说到这里，二兰子脸颊微微泛红，嗓门也抬高了，“大虎哥呀，我今个儿可不是为我们娘们家叫屈哩。你看做个女人容易吗？不是有一首歌里唱嘛，军功章里有你的一半，也有我的一半。俺嫂子没功劳，可也有苦劳呀。再说，就是看她把俩孩子给你拉扯大，你也不能说甩就把人家甩了呀。俺老百姓常说哩，媳妇还是原配的好，烂茅草捡起来也是宝。你想想吧，那个小红再好，你老了，躺炕上了，人家还会那么疼你吗？我才不信哩。嗨，到那时候呀，还是从小走到老的老伴疼你。穿破才是衣，到老方是妻！老哥你呀，真是错拿主意了。还有哩，我不是吓唬你，这女人们呀，心眼都小，哪里受得住一点儿打击，我还担心嫂子一时想不开出个不祥道的事儿哩，到那时候你就是后悔也晚了。这世上吗也有卖的，就是没有卖后悔药的。你说是不是呀大哥？按说哩，你们做经理的，吗道理不比俺懂啊。我看老哥也不是那种寡情薄义的人，你好好掂量掂量吧老哥。”

这最后一句，二兰子几乎是一个字一个字地吐出来的。她也是说给连春听的。今天，她特意穿了一件白底红碎花连衣裙，头发也烫成了小波浪，脸上抹一层厚厚的护肤霜，通身都散发着一股香气。在大虎面前，她一点儿也不发怵。有几次，连春请大虎吃饭，因为大虎带了夫人，连春就让二兰子作陪。一来二去，她就和大虎稔熟了。

老马哧地笑了，转头和连春开玩笑：“你听到了吧，刚才弟妹也是说给你听的。你呀，往后也得注意点。”心想，这女人嘴皮子真厉害。

大家都笑了。

“哎呀，你们就批我吧。”大虎抚摸着后脑勺，自我解嘲地说。二兰子的一番话句句说到了点上。

老马说：“哼，就该批你，如果这事儿放到‘文革’，早批你不下十次二十次了。批完了，还得让你脖子上挂牌子游街示众！男的出了作风问题，就是流氓，甭想再抬起头来！”

大虎摇摇头：“你们都是站着说话不腰疼，过得好好的，谁愿意离婚呀？我吃饱了撑的？”

老马问他：“莫非，还有别的原因？”

大虎苦笑道：“她人老实，那倒不假，可她呆得像个木头，哪有半点生活情趣？我也不遮着盖着了，她那方面让我提不起半点兴趣——”似要往深里说，看了看二兰子，后面的话，又从舌尖儿上溜了回去。

马主任一绷脸：“嗯，我明白了，你还是被那个小红给迷住了呗。弟妹没有人家年轻漂亮，又没有人家会调情是不是？哎呀，大虎呀大虎，人都有老的时候吧？刚才二兰子说得不差，弟妹可是和你同甘共苦一路走来的。你嫌人家没情趣，你年轻时干吗来？这会儿人家年岁大了，你嫌弃人家了。想搂着年轻女孩子睡觉，你还讲良心不讲？这人，不管多趁钱，地位多高，良心可不能没了！不能总贪图享受和刺激呀，要有责任感——”

连春也帮腔：“马主任说得对，我看你呀，就是缺乏家庭责任感。”

“你们不理解，不理解——”大虎急躁地跺一下脚，做出极度痛苦状。

这时，马主任给连春递个眼色。连春起来，朝外面走去。

工夫不大，他就回来了，身后跟着两个年轻人，正是大虎的儿子和女儿。

一进门，俩孩子扑通给大虎跪下了。

“爸爸，求求你，千万别和我妈离婚！”两个孩子眼里闪着泪光，可怜兮兮地乞求他们的父亲。

这是马主任和连春导演的一出戏。他们事先把大虎的儿子和女儿藏在旁边屋里，待时机成熟了，再让他们出场。

大虎的儿子长得一点儿也不像大虎，白白净净，文文弱弱的，眉眼清纯秀气。女儿却生得黑，肤色倒随了父亲，扎一条马尾辫，脸上长几个青春痘，和哥哥一样也穿了一身天蓝色校服。兄妹俩都在县一中读高中，是被马主任从学校里特意接过来的。

大虎像触电似的怔在那里，嘴微微地张着，一动不动，像个木雕。

过了许久，他才缓过神来，把嘴唇紧紧闭住，神色凝重，眼珠子似要瞪出来，沉吟片刻，然后朝儿子和女儿摆摆手，摆得很沉重，显然是经过了多么艰难的抉择，才痛下决心的。

“我再想想——”

十六

春天，连春承建了县食品厂的几间厂房，目前工程已接近尾声。

平时他大部分时间都是待在工地上，有时，还和大家一起动手。没人能从这帮民工中，认出他是这个建筑队的头儿。连春这样做，也是为了建筑质量能得到保障。

连春的办公处，也就是张大虎他们公司废弃不用的那几间宿舍，这里紧临西城门，站在院里，抬头往东边眺望，目光所及就是苍黄色城墙的残垣，上面生满了小槐树和酸枣棵子。连春把其中一间屋子，简单地装修一下，摆上一张老板桌，两个沙发，一张床，作为他的办公室兼卧室。因为晚上要去安猴子家，下午他就早早从工地上赶回来。

此时，他坐在办公室喝茶。院里停放着一台上楼板的吊车，两台搅拌机，一辆大卡车。卡车司机是个大胖子，他刚从外面回来，正蹲在院里抽烟。看着这些，连春心里不禁生出一丝甜蜜，思绪又飞回到了那些逝去的岁月。

其实，走出柏树庄，是连春小时候就有的一个梦想。

上学时，他门门功课都很优秀，对自己的前程也充满幻想。然而“文革”期间，国家取消了高考，上大学必须由大队来推荐。因为父亲的问题连春学习再好，也不可能获得这个资格。而且像参军呀、城里工厂招工呀，也没有他的份。

“文革”结束后，高考恢复了，那一年连春兴致勃勃地走进考场，梦想着这一次能跳出龙门，实现他多年的夙愿。可终因毕业时间太长，学的知识大多又还给了老师，他与大学擦肩而过。

这时，他父亲得以平反，当时的村支书老宋看他肚里墨水多，而且为人正派，就让他担任了柏树庄团支部书记和支部委员，他是把连春作为后备干部来培养的。

后来刘囤把老宋撵下台，执掌了柏树庄的大权。刘囤看连春和自己不是一路人，在村里又很有人缘，害怕将来对自己构成威胁；何况，连春又是老宋提拔的，因此他就处处给连春使绊子——也不说不让他干，只是平时村里开会时常不通知他，有要紧事儿更不和连春商量。待事后连春质问他，他就把那双豹子眼一塌眯，装傻充愣：“哎呀，怎么回事？我让他们通知你了呀！”闹了这么几次，连春感到自己再没法干下去了。

那天，连春将办公室的钥匙交给刘囤时，刘囤还故作惋惜状，嘴里啧啧连声：“连春，你小子可真不够意思，见我上台了，你怎么就撂挑子不干了呢？你这不是干得挺好嘛！”然而，连春却从刘囤那看似惋惜的目光里，窥视到了一丝嘲笑。

连春心里愤懑，又是哑巴吃黄连，有苦说不出。大丈夫能屈能伸，这口气暂且咽下，柏树庄不能总是刘囤的天下吧？

不干团支书了，连春开始琢磨着如何挣钱。正在这时，他在报上看到一则广告：河南巩县一家蚯蚓养殖公司来省城销售种蚯蚓，一年后公司负责回收，一千条蚯蚓可获利三千元。三千元，那是个什么概念？按当时的物价，可盖一处青砖到顶、白灰勾缝儿的新房。连春顿时情绪亢奋，在这个由刘囤一手遮天的柏树庄，他只有让自己的腰包鼓起来，才能出人头地，为自己争口气！

他揣上三百块钱，骑上自行车，去了四十里开外的省城，从河南人手里买了一千条种蚯蚓。其实，那只是一编织袋含有蚯蚓幼苗的泥土。回来，在屋地上用砖砌了一个两米见方的养殖池。

整个夏天，他都是在期待中度过的，平时除了去田里侍弄庄稼，大部分时间都和蚯蚓相伴。三伏天，是蚯蚓大量繁殖的季节，然而令他沮丧的是，池子里原有的蚯蚓无论是粗细还是长度，都没有什么明显变化，数量也没有增多。他又把希望寄予秋天。当秋风吹起，地上铺满金黄色的落叶时，他的希望彻底破灭了。这时距离合同书上回收的日期，已不足一个月。

到了回收的日期，连春驮着和几个月前没有什么区别的一编织袋泥土，来到省城的收购点。一进门，他的头嗡地大了，这里早已聚满了许多愤怒的养殖户。他很快就加入到了这些愤怒的人群中，和那家河南公司的人理论，争执。然而，因为签订的协议没有经过公证，因此不受法律保护。不受法律保护的合同形同一张废纸，那三百元钱就这样打了水漂。

那是连春人生的低谷。那些天，每到黄昏，他就到村西转悠。望着如血的夕阳，望着广袤的原野，他想放声大喊：为什么老天对我这样不公？究竟为什么？为什么？但他没有张口，而是把无边的痛苦和愤懑深埋心底。他开始默默地设计自己今后的人生路。

俗话说，家有良田千顷，不如一技在身。他遵循了这个古训，开始跟一个亲戚学泥瓦工。他心里憋足了劲儿，学得非常用心，几年后就自己组建了一个建筑队，先是在乡下揽活儿干，不久，就去城里闯荡了。以这种方式走出柏树庄，是连春自己都没有想到的。他明白，要想在这个行业里站住脚跟，必须要有靠山。这时，偏巧县建筑公司经理张大虎的老爹去世了，他觉得这是上天赐给他的一个好机会，于是他赶到大虎家，往礼桌上扔了一百元。那时人们上礼顶多十来块，因此就把大虎给镇了。他认为连春这人厚道、义气，是条汉子。从此，就把连春当作自己小兄弟，时常把一些小活儿交给连春干，这对刚进城的连春是一种莫大的扶持。

织衣做裤，贵在开头。靠着乡下人肯吃苦的劲头，经过一番打拼，再加上大虎的大力提携，能混到今天这一步让连春感到欣慰。但他又明白自己其实是刚刚起步，只是在城里站稳了脚跟而已。

此时，一想到安猴子那双让人难以捉摸的眼睛，连春心里又开始不安。这两年，为揽生意，他曾多次去那些手握发包大权的单位领导家里拜访，去“意思意思”，有的是“大意思”，有的是“小意思”，这让他见识了形形色色的人——有的贪心极大，而有的却正派廉洁，让他打心眼里敬重。他面对这些人时，怀揣着同样的谦逊和期盼。但今天却有所不同，这个安猴子非常难对付，因为他和马主任那种微妙关系，这让连春心里更吃不准了。但这件事已到这个份上，而且这宗生意对他又非同寻常，再难也得把安猴子攻下来。何况，上边又有老马给他撑腰。即便不能中标，他也不遗憾——他毕竟也参与了这次众人注目的竞标呀。这何尝不是一个自我宣传的机会呢？他就有这个执拗劲儿，不到黄河心不死！

晚饭后——说是晚饭，他只是在街头小吃摊凑合了一顿。古城深厚的历史积淀，孕育出花样繁多的小吃，而且物美价廉，展现着古城源远流长的饮食文化。有老豆腐，牛肉饸饹，缸炉烧饼，还有烧麦包，手擀面，豆沫儿，等等。平时只要不和朋友吃饭，一般他就以一顿小吃来打发晚饭了。

他开车去买礼品时，大街上已经灯影绰绰。而街灯的光亮，远不如两边店铺的霓虹灯鲜亮——那橘红色、淡黄色、绛红色的各式招牌，矗立在店铺门口，将古城的夜晚装点得绚烂而温馨。影剧院门前宽敞的广场上，夜市的帷幕已经拉开，除了卖服装和小百货的，更多的是各类吃食和烧烤。——这是近几年刚时兴起来的夜生活。身着各式夏装的男男女女，有手里拿着雪糕的，有拎几个烤串的，边吃边悠闲地在大街上溜达，脸上流露着小城人特有的那种怡然自得。

安猴子住在县电力局家属院，这是他夫人单位的房子。连春进门时，他刚从厂里回来，正光着膀子在卫生间里两手扯着毛巾擦拭脊背。匆匆洗把脸，手里扯着背心，边往身上穿，边和连春打招呼。透过厨房的玻璃门，连春瞥见一个女人的侧影，正低头洗菜。她只是朝外面瞥一眼，并没有走出来。

“你来就来呗，还买这么多东西——”安猴子走出来，嘴里责怪着连春，眼睛却扫一眼礼品——两瓶剑南春，两条阿诗玛，还有一些保健品，心里乐开了花，仿佛看到了老马那张讨好的脸。他从这里找到了一种平衡。

“一点儿小意思，一点儿小意思——”连春赶忙解释，他从对方的眼神中已敏感地捕捉到了什么。这几年，在城里打拼的经历，让他对这种眼神非常敏感。

“呵，你还是为那件事儿——”安猴子像刚想起来似的，整理着歪歪扭扭的背心，示意连春在客厅的沙发上坐下。

“那件事儿嘛，你还得费费心。”

“我费心倒不怕，就是怕人家张部长不买账。”安猴子牙疼般地咂下嘴，又打起官腔，“我也只能给你试试，看情况再定，嗨，反正难度不小。”

“你让我参加竞标就可以了，我没有别的要求。”连春心里窝火，怎么连得到竞标的权利都这么难？

“啧，这事儿，可不像老马想得那么简单。不管怎么说，我也得先做通张部长的工作。”

这是你们厂里的事情，怎么还要和张部长商量呢？连春心里不满，但脸上又不能显露出来，他一再告诫自己：一定要学会克制，不然在事业上会吃亏的。

“安厂长，难度再大，你也得给想想办法呀。这个工程对大公司来说，只是一粒芝麻，而对我就是个大西瓜。”

“这个道理我晓得。可你着急也没用，我只能再给你试试。”说完，拿起茶几上一只打火机摆弄起来。

看到安猴子有些不耐烦了，连春不想再待下去，只好起身告辞。

“你等着我的电话吧。”把连春送到门口时，安猴子淡淡地说。

又过了许久，直到暑往秋来，连春依然没有等到安猴子的电话。

后来连春又往他家跑了两趟，送的酒，除了剑南春，还有两瓶茅台。当时正临近中秋节，自然又少不了牛肉、猪肉、海鲜。就为了两栋家属楼，而且还只是争取个竞标的资格，有必要花这么大的精力和财力吗？但连春认为这绝对值得，因为，全县人的目光都盯着磷肥厂呢，眼红人家那每月一百多块钱的奖金，还有中秋节厂里发的几斤月饼和一箱水果。而且每年春节，厂里都要给每一位在编职工做一身毛料西装；还眼气磷肥厂能自制饮料，夏天让厂里的职工敞开肚皮喝——管够！如今又要盖家属楼了，想不让全城人关注都办不到。

连春忘不了，当他第三次来到安猴子家，将礼品放在他家茶几上，安猴子用眼角扫一下，嘴角绽出了一丝笑。

他没有急于表态，缓缓地抽一口烟，才说：“你这事嘛，老马也催过我几次了，看来他对你非常好啊！不是我不想让你竞标，关键是人家张部长老不松口！”沉思一下，拉长声调，“好吧，我再去试一次，看这次人家给不给面子。”

啪嗒！压在连春心里的那块石头终于落地了。凭直觉，安猴子答应他了。

往外送着连春，安猴子说：“老弟，你可别介意呀，不是我老安这人不义气，实在是没有办法！”

果然，没过几天安猴子就打来了电话。他对连春说，他费了九牛二虎之力，张部长才勉强答应了。“我×，说出去的话，泼出去的水，要收回来哪有那么××容易？哎，总算人家还体谅我的难处！”

老天保佑，最后连春竟然中标了。只是，除去给安猴子送礼的花费，这项工程做下来他也没赚到多少钱。不过他也有了另一种收获：自此，他的“飞宇”公司在县里名气就更大了——还真给他起到了广告宣传效果。

自从和安猴子打了那次交道后，连春再很少和他联系。但安猴子却没有忘记他。后来他家在城里盖房子，那是一座二层小洋楼，他买来了材料，让连春给他“攒忙”——他是通过这种方式让连春再来回报他。

十七

小毛头当上了电工，刘囤觉得为白玲玲做了一件天大的事情，来找她的次数就更频繁了。

来就来吧，白玲玲心里厌烦，但又无可奈何。谁让自己欠了人家的情？小毛头当了电工，让她在村人面前有了面子，但她在刘囤面前却越发失去了自尊。现在，他觉得这个男人越来越让她无法忍受了。

刘囤没有察觉出白玲玲的这种情绪，在乡里开会时，依然喜欢向其他村干部吹嘘：“嘿，在柏林庄，老子看上的女人，没人敢拒绝！”

说到这里，刘囤心里美滋滋的！他这个人，就是处处喜欢拿大，不能让别人压过他。就连睡女人也不例外。人们知道刘囤的脾性，没人愿意得罪他，只是附和道：“看把你美哩，三宫六院，你小子真快赶上皇上了！”听到人们“夸奖”，刘囤总是伸出两只又胖又圆的手，啪，拍一下，然后哈哈地大笑起来，露出一口让烟熏得黑乎乎的牙齿——“嗨！你小子就没这个福气吧，甭看你也是个村长，可你在村里算个××蛋！不服不行吧，你就没这个能耐！”他喜欢将芝麻大的小事说成西瓜大，之后就眯起眼等着别人奉承；听够了，就开始挖苦别人——虽说是玩笑的意思，但神色里也有一种掩饰不住的鄙视。这会儿，他表演的正是这个程序。

而那位先是奉承他，随之又被他一顿贬损的村主任，此时并不感到有多不好意思，只是嘿嘿地笑，一副甘拜下风的样子，仿佛就是配合刘囤来演这出戏似的，就是以这种低姿态，让刘囤摆摆威风。不仅这位，还有其他人也甘愿拍刘囤的马屁。因为他们知道，刘囤这么一通吹嘘之后，虚荣心和好胜心得以满足，中午他肯定要请大家在镇上撮一顿。当然，并不是所有村主任都是如此，也有不少人对他是嗤之以鼻的，乡里的会一散，马上躲开他，就像麋鹿躲避秃鹫一样。

他们也不愿意得罪他。因为，刘囤的霸气和阴险是出了名的，这家伙只要一狠心，什么损事也做得出来。可像这么一个品质恶劣的人，怎么就当上了村主任呢？这里面自然是有原因的。一是他们刘家在柏树庄是一个旺族，人口多；二是刘囤性情粗野，年轻时就爱和人打架，而且下手非常狠，咬牙切齿的，一副拼命三郎的凶相。

他这一生，总共动过三次刀子。第一次，是他小时候和小伙伴为一件小事打架，他用水果刀扎破了对方的胳膊。第二次，是他十九岁那年，因看上了大碗的新媳妇儿，那女人梳两条大辫子，眉眼俊气得和电影上的小铁梅像一个模子里刻出来的。用现在的话说，刘囤就是李铁梅的扮演者刘长瑜的超级影迷，粉丝。一天，趁大碗不在家，刘囤强暴了大碗的媳妇。后来，他又强迫大碗和媳妇离婚。偏巧，这大碗又是个拿不起事来的主儿，软得像一条鼻涕。一个人再软弱，有人来抢自己女人也不会拱手相让的，也会成为跳墙的兔子。但这一次，刘囤是抄着一把菜刀来找大碗拼命的。那个大碗，见到挥着明晃晃菜刀的刘囤，还有那一双凶煞神般的豹子眼，立刻就投降了。他明白刘囤是个说到做到的主儿，害怕那把刀真的砍向自己。于是，他那已经怀孕的媳妇，就成了刘囤的老婆。那女人先是生下了大碗的骨血，是个女儿；一年后，又为刘囤生了一个大胖小子。谁知，几年后刘囤又把人家甩了。他不是迷恋这个女人吗？迷恋到竟然举着菜刀将她从人家丈夫手里抢过来，怎么说甩就甩了呢？原来，新鲜劲一过，他就产生了审美疲劳。此外，他越想越觉得娶这个女人吃亏了——她再漂亮，再像小铁梅，也是个二手货，是让大碗那小子尝了鲜的，自己其实是捡了人家的剩货。因为心里不平衡，那女人在他眼里就怎么看怎么不顺眼了。想想吧，以他刘囤的脾性，他看不顺眼的东西还能留在身边吗？这时候，那女人已经成了吹进他眼里的一粒沙子。他将她甩了，随便得就像扔掉一件旧衣服。那女人只是默默地哭，哪敢说半个不字？当初，刘囤手里的那把菜刀，早把她的胆吓破了，魂吓飞了。刘囤是让她带着大碗的那个女孩子回了娘家的。不久，他就迎娶了一个黄花大闺女，这就是他现任夫人大白桃。当时，大白桃还是一位十八岁的女孩子，比刘囤小了七八岁。因她长得又白又嫩，两块颧骨红红的，粉嘟嘟两个脸蛋子，嘴唇也是粉嘟嘟的，因此人们称她为大白桃，久而久之，这个外号就在村里流传开了，慢慢地，人们竟然忘记了她的名字。她叫小朵，也是一朵花的意思。

刘囤第三次动刀子时，已不太年轻。那是十年前，想当村主任的他，就时常拎上一把菜刀去找老宋挑衅滋事。有一次，他又拿着菜刀来到了老宋家。一双血红的眼珠子，盯住老宋，狞笑着问他："你说，我敢不敢剁下我一根手指头？"老宋呆住了，还没等他答话，只见寒光一闪——当然，他只是剁了黄豆那么大一块，也就是失去了小拇指最上端那块肉，连骨头也没挨着。可老宋还是被吓傻了。这位性情温和又有点胆小怕事的村主任，脑子一转，就明白了刘囤的意图。没过几天，他就主动辞职，让刘囤接替了自己。因此可以说，刘囤握上柏树庄的大权，是付出了血的代价的。

这就是刘囤人生路上有名的“三刀”。这最后一刀，虽然是剁向了他自己，但把他的人生轨迹改变了。从此，他便得了“刘三刀”这个绰号。也有个别人背后叫他“刘大拿”。人们见行厉害捞到了这么大的好处，柏树庄此后就盛行起了“敬恶”之风。谁厉害谁蛮横，人们就怕谁敬畏谁。

如今，白玲玲想躲开刘囤，却又无法办到。自从让小毛头当了电工，他来找白玲玲就更无可避讳了，理直气壮得就像找自己老婆。

一天中午，刘囤陪乡里人在村北的酒馆里喝罢酒，带着满身酒气，大摇大摆地朝白玲玲家走来。在街门口碰到小毛头，因为当电工比较清闲，最近镇上又有人开了录像厅，这个孩子就迷上了那些打打杀杀的玩意儿，没事了就泡在那里。

对于母亲和刘囤的关系，小毛头心里有一种说不清的滋味。一次，他和工友们在村外架线，一个刚从村里赶来的工友朝他诡秘地笑笑，说：“小毛头，刘囤又找你妈去了。”他把那个“找”咬得很重，工友们都偷偷地乐了。小毛头被激怒了，想发火，又觉得不妥，为这种事儿和人闹翻，脸上毕竟不光彩。何况，刘囤一点也不避讳，和他母亲弄得跟明的一样了。他心里发虚，哪还有半点底气？对工友们的取笑，他只好忍着，装聋作哑。他明白自己是如何当上电工的。

刘囤笑呵呵地问他：“小毛头，大热天，干吗去呀？”小毛头不好说去镇上看录像，只得搪塞，说在家里待着麻烦，去串个门。刘囤又问：“你妈在家吗？”小毛头说：“在哩。”说完，就像耗子见了猫似的赶忙溜走了。

白玲玲刚吃过午饭，要睡个午觉。女儿小萍正坐在院里洗衣服。麻五撂了饭碗，就去街上和人下棋去了。刘囤来到屋里，看到只穿了内衣内裤躺在床上的白玲玲，不管三七二十一，就扑过去，往下扯她的内裤。想到女儿就在院里，又是大天白日，白玲玲早羞得满脸通红，坐起来，狠劲地扯刘囤的胳膊。可她哪里抵得过力大如牛的刘囤呢？又不敢吱声，怕女儿听到。刘囤正是抓住了她这一心理，淫笑着低声恫吓她：“你再挡我，我就喊！”果然，白玲玲心里窝着火，只好依顺他。只是央求刘囤不可张狂，免得被女儿听到。那会儿，她只是盼着刘囤早早结束，担心女儿会突然闯进屋来。可刘囤偏偏不肯早早结束，直到过足了瘾，才像一头交欢的猪似的哼哼几声，瘫在了白玲玲身上。

刘囤哪里还是人？简直就是个畜生！待刘囤提上裤子，打着酒嗝心满意足地离开后，白玲玲坐在床上悄悄地流起眼泪。这是她第一次为这种事情如此伤感。那天，她感到刘囤留在她身体里的体液是那么肮脏，令她作呕，她把自己的身体洗了又洗。第一次，她感到自己受了莫大的污辱。刘囤根本就没有把她当作人看。就是过去逛窑子，也还避讳人吧。她后悔自己当初昏了头，撞上了这个老恶魔！

她甚至还后悔让小毛头干了电工。这不正中了刘囤的下怀吗？人家正瞌睡哩，你给递去一个枕头！她又像看到一只小鸟，一头撞进捕鸟人布下的粘网里，扑棱几下，只好顺从命运的安排了。

然而，一想到小毛头，白玲玲的眼泪就流不出来了。为了儿子，她又不能得罪刘囤。她哪敢呢。

她只有恨自己，恨自己嫁给了麻五。——这样一个丑陋而又无能的男人！

但她并不后悔当初和李明亮相恋。只是，她越来越觉得当初听从了父母的话，而匆匆地把自己嫁出去是一个天大的错误。和李明亮相爱，那有什么可丢人的？放到现在，这能算个什么事呀？如今的电影电视上，这种事儿真不是个事儿。

她觉得是自个儿把自个儿给生生毁了！

十八

这几天，秋山老汉发现了一个怪现象——村里人都在疯抢食盐和火柴。

这天，兰芳一进屋，就仰着那张小窄脸，急切地问秋山老汉：“你家买盐了吗？还有火柴哩，买没买呀？”

“你说，人们都抢那个干吗呀？莫非还怕卖短了？”

“哎呀，可不得了啦，听说以后吗东西都要涨价，连盐也要吃不起了！”

这个消息，让秋山老汉猛地在心里打了个战，然后就愣怔住了。历经沧桑的老人，禁不住用手抚摸着胡楂子，发出了这样的感慨：“我这辈子吗没有见过呀！一九三七年，日本鬼子侵占咱中国；后来，小日本投降了，共产党又跟蒋介石打仗，再后来成立了新中国，天地像翻了个个儿，又是互助组，又是人民公社；还有‘大跃进’，吃食堂，放卫星。一九六〇年闹饥荒，咱村里饿死了好几口子；再往后，就是‘文化大革命’——你说说，我这一辈子，吗事没经历过呀？”

于是，见多识广的秋山老汉，就生出这样一种预感：他觉得这个社会又要变了。

也真该变变了。这都是怎么一回事儿呀？当初，从互助组到高级社，再到人民公社，这么兜了一个大圈，如今不是又回到原来的位置上了？当年成立人民公社时，他胸戴大红花，和乡亲们在大队部撒欢似的敲大鼓，扭秧歌。换了一个新世界，看哪儿都新鲜，人们那个高兴呀，浑身都是用不完的劲。谁知，几十年后，土地又分回到了个人手里。这几年，人们还做生意，干个体，他认为是上边哪出了问题？这不，问题真出来了！

他越想越害怕。尤其是一想到连春，更是提心吊胆。这么多年了，他还从来没有这么害怕过。那年他被打成“走资派”，被人从大队长位置上撸下来时，他害怕过。他不知道将来自己的命运将会如何？可后来一个运动接一个运动，就像走马灯，每一个运动来临，他都要被押出去批斗一番。刚开始脖子上还挂个大牌子，上面写着“走资派”三个字。批斗完了，再由民兵押着游街。后来，对他的批斗渐渐潦草了，只戴牌子，不再游街。许多时候，也只是点点他的名字。再后来连名字也不点了，他知道这个世道又要改变了。果然让他猜中，不久就真的变了。他喜欢这样的时代，其实什么也像没有变，人们还每天在生产队上工，挣工分，却不再搞什么运动了，他想，像这样下去，人们不愁过上好日子的。可不久又开始变了，自个儿种自个儿的地，人心也涣散了，俩眼珠子光盯住个“钱”字。

此时的秋山老汉，比任何一个人都要敏感。他想，这次再变，我这老胳膊老腿的还怕吗哩？他娘个头！总不能再让我脖子上戴个大纸牌子，去游街，挨批斗吧！

他就是担心连春。因此兰芳一离开，他就甩开两只大脚，“噔噔噔”地朝东院赶来。

太阳刚落山。柳树早发芽了，大杨树也吐出咖啡色的絮毛，像毛毛虫一样一条一条地垂在树梢。春天的气息，总是先从柳梢头、草根上悄然溢出的，在毫无察觉间，就将一抹鹅黄色的嫩绿展现在人们眼前。暖融融的空气里，饱含着万物复苏的气息。

二兰子正在厨房里做晚饭，院里飘着炊烟的香气。连春刚从城里回来，正蹲在院里洗手。一只芦花母鸡，在院里踱着步，东啄啄，西啄啄，在寻找着吃食。

看到父亲进来，连春想：莫非是为他和兰芳的事情？父亲和兰芳相恋，他早知道了。刚开始他不相信，后来见兰芳非常频繁地去找父亲，他才相信了这个传言。相信了，心里总有点别扭。

“连春，我和你说个事儿！”秋山老汉来到连春跟前，低声说。他依然穿一件深蓝色半旧解放装，胸上一排黑色板扣，映着晚霞闪出隐隐的光亮；他没有戴帽子，头发花白，像撒了一层盐。

连春从晾衣绳上扯下毛巾，擦一把手，瞥父亲一眼："爸，有吗事呀？"

"你买盐了吗？还有火柴哩，买了没有？"

"你是说，那两样儿东西要涨价是吧？我早就知道了！"

"这么说，你也买了？这东西看上去不怎么珍贵，可哪顿饭都离不了它。人两天不吃盐，就浑身没劲，你看《白毛女》里的喜儿，不是藏在山洞里一直吃不上盐，才变成了白毛仙姑吗？——不只是盐，别的东西咱也得多买点，用不着就攒起来，那样心里踏实！哎呀，这世道呀，我害怕又像早年——"

连春截断了父亲的话："爸，你放心，没那么可怕——城里人有抢的，也有人就不去抢。"从口袋里掏出烟，扔给父亲一根，想起这几天在城里见到的情景：在县副食店门口每天都排起一溜长队，人们有提篮子的，有拎书包的，也有提面口袋的，每人脸上都是一副焦躁惶惑的神色，巴不得马上把那两样东西买到手。

就为这件事，连春还专门去县经委咨询过马主任。马主任到底见多识广，又喜欢思考问题，他从整个中国的经济改革和中央的政策精神，对这一现象进行了鞭辟入里的剖析，认为这是在经济体制改革中避免不了的一种不均衡现象，大可不必担心，国家很快就会调整过来的。从马主任那里，他证实了自己的看法。只是马主任站得高，说得更明白更透彻。他佩服马主任，马主任说的话在他听来，那就是——真理。

秋山老汉依然忧心忡忡："我过的桥比你走的路都多，就说这盐吧，看着不是个大物件，如果人们都吃不起了，这世道还不大乱，好年景得防备着赖年景呀！人们又要遇到大灾了！"

连春觉得父亲真是荒唐。但他一想到父亲的经历，又完全理解了他。想不到才两天工夫，这个消息就传到了乡下。“爸，国家正变革哩，哪还断了出点小问题呀，过不了多久，就会调整过来的。”他把马主任的话，对父亲复述了一遍。

秋山老汉嘬一口烟，脸上的神色不但没有缓和下来，反而更紧张了。他把声音放低，说：“盐不盐的吧，这还是一件小事！我眼下最担心的还是你！依我说，你也别在城里干了，树大招风，名大招灾，这种亏，我是吃够了。要知上山路，得问下山人——你还年轻，没经历过那么多——”

这个老头子，在这个初春的黄昏，开始教导起儿子了。对于这个想法，他一直想对儿子说一说。他欣赏连春的闯劲。刚开始，当他听到连春要带一帮人到城里干建筑，虽说对当下的形势不理解，也看不惯，但他没有去阻拦儿子。他知道儿子心里憋气，先是受了刘囤的排挤，之后又挨了河南不法商人的坑骗，这两件事儿放谁身上，也是个不好解开的疙瘩。好吧，就让他去城里闯闯，挣了钱自然好，如果挣不到就回来还种那几亩地。不过，他对连春的能力还是蛮信服的。他愿意让他出去闯荡，可又不想让他做得太过。你干活儿就干活儿呗，逞得哪门子能呢？自己给自己封了个经理！

待他把这个顾虑说了，连春摇了摇头。他越来越感到父亲既荒唐又可笑了。

“你小子，别以为在城里见了点世面，就听不进我的话了！我吃的盐，比你吃的饭还多哩。”

“爸，你胆子也忒小了！如果吗也不敢做，只在地里吭吭哧哧地干，一年下来还不是刚够填饱肚子？”

“哼，种地怎么啦？这地，才是咱庄稼人的命根哩。——你看看人家全保，这几年就种了几亩西瓜，不也没冻着，没饿着？不管这世道如何变，也碍不着人家吗事！”

这几句话，让正在厨房做饭的二兰子听不下去了，她又想起连春接济槐林上大学的事儿。哼，全保能和连春比吗？有能耐，可别让人接济呀。这个老头子，简直就是个雀蒙眼！

父亲的话也让连春哭笑不得。全保的情况莫非他还不清楚吗？这过日子光有吃有喝就满足了？

一回到家，秋山老汉就坐在院里，对着天空“唉——唉”地叹息了两声。西边天际，飘着几抹霞光，那是从黛青色的云里透出的非常有分量的颜色，显得沉重而又大气。几只蝙蝠吱吱地叫着，在院里飞来飞去，趁着黄昏来临忙着捕食。

去儿子家这一趟，让秋山老汉心里很憋气，也让他很没有面子。

他又想起了自己年轻的时候。不知怎的他从连春身上，隐隐约约看到了自己从前的影子。那年，上边号召学大寨，他和乡亲们就在野地里搭个席棚，用筐挑、用车推，日夜奋战了一个多月，就把村西那两个大沙丘推平，变成了高产田。他那长满老茧的大手，又生生地磨了几个大血泡。村里小学校的文艺宣传队还把他的事迹编成了快板，两个戴红领巾的小学生手一扬，竹板一打：“锣鼓敲，震天响，东风劲吹红旗扬。治沙大军哪里去，柏树庄村西摆战场。大队长，李秋山，吃苦在前不畏难，胸怀愚公移山志，誓叫沙丘变良田……”当年，他被评为了全县学大寨先进个人，名字和照片还上了地区报纸。虽说不久轰轰烈烈的政治运动让他受到冲击，但那一段激情澎湃的岁月让他难以忘怀。

但连春总不把他放在眼里，这让他又不免有些落寞。唉，廉颇老矣！他就用这个从收音机里听来的典故安慰自己。

但他又想起了儿子的种种好处。比方吧，他喜欢喝的酒，喜欢吸的烟，喜欢喝的茶叶，连春总是满足他。女儿嫁得远，一年也来不了几次。守着连春这棵独苗儿，他只求过个平安日子，可连春却不知足。

这时街门被推开了，二兰子走进来，手里端着一只碗，说：“爸，饭好了！”就径直来到堂屋，将一碗飘着葱花香气的擀面条放到饭桌上。

以往她将饭菜放下，总是赶忙离开。

今天她却在院里停住了：“爸，你就省点心吧，横竖有你吃的，有你喝的，就得了呗！你也知道连春那个犟驴脾气，他认准的事儿，就是十头牛使劲拉，也休想把他拉回来！至于买不买盐和火柴，他有他的想法！前几天我也劝过他，可人家哪肯听咱的！敢情人家比咱们长见识了，咱不听人家的，又听谁的？”二兰子的话明面上听来是在抱怨连春，其实语气里又隐含着夸耀的意思。

秋山老汉也听出了这层意思。对于这个儿媳妇，他的看法也是极其复杂的，虽说有地方不满意，但树无九枝，人无完人，整体看二兰子还过得去，心眼还不错。他也是怕和二兰子处不好，才很少去东院的。少见面，不但图个清静，也不会相互发生不必要的摩擦。也许是这么多年他被人整怕了，因此事事就愿意讲个和气。

“这个王八羔子！才吃几碗干饭，就不把他老子放到眼里。——看来人家是翅膀硬了，有能耐了！”

二兰子从公公的责备里，也听出了对儿子的赞赏，禁不住抿嘴一笑。

给公公送饭回来，二兰子神秘兮兮地对连春说：“我刚才推咱爸的门，都不敢用劲大了！我怕——”

“怕咱爸给你弄难堪？”

二兰子往碗里挑着面条，挤一下眼：“哪的话！还不是怕碰到兰芳，搅了人家的好事？”

“去、去、去！”连春像轰小鸡一样对二兰子挥着手。

二兰子哧哧地笑了，她干脆推开碗，连饭也不吃了：“人家说的是正经话嘛，你成天不在家，哪知道兰芳一天找你爸几趟，哎呀，那个热乎劲，我瞧着……”

“你还有完没完呀？就不能把嘴闭上？”连春急了。

二兰子似乎很喜欢看连春这种因尴尬而愤然的样子。这和他平时的春风得意反差极大，哪个更真实，她也说不清。她赶忙转换了语气：“好，那咱就说点正经的吧。你看看，说起来你还是个孝子哩，老人的事儿按说你也得关心一下吧。莫非还非得等着你爸自己张嘴说吗？他哪好意思！”

二兰子对公公这件事这么上心，其实她是有自己想法的。什么想法呢？她恨不得让公公和兰芳早点完婚，那样她这个当儿媳的不就省操一份心了吗？眼见得公公老了，万一有个三长两短的，瘫到了炕上，连春又不在家，她不就遭大罪了？像给老人接屎端尿呀，她不干谁干？如果兰芳嫁过来，她又比公公年轻，而且身体也结实，正好服侍公公，这不比雇个保姆强啊？

连春没有想到二兰子会持这种态度，他看到二兰子的目光是真诚的，不似开他的玩笑。心想：奇怪，她倒不嫌多个婆婆！

而他自己呢，就像吃了一盘杂烩菜，心里什么滋味都有。看着老人孤独地一个人生活，是应该给他找个伴儿。但一想到去世的母亲，心里又是要多别扭有多别扭。而且兰芳又比父亲小那么多，平时他管兰芳叫嫂子，如果让他改口叫妈，他怎么能拉得下脸来？

“甭再提这事儿好不好，也许，咱爸还不愿意把她娶过来哩！”连春说。然后，就不再搭理二兰子，埋下头，只顾呼噜噜地往嘴里扒拉面条。

连春在城里的生意做大后，晚上很少在家吃饭。难得吃一次，二兰子就极力地表现自己——她给连春擀了他最爱吃的面条，西红柿鸡蛋打卤，大大的葱花油。此刻看到连春吃得头上直冒热汗，又吃得将汗变成了油星儿，心里不禁乐陶陶的。她觉得要想把连春的心拴住，得先拴住他的胃。——她知道连春的口味，对她来说这倒不是一个什么难题。

十九

日月更替，桃花开了又谢，谢了又开。不知不觉间，时间的老人迈进了20世纪90年代中期的门槛。

柏树庄是悄悄地发生变化的。村北的公路边上，先是有人家用石棉瓦搭几间简易房，只是卖些小吃，像烧饼、炒饼呀，还有馄饨、面条、小米粥，非常简单，只是给过路的行人提供方便。后来，有人开始盖房子，但也只是做点小本生意，属于小打小闹；近两年，如同雨后春笋般，呼啦啦冒出来一大溜门市，小吃摊改为小饭店，也有了烟酒批发、小超市、浴池、美容店，等等，渐渐地成了气候，俨然一个小集镇了。

眼瞧着村北一天天热闹起来，大洋人心里早沉不住气了。

小军刚进城那几年，一个月挣一百多块钱，农忙时还回来干活儿，大洋人还是很满足的。现在，她的胃口变大了。像小军这样总给人家打工，那算什么本事哩？何况，两个儿子也都长大了，到了大把大把花钱的时候。一想起这个，她心里就乱糟糟的，什么也干不下去，恨不得满屋子都是花花绿绿的钞票。是的，别说跟连春比，就是村里那些小老板们就够她眼馋的了，她哪里还把小军那份工作放在眼里呢？于是每天小军从城里回来，她就不停地唠叨，她嫌小军缺乏闯劲。

“你就总给连春打工吗？莫非就给他干一辈子？还有个出头之日没有？”这天，她逼视着小军，大脸蛋子上也像敷了一层冷霜，“你别忘了，你俩儿子都大了！”

小军用手挠着头皮：“我不干那个还能干吗？莫非让我去抢银行去劫道儿呀？”他咧开嘴无奈地笑一下，那样子比哭还难看，像嚼了一颗大青杏子。大洋人说的不是没有道理，眼瞅着两个儿子像嫩北瓜似的一年一个样儿，想着要给儿子们盖房，娶媳妇，他的头嗡地胀大起来。又想到自己都跟着连春干好几年了，还是个小工，觉得自己太可怜，太委屈了。

第二天，小军就找到连春，哭丧着脸说："连春哥，我、我不想总干这个小工！"

连春先是感到惊讶，继而就生出一肚子气来。小军在工地上的表现，他是一清二楚的。刚来时小军还非常卖力气，时间一长他就发现小军是要眼罩子，而且在背后还嚼连春的舌头，说连春其实是把他们当成了赚钱的机器，一个工程下来，他赚老鼻子了，给他们开的工资还不如一粒芝麻大，"那只不过是从连春手指缝儿里漏掉的几个钢镚儿"。连春听了非常生气，只是碍于乡亲的情面，不好和他撕破脸皮儿，就睁一只眼闭一只眼。想不到，小军竟然蹬鼻子上脸了。你想当个什么？当个大工，你有那个能耐吗？我不把你撵回去，就是给你天大的面子了！——他只是这么想想罢了，不好当面挖苦他。

"你想干吗吧？说说！"连春扔给小军一支烟，拿出打火机，咔嗒，给他点燃了。自己也吸一口，像利剑一样的目光射到了小军脸上。

连春的目光让小军感到发怵，他甚至有些后悔来向连春提要求了。然而，大洋人那张凶巴巴的脸此时又闪现在他脑海里，正是这张脸又让他鼓起了勇气。

"反正，我不能总干小工！"小军眼睛盯住地面。他瞥见了一双擦得锃明瓦亮的黑皮鞋，那无疑是连春的。而他自己，却是一双脏兮兮的黑球鞋，上面溅满了灰点子，像落了一层雀屎。

连春明白小军的意图，他是想不用费多大力气，就把钱挣到手。哼，滑头一个！从心里更鄙视他了。

他脑子忽然一转，嘴角漾出不易察觉的冷笑，吐出这句话：

“要不，你当个副经理吧？”其实他是在询问小军。小军却把话尾那个问号当作感叹号了，赶忙说：“那太好了，我一定给你当好帮手！连春哥，你只管放心，我小军从来都是说到做到，不放空炮！你就瞧着吧，我不会给你捂嘴的！”

连春想不到小军这么缺乏自知之明，简直到了利令智昏的地步！他哭笑不得，反而不知如何是好了。他能直接告诉他，你也拿个镜子照照自个儿，你是那块料吗？

不能那样直说，他就想和他开个玩笑：“这样吧，你回去问问你媳妇，听听她的意见！”

“这是件好事儿嘛，她能有吗意见哩？”也许是小军太兴奋了，竟然没有听出连春的弦外之音。

连春心想：不错，这对你的确是个大好事，可对我呢？“你还是和你媳妇商量商量，这么大个事儿！”

小军不好再坚持了：“好吧，我今天晚上就和她商量！”

刚听到这个消息时，大洋人把鼻子都笑歪了，她一拍巴掌：“娘娘神！想不到呀，连春那么赏识你！能当经理，为吗不当呢？你呀，就是一条扶不上墙的癞皮狗！”忽然止住笑，“你当年那两片儿嘴皮子呢，哪去了？让狗叼去啃了？——你那两片儿嘴，莫非就是光为诓女人长的？”

一想起自己当年让小军煽乎得五迷三道的，大洋人心里又呼呼地蹿出火星子。哎呀，自己当年怎么就那么傻呢？隔着五百里地，站在屋顶上就能望到北京天安门？自己怎么就那么好骗？也不想想，就是站在十八层楼上，也不会望到几百里外的天安门呀。一个大活人，不傻不茶的，竟然让这个乌龟王八蛋骗了个结实！虽说过去了这么多年，她每每想起这件事，心里还愤愤然。

不过呢，当年小军有一点儿没有骗她，这里水多却是事实。记得，她一来到柏树庄，就被这水的世界迷住了，而且陶醉其中——除了村南的泉眼、池塘、稻田，村北旱地里也有许多眼机井，望着那喷涌出的碎玉般的水花，她的大脸蛋子笑成了一朵芍药花。而且，因为水皮浅，家家户户用的都是压水井，手在压杆上轻轻一按，水就哗哗地往外流。水啊，这在山里是多么宝贵的东西，在这里竟然来得这么容易。她甚至认为这里人用水太奢侈了，衣服洗好了，眼瞅着很干净了，还要涮好几遍，而且明明非常干净的水，哗地就倒掉了，眼都不眨一下。望着被白白倒掉的水，她心疼得不得了，恨不得再把它们收回来。

让她没有想到的是，几年后，随着滹沱河的断流，村南的泉水一夜之间就干涸了。没有了泉水，河汊和池塘也都干枯见底。家家户户压水井的水位也渐渐下降，后来就再也汲不上水了。泉水没了，水稻自然就无法再种了。于是村南和村北一样，都变成了旱田。这真像做了一场梦——那些养育了柏村庄一代又一代人的泉水，怎么说没就没了呢？和村里人一样，大洋人自然不去费心思想这个问题，泉水干了，河水没了，田里的机井也是越打越深，但说到底，总比他们山区老家用水方便！和村里所有的人一样，她最最关心的还是一个“钱”字——如何挣更多的钱！是的，钱真是个好东西，它不但能让人吃好穿好，而且还能让人有“脸面”。这两年，好多人家都忙着拆旧房盖新房，有粉都往脸上搽。本来刚住了十来年的房子，好好的哪也不坏，见别人家盖了新房，又是新样式，哪里肯落伍呢，马上就拆了重盖。这一折腾，不但把好几年的积蓄花光了，没准还捅了一屁股窟窿。但又觉得值，因为面子上好看。还有，就是随礼。这几年村里红白喜事的礼金也是一路飙升，从以前的十几元到几十元，如今涨到了几百元甚至上千元。如果细究起来，这都是那些手头阔绰的老板们，为了出风头把礼金抬上去的。为顾及面子，人们只好硬着头皮紧随其后，正是麻雀跟着蝙蝠飞，瞎飞。这就出现了一个怪现象：挣的钱明明比从前多了好多，可手头依然紧巴，只好再去琢磨如何挣钱。就这样，人们一天到晚脑子里想的就是“钱”。而关乎“钱”之外的事情，就都懒得去理会了——对自己没有好处的事情，何必去关注呢？至于环境变成什么样子，恶劣到什么程度，这又和自己有什么相干？那是城里科学家们的事情。大洋人不是圣人，也概莫能外。

如今，小军就要当副经理了，这事不但体面，而且收入也会提高。这说明小军还是有点能力的，她不再后悔嫁给他了。

因为高兴，这天晚上躺下后，大洋人主动和小军缠绵了一番，而且她表现极佳，使出了十八般武艺，摆出各种姿势，让小军舒服得有了一种飞的感觉。

第二天，小军一来到工地就迫不及待地去找连春。

当连春看到小军一脸春风地走过来，竟然没有想起昨天对他说过的话，因为太忙他忘了个干净。

“连春哥，抽我支烟吧！”小军递给了连春一支“石林”，这是他特意买来的，“那件事——我媳妇也没意见！她说这是连春哥瞧得起咱，你可得好好干！”

“你说的吗事呀？我怎么想不起来了？”

“你昨天不是说——”

“呃——”连春一拍脑门子哈哈地笑了。小军竟然把那个玩笑话当真了，忙收住笑，问小军：“你是说，你想当副经理？”

“嗯，连春哥，你不是说，让我给你当副手吗？”因过于激动，小军的声音有些发颤。

“你看看你，你看看你，我那是跟你说着玩呢。我现在哪需要副手——就是需要也得再等几年，我再把规模扩大了！”望着小军一脸的错愕，连春意识到这个玩笑开得太过了，马上说，“要不，这样吧，你就当个班长吧！”

当听到连春说那是开玩笑，小军就像当头挨了一棒。他有一种被愚弄的感觉。又不敢对连春怎么样。听说让他当班长时，才舒了一口气：当班长就当班长吧，这样不但比小工强，收入都赶上一个大工了。

待小军离开后，连春摇了摇头，又禁不住叹息一声。如今，只能让小军当这个班长了——其实就是一个带班的，但薪水却提高了。

晚上，见小军回来，大洋人笑盈盈地迎上前："呀，大经理回来了？"当望到小军的脸拧成了苦瓜样儿，就故意嗔道，"怪不得哩，人一旦当了官架子也就端起来了！"

小军一屁股坐在椅子上："经理个屁！狗×的连春，他把老子当猴耍了！"

大洋人的眼睛刹那间瞪成了两只杏核，梗着脖子问他："你说吗哩？连春怎么耍你了？"

小军就把经过说了。"不过嘛，总算给了一个班长，这样总比干小工体面，挣钱也多了！"

大洋人像是没有听到小军的话。这个从大山里来的女人，那种山里人的犟劲又上来了。这不明明是耍人吗？她恨连春，恨得咬牙切齿。她想发作，但又控制住了，因为这会儿她倒是有些清醒了：看来，小军还真不是当经理的料！哼，就他那个熊样儿，还想当经理？——她把对连春的愤恨顷刻间又转移到了小军身上。但转瞬间，这种恨变成了对小军的鄙夷。

这个性格倔强的女人，她忽然明白，像他家这种情况，要想在柏树庄出人头地，只有一条路——让自己的钱袋子尽快鼓起来。要想达到这个目的，谁也甭指望，只有靠自己！正像早年那句人人都会唱的歌曲里说的："世上没有救世主，只有靠我们自己。"还有，常言说得好：靠树靠倒，指（望）人指跑。没错，就得靠自己。从前，小军把她从山里诓来，当作在村里吹嘘的资本，人们的确也看得起他了。而眼下人们都掉进了钱眼里，对那件事儿哪还有半点兴趣？因此当小军再向人们吹嘘时，没有几个人再去听了，看他的眼神都是鄙视和不屑的。如果这样下去，他们家在村里永远也立展不起来。她早把小军看了个里外溜透！——如果他有一点儿能耐，怎么到现在只混了个班长呢？连春的眼光可是厉害，如果是个人才，哪会逃过他的火眼金睛？

看来，只有自己亲自出马了。舍得一身剐，敢把皇帝拉下马。这个“皇帝”，当然就是钞票喽！于是她盘算着，过几天回大山里的娘家一趟，趸些山货，像大枣核桃呀，还有杏仁山楂呀，等等，然后来平原上卖掉，赚个差价。世上的事儿只有想不到的，没有办不到的！对自己的这个设想，她信心十足。

她要让柏树庄人重新认识一下自己！

二十

冬去春来，当北归的燕子又开始衔泥在屋檐下筑巢时，又一个端午节来临了。

小军来到白玲玲家时，白玲玲正坐在院里包粽子。

明天就是端午节了。柏树庄人不说端午节，而是说过“五月单五”，也不往脸上涂雄黄酒，没那么多讲究。主要内容就是吃粽子。大多数的人并不晓得这个习俗和祭祀大诗人屈原有关，仿佛就是为吃粽子才过这个节的。在端午节的头一天，就把粽子包好，再下锅煮，一般要焖上一宿。第二天，揭开锅盖，米更黏，枣更香，而且苇叶的清香也浸到了米里面。枣香、米香、苇叶香混合到一起，这样的粽子才更好吃。这两天，家家户户都飘着粽子的香气。这种香气像雾气一样，在胡同里，在每一条街上飘散着，勾引着人们的食欲。除了糯米粽子，也有包裹黄米的。吃时，将碧绿的苇叶一层一层地剥开，那金灿灿的黄米里，红通通的大枣若隐若现，首先在视觉上就给人一个惊喜，再嗅着那特有的清香，真是馋煞人！

除此之外，这一带还有在街门上插蒲艾的习俗。据说，当年燕王朱棣“扫北”时路过这里，见一农妇背着包袱，怀里抱一个孩子，手里还拉一个，正仓皇逃避。朱棣好奇，将其拦住，上前打问。农妇答：“我怀里的大孩子是我邻居的，他爹被抓去修城墙累死了，万一出了事儿，宁可舍去我儿子，也要保住他家这根独苗儿啊。”燕王听罢，被农妇的仁义品德所打动，遂从路边拔下两棵艾草，递给两个小孩子，并嘱咐：穷苦人家门上都插艾草，以此为记，可保平安无事。后来，农妇把这个护身符一样的秘密告知乡邻，于是一夜之间，千家万户街门上都插上了艾草。这天，正是农历五月初五。果然，燕王大军过境，秋毫无犯。人们为纪念此事，从此端午节家家街门都插艾草，而且这一习俗一直沿袭至今。只是，给它赋予了新的含义——避瘟除邪。

这一带人，对端午节非常看重，那地位仅仅次于中秋节，除了吃粽子，还要包豆芽馅包子，再割上几斤猪肉，条件好一些的还少不得鱼肉、鸡肉。这两天闺女要抽空回一趟娘家，亲戚们也要走动走动，互相品尝一下各家的粽子。因为在连春工地上做工的大多是柏树庄的人，每年的“五月单五”，他都要给大家放两天假。

小军哪里在家里待得住，看大洋人头上包一块红纱巾，坐在堂屋里包粽子，就溜出来，朝白玲玲家走来。自从当了那个小班长，他动不动就爱朝小工们发个脾气，吹胡子瞪眼的，骂人家的娘，像个二大爷。一双眼睛，还总喜欢寻找漂亮女人看，目光落上去就不肯离去，傻看！而且穿衣也讲究了，从工地上一回家，立马换上一身干净衣服，皮鞋也擦得锃明瓦亮，光滑得苍蝇落上去都会劈腿。从前那一头凌乱的头发也梳得整整齐齐，一丝不乱。这几天，莫名其妙的，白玲玲的影子总在他眼前晃动。那张俊俏迷人的瓜子脸，都快把他的魂夺去了。

“嗨，还忙乎呀？”一进门，他就笑嘻嘻地和白玲玲打招呼。也不客气，扯只小板凳，在白玲玲身边坐下了。

白玲玲刚包好一只粽子，一抬手，丢到用高粱秸编成的箩筐里。她面前放一只大铝盆，里面泡满苇叶和马莲草。抬起头来，瞥小军一眼，脸上有几分惊诧：“稀罕呀，你怎么跑来了，没去城里干活儿？”

说着，伸出纤细白皙的手，从铝盆里捞起几片苇叶，麻利地在手上弯成一个“窝儿”，抓一把水淋淋的糯米放里面，再捏几个大枣塞进去，三卷两卷，一个菱形的粽子就诞生了，然后扯一条泡得柔软似麻绳的马莲草，将粽子牢牢地捆住。所有这些只有短短的几十秒，快得似眨一下眼睛。柏树庄的女人们，个个都是包粽子的能手。

小军看得惊叹不已。长这么大，他这是第一次这么仔细地看一个女人包粽子。虽说年年都要品尝粽子的香甜，却从不去理会包粽子的过程。看着那一片片碧绿的苇叶，在白玲玲那双纤纤玉手里变成一只只玲珑而美观的粽子；再看她面若桃花的笑靥，仿佛第一次感到这种美食和女人是息息相关的。这时的白玲玲，也越发的俏丽可人。

“嘿，我是来吃你的粽子哩。”他依然笑嘻嘻的，一双眼睛从白玲玲的手上移到了胸脯上。那两坨让粉红色衬衣撑起的乳峰，像磁石一样将他的目光死死攫住了。

白玲玲眯眼一笑：“我看你是装傻哩，吃了这么多年粽子，莫非连个好赖都不分？咱柏树庄的人哪个不知道粽子要焖一宿才好吃？哧，心急吃不了热豆腐，饿猴吃鱼刺儿扎喉！”又把嘴一撇，“不过嘛，你非要吃呢，等我一会儿煮了，先捞俩儿让你尝尝鲜儿！”

“我的好嫂子儿，今个儿我就想吃到你的大白粽子！嗨，你包的粽子，哪还用得着焖一宿哩，一出锅就是软乎的。再说，我也等不及了。再等，还不把我急煞——”小军朝白玲玲一挤眼睛，里面闪出一丝暧昧，右手大拇指和食指弯一个圈儿，将左手食指插进去。

白玲玲装作不去理会，故意逗小军：“瞎说吧你，我包的粽子真有那么好吃吗？莫非，比你家小菊的还好吃？看人家小菊，人长得俊气不说，穿戴又那么时髦，把俺都比土气了。还抽烟哩，看看咱柏树庄的女人家，谁有那个派儿？还有哩，看人家把那嘴唇抹的，多像两片花瓣呀！——守着一只山里的俊鸟你还不知足？呸，贪心不足蛇吞象，得了五马盼六羊！”

小军一努嘴：“我的好嫂子儿哟，你就别挖苦我了好不好？她呀，还不够给我脸上抹黑哩。她和你比，哼，连半个犄角也赶不上！我呀，一直就想尝尝嫂子的肉粽子，就是不知道今个儿有没有那个口福？”他刚才在街上看到麻五和人下棋，估摸着白玲玲自个儿在家，他要抓住这个机会。

白玲玲又将一只粽子丢进筐里，扭头嗔小军一眼：“呸，吃你家小菊的肉粽子呗！吃我的，小心扎你嘴！”想着当年小军就是靠着一张油嘴，把小菊生生地从大山里诓来了，又觉得好笑。真的笑了一下，那弯曲的嘴角，将整张脸映衬得更加甜美了。又禁不住感叹：山里女人呀，就是眼皮子浅，一个字——贱！

“嫂子，你高抬她了，哼，说她是只乌鸦还差不离儿。哎，我说嫂子儿哟，你才是咱村里的一只俊鸟哩——”

白玲玲终于忍不住，咯咯地笑起来，心想，看这个小军，嘴上真他娘的像抹了一层蜜。又替大洋人抱屈：“你还有一点儿良心没有？人家小菊饶跟了你，离开那亲娘老子，兄弟姊妹不说，又跑这么远来和你过日子，你怎么连个情也不领？我说你没良心，没有冤枉你半点吧？”故意把手里的苇叶一抖，几点水珠溅到小军脸上。

小军抹把脸，说：“嫂子，你说得可不对。她呀，来咱这里简直就是掉进福窝儿里了。就他们那个大山旮旯，天天让我大鱼大肉地吃，不干活儿，白待着，我也不干！”

往前凑了凑，身子几乎挨住白玲玲，两片薄嘴唇一碰："真的嫂子，她和你根本不在一个档次上。就是咱村里所有的女人，都没法儿和你比。我，嘿嘿，就想吃你这肉粽子，哪怕只尝一口，就是让我立马死了也心甘——"说着，手猛地伸进白玲玲的怀里，就像老鹰逮兔子似的，一把婷住了白玲玲的奶子。俩眼珠子从眼眶里往外探了探，恨不得伙同舌头一块儿赶过去。

白玲玲的脸颊腾地红了，胸腔里呼呼地冒起火苗子。哼，把老娘看成吗人了？老娘可不是任谁都可以骑压的。她一扬胳膊，打开了小军的手。

"小军，如果你跟嫂子开玩笑哩，也罢了。如果你真有那个心思，你还是赶快收住吧。你这样怎么对得住小菊？"她眉头耸起来，目光逼视着小军。

但她又不敢和他较真。她害怕。自从刘囤把她缠上了，她就发怵在村里和人吵架。是的，人家一个唾沫星子，就能将她白玲玲给淹死。因此她平时对人总是笑脸相迎，谁也不敢得罪。尤其是这个小军，如果把他得罪了，他那张油嘴可不是吃素的。他会毫不留情地拿她的丑事大做文章的。然而她又不想让小军占到便宜。刘囤就够她烦的了，就像身上沾了鸡屎，甩也甩不掉，擦也擦不掉，这已经让她后悔得要死，怎么能再让自己糊上层鸭屎呢？在她看来刘囤是个魔鬼，而小军充其量只是个小鬼罢了。魔鬼能吃人，而小鬼不吃人，却难缠。只有想个软办法把他打发走了。

"哎呀，小军，你是真喜欢嫂子哩，还是光嘴上说说？"看小军脸上红一块白一块的，白玲玲又和颜悦色地问他。

"那还有假！嫂子，我不是说了嘛，在柏树庄女人堆里，你就是一只让人爱让人怜的凤凰，看一眼就再也忘不掉，还想看第二眼、第三眼哩——"小军赶忙顺着竿子往上爬，眼角上堆起笑纹。

白玲玲思忖：小军喜欢自己也许是真的吧！一丝甜蜜不由得涌上心头，但她并不喜欢小军。她说：“你喜欢我顶吗事儿，你就不怕身后还有双眼睛盯着你呀？唔，不光有双眼睛，还有一张嘴哩，随时就会咬你一口！”

“看你说得怪吓人哩，谁在我后面盯着我呢？”小军煞有介事地往后看看，笑道，“莫非，大天白日的，钻出鬼来了？”

“你说还有谁呀，你家小菊——大洋人呗！难道你不怕她呀？”

小军嘿嘿地笑起来，从口袋里摸出烟，衔在嘴里，猛吸一口：“她算个蛋！谁说我怕她呀？呵，我怕她个×蛋？她再厉害，再张狂，晚上还不是让我压在身子底下？哼——”

“那是晚上，白天哩？谁不知道呀，天一亮，你就变成了一只耗子！人家可是一只大花猫！呸，吹吧，吹吧，我看看天阴了没有——”白玲玲真的仰起脸来，朝天上望了望。阳光从大槐树的枝叶间筛下来，像水花般在她脸上闪闪地跳。

“看你说哩，看你说哩，你兄弟能有那么寒碜？”虽然小军心里很发虚，但依然是铁锅里的鸭子，肉烂，嘴不烂。

这天，虽说小军没能得手，但他哪里肯罢休呢？回到家，当他看到大洋人那张凶巴巴的脸时，他就不敢有那个想法了。然而背着大洋人，尤其是在城里工地上做活儿，脑海里时不时就会跳出白玲玲那张俊俏迷人的瓜子脸。按说，城里的漂亮女人远比村里多，而且装扮又时髦，然而，她们像摆在花店里的名贵花卉，好看，却没有香味。而白玲玲却是一朵香喷喷的野花，只要他伸手去掐，没人去干涉他。因此，他就时常涎着一张脸，找机会来缠白玲玲。

白玲玲明白小军是个癞皮狗，总这样躲也不是个办法，她就主动出击，开始和大洋人套近乎。

对于白玲玲的主动来访，大洋人惊讶之余，又有几分欣喜。

平时她是不大和村里人来往的，但她却对白玲玲感兴趣。哎呀，这么漂亮伶俐一个人，就因为那场师生恋，竟然嫁给了麻五这个歪瓜裂枣，真是委屈她了。她由白玲玲又想到了她自己：自己不是生生让小军给诓来了吗，也是不幸的，和白玲玲相比只是方式不同罢了。但她又从这不幸中，寻到了一点儿幸运，也就是她还有比白玲玲优越的地方——毕竟，小军比麻五还是要强许多倍的。强在哪里呢？麻五长得丑不算，又黑不溜秋的，一脸大麻子。而小军呢，不但模样说得过去，而且还聪明伶俐，尤其是他那一张巧嘴，真能把大活人给说死，把死人说活。不然的话，怎么就把她从大山里愣给诓来了？小军那张油嘴，此刻在她看来竟然又不那么生厌了。

就因为这个，她和白玲玲有了共同语言。有时，她也去白玲玲家串门，和她拉家常。她们在一起说得很开心。白玲玲很想知道大山里的事情——长这么大，她还没有去过一次大山里。她觉得大山深处是个神秘无比的世界。而山里人又是如何生活的呢？对那里的一切，她都好奇。尤其是她更想知道当年大洋人是怎样被小军诓来的。而大洋人呢，非常想听听白玲玲和她老师发生的故事。但这种事情，哪里问得出口？怎么办呢，她不敢冒昧去问，只好采取迂回战术，远兜远绕让白玲玲自己说出来。她只是撩拨她，让她产生诉说的欲望。她这张嘴，是跟小军学的吗？也可以说是吧，在一起生活了这么些年，多少受了他一点儿影响。结果白玲玲就真的说了出来，这是个多么坦诚的女人啊，大洋人想着，竟不免有几分感动，于是又对白玲玲多了一分好感。但说到最实质性的问题时，白玲玲又变得吞吞吐吐、躲躲闪闪。大洋人就鼓励她，让她大胆往下说，男女之间不就是那么回事呗！这有什么不好意思的？咱俩都是过来人，什么没见识过？又不是刚入洞房的小媳妇！受到鼓励，白玲玲真就无所顾忌了，她什么也说，就连一些细节还有她当时的感受，也一点儿不落地说了。想象着英俊洒脱的李明亮，大洋人觉得和自己所爱的人哪怕有那么一次，这一生，也就知足了。

因为两人之间没有了隐私，又是惺惺相惜，感情自然又加深了一层。在柏树庄人眼里，这两个让人议论最多争议最大的女人，彼此的心竟然紧紧贴在了一起。

这一招果然灵验，小军看到大洋人和白玲玲走得那么近乎，就像一对儿亲姐妹似的，再不敢对白玲玲有那个想法了。

×！这个娘儿们，简直就是一朵带刺儿的玫瑰花——虽说那刺儿是软的，却也毛烘烘的扎手。

从此，小军对白玲玲又是爱又是恨。有时，一想到刘囤，心里又感到极不平衡：哼，这个娘儿们，一见了当官的就翘尾巴撅腚，真他娘的势利眼！

然而，他也只是以这样一种方式发泄心里的不满罢了。当面对白玲玲时，一眼也没舍得少瞅。

"下班了小军？"每当白玲玲在大街上，或是在什么地方碰到小军，总是亲亲热热地主动和他搭话。而她的笑容里，却透出一种属于胜利者的那种豪迈，其中也不乏一丝怜惜。

她不明白，自己为何要产生这个荒唐的念头。

二十一

槐林刚走出村口，忽然有人喊他："槐林哥，你吗时候回来的？"

槐林扭头，见小叶子正站在那棵歪脖子榆树下面，阳光透过榆树叶的缝隙落在她身上。小叶子穿一件浅红色的花裙子，一头秀发朝脑后拢去，用一块绿绸布束住，通身迸射着少女特有的清纯和活泼。

"昨天回来的。哎，你也放暑假了吗？"

“前天放的，也是昨天刚到家。”小叶子笑了笑，脸颊不由得飞起两片红晕。

“你干吗去呀？”

“在学校里整天闷着，出来转转，散散心呗！”

“嗬，小丫头还挺浪漫！”

“你刚回来，怎么不在家里待着，也到处乱跑呀？”

“我去瓜园看看——哎，反正你也没事儿，走，到我家瓜园里玩吧！我请你吃西瓜！”槐林对小叶子做个邀请的手势。

小叶子把手一拍，像只欢快的小鸟一样跳起来：“好呀，去尝尝你家的大西瓜！”

“保准让你吃了一个还想吃第二个！嗨，咱快走吧！”

小叶子一歪脑袋，哧地笑起来：“看你，都成了卖瓜的了。——王婆卖瓜，自卖自夸！”

槐林今天特别高兴，想不到在村口很意外地碰到了小叶子。小叶子和槐花年龄相仿，自小他就领着她俩在一起玩。春天，他领她们在墙根下挖黑老婆（一种带壳的黑甲虫）；傍晚时分又来到榆树下，他用脚猛踢榆树，就会哗哗地往下掉黄甲虫，像下雨似的掉。这种甲壳虫一掉下来就躺地上装死，两个小丫头抢着捡到瓶子里，直到将瓶子装满了，就拿回去喂鸡。那时候的小叶子爱哭鼻子爱撒娇，有时槐林就故意逗她，看她哭鼻子抹眼泪的。只是，后来他去城里上高中后，就很少见到小叶子了。

两人一边走，一边说话。

“想不到能碰到你，你怎么不去找槐花玩呢？今儿早晨我还向她打听你哩。”

“你说得好听！成了大学生，眼里早没俺了！”小叶子和槐林开玩笑。在槐林面前，她总是有些自卑，因为不管她怎么努力学习成绩就是上不去，中考她只考上了乡中，还是父亲花钱托了关系，把她办到了县一中。

槐林反问她："在你眼里，哥哥有那么狠心吗？"

看槐林认真起来，小叶子一捂嘴巴，"扑哧"笑了："槐林哥，你还不承认是不是？我知道，大学生们心气都高！"调皮的小叶子，她还想逗逗这个从小一块儿长大的大哥哥。

"哎呀小叶子，是哥哪对不起你了吧？"

小叶子抬脚踢飞了一粒石子，然后扭过头笑嘻嘻地望着槐林："俺和你说着玩哩，槐林哥！"又说，"这个假期，得劳驾你给俺补补功课！后年俺就要高考了！"

槐林忙不迭地说："好啊，为你效劳嘛，我非常乐意！"

小叶子像一个花蝴蝶似的在田间道上蹦了几下，拍着巴掌说："我也考哈工大，和你去做伴！"

槐林有些滑稽地撇撇嘴，又无奈地将两手一摊："你考上了，我也就要毕业了！"

"那也没关系，反正和你上的是同一个大学！咱是学哥学妹！"

望着天真单纯的小叶子，槐林心里生出一种别样的情愫。这个小丫头，还是这么活泼可爱，一点儿也没有变呀。

瓜地出现在他们面前。高高的瓜棚，静静地伫立在绿意蒙蒙的田野里，像田园诗中一个硕大的感叹号。

全保正背着手，在瓜田里转悠，不时地弯下腰来查看什么。瓜蔓子的顶端，依然会开出黄花，每发现一个他就弯下腰，伸手把它掐去。这就是掐顶花。他今年种了"早熟"和"晚熟"两个品种，"早熟"的一落秧，"晚熟"的正好开园。这土地真是个好东西，全保真切地体会到了，你只要费点心思，再不怕吃苦受累，就会得到它无比慷慨的回馈。微风拂过茵茵溢翠的瓜田，顿时绿浪翻滚，绿光摇曳。在这三伏天里，田里极少见到人影。瓜田旁边的玉米长得漫过了人的腰身，玉米叶像一柄柄长长的利剑，向四周恣意伸展着，挤挤挨挨地扩展着自己的领地。远处，还有一块谷子地，一块红薯地，都沐浴在灿烂的阳光里。

这久违的田园景致，让小叶子霎时来了兴致。她的脸颊微微泛红，扭头对槐林说："真美呀，简直就是一首田园诗！不，是一幅田园画！在城里绝对看不到这么美的景色！"小叶子上高中后，开始喜欢上了文学，曾写过几篇散文，还有几首小诗。"采菊东篱下，悠然见南山。山气日夕佳，飞鸟相与还——"此刻她情不自禁地吟起了陶渊明那首著名的田园诗。

"我得写篇散文！给我们的校刊投稿。"吟毕，她环顾四周，那双清亮亮的眼睛里兴奋得放出光来。

槐林也很激动，这个画面又勾起了他温馨的回忆。他在千里之外的东北，对家乡的思念里就有这个内容。这瓜田和瓜棚，会时常出现在他的梦境里。自己的母亲就长眠于这块土地上，自己的根扎在这里，因此每次醒来，泪水总会悄悄地把枕巾浸湿。这个身处异乡的学子竟然患起了思乡病，那份乡愁把他的心塞得满满当当，无法驱散。

今天，他终于又见到了这片瓜地，还有像乌篷船一样的瓜棚。他的心里涌起一股热流，眼睛微微发湿了。

远远地，看到两个人顺着田塍走过来，全保就直起身，眯眼朝这里眺望。前天，刚卖了一车西瓜，还是省城那家热电厂买的。那热电厂已经成了他的老主顾，每年都要来这里采购，作为福利发给厂里的职工。这个季节瓜熟得很快，他还得赶快联系买主。

当全保看清是槐林和小叶子时，弯下身子，四下里巡视一番，挑一个大个西瓜，用手托着来到瓜棚前，边招呼他们，边拿起瓜刀咔嚓打开了，空气里霎时飘起甜丝丝的瓜香。

槐林拿一块，递给小叶子："来，尝尝我家西瓜甜不甜！"

当着全保，小叶子多少有些拘谨，她接了瓜，托在手里，说："肯定好吃！"

一块白云从北边飘过来，将太阳遮住了。田野暗下来，一阵凉爽的风向他们袭来。

全保又去瓜地里挑了两个，放在了窝棚上，对小叶子说："一会儿你拿回去，让你爸爸妈妈也尝尝！"

小叶子感激地说："叔，你怎么这么客气！"说完，又咬了一口西瓜，瓜汁将她的嘴唇染得更红了。朱唇星目，此刻的小叶子仿佛比什么时候都要姣美。

全保解开褂子的衣扣，衔嘴里一支烟，在窝棚边的土坎上蹲下来，望着小叶子，说："看你这孩子，咱两家还说吗客气不客气？我和你爸呀，小时候就像亲兄弟一样，都差点拜了把兄弟！"

小叶子说："我知道，我也听我爸时常说起你俩的关系！"

全保扭头对槐林说："槐林，如果不是你连春伯伯接济咱家，你也不见得能上成大学，说不定这会儿正和我在这看瓜呢！"

槐林咬下一口瓜，慢慢地嚼着，点了点头："这我知道，我在心里记着哩。唉，爸，你要有我连春伯伯那两下子，不就好了？"

这句平平常常的话，像往全保心窝里戳了一把尖刀。尤其是当着小叶子，他脸上挂不住，瞪槐林一眼："你爸哪有你连春伯伯本事大呢？人跟人比哪能一样！——我就喜欢鼓捣这几亩地！狗有狗道，猫有猫道，人也是各有各的活法儿！"赌气把头扭向一边，深深地吸一口烟。

小叶子赶忙打圆场："槐林哥，叔叔说得也有道理！我看呀，在家种西瓜也不错！你看，这里多有诗意呀！"

槐林想说：你真是站着说话不腰疼，光顾着浪漫了，生活质量能上去吗？只是碍于情面，跑到舌尖上的话又让他连同甜甜的瓜汁咽了回去。

这天上午，槐林陪着小叶子玩了好久。青春的活力，涨满了他们的身体。槐林去瓜田里给小叶子捉蝴蝶、逮蚂蚱，那情景又像回到了小时候；两人还坐在瓜棚上，将腿耷拉下来，面对着碧绿如湖水一样的西瓜地，唱刘德华的《忘情水》和《爱你一万年》，还有李春波的《小芳》。这又是20世纪90年代的一种背景，对新事物的向往中又涌动着深深的怀旧情绪，随着世纪末的渐渐临近，怀旧之风已趋于一种风潮。然而，人的心也开始变得有些浮躁。但最让小叶子感兴趣的还是听槐林讲哈尔滨，讲他们的大学校园。这时，他们都不约而同地想起了小时候在收音机里听过的那首《太阳岛上》。一晃，十多年过去了，这首歌已经很少有人再唱了，但他们都记住了那个迷人的太阳岛。小叶子向槐林打问那里的情况。她的眼睛亮得像夜晚的星星，里面充满了对外面世界的向往。

看两个孩子谈得这么热闹，全保又背起手，耳朵上夹支烟，来瓜地里察看西瓜的情况。太阳早已从那团棉花垛一样的云彩里钻出来，又将西瓜地，还有四周围的谷子地、玉米地，镀上一层金粉。从远处的大杨树上传来斑鸠不急不缓的鸣叫，还有知了永不停歇的聒噪。啊，这迷人的夏天呀！

全保突然在地头停下了。因为，他心里冒出一个想法：待把秋庄稼收了，他要进城去找点活儿干。但绝对不去连春的工地上，最好是烧锅炉，干季节工，农忙时再回来，这样两头都不耽误。

今天，当他看到小叶子时，首先想起了连春送给他的那一千块钱。前几年为给艾香看病，他还向亲戚们借了两千多块。这些借款他不想总这么拖下去，他要尽快偿还。对，快点还了人家！

二十二

第二天吃过早饭，槐林来到了小叶子家。

二兰子推着自行车刚要出门，见到槐林，咧开嘴笑了：“呀，是槐林呀！放暑假了？”

“大妈——”槐林和二兰子打招呼，“小叶子让我帮她复习功课哩！”

二兰子有些喜出望外：“哎呀，快到家去，小叶子正看书哩。”

听到外面说话，小叶子从屋里跑出来。她还穿着那件浅红色连衣裙，脸颊仿佛比昨天更红更鲜亮了。束成马尾巴的秀发，随意地垂至脑后。

“槐林哥——”小叶子站在院里，笑眯眯地望着槐林，竟有几分羞涩。

对于槐林，二兰子心里很是复杂。虽说她打心眼里瞧不起全保，但对槐林还是另眼相看的。她没有想到像全保那样的老实疙瘩，竟然生了这么个有出息的儿子。槐林不但考上了大学，而且还是全国重点。因此，她就怎么看槐林怎么都顺眼——他那白皙里泛出红润的脸颊，透着一股青春的活力；一双不大的眼睛却流露出聪敏和机灵。哎呀，槐林哪里像全保呢？哪儿也不像，真是老鸹窝里飞出了金凤凰！那年连春周济他也是对的，要不那就太可惜了。一想起那件事儿，她心里竟然有些愧疚。

“槐林，中午别走，就在这吃饭吧！”她亲切地对槐林说，“我去小叶子姥姥家一趟，一会儿就回来！”对于槐林来给小叶子辅导功课，她喜不自禁，盼着女儿也能像槐林那么出息。

对于这个大妈，槐林也是心存感激的。但他不愿意麻烦人家，就说：“大妈，你不用客气！我中午还得赶回去。”

二兰子嗔道：“看你这孩子，还跟我这么见外！你说你这是在别人家吗？”

小叶子笑嘻嘻地说：“槐林哥，你是怕我妈做的饭不中吃吧？”

“不是，不是！”槐林红了脸，连连摆手。

这天，槐林终究没有在小叶子家吃午饭。

在小叶子家，他总有一种自卑感。小叶子家不但有二十五英吋大彩电，双缸洗衣机，还有立式大冰箱。如今村里有冰箱的人家还不多，除了村长刘囤家，还有会计老房家，很少有人家购置这种现代化的物件。而他家呢，别说电冰箱了，连单缸洗衣机也没有，唯一一件家用电器，就是那台十四英吋的小黑白电视。因此，今天当他置身于这个到处充斥着现代化气息的富足之家时，心里颇不是滋味。父亲和连春是从小一块儿长大的好朋友，如今两家的境况竟然相差那么大！他是个非常敏感的人，他从二兰子的笑脸上，从她对自己的怜悯和同情里，还感到了一种距离。这是他最不愿意看到的。

也许是这种心理在作怪吧，他就打定主意不在小叶子家吃饭了。为了早点离开，他尽量多向小叶子解答一些问题。这时他才发现，小叶子数学基础的确很差。是她不聪明吗？不是！小叶子那双像星星般明亮的眼睛，不时闪烁着机敏的光。但她的数学为什么就这么不尽人意呢？他把这个归纳为两个原因：一是小叶子基础没打好；再一个，就是她对数学不敏感——而对数学不敏感，并不等于这人愚钝。

事实也正是如此，小叶子对数学题的兴趣远不如对文学的兴趣大。那些方程式，那些冷冰冰的奇怪的数学符号，在她眼里就像菜叶上让人生厌的小虫子，她恨不得将它们摈弃掉。其实，对大学校园的情况，昨天她已问了槐林好几遍。但外面的世界，就是说一百遍也无法消解她心里的新奇和向往。由于对外面世界的好奇，转而对槐林发生了兴趣。她望着槐林，耳朵里听着他极具耐心的讲解，但心早飞回到了快乐美好的童年。她仿佛又看到了槐林领她玩耍的情景。然而她记忆里的槐林，和眼前的这个是同一个人吗？那时，她只是把他当作一个和蔼可亲的大哥哥，觉得和他在一起非常快乐，非常有趣。那时的槐林，在她眼里也是模糊的，就像披上了一层迷蒙的月色。是的，童年的一切都像罩在皎洁的月色里，那情景值得人一生去怀想。而此时的槐林却是清晰的，她暗暗地吃惊，原来槐林哥竟是一个小帅哥啊！这个发现，反倒让她不再讨厌那些数学题了，她还突发奇想：如果槐林是自己的数学老师，那么她肯定会喜欢上数学的！

她又为这个发现感到诧异。你这是什么意思？她暗暗地问自己，那种只属于青春少女的羞怯，早不知不觉地溜上了她秀丽的脸颊。

小叶子内心里涌起的波澜没有逃过槐林的眼睛。在他眼里，小叶子也不再是先前那个有几分娇气又爱哭鼻子的小姑娘了。女大十八变，他从她身上，感触到了那种少女特有的气息。那气息像春天又鲜又嫩的小葱，像水田里刚冒出水面的浮萍，令他心旌摇荡；又因为小时候的那段记忆，这种感觉又是复杂的——一半是兄妹之情，而另一半就说不大清了。他觉得小叶子身上有一种东西，像磁石一般吸引着他。而当他和小叶子的身体这么近距离地接触，又让他感到一种莫名的兴奋。这个有几分腼腆的大学生，突然明白了这是为什么。但他不愿意承认这个事实，他像是有意回避它。这也正是他不想在小叶子家吃饭的另一个原因。

太阳快移至头顶时，二兰子才从北白店的娘家回来了。

“槐林呢？”她手里提着一块猪肉，还有一根火腿，几样青菜。一走进屋里，目光就开始四下里搜寻。

小叶子正歪在沙发上看电视，像一只小乖猫。见母亲问自己，而且又买了菜，就把嘴一噘：“你白买了，人家早回家了！”

“哎，明明说好的，你怎么让他走了？”二兰子感到很失望，皱一下眉，把肉和菜搁在了茶几上。从盆架上扯下毛巾，擦脸上的汗。

“人家非要走，我又有吗办法？”小叶子白母亲一眼。

是的，她没有想到槐林非走不可，这让她感到很失落，就像有一件稀罕东西，眼瞅着就抓到手了，谁知又扑个空。心里不痛快，便不肯给母亲好脸色看。但她很快又释然了，也许是槐林真的怕麻烦她母亲。这样一想她又觉得槐林是那么懂事和体贴人，不由得又对他增添了几分好感，巴不得明天快些到来，槐林哥又来到她身边。这个念头，让她的脸颊又热辣辣地烧起来。

“这个槐林呀，怎么连饭也不肯吃呢？”二兰子喃喃着，把毛巾放回盆架上，又转身对女儿说，“回头你也去你姥姥家一趟吧，瞧瞧你姥爷！小时候，你姥爷最疼你！”

“谁不想去呀，这不是槐林来给我补习功课吗？”小叶子不耐烦了。

二兰子不再说什么。其实，老父亲也没什么大毛病，是和艾香一样的病，哮喘。不过，二兰子一去，他就像好了一大半。如今二兰子差不多已经成了父亲的一剂良药。一见到这个女儿，老人脸上的皱纹便绽成菊花样儿，喉咙里的呼噜声也神奇地变小了。女婿竟然当上了大经理！他高兴！他自豪啊！他脸上有光！虽说他不缺女儿——他有三个女儿，但他如今惟独对二兰子高看一眼。二兰子每次回娘家，都大包小包地拎，仿佛要把整个小卖部都搬过去似的。每当这时，一双昏花的老眼几乎完全陷在了笑纹里。

静下心来，想想女儿的这桩婚事，他就感到懊悔，自己当初不该那么狠劲地挡她。那时，女儿和连春相恋了，他悄悄地去柏树庄打听，得知连春的父亲是个“走资派”，而且他母亲还是个药篓子，把家里糟害得一穷二白。而连春又比二兰子大了好几岁。但二兰子是铁了心，为此，他把二兰子锁在屋里，再把她的两个姐姐叫回来，轮番劝说这个鬼迷心窍的妹妹。二兰子还真回心转意了，答应和连春一刀两断。谁知把她放出来的第二天，她就和连春私奔了。三个月后，二兰子从外面回来，一进门，扑通，跪到他面前，说她已经怀上了连春的孩子！她回来是请求二老答应她的婚事；如果不答应，她就只有死路一条。话音一落，伸手从怀里掏出一把剪刀，顶住自己的心窝子，眼睛却乞怜地望着父亲。“嗵”，她父亲一屁股坐在地上，不省人事了。

二兰子自然没有走上绝路，父亲醒来后，心里虽然有一百个不情愿，也只好依顺了她。但每次回娘家，迎接她的总是一张冷脸。刚开始那几年，连春过年来她家，把礼品往桌上一搁，喝上几口茶水，就起身回返。二兰子的母亲只是悄悄地抹眼泪，但又不敢埋怨老伴半句——她知道老伴的脾性，不把女婿赶出去，能收下他的礼品就是给他天大的面子了。

然而，正应了那句老话：三十年河东，三十年河西。想不到，这个让他根本放不到眼里的女婿，如今竟然当上了经理。真是人不可貌相，海水不可斗量啊！于是他对连春的态度来了个一百八十度大转弯。连春每次来，他都要亲自下厨房，做几道拿手菜，和这个从前坐他冷板凳的女婿亲亲热热地喝几杯。一边喝，还不错眼珠地盯着这个姑爷看：咦！这么能耐个人，早先为吗就看不出来呢？他到底哪里不一般呢？竟然出这么大能耐。他看着看着，心里忽地一动：可不是嘛！连春可不是一般人，你看他的长相，那脸，那鼻子，那眼睛，哪不带福气呀。而且，嘴巴也好使。从那张嘴里蹦出的每一句话，都让人听着顺耳，舒心。

对二兰子，他也刮目相看了。嘿，真想不到，这个平时说话犟不拉几的丫头片子，还真是有眼光。嘿，有眼光！于是对这个被自己冷淡了好几年的老生子闺女，又迅速地找回了亲情，甚至比对两个大女儿还要亲。从前，是她给这个家抹了黑。可现在呢，又是她给这个家争了光呀。争了大光！嘿嘿嘿，看这个丫头片子！看这个丫头片子！他在心里骂也不是，笑也不是，心里那个美——就像吃了几口槐花蜜！

而连春呢，他很理解老人从前对他的那种态度。但他绝不生气，毕竟，人家最终还是让女儿嫁给了他——尽管他颇费了一番周折，和二兰子私奔，将生米做成熟饭来达到他的目的。

如今老岳父对他热情得几近恭维，这让他多少有些不适应。但他又喜欢这种反差，在这种反差里他看到了自己的价值，也寻回了从前丢落在这里的自尊。

二兰子自然明白，父亲那样做是怕她一时冲动跳进了火坑，是在为她着想。如今每一次回娘家，她还喜欢看街坊们那种艳羡的目光。从前她回娘家，就像做贼一样，悄悄地来，悄悄地走，似一缕若有若无的风。最害怕的就是碰到街坊邻居，他们的眼神就像一把把剜肉的刀子。

如今的二兰子，可不是早先那个被全村人议论，又被全村人讥笑的二兰子了！

二十三

刘囤从村委会走出来，在大门口，碰到了从城里回来的连春。

见到刘囤，连春停住了，却没有从摩托上下来，只是一只脚撑住地，面带微笑地望着他。

如果把连春换成村里任何一个人，刘囤绝不会瞅上一眼的。柏树庄的人，谁敢对他这么不尊重？但今天面对他的，却是这个李连春。

“哎呀，大经理回来了！”刘囤将嘴里一根茶叶棍用舌尖顶出来，呸，吐地上，笑呵呵地和连春打招呼。

连春点点头，手伸进口袋，掏出烟扔给刘囤一支：“嘿嘿！我这经理算个吗呀，还不是让你管着哩！”

刘囤笑了，心想这连春到底是个明白人！不错，他再有能耐，不也在我手掌心里攥着吗？赶忙说：“吗时候找个机会，咱哥俩也好好唠唠，喝几杯！”

连春说：“好的！我请客。”

和刘囤分手后，连春突然又感到后悔。你怎么对刘囤这么客气呢？他似乎又看到了那年他向刘囤交回村委会钥匙时，刘囤眼里那种属于胜利者的幸灾乐祸般的狞笑。

但连春很快就不这么认为了。他觉得今天和刘囤套近乎，其实也是一种示威。那时候，虽说他恨透了这个家伙，但在威风凛凛、骄横跋扈的刘囤面前，他的内心深处又不免有一种自卑感。如果自己老老实实待在村里，一辈子也没有出头那一天的。这时，他才隐隐约约地感到，自己去城里闯荡其实就是要和刘囤比高低的。这个想法，已经深深地扎在了他的心底，深入到他的骨髓，尽管他不愿意承认。如今，他见到刘囤，不但不自卑，而且还有一种扬眉吐气的快感。当他向刘囤露出笑脸时，心里却是美滋滋的。如果说他把刘囤当作敌人的话，虽然他还没有取得最后的胜利，可已经看到胜利的曙光了。虽说微弱，却是喜人的。

刘囤离开了连春，双手背在身后，溜溜达达地朝家里走去。

太阳快让远山吞没了。农历四月的空气里，飘着槐花淡淡的香气。已有灰白色的炊烟从屋顶上升起来，又让风吹歪了，向一边倒去，像一条条腾跃而起的龙。

今天，连春的态度让刘囤倍感舒坦。连春在城里的生意越来越红火，这是他没有料想到的。对于这个从柏树庄走出去的大能人，他是既佩服又妒忌。他盼望着连春能主动和他套近乎。如果连春这样做呢，他不但有面子，而且还可以和连春交个朋友，说不定什么时候，还能利用他一下。他明白，自己必须改变对连春的态度了。然而，心里又直犯嘀咕：连春是不是还计较当年排挤他的事儿呢？连春是个有心计的人，一定还在忌恨他！他这样认为。

自此以后，刘囤就期待着连春来请他喝酒。然而，左等右等连春也没露面，心里又开始怨恨连春：妈的，你小子真牛了，竟然敢给我摆谱！

越是等不到连春的邀请，刘囤就越是期盼着。

大白桃看不下去了，耷拉着那张白腻腻的脸，问他："一个李连春，就把你的魂勾去了？人家这是故意吊你胃口呢！你怎么这么没骨气？呸——"

大白桃奚落着刘囤，那双吊梢眼里也射出了轻视的目光。

大白桃的神色让刘囤感到极没面子，虽说他在村里八面威风，可在大白桃面前却成了一只癞蛤蟆。不，更像一只刺猬，因为不管他在外面怎么奓刺，一旦回到自家窝里，就乖乖地把满身的利刺收拢了起来。

今天刘囤对大白桃却一点儿也不客气，狠狠地瞪她一眼："你门缝里看人，把我看扁了，我刘囤吗时候那么下贱过？"

"你这是干吗呀？把屎都糊到自家脸上了，你还有脸说——成天光在嘴上逞能耍威风吧！原来你他娘的是个纸扎的老虎！"

刘囤被大白桃的话给噎住了，喉咙里像塞进一把鸡毛。但又感到好笑，到底是个妇道人家，眼皮子浅！"燕雀焉知鸿鹄之志哉？"他突然想起上学时学到的古人这句话，刘囤的记忆力非常好。

"你不懂就别瞎嚷嚷，我自有我的想法！"刘囤不屑再对这女人浪费唾沫星子了，抬手抚摸着下巴上刚长出的胡楂子。

如果是村里其他人，刘囤也不会这么在意的。——不就是一顿饭吗？我这个柏树庄的大拿，哪会在乎这个！你就是想请我，还得看我乐意不乐意去呢！但问题是，向他做出这个承诺的不是别人，而是受过他排挤的李连春。而眼下，连春成了人物了，他哪有不在乎的？

就这样，他等着连春来请他，这一等就等了许久。春天过去了，夏天悄悄地来临。用"悄悄"二字来形容夏天的脚步，那是最恰当不过了。因为当花朵在枝头绽放，当小鸟迎着暖风尽情歌唱时，其实夏天已来到了人们身边。因为春天太绚烂了，正是乱花纷纷迷人眼，因此人们就不大去理会夏天。夏天是潜伏在了春天里面。当有一天花朵凋谢了，满树的绿叶在阳光下闪着亮儿，人们才感到了夏天的降临。再抬头望天，更真切地感到太阳的热情和威力，大地已经披上了夏天的衣衫——到处都是那浓得化不开的绿色，这正是万物生长的季节啊！

在这样的季节里，蛰伏在人体里的欲望也会蠢蠢欲动。刘囤就是这样。呼吸着夏天热乎乎的气息，他再也按捺不住了。他不能再这么等下去。他要亲自摆一桌酒席，来宴请连春。

这次的酒席，安排在村北马路边上那个名叫“春来”的饭店里。

饭店老板马小合是本村人，这是个非常精明的大胖子，脸上总泛一层酡红，像京戏里抹了油彩的小生，又像是刚出锅的一大盆蒸肉。

刘囤能在他的饭店宴请连春，这是马小合求之不得的，是刘囤在给他面子。在这之前刘囤也在这里吃过饭，那都是别人请他的，他只不过是来出席一下罢了。

这天晚上，来作陪的有会计老房、大贵和二歪，还有村里小学校的刘玉民。

为了这桌酒席，下午天还很早，连春就从城里往回赶了。

“连春，你是咱柏树庄的骄傲！你小子还真混成事儿了。当初，我怎么就没有看出你小子这么能耐哩。”刘囤恭维连春，把脸凑到连春跟前，仿佛要把嘴巴安在他的耳朵上。

连春一侧身，躲开那张贴上来的嘴巴，用手背擦去刘囤溅到脸上的唾沫星子，淡淡一笑：“我哪有那么大能耐，没本事的人才出去闯哩！”心想，这还不是让你给逼的呀！但他心里又高兴得很，因为这句话从刘囤嘴里说出来，意义就不同寻常。

那天碰到刘囤，他只是随便那么一说，但在潜意识里又何尝不是一种挑战。果然，到底还是刘囤吃不住劲了，毕竟他心里发虚。连春明白，刘囤今天是在给足他面子，至少明面上是这样的。连春要的就是这个效果。从这件事上，他看到了自己如今在刘囤心中的位置。他暗自窃喜，因为他窥视到了刘囤狰狞和强悍外表下的胆怯和虚空。

看连春这么低调，刘囤摆一下手："你别谦虚了连春，你要羞煞我呀是不是？——没有三把斧子两把刷子，能在外面混成事？看你这家伙，饶出能耐了，还这么藏着掖着！"

今天这次宴请，其实就是柏树庄这两个大能人的第一次会晤。连春想着那些让他伤心的往事，心里不由得涌出了百般人生况味。

"咱柏树庄吗人没有？×他姥姥的，谁要想和我过不去，那是瞎了他娘的狗眼，看我怎么收拾他！妈的，不识好歹的家伙！"刘囤把吸了半截的烟往地上一掷，又用脚踩了，咧嘴笑笑，笑得很狰狞，也很狡狯。

连春想，刘囤这凶相毕露的样子，才是他的本来面目呀。柏树庄的大权，竟然落在了这样一个蛮横霸气的人手里！这是全村人的悲哀！连春这么思忖着，扫视了一下前来作陪的几个人。首先是老房，这个人除了打一手好算盘，又专会拍马屁；而其他两位，大贵和二歪，他们都是刘囤的跟屁虫，在刘囤面前唯唯诺诺，一脸讨好。可在村民面前呢，却又换上另一副面孔——满脸的傲气，目中无人。如果把这两个人比作没有思想的木偶，那么牵系着他们的绳子就握在刘囤手里。因了这根绳子，他们一举手一投足，甚至一个眼神，都受到无形的支配。因而可以说，他们只不过是刘囤身上的一根根神经罢了。

连春的目光跳过了这几个人，落在了小学教务主任刘玉民脸上。

这个人，就算是柏树庄的高级知识分子了。他有一张能说会道的嘴巴，眼睛里能说话，又极会来事儿，但终因是个民办，和校长无缘，只能当个教务主任。教务主任大小也是个官呀，因而他也就算柏树庄的一个人物了。他善饮，刘囤每次摆酒席，总喜欢请他来作陪。乡里来人了也是少不了他的。一来，刘玉民非常善于活跃酒场的气氛；二来，刘囤也是向乡领导暗示，他是尊重知识和人才的。而刘玉民呢，自然也不会让刘囤失望，一双精明的小眯眯眼不时地扫视乡领导和刘囤，不失时机地说上几句话，文雅又得体。这样一来，这场酒席就显得很有文化品位了。乡里来的干部就朝刘囤伸出大拇指："啧啧，你们柏树庄就是出人才，你看看这个小刘，哎呀，说话就是有水平！"

这句话本来就是在暗里夸刘囤，可乡里另一个干部还嫌不过瘾，赶忙插话："你看柏树庄谁当的村长呢！嗨，强将手下没孬兵！"

这时的刘囤，兴奋加上酒精的作用，让他那张肉嘟嘟的胖脸就变成了猪肝样儿，鼻头也因为过分充血，就像开在脸上的一朵蔷薇花。这样的夸奖，让他心里感到格外舒坦。

今天，刘玉民也极尽自己所能帮刘囤说话，比如说，他夸刘囤多么有能力呀，又是如何礼贤下士呀，反正说的都是书上的名词，让连春感到多少有些肉麻。一会儿，刘玉民又称赞连春多么有经济头脑，是柏村庄的骄傲。但细心的连春又发现，刘玉民对他的赞美是很有分寸的，只是潦草的几句，而且那双不停地转动的小眼珠子却又紧盯住刘囤，察言观色。——这就是他的圆滑和世故，即顾及了连春的面子，又不能让刘囤反感和吃醋——在村里，刘囤夸过谁呢？而当着刘囤的面，谁又敢去称赞别人呢？没有！今天，连春是刘囤请来的客人——刘囤待为上宾的人，能不给个面子吗？

不过，气氛再热闹再融洽，刘囤也没有忘记一个重要的事情。当他又和连春碰过杯，一边伸筷子夹菜，一边漫不经心地问连春："连春，你就没有别的打算吗？就在城里干一辈子？"

连春刚开始没有在意这句话，但转瞬间就明白刘囤的意思了。他一边漫不经心地回答："嗨！我这人最容易满足！你想想吧，咱一个乡下人，在城里能混到这个地步，哪还敢有别的想法呢？再说了，人贵有自知之明嘛，咱身上有几把刷子，莫非自己还不清楚？骑马的不眼气坐轿的！等再多挣些钱，也就老喽，就回来抱抱外孙子，再侍弄侍弄庄稼，这还不是神仙过的日子！"

听了这番话，刘囤才舒了一口气。他担心连春会回村里来和他争权，以这种方式对他进行报复。如今的连春可谓羽翼已经丰满，更有了这个实力。再说，连春这家伙可不是省油的灯，他想干成的事情，一定会想办法实现的，当初他给他使绊子，把他排挤出村委会，就是基于这方面的考虑。他敏感地意识到，如今这个形势对连春这样的人是越来越有利了。

"来，来，咱哥俩再喝一杯！这柏树庄我谁也不服，就服你！"刘囤大声笑着，端起酒杯，朝连春伸去。连春没有那个野心，他就愿意和连春交个朋友了——只要对他的位置不构成威胁，他怎么不可以和连春交朋友呢？何况，连春又那么有能耐，他从心里瞧得起他。

连春暗自高兴，他心里明白，自己已经有实力和刘囤抗衡了。是呀，当年自己进城闯荡时，不就企盼着能有这一天吗？

他扫刘囤一眼，忽然又想：自己为什么就不能回村里来？莫非村里的大权总握在刘囤手里吗？莫非，他永远就是柏树庄的大拿？当初他被迫离开柏树庄时，曾发誓：待将来自己混成个人样儿了，再回来和刘囤比高低，出那口恶气！但这只是个非常模糊的念头，那时他还不清楚要用什么方式来达到这个目的。今天，因为刘囤的提醒，这个想法倒变得明晰起来了。没错，这个正是刘囤的软肋。

但他马上又告诫自己：千万不能让刘囤看出你有这个想法。

“来，来，来，敬大村长一杯！”连春赶忙端起酒杯，朝刘囤碰去。

和刘囤分手后，连春想着今天的场面，忽然想到了三国里刘备和曹操“青梅煮酒论英雄”那段典故。不禁哑然失笑了，心里生出一种说不清的滋味。但又是愉快的。

二十四

大洋人悄没声地做成了一件大事。

那天，她坐汽车回大山里的娘家趸山货，临座一位怀抱小孩的女人，亲热地和她攀谈起来。两人越说越亲近，越说越投缘，很快，就像一对儿亲姐妹一样了。

在柏树庄人眼里，大洋人无疑是个怪人和另类，因此除了白玲玲，她再没有可以说得来可排遣寂寞的好友。想不到，在这旅途中竟然遇到了这么热情随和的女人，这让她感到格外惊喜。

那女人告诉大洋人，她叫王瑟瑟，去省城给孩子看病。这时，大洋人才注意到了她怀里的孩子。那孩子白白净净，一张圆嘟嘟的脸，有两三岁大吧，看不出是男孩还是女孩，让一条白底红花斗篷裹得严严实实，只露出葱白一样的小脸蛋，甜甜地睡着，鼻翼轻轻地翕动。

“是个带把儿的！”王瑟瑟猜透了大洋人的心思，用诙谐的语气向她解释，“唉，孩子得了肺炎，在乡下总看不好，就去城里检查了一下！还好，就是普通肺炎！没吗大毛病哩。”说完，她低下头，“吱扭”，在小孩子脸上亲一口。那孩子没一点儿反应，依然睡得那么香甜。

中途转车时，王瑟瑟给大洋人递个眼色：“大妹子，跟我来一下。”

“干吗？”

“我，我和你有话说。”

“吗话，你说吧！”

“这里不方便说，你来一下。”

把大洋人带到墙角一棵大槐树下面，见没人注意，王瑟瑟悄悄地拽一下大洋人的衣角，压着声儿说：“大妹子，有个要紧话给你说！”

看这女人神神秘秘的，大洋人越发疑惑了：“大姐，吗事呀你就敞开说！还怕让人偷去了？”

那女人又向四周扫视一眼，嘴几乎贴住大洋人的耳朵，用气声说道：“大妹子，今天我一看你就是个实诚人，就想和你交个心儿——”

大洋人别过脸来，审视王瑟瑟。这个萍水相逢的女人，她葫芦里到底卖的什么药呢？心里不免犯起了嘀咕。

那女人一张大孤拐脸上挂着和蔼的笑：“大妹子呀，我觉得和你投缘，觉得亲呗，真就像遇到了亲人一样。这样吧大妹子，我这有一宗好生意——”忽然将脸上的笑收住，又四下里扫视一圈，眼里闪出一道光，悄悄地对大洋人说了那个来钱的门道。

“你是说——”大洋人的眼珠子似要跳出来，“让我当、当人贩子呀？”那张柿子脸变得煞白，像躲避瘟疫一样往后退了一步，惊悚地望着对方。

王瑟瑟一伸手，“啪”在大洋人肩上拍一下，又一笑，露出满嘴乱糟糟的牙齿：“别说得那么难听呀大妹子？你看看这个社会，谁把钱捞到自个儿兜儿里，谁就算有本事！要不说嘛，就有年轻女孩子去城里干那个？还不都是为了钱？——再说了，只要把钱弄到手了，谁管它是从哪儿来的？猪有猪道，猫有猫道，狗有狗道，大妹子呀你就快放明白吧，这个社会说白了还不就是‘钱’的天下！有了钱，想吃吗就吃吗，想穿吗就穿吗！你说这钱好不好呀？嗨，它就是咱的亲娘老子！”

大洋人不愿看王瑟瑟的那张大孤拐脸，但她觉得这话说得，实在，说到了她心坎里，句句在理无法反驳。是的，自己不就是为了赚钱，才不辞辛苦地赶回娘家趸山货吗？此外，她也听说，如今城里有了干那种营生的女孩子，只要掏钱，不管什么人，不管你是瞎子还是瘸子，也不管你多大年岁，甚至都可以作自己爷爷了，也让你上身。那是卖自己的肉呀。她还想到了当下流行的顺口溜：“四十五十才学坏，怀里抱着下一代”，还有，“当今社会真是好，老牛也可吃嫩草”。一个一切向“钱”看的世道，最终就会出现这种结果，这让她惊讶，但又不怎么惊讶。她还劝过自己，你要挖空心思地挣钱呀，只有这样才能适应这个社会。因此一想到这些，她没有再躲王瑟瑟那双火辣辣的眼睛。

看大洋人不再躲她，王瑟瑟就告诉大洋人，她怀里的这个孩子其实不是她的，是她从别人那里接手的——原来干这个行当有一套完整而严密的程序，有人专门去乡下或城市的大街小巷寻找目标，然后把通过各种方式骗来或偷来的孩子交到她手里。她呢，再负责把孩子送到下家，通过下家，这孩子就落到了买主手里，换成了一张一张的票子。

就是想象着那一沓钞票，大洋人开始动心了。

王瑟瑟紧盯住大洋人的眼睛，又不失时机地说：“大妹子，我看你也不是个糊涂人，事情呢我也给你说明白了，这可是一本万利的生意。今天也是咱姐儿们有缘吧，偏巧你就遇到我了，我就遇到了你！如果不是这个因由，你到哪去找这么来钱的门道呢？你也甭再犹豫了，就放心大胆地跟我干吧！如今这个世道，还不是撑死胆大的，饿死胆小的！”

如果说刚才大洋人只是动了心，还没有彻底做出决定，那么听了这句话，她就横下心来了。她忽然想到了李连春，不就是因为他的腰包鼓起来了，腰杆子硬了，才成了村里的一个人物？连刘囤都摆酒席请他喝酒。娘个头！钱呀，它就有这么大的魔力！这个世道，其实就是撑死胆大的，饿死胆小的。没错！

而且，她还想：如果自己有了钱，小军也不必再跟着连春干了。跟他干了好几年了，向他张了次嘴却只让干个小班长！——如果说那时大洋人对这个职位还算满意，可此时她哪里还看得上眼呢。而且自打小军当了班长，几年又过去了，现在还在原地踏步。她越想越觉得这个李连春实在他妈的不够意思，越想越感到这样寄人篱下的日子不是他妈个滋味。

说到底，还是自己干好！大洋人这样想着，就庆幸自己今天真是幸运，遇到了这个王瑟瑟！她抬起头来瞅王瑟瑟一眼，竟然觉得这个女人不再那么可怕了；不但不可怕，而且还有了一种亲切感。她和这个女人相遇，就像出门拾到一个大元宝！她这么认为。

“好吧，大姐，我跟着你干定了！”大洋人点点头，拉住王瑟瑟的手。拉住了王瑟瑟的手，就像抓住了那一大堆花花绿绿的钞票。本来有些晕车的她，脸颊竟然神奇般地泛出一层血色。临近中午的太阳，落满了她的大脸蛋子，真像让秋风吹红的大个柿子。

“哎呀，我的大妹子——”王瑟瑟兴奋地叫着，像从前潜伏的特务终于和同伙接上了头，“我一看大妹子就是个明白人，嘿，还真是没看错！好，从今往后咱们就是业务上的合作伙伴了！一家子！”说完，咯咯地笑起来，那沙哑的嗓音听起来像乌鸦叫。然而，这声音，在大洋人听来却又是格外舒心的。

她们就要在这里分手了。大洋人去五十里开外的娘家，而那个女人要从这里倒车去北边的另一个村子——那里有一对儿夫妻因没有生育能力，正焦急万分地等待着这个可以延续香火的小苗苗。那孩子还在沉沉地睡着，丝毫不知道自己将面临怎样一个命运。

王瑟瑟告诉大洋人，因为怕路上孩子哭闹，给他喂了安眠药。“早哩，再过一个钟头，能醒过来就不赖了。”王瑟瑟脸上挂了笑，有几分成功后的惬意。

虽说她们相识时间极为短暂，只有短短的一个多小时，然而是共同的利益将她们绑在了一起，因而在分手时，两人都显得有些恋恋不舍了。王瑟瑟向大洋人布置了任务——她先问了大洋人的住址，让她先在四周村里打探有没有想抱养小孩子的人家。然后再去说合，谈价钱，但又绝不能暴露自己的真实身份。当大洋人问到自己的酬劳时，王瑟瑟极为慷慨地说，这个你放心，干咱们这行也有规矩——你说，干哪个行当没有规矩呢？没有规矩难成方圆！咱们是三七分成。我那个“七”呢，可不完全是我的，我还得和我的“上家”三七分成，这样下来，咱们每个人的收入都差不离儿。当然了，最辛苦的还是我呗，我不光东跑西颠的，还得搭进去车钱哩。你说是不是呀大妹子？当然了，咱们每个人也都各有各的风险，因此干咱们这一行都是单线联系，我只负责把“货”交给你，等“货”出手了，你把钱给我就得了。你吗也别问别打听，就这么简单。——这样对咱们都有好处！

大洋人一边听一边点头，这个道理她何尝不明白？她越来越觉得自己像电影上潜伏在某个地方的——女特务！

当大洋人坐在了开往娘家的汽车上，眼前依然晃动着那个和她萍水相逢的女人的影子。就像翻看录像，她恍然醒悟，那女人穿着打扮看似平常，可此时想来，还是和其他女人不一样——那女人的手指上戴着一枚大钻戒，手腕子上还箍着一个银镯子，耳垂上还挂了两只翡翠耳坠儿。只是，当时她没有在意这些。她怪自己太粗心了，像这种披金戴银的女人能是一般山里人吗？还有，那女人一双白多黑少的慈姑眼，盯人时总是滴溜溜乱转，有时又像水一样柔软，有时又像刀子一样冰冷锋利。眼珠子恨不得爬到人脸上，再钻进人肚里去。想着想着，恍惚间，似有一条毒蛇向她游来。

当大洋人产生这种恐怖的联想时，她就打了一个寒战，就像那条蛇吐着鲜红的芯子爬到了她身上，然后将她牢牢地缠绕起来。

正在她惊悚无比时，王瑟瑟手腕上的那对儿银镯子和那对儿翡翠大耳环，又在她眼前极富诱惑力地晃动着，晃动着，像五月的鲜花一样耀眼。那个女人其实长得非常难看，可这么精心一装扮，看上去就不那么丑了，不但不丑，还有了一种让人畏惧的气质。大洋人禁不住这样想。

二十五

秋山老汉和兰芳要结婚的消息在柏树庄传扬开来。

有人说，秋山老汉和兰芳早就该在一起过日子了，年岁相差大点有什么关系？辈分不对又有什么不好？只要两人看着对眼，管它那么多干吗呢？

但也有人持反对意见，认为这是丢人现眼的事情。哪有叔叔和侄媳妇结婚的，而且还相差十多岁。街坊辈怎么了？那也是辈分呀。兰芳管秋山叫叔都这么多年了，如今又去给人家当媳妇，这有多么别扭？也有人说，秋山老汉越老越花心了，这不是老牛吃嫩草是什么？你儿子不就是出息了呗？不就是有了几个钱呗？你就这么胆大妄为，不顾及脸面了吗？这可是伤风败俗的丑事！叔叔娶侄媳妇，如果照这样发展下去，今后的柏树庄还说不定闹出什么稀奇古怪的事情来呢？

于是有人把这种不满和愤慨撒向了兰芳，哼，这女人，骚货一个，男人才殁了几年呀，就想汉子了！也有人认为是秋山老汉先勾引了兰芳。而他恁大年纪了，为什么精力那么充沛，身体那么结实？还不是因为连春有钱？有了钱，他就时常给老父亲买点人参呀、鹿茸呀滋补身子。把个老爷子营养得气血充盈，像是又回到了气血方刚的壮年！嘿，看看吧，有钱和没钱就是不一样啊。

总之，因为这件事柏树庄就像开了锅一样，闹得沸沸扬扬。

这天吃过晚饭，连春愁眉不展地来找父亲。

秋山老汉刚撂下饭碗，正坐在院里歇息。越过黑黢黢的树梢，他看到几颗星星在夜空里闪烁着。这明亮的星星，让他又想到了兰芳那双柔情妩媚的眸子。

连春在父亲面前坐下，点了一支烟，终于鼓足了勇气：“爸，这几天村里的风言风语我也听到了，不知道这是谣传哩还是真的？”夜色下，看不大清父亲的脸色，但他分明感到父亲的呼吸加重了。如果这件事是真的，为什么就不和他商量商量呢？

秋山老汉板起脸：“我也正要为这件事找你哩，是有这个想法——你妈死了好几年了，我身边总得有个伴吧？再说，兰芳心眼也真不赖，她也愿意过来！”

连春咽下一口唾沫：“其实，结婚不结婚还不是一样？她和咱家住这么近，她吗时候想来就来呗！没人挡她。”

秋山老汉像受了多大委屈似的，倔巴巴地说：“就这么定了！你们不用管！”

“爸，你都这么大岁数了，再说你也得为我们想想呀——”连春吭吭哧哧地说。

“为你们想想？哼，你们心里还有我没有？——你下班回来有人和你说话，晚上又有热乎被窝让你钻！我哩？我把你养这么大了，还让我为你着想，呸——”这个秋山老汉，显然是害怕这桩好事儿让连春给搅黄了。

连春觉得老父亲不讲道理。这些年我哪点对你不好？少你吃的还是穿的了？让你和我们同桌吃饭你却偏不干，非得让二兰子每顿饭给你端过来，你说是图个清静，可这会儿又说自己冷清！这能怪我们吗？连春越想越恼火，越想越不理解父亲。想着自己这些年独自进城闯荡的种种艰难，就更对父亲心怀不满了。他腾地站起来，扔下了这么一句话：“我就是不同意你们结婚！”

然后，一抬脚，气呼呼地走出去。

回到家，二兰子见他把脸都气歪了，早猜透了八九分，笑道：“看看，碰钉子了不是？我不是和你说过嘛，这种事只要他铁了心，你就休想把他拉回来！尤其是女人，她要是喜欢哪个男人了，吗事也做得出来！当初我不就像吃了迷魂药一样，发了疯似的追你吗？”

要是平时，连春肯定要逮住这个机会和二兰子说点玩笑话。但今天他可没心情听二兰子这么唇红齿白地瞎嚷嚷：“我心里正烦哩，你还添乱！”他瞅她一眼，一屁股坐在了板凳上。

二兰子反而笑得更响。突然又止住笑，开始重新咂摸起这件事来。婆婆殁了好几年了，突然又来一个后婆婆，这究竟是好事儿还是孬事儿？而有了后婆婆，家里的关系自然就复杂化了！此外，她还担心兰芳有别的企图，是不是盯着他们家的财产？

一想到这种可能性，她就开始后悔了。后悔当初自己还指望着兰芳嫁过来，减轻她的负担呢。现在看来，她这个想法有多么荒唐和愚蠢！公公都那么大年岁了，说不定哪天俩眼一闭，那不就便宜兰芳了吗？她要争起家产来，岂不更麻烦了？

不能让兰芳得逞！她默默地告诫自己。可又怎么才能阻止她呢？想来想去，还是觉得这种事情自己不便出面，最好的办法就是让连春出马。

当连春一脸沮丧地躺下后，二兰子像一只小乖猫一样扑到了他怀里。连春伸手把她推开了，二兰子又伸胳膊揽住连春的脖子，嘻嘻地笑着用手在他鼻子上刮一下：“你呀，说起来也算个聪明人，怎么有时候脑子里像灌了糨糊？”连春赌气说：“聪明人？哼，我是聪明人他爹！”

二兰子笑笑：“不对，是猪八戒他爹！”

“吗意思？”

二兰子忍住笑，问他：“你知道猪八戒爹是怎么死的吗？”

不等连春回答，二兰子在连春胸脯上一拍：“哎呀，笨死的呗！你就是猪八戒他爹——”

“噗——”连春不由得笑了。

二兰子又问他：“你为吗就不让他俩结婚呢？”

“他们结婚对咱有吗好处？”

二兰子说：“要不就说你傻哩！你也不想想，他们结了婚，兰芳还不给你生个小弟弟？这是打着灯笼也难寻的美事呀！你看看你们李家，上辈是单传，你这一辈又是单传。到下一辈别说单传了，连个儿子的毛毛也没捞到。你还说不是好事儿吗？”

连春嗔道：“你就是个乌鸦嘴，烦不烦？”他不愿意听二兰子这种不咸不淡的话。因为这件事不提则罢，每每提起都让他无比沮丧。当年，就在生下小叶子之后，他在二兰子身上耕耘的次数一次也没减少，可就是结不出果来了。后来去医院检查，才得知是二兰子出了问题，输卵管给堵住了。这是个顽症，后来无论如何医治也无济于事。虽说连春心有不甘，但也没辙了。二兰子倒不在乎，她盼着将来为小叶子招个上门女婿，为她养老送终。“哼，老封建，男孩女孩还不是一个样？”那时看到连春整天耷拉着脸，不停地唉声叹气，一副对不住祖宗的模样，她就这样劝慰和开导他。二兰子喜欢女儿，有这么一个小棉袄，她的心永远都是暖和的。

因为生气，连春就回敬二兰子：“看看，你也想要带把儿的了吧？谁让你那么不争气哩，变成了一只不下蛋的母鸡。”

二兰子调侃道：“正好呗，这回你家可飞来一只会下蛋的母鸡。你想想吧，兰芳才四十多岁，你爸哩，说他老，才六十多岁，常言说，八十八，还结个瓜哩，金瓜！他离八十八可还早哩。”

“去，去，去——”连春狠劲推开了二兰子的手。

不过，连春仔细一想，二兰子的话也不是完全没有道理，可问题是他不想再有一个小弟弟。他越想越恼恨父亲。父亲呀父亲，你说你这是怎么了？年轻的时候那么通情达理，从没做过什么出格事儿，可老了老了，连脸面也不顾了！你说这是吗事呀，就不怕让全村人嚼舌根子！我整天忙得不可开交，你，你这不是给我添乱吗？

他突然想起平时人们常说的一个词——晚节不保！他认为，眼下老父亲就是晚节不保！黄土都快埋到脖子上的人了，还结的哪门子婚呢？别人不说，单是在二兰子跟前自己就没有面子。

连春离开后，秋山老汉就来到了屋里，脱鞋爬上炕去。他不想睡觉，盘腿坐在炕沿上，拧开收音机，听起单田芳播讲的评书《隋唐演义》。

这时，院门哗啦响了一下。他把收音机音量拧小了。他又听到了那个熟悉的脚步声。这脚步声让他心里生出一缕甜蜜，伴随着这种甜蜜，还有一种难以按捺的激动；但转瞬间，另一种情绪又占了上风——沉闷而又压抑！“啪”，他索性把收音机关了。

“吱呀”一声，兰芳推开屋门走进来。

因为秋山老汉答应和她结婚，因为终于要和自己心爱的人朝夕相处了，这两天兰芳像换了一个人。因为精神焕发，她看上去年轻了许多，那张小窄脸上总是溢满笑意，还有一种即将做新娘的兴奋。但又和新婚少女不同，少了几分羞涩，更多的是愿望实现后的幸福和满足。只是对她这个年岁的女人来说，这种晚来的幸福未免披一层凄美的外衣。到底女人容易激动，秋山老汉一答应和她结婚，她在心里藏不住，就迫不及待地对人说了。对于她，这是一个喜讯，可对村里人却是一条爆炸性新闻。几乎在当天，这件事就传扬开了。结果，村里人的议论再加上二兰子的旁敲侧击，让连春产生了极大的逆反心理，他就和父亲顶起牛来。

兰芳对这些却浑然不觉，她还沉浸在梦想实现后的欣喜之中。

因此，当她看到秋山老汉那张刀条脸往下使劲耷拉着，便歪着头问他：“哟，咬破猪苦胆了？怎么见我一来，就没好脸色？”

而秋山老汉呢，他望着一脸喜色的兰芳，又不忍心破坏她的好心情。

但他还是将刚才发生的不愉快告诉了兰芳。

兰芳脸上的笑容像受到惊吓的小鱼一样，迅疾地逃之夭夭。整个人像从炙热的暑天穿过时空隧道，掉进滴水成冰的冬季。他不明白，连春怎么会不同意呢？那么通情达理一个人，他父亲说出的话，他能反对呀？她开始怀疑，这件事一定是二兰子捣的鬼。

看兰芳这么着急，秋山老汉的心都要碎了。他喜欢看满面笑靥的兰芳。也许是年龄的缘故吧，他就最看不得女人，尤其是像兰芳这么年轻的女人愁眉苦脸的样子。对于兰芳他的感情也是复杂的，即有生理上的渴望，也有父亲对女儿般的那种疼爱。正是这种奇特的情感，更让他看不得兰芳受一点儿委屈。

“你说，这事咱该怎么办呀？”兰芳急得眼里汪出泪花，她扭身，倚住炕沿，喃喃地对秋山老汉说，“你看看，我一高兴就管不牢自个儿的嘴了，都对人说了！这全村人都知道咱俩要办喜事了，可又出了这个岔子，你让俺脸往哪搁？再说，俺可是真指望着和你在一起哩，照料你陪伴你，这一辈子再不和你分开。”两手捧住脸，呜呜地哭起来。因紧缩着肩膀，整个人显得越发瘦小。

秋山老汉还想抱怨兰芳几句：为什么那么沉不住气？早早就把这个消息说出去。但看到兰芳这么伤心，话到嘴边又咽回去了。

他沉吟一下，然后伸出骨节嶙峋的大手，把兰芳揽在了怀里，又将她脸颊上的泪痕轻轻擦去了。

“嗨，你不要生气嘛。连春说不让咱结婚，我就听他的？我是他老子！我就是要结婚，我看他敢把我怎么样！臭小子，不就是有俩钱呗，不就是出了点能耐呗，倒不把他老子放眼里了！这个婚我结定了！他再干涉我就去找政府，让政府给咱做主儿！”

秋山老汉越说越上劲，到后来他就像故意让连春两口子听到似的，一把推开兰芳，梗起脖子，声音越来越大，憋在心里的火气都统统撒了出来。

眼含泪花的兰芳，听着秋山老汉这洪亮而又坚毅的声音，心里感到多么舒服呀，秋山老汉就是她的靠山！

“你小声点好不好？就不怕他们两口子听到？”兰芳抹一把眼泪，脸上终于露出了笑。

秋山老汉挺直胸脯，手在炕沿上一拍：“听吧，我就是让他们听到哩。王八羔子，心里还有他老子没有？”声音一点儿也没有降低。

虽说秋山老汉心里还窝着火，可看到兰芳脸上有了笑模样，他的心情也渐渐好起来。

“明天，我还得去找那个王八羔子！”秋山老汉咬牙切齿地说。

兰芳看到秋山老汉这么有底气，心里顿时畅快起来。她一俯身，再一次倒在秋山老汉怀里，钻进她鼻孔里的，是秋山老汉身上那股淡淡的烟味。她非常喜欢他身上这种气味。嗅着这种气味，就是天塌下来，地陷进去，她也不怕。对，不怕！因为，她是被一个力大无比的东西给托举着。自从二来子离开她后，她的生活里就缺少了这种东西。这两年她做梦都在盼着和秋山老汉生活在一起，日日夜夜都能嗅到那种让她心醉，也让她心里感到踏实的气息。

第二天，连春吃过早饭，正准备去城里，被父亲堵在了屋门口。

“爸——”

秋山老汉板着脸，冷冷地说：“我要和兰芳把事儿办了，你们谁也管不着！”

连春觉得父亲很古怪，就像吃错了什么药，又像是一位处于热恋的倔强而执拗的年轻人，让他无法理喻。

“爸，咱到屋里去说！”连春一边往屋里招呼父亲，一边想着对策。

“哼！我嫌你屋里冷！”秋山老汉把两眼一瞪，叉开双腿，倔巴巴地说，“没吗好说的，我俩的事儿就这么定了！”

连春还想劝说父亲：“爸，你再听我说——”

“我不听你的，你就是说下天王老子来也没用！”秋山老汉说完，狠狠地瞪连春一眼，一转身，像一位不屈不挠的大将军，气昂昂地走出去了。

这时，二兰子从厨房里赶出来，她的两只手挓挲着，手上的水珠在晨曦里像村外草叶上的露珠。刚才她在厨房刷碗，真想走出来，替连春帮腔——看到连春在父亲面前那副窝囊相以及公公那副蛮横的样子，她的心就像让人咬去了一口。但她没有走出来，虽说心里一百个不乐意他们结婚，但她还是认为由连春出面来阻挡比较妥当！

见连春像一只落水的公鸡一样，垂头耷脑地愣怔在堂屋里，哪里还有个大经理的样儿，她既感到好笑又感到他可怜。

“草包一个！”她几步走到连春跟前，“要我说，你今个儿也别去城里了，就去找他，当面锣对面鼓地和他说清楚！不管怎么说，他做得也太过分了，嗨！这是吗事呀，总得听听咱们的意见吧！——真是的，多大年岁了，你们偷着好就得了，还结的哪门子婚哩？”

连春来到西院，见父亲正坐在堂屋的小马扎上，一脸的铁青。

“爸——”

秋山老汉两眼一瞪：“你来干吗？还想管我的事呀？我还没死哩。”

“我是说，你都这么大年纪了，就是不为我们着想，也得为自个儿的身子骨想想吧！”

秋山老汉腾地站起来，一抬脚，“哐啷”，把小马扎踢翻了：“想个屁！你是想把我活活气死呀。王八羔子，你还想限制你老子是不是！休想！我再说一遍，这个婚我是结定了，你们谁也挡不住！”

“我就是不让你们结婚！”连春的犟劲儿又上来了。

“你敢！”秋山老汉指着连春的脸，咆哮道，“你给我滚！不许你再登我门边！我没有你这个儿子！”老头子完全失去了理智，嘴唇上的胡子茬儿也被气得乱颤。

一只在院里觅食的鸡，被秋山老汉的吼声吓得一张翅膀，惶惶地溜走了。

连春走后，秋山老汉一连吸了三支烟；又背着手，唉声叹气地在院里转悠了好大会儿，待气消了一些，就抬脚朝外面走去。

没过多久，他来到村南头一户人家。一座新盖的门楼，上面贴了白瓷砖，白瓷砖在阳光下闪着刺目的亮光。

秋山刚要推门，“吱呀”一声，半掩的铁门被人从里面拉开了，水道爷拉着小孙子，正要往外走。

“呵呵，老伙计，今个儿你怎么这么稀罕哩？”见到秋山老汉，水道爷两只宽眼皮的眼睛都笑弯了，下巴上那一撮山羊胡子也兴奋地跟着乱抖乱颤。两道八字眉已然泛白，像蚕宝宝吐出的丝儿。天刚转凉，他就往头上扣一顶深蓝色解放帽。他喜欢戴这种帽子。

“老的小的，这是干吗去呀？”秋山老汉瞥一眼那小孩子，“这是华玉家那个老二吧？哈哈，几天没见又见长了，跟个嫩北瓜蛋子似的。告诉爷爷，你几岁了？”

小孩子不说话，把头一歪，伸出四根手指，朝秋山老汉一晃。

“哈，四岁了？”秋山老汉笑了，“乖乖，真聪明！”

见秋山夸小孙子，水道爷又咧开嘴笑了，说：“老伙计，快到家来吧。我还有点好叶子，一直给你留着呐。我还念叨哩，你这阵子怎么就不来了哩？”低下头，拍拍小孙子的脑袋：“我的小祖宗，听爷爷话，咱待会儿再去买好吃的——”扯住孩子的小手，就转身往回走。

也许是见到陌生人，虽说不大情愿，但小孩子倒还听话，一双水灵灵的大眼睛，好奇地盯一眼秋山老汉，迈开两条小腿，跟着爷爷朝屋里走，小手指含在嘴里，轻轻地吸吮。

和外面完全不同，水道爷家的堂屋里古色古香的，一对漆红的太师椅，连同那张深红色的八仙桌，都是他祖上传下来的，那是他家的传家宝啊。桌子上方的屋墙上，悬挂着用红檀木框镶嵌的四扇屏，上面画了“梅兰竹菊”四君子，和八仙桌太师椅非常匹配，迎着堂屋门散发出幽幽的光泽；一把锈迹斑驳的水烟袋，端放在方桌的右边角，也是他父亲传给他的，如今成了真正的老古董。面对这些，恍若让人走进一段逝去的幽深岁月。

在柏树庄，水道爷是个备受人们敬重的人物。水道爷为人处世很讲究技巧，譬如吧，他要是夸你，当你面反而不说，却在背后夸，从不吝啬那些好字眼。同样是说人好话，这样一来分量可就重多了。而且越是和谁有过节，他越是在背后说人家好话。久而久之，他的好名声就出来了。况且，他又有点文化，平时爱给人讲古，心肠也好，遇到谁家有个为难事儿，他总喜欢帮一把，这样在柏树庄就渐渐有了威望。他们白家，谁家有个红白喜事，都要请他来主持。没有水道爷的酒席，还能算得上酒席吗？别看水道爷平时酒喝得不少，那都是人们主动请他的。常言说，来而不往非礼也，但人们从不让水道爷回请，在这方面他是很少掏腰包的，大家就乐意让他白吃白喝，认为那是水道爷看得起自己。刘囤正是利用了水道爷这点名望，才请他当支书的。此外，他还看中了水道爷的脾性，面子软，从不肯说人坏话，对他的胡作非为总是睁一只眼闭一只眼。水道爷知道刘囤看中了自己什么，因此在工作上，对刘囤做出的决定他很少发表不同意见，他知道说了也是白说。他害怕刘囤身上那股子痞子气。每每听到村里有对自己不利的言论，刘囤就在村委会大院里骂大街：妈的，谁敢嚼我的舌头？说老子那样，你们见来？有吗证据？给我拿出来呀？嗨，有种儿的跳出来让老子看看呀。那凶巴巴的样子，就差在大喇叭上去吆喝了。水道爷当这个支书只是图了个名声，此外还有一些补贴。他不得不依顺刘囤。

“老嫂子哩，怎么不见老嫂子？”落座后，秋山老汉环视一下屋里，问。

“昨天被闺女给接走了。这一走呀，起码得住个半月二十天的，哼，老喽，人家不稀罕咱了，甩下我这老头子不管了。”然而，他的语气却又是愉快的。说完，从桌子上拿起一个电动小汽车，塞到小孙子手里，“乖孙子，玩去吧，我和这个爷爷说会儿话——”就去给秋山沏茶，从八仙桌上的茶叶盒里，倒一撮茶叶放到手心，伸到秋山鼻子跟前，说：“你闻闻，这是雨前的龙井，我那个在杭州当军官的外甥给我带来的。”

转眼间，一股绿茶的幽香，在堂屋里弥漫开来。

这些天，因为心里麻烦，秋山老汉一直没来过水道家。柏树庄人都知道，秋山和水道关系可不一般。当年秋山当大队长时，水道是第七生产队的队长，方方面面，他对秋山都大力配合。而且，两人说话又十分投机。怎么个投机法呢？就是两个人见面，喜欢相互挖苦。如果昨晚开了社员大会，水道就说，哼，你还坐在台上讲话哩，看你那××样儿，一条小鳝鱼，还想充长虫！秋山回敬他，就你那个××样好？水道，水道，你不就是一根××呗，倒给我充起人样儿来了。那时他们都年轻，才三十多岁，又是平辈，说话无所顾忌，那种青春的骚动让他们没个正形。柏树庄的风俗是，如果俩人要好，其表现方式无非有两种：一种是互相客气，互相礼让，都是一副谦谦君子样儿，双方都在小心翼翼地维护着两人的友情，害怕稍有一点不妥，将其伤害了；另一种却完全相反，就如秋山和水道一样，互相挖苦得越狠越损，就越显得亲密。有时，他俩还拿各自妻子开玩笑，一个说，嘿，让你老婆子陪我睡一宿好不好？另一个说，好哇，可有一样儿，你也得让你老婆陪我睡。前者马上反驳，小气鬼，这事儿也斤斤计较，小心眼子！后者赶忙接腔，呸，你大方，把你老婆换给我呀。另一个不干了：你想得倒美，我家里的可比你老婆小好几岁哩，别净想占便宜！于是，双方都哈哈大笑。

那个时候，秋山和水道没事儿喜欢凑到一起喝酒。因为物质极度匮乏，往往一碟煮花生米，几块臭豆腐，两只咸鸭蛋，就是下酒的菜。有时连这个也没有，就是一碗腌辣椒。两个人喝一口烧酒，再嚼一口辣椒，辣对辣，无大差，都张着大嘴吸溜气，过的就是这个辣瘾！他俩性格也不一样，秋山性子急，说话做事干脆利落，而水道呢，遇事爱琢磨，生怕有什么闪失，这样一急一缓，就像牢牢拧在一起的两根草绳，于是两人就成了无话不谈的好朋友。

自从水道爷当了支书后，秋山来找他的次数就少多了。有许多次，他都想劝水道不要给刘囤当这个傀儡。但又不好出口，因为他知道水道爱面子，而且也不是白干，还能挣点补贴。有了这点补贴，水道家的日子就好过多了。有时，秋山又试图让自己谅解他。

今天秋山挨了连春的抢白，他没辙了，就想向老朋友说道说道，吐吐心里的那口怨气，顺便还要让水道去做说客，劝说自己那个一根筋的儿子。

“哈哈，你这老家伙，老骚货，说说，是怎么把人家兰芳迷住的？怪不得哩，你这阵子不来我这儿了！敢情是有了相好的，把我这老伙计给忘了。”水道端起紫砂茶杯，“滋溜”，抿一口茶，再抹一把嘴，嘿嘿地笑起来。

秋山也笑了，胳膊肘儿支在方桌上，说：“少××跟我说这个，我哪有你福气大呀。晚上老伴给你暖被窝，又给你沏茶倒水的。我哩，一天到晚冷屋子冷炕的。孩子们再结记，也比不上老伴呀。不一样的，毕竟还隔着一层哩。少年夫妻老来伴，老了，还是有个伴好啊，贴心贴肺的！”

水道把手在大腿上猛一拍：“那倒不假。不过嘛，你老家伙艳福可不浅，嗨，你这头老牛，又吃上嫩草了。好吧，我就去劝劝连春，看大侄子敢不听我的！他发迹怎么了，也得孝顺老子吧？”

秋山赶忙摆手：“孝顺，孝顺，连春倒是个孝顺孩子，平时吧，吃的喝的吗也没短了我的，这方面我真没说的。”

水道打断他：“唔，光吃喝上孝顺就得了？要是孝顺，他就不该挡你找老伴儿！人老怎么了，人老心不老，谁也不愿意当和尚！再说，说老也不是太老，咱身子骨倍棒，晚上哪不想那个——”

秋山老汉一仰脖子大笑起来：“说你是个老骚壶，还真是一个老骚壶——”

忽然，啪嚓一声，两人都扭头去看。原来那个小孩子玩腻了，一赌气把小汽车用力摔到地上，哇地哭起来：“爷爷，我不要这个，我不要这个。我要吃冰淇淋，我要吃冰淇淋。”

“我的小祖宗哟，你怎么这么大脾气哩？好，好，好，我这就去给你买——”水道爷奔过去，一把抱起他的宝贝孙子，“吱——”，在脸上亲一口。

二十六

晚上，兰芳躺下后，哪里还有一点儿睡意呀，满脑子都是秋山的影子——两条卧蚕似的浓眉，炯炯放光的眼睛里像燃烧着一团火，清癯的刀条脸不乏刚毅，这种历尽风雪雨霜之后的极为成熟的气质，对她是多么富有吸引力啊。她闭上了眼睛，仿佛又依偎在了秋山宽厚温暖的怀抱里。

当她睁开眼时，她又突然觉得，自己的这种期待已经破灭了。

她掀开身上的被子，下床，打开衣柜，拿出了一套新衣服，这是秋山答应和她结婚后，她为自己买的嫁衣——襻扣的中式绛红色褂子，一条咖啡色筒裤。她捧着这身衣服，眼睛里不由得汪出了泪花。那泪花在眼里打转转，之后，“扑簌簌”，连同里面的灯影，一起滚到了地上。她耳边又响起了那些流言蜚语，说她嫁给秋山，是图了连春家的万贯家产。这时她才明白，为什么连春极力反对她和秋山的婚事。原来，他也是把她看作了那种女人啊。

她又瞥一眼镜子里的自己。借着灯光，她看到的是一双泪光迷离的眼睛，里面有委屈，更有愤慨。她问自己：你真的喜欢秋山吗？他可比你大了十多岁！她紧紧地盯住自己的眼睛，想从里面看到否定的答案。然而，非常遗憾，那双眼睛分明在告诉她：她嫁给秋山的确是为了爱情。对，爱情！不知怎的，这个发现让她激动不已。她从自己的眼睛里，看到她对秋山的爱没有掺和一点儿杂质，就像大雨过后明净的天空。那是纯粹的爱情啊，一尘不染。她竟然被自己感动了，泪水顿时像断了线的珠子一样，擦着鼻沟淌下来。

这天晚上，秋山老汉也久久无法入眠。

他的眼前，一直晃动着兰芳那张俏丽的小窄脸，还有她那双温柔善良的眼睛。那是一双怎样的眼睛呀，像泉水一样清澈明亮——一个四十多岁的女人，竟然还有这样的目光，仿佛人生的风风雨雨在她身上没有留下一点儿印痕。这双眼睛让他感到心颤，他禁不住想到了另一个女人的眼睛。那是谁呢，就是连春的母亲。

我不能再失去这双眼睛！躺在被窝里的秋山老汉，在心里暗暗地思忖着。

我已经失去一个女人了，不能再失去兰芳！他忽然感到，这双眼睛里藏有连春妈的精灵。

虽说后来他请水道去做连春的工作，但连春依然不松口，这让水道很没面子。

再去和连春谈谈，如果他再不同意我和兰芳结合，我就和他断绝父子关系。没有了父子关系，他就再管不着我的事儿了。

又想：老子不稀罕你的钱，你就是挣一座金山老子也不稀罕。就是断绝了父子关系，我也不要你一分钱，我和兰芳还能干活，我们要用两只手过自己的日子，关你个屁事！

这个老头子，这些年，他还从来没有生过这么大的气。都什么年代了，谁还干涉老年人再婚呢？国家的法律还大开绿灯哩。连春却对他们横加干涉，这让他又是伤心又是气愤。

正在秋山老汉胡思乱想时，传来了轻轻的推门声。

秋山老汉心里一热，一骨碌坐起来，披上衣服，下地开门。

门开了，果然，那股他极熟悉的气息迎面扑来。借着暗淡的星光，秋山老汉看到兰芳眼里有泪花在闪动。正在秋山老汉愣神时，兰芳一头扑进了他怀里。

只有扑进秋山宽厚的怀里，嗅着从他身上散发出的那种杂糅着烟味的温馨气息，兰芳才重新找回了那种踏实感。在这个初秋的晚上，她终究在家里待不住，那么大一个院子，就她一个人——女儿在城里上学平时很少回来，因此一到晚上，院里就静得让她感到恐惧。偶尔，匆匆跑过的一只老鼠，或一只黄猫，也会吓得她脊梁骨发麻发紧。在那阒静的黑夜里，她仿佛能听到时间匆匆而过的声响。是的，时间带走了她的青春，可并没有为她送来幸福。她非常沮丧，她感到这每一天都是孤寂难挨的。但她并不绝望，因为在她心里还亮着一盏明灯，尽管它总是摇曳不定，但没有熄灭。那终究是一缕希望啊！

两人就这么相拥着。兰芳感到自己被一团热浪裹挟着。

“我，我不能失去你！你答应我的，你可不能反悔！”她像一个小女孩子一样，扶住秋山老汉的肩一边摇晃，一边啜泣着。她感到他的肩膀那么厚实，是一堵可以挡风的墙，也是她温暖的港湾。

秋山老汉抚摸着兰芳光洁的额头，安慰道：“兰芳，别哭，我怎么能哄你呢。我答应你了，就一定会办到的。别说是一个连春，就是天王老子来了，也干涉不得咱俩的事儿！”

兰芳就是等着秋山老汉这句话。看来他的心没有变，他还是在乎她的，他还乐意和她在一起过日子。她又是激动，又是感动。她的眼力没错，秋山是个有情有义的男人。

这秋天的晚上，凉爽得让人觉得像泡在河水里。院里的丝瓜架上，有小虫子在低吟，轻轻的，似琴如瑟，撩拨着人的心弦。夜露降下来了，先是以雾气的形态飘浮在空中，随即就依附在了丝瓜叶子上，也依附在了树叶上和晾衣绳上。就连挂在屋檐下的农具，也附上了一层露珠。一只大肚子蝈蝈，藏在丝瓜叶下面，吸吮着凉浸浸的夜露，放开喉咙欢快地吟唱起来，“咯吱吱，咯吱吱”——

夜，渐渐地深了。

忽然，从秋山老汉屋里传来一阵夹杂着呢喃和躁动的响声。那声音带着一股激情，像是向人证明着什么，犹如大雨过后打着旋儿的河水一样在院里流淌着。一只饱饮了夜露的秋蝉受到这声音惊吓，“吱”的一声，飞离院里那棵老榆树，向远处的大槐树飞去。那尖厉的鸣叫声，仿佛要将这寂静的秋夜扯开一道口子。

二十七

连春走进院门，把摩托车放好，大声质问二兰子：“有吗大不了的事呀？你看你给我发的这个留言，吓我一跳！”

二兰子是午饭后往连春的BP机上发的留言。先是打他办公室电话，没人接，又打他的寻呼机。连春刚配寻呼机时间不长，是汉显的，二兰子觉得这玩意儿真是不错，无论连春走到哪里，她都不愁找不到他。有了这个，她觉得像把连春拴在自己腰带上了。

今天，她往连春的寻呼机上发了一条留言：家里出了大事，请速回！果然不到一个小时，突突突，摩托车的响声由远及近，最后在街门口止住了。

二兰子两手扶住门框，朝西院一撇嘴，又诡秘地眨一下眼："你爸绝食了，快看看去吧！"

"瞎说！"连春摇摇头，心里突然感到发虚，"可是真的？"

二兰子终于憋不住，"扑哧"笑了，说："那还有假！你说，我恁大个人了，又不是三两岁小孩子，我骗你干吗呀？"

连春喃喃自语："这老爷子，看来真和我较起劲来了！"

二兰子给他纠正："可不光是较劲！你老爸是不到黄河不死心！"

连春想过去看看父亲，再好好劝劝他，可他的脚就是不肯往那里移动，似牢牢地钉在院里。

二兰子在一边开导他："要我说呀，你不能背这个不孝的骂名！你傻呀你！"

连春心里乱糟糟的，他没有想到老爷子还真有绝招。他明白老爸那是在逼他就范。你以为你一绝食，我就同意了？虽然心里这么想，但他还是慌了神，完全是外强中干。

二兰子早看穿了连春的心思，淡淡地一笑："你不知道，为一个情字，这人吗事不能做出来？我劝你还是别跟你老爸较劲了。他都那么大岁数了，万一有个三长两短，你吃不了得兜着走，这一辈子也洗不清身上的骂名。再说了，我也得跟着你背黑锅。"

二兰子说得不无道理，连春无奈地叹口气。此时，这位在四里八乡很有名气的农民企业家，竟然牙疼似的摇晃着脑袋，不知如何是好了。

“好吧，那就随他的便！丢人就丢人吧。”过了许久，连春终于想明白了，赌气般地说。

“这就对了嘛，人家的好事你凭吗干涉？说起来呢，你还是个明白人，摊上这事儿怎么就犯糊涂呢？”

此时的二兰子，俨然一个深明大义的女人。因为她从兰芳身上，依稀看到了当年自己对连春爱得死去活来的那股傻劲。于是她开始害怕了，如果连春再坚持下去，他们真有可能出事儿，倒不如来个顺水推舟，帮公公说服连春，这样做还能落个好名声。

她非常满意自己的这个想法。

二十八

小军从茅房出来，看到大洋人正在厨房里忙活，很是纳闷：哟，太阳打西边出来了！

从前，无论春夏秋冬，他大早起去城里上班，这女人从来没有给他做过一口饭。如果来得及，他就把昨晚的剩饭热一下扒拉几口。来不及，就饿肚子干到半晌，如果挺不住，就去大街上吃两根油条，或者啃两个硬烧饼充饥。

“吃饭吧！”随着这温柔可人的声音，大洋人把一碗方便面端到小军跟前。淡黄色的方便面上，还卧着两只白生生的鸡蛋。呀，破天荒！

大洋人并不急于吃饭，先是洗把脸，然后扭身去了里屋，站在梳妆镜前打扮起来。将凌乱的头发梳理整齐，就开始往脸上搽润肤霜。方便面的香气和化妆品的气味混合到一起，营造出一种温馨的气氛。蛋青色的晨曦从窗口射进来，落在她已然变粗的腰身上。

小军呼噜噜地扒拉光了碗里的方便面，进屋见大洋人在镜子前搔首弄姿的，越发地感到诧异："哎哟嗨，你这是干吗呢，上轿呀？"

大洋人从镜子里睥睨小军一眼，仿佛刚想起还没有把那件事儿告诉他。但她又不想告诉他，要先向他保密。因为她自认为干的是一件大事儿，她要给小军来个意外的惊喜。

于是她对着小军笑了笑，故意抬起下巴："我今个儿去串个门子！"拿起眉笔，轻轻地描眉毛。

小军更惊诧了，大洋人在村里很少和人来往呀，她这是到谁家串门呢？莫非，又去找白玲玲？那也不至于打扮得这么光鲜呀。

大洋人微微侧身，开始描另一只眉毛，从镜子里看到小军疑惑的眼神，嗔怪他："看把你稀罕哩，莫非就不兴我串个门子？"

小军越发的好奇了，但又清楚大洋人的脾气，你越是问她，她就越对你摆架子。小军干脆就不再问，他推测着是白玲玲让大洋人帮什么忙吧。肯定是出头露面的事儿。嗨，也说不定，本来她就神经兮兮的嘛。

小军走后，大洋人就喊醒了二旦。她给儿子也盛了一碗方便面，待二旦吃过，上学走了，她才胡乱地吃几口。把屋子收拾一下，就去街上小卖部买了火腿和香肠，还割了一斤猪肉。这是用来招待今天的贵客的。

大约十点来钟，街门被推开了。一个穿棕色衣服的女人走进来，怀里抱一个小孩子。正是王瑟瑟。

"哎呀，大姐，可把我想死了！"大洋人又惊又喜，边说边迎上去。

王瑟瑟张大嘴喘几口气，再把嘴一撇："哎呀呀，下了汽车还得走这么长一截子路，来这一趟，累个半死！"

大洋人赶忙接过王瑟瑟怀里的孩子，那孩子睡得正香，红扑扑的小脸蛋像抹一层胭脂，非常招人喜爱。

把孩子放到里屋床上，大洋人去给王瑟瑟倒水。王瑟瑟坐到沙发上，掏出手帕擦着脸上的汗珠，笑吟吟地说：“哎呦大妹子，我说你能干还真是能干，这才多长时间呀，哟，还不到半个月吧，你就找到了一个买主！我的眼力真不错！”

把手帕放回衣袋，她就从一个小皮夹里掏出一个比烟盒还小的玩意儿，放在手心里把玩。大洋人的目光立刻被吸引过去，哟，这可能就是那个名叫寻呼机的新玩意儿吧。这种时髦玩意儿，她还没有见过，倒是早听说了。这年头城里一有什么新鲜东西，乡下人立马就会知道。即便没有见过，对其名字也是耳熟能详。到目前柏树庄只有两人有了寻呼机，一个是李连春，另一个就是刘囤。见连春买了，刘囤马上买了一个，这和他装电话时一个样。先是连春家装上电话，据说，是县电信局专门从县城给他家扯了一根线。三十来里的路呀，县里专门扯一条线通到他家，这简直就是电话专线了，光初装费就花了一万多元。这是何等的风光！不出半年，刘囤也装上了，就差半年，初装费降到了八千。你说如今这世道变化大，还真是大！又过去了两年吧，当村里又有几家装电话时，又降到了两千，这不，如今这种名叫寻呼机的新玩意儿又像杀出来的一匹黑马，呼啦啦闯进人们的日常生活，只要带上它，不管你走到哪里，都可以让人找到。人们啧啧惊叹：哎呀，真是奇妙呀，电话就够奇妙的了，这种寻呼机就更是奇妙。电话还有根线儿牵着哩，这东西连个线儿也没有，就能把要说的话传过去，看来时代真是不一样了——这个世界真奇妙！人们都不约而同地想到了前几年电视上一个综艺节目里的那句话。

王瑟瑟虽然一直盯着寻呼机，但大洋人的心思还是让她感觉到了，仿佛她有第六感官。她轻轻地笑着，不看大洋人，将寻呼机在手心里掂一掂，说：“你知道吗？这玩意儿花了我一千块哩！”那张大孤拐脸上，溢满得意的神色。

大洋人有些酸溜溜地说：“可不是嘛，有了这玩意儿可就方便多了！——你看，我这次和你联系，本来不知道你在哪里，但一呼你，你立马就知道了！”心里却想，如果自己也有这玩意儿，那在柏树庄不就更神气了？

王瑟瑟看时机成熟，便直起腰来，把寻呼机放回包里，说：“大妹子呀，等咱这宗买卖一成交，就够你买个寻呼机了，嗨，还怕你花不清哩！你看这个世道，就是饿死胆小的，撑死胆大的！”

大洋人柔声细气地说：“哎呀，多亏认识了大姐。”

王瑟瑟嗔大洋人一眼：“看你说哪去了？你跟我还客气吗哩？人不是常说嘛，有缘修得同船渡，咱们是有缘修得同路行。既然咱认识了，那就是上辈子修来的缘分呗！你刚经手就做得这么漂亮，我看你真是把好手！”

“看大姐说的，我有吗本事呀，只不过运气好吧。”大洋人笑了，两片嘴唇将腮帮子高高地撑起来，脸越发的像一只大柿子。

“好，你赶快去把主家叫来吧。咱是一手交钱，一手交货，这事可含糊不得！”

“好吧，大姐，你先喝茶，我这就去，不远，一会儿就回来。”

大洋人一边整理着衣衫，一边往外走，又将额前的头发朝上拢了拢。她感到有什么东西朝前推她，她走得很轻快，眨眼间就到了大菊家。

那天当她从王瑟瑟这里领了任务，一回到家就开始盘算了。她在周围村里没有亲戚，就先从本村下手，终于打听到大菊娘家哥嫂结婚好多年了，不知为何就是不生育，正想抱养个男孩。大洋人马上找到大菊，说她娘家的一个本家嫂子，头胎是个男孩子，本来二胎想要个女孩的，不想又是个带把儿的。害怕将来负担重，就想把这个男孩送人，再生个闺女。大菊一听，自然喜出望外，说，这真是天意，也该着俺娘家不断香火！她问大洋人价钱，大洋人把王瑟瑟说的价钱报给她，又说，你知道的，人家是个男孩子！大菊忙说，不就五千块呗，花五千块俺娘家有了根儿，值！大洋人想不到大菊这么痛快，看来她娘家哥嫂想男孩快要想疯了。哎呀，怪不得人家王瑟瑟身上披金挂银的，原来这钱这么好挣，真跟在地上搂票子似的。

正是农历七月的天气，太阳将村街映得白花花的，空气里饱含着村外玉米授粉时的那种香气。几条狗在大街上溜达，看到大洋人，都抬起头来，警觉地望她一眼，然后就夹着尾巴匆匆跑开了。

“大菊，大菊——”

大菊应声从屋里出来，看到大洋人站在街门口，便心知肚明。

大洋人凑近大菊，问她：“准备好了没有？人家可是一手交钱一手交孩子的！”

大菊笑笑，说：“这还用着你说呀，俺娘家嫂子早就把钱送来了！你等等，我这就去拿——”

回到家来，大洋人向大菊介绍王瑟瑟：“这就是俺娘家的一个堂嫂，她正好去省城办事，就顺便帮着把孩子带来了！”

原来这个女人并不是孩子的母亲。大菊看王瑟瑟的衣着又是那么光鲜时尚，心里禁不住感慨：咦，大洋人的堂嫂穿衣打扮比俺平原上的人还讲究哩，怪不得大洋人一天到晚总是仰着下巴颏。柏树庄的人，都让人家这山里人比土气了！

按事先说好的，大菊付给了王瑟瑟五千块钱。

和王瑟瑟客气了几句后，大菊就要把孩子抱走。

王瑟瑟忽然想起什么，麻利地从上衣口袋里掏出一个纸条，塞到大菊手里：“这是孩子的生日时辰，都写在上面了。哎呀，我差点给忘了。好了，孩子就托付给你了，他妈让我转告你，一定要好好善待孩子，不要让他受委屈——”抬手擦了擦眼睛。

也许是王瑟瑟的语气和神情太像真的了，触景生情，大洋人竟然真的红了眼圈，鼻子也酸酸的了。

大菊低头在孩子脸上亲一口，说：“你们都放心吧，我娘家嫂子不会让孩子受半点委屈的，他们盼儿子都盼了这么多年，见到这个白胖小子，还不当金疙瘩一样捧着疼着。大嫂，你就替我给孩子他妈捎个话，让他一百个放心！”

“那就好，那就好，敢情这孩子有福气，跳进福窝儿里了。”那张大孤拐脸上的每一个细胞，都兴奋地跳动着。

看大菊抱着孩子兴冲冲地走出街门，大洋人和王瑟瑟才回到屋里。

一进屋，王瑟瑟就从茶几上拿起那沓钞票，伸手蘸一下唾沫，从里面点出一沓，往大洋人手里一塞：“这是一千五，按咱们说定的，一分不多，一分不少，你点点！”

大洋人接了钱，说：“你说呢大姐，我能不相信你吗？”

王瑟瑟沉下脸：“亲兄弟还明算账哩，点一下。”

王瑟瑟脸上的神色让大洋人感到陌生，也感到几分害怕。她恍若明白，自己和眼前这个女人并不是一路人。她嘴上推辞着，手早已伸到嘴里，蘸一下唾沫，捻着钞票点起来。心却怦怦地跳着，这是她长这么大第一次数这么多钱，一千五呀，平时哪见过这么多钱？

“你可数好了！”王瑟瑟笑眯眯地望着大洋人，目光里分明在说：看看，跟着我干不吃亏吧？

“对，一点儿不差！”大洋人笑笑，扭身把钱放到抽屉里。砰！将抽屉合上了。

“再找一个吧。再找一个，你就安部电话！”

“我不安电话，我要先买个寻呼机！”

王瑟瑟笑了：“有了钱，你想怎么花就怎么花呗！那是你自己的事情，谁管得着呢。”

吃过午饭，王瑟瑟休息了一会儿就告辞了。

太阳已经西斜了，太阳照亮了大洋人家房屋的山墙。一只花狸猫趴在墙头上，朝这里张望。

送走王瑟瑟，大洋人几步就奔回屋里，啪，拉开抽屉，将那一沓钱从里面取出来，一口气又数了三遍。之后，就放到了一个小木匣里，咔嚓，上了锁。她感到自己的心也被放了进去，在里面剧烈而兴奋地跳动，“怦——怦——怦”，多么铿锵有力的声音啊。

天擦黑的时候，小军下班回来了。

他一进大门，一股香味直扑进鼻子里。他不由得兴奋起来，肚里的馋虫开始往上爬。

大洋人从厨房里出来，笑眯眯地催他：“洗手吧，洗完了咱就吃饭！”

小军在院里放好车子，蹲下来洗了手，又呼啦啦地洗了把脸。当他来到堂屋里，眼前霍然一亮，嗬，桌子上竟然摆了四个菜。一盘韭菜炒鸡蛋，一盘黄瓜拌猪头肉，这是小军平时最爱吃的，还有一盘火腿肠——那红通通油汪汪的颜色差点让小军的哈喇子流出来。此外，还有一个肉炒鲜蘑。二旦早坐在饭桌前，正夹一片火腿往嘴里送。大旦上高中了，平时住校，没事儿很少回来。

小军感到纳闷：小菊今天抽的哪股疯呀？自从嫁给他，她每天除了大呼上当，很少对他这么体贴过。不过，如果细想一下还是有过的。那就是连春让他当了班长后，晚上大洋人给他做了几个菜，用这种方式来表示庆贺。那天小军惊讶地发现，原来大洋人做菜还真有两下子，只是平时深藏不露罢了。

“吃吧！”大洋人递过一双筷子，又从橱柜里拿出一瓶烧酒，拧开盖儿，给小军斟了满满一杯。于是，菜的香气里又掺进了烧酒扑鼻的醇香。

小军呷一口酒，又搛块火腿放嘴里慢慢嚼着，问大洋人：

"你这是唱的哪一出呢？不年不节的！你是钱多的没处花了？"

大洋人搛一块猪头肉，送到二旦碗里，回过头来朝小军嗔道："饶让你吃点好的吧，你倒不领情，不年不节就不兴做几个菜了？"她盯着小军，不知怎的觉得小军有些可怜。在这一刻，她竟然原谅了他。不管他当时是如何把自己诓来的，但他毕竟是自己男人，和他在一起生活了十多年，一个锅里吃饭，一个床上睡觉，就是一块石头也能焐热乎了。这就是夫妻情分啊。

这时，二旦插话："爸，晌午有一个姨来咱家了。"

"吃你的吧，多嘴——"大洋人扭头瞪儿子一眼，又问小军："你跟着连春干，一个月挣多少钱？"

这显然是明知故问。小军抬起脑袋，怔怔地问大洋人："你问我，你又不是不知道！一个月五百呗！"

"啧，一个月才五百，你以为还多呀是不是？天一亮就走，星星出来才回来，干一天不知出多少臭汗，才挣那点钱，仨核桃俩枣儿，刚够塞牙缝儿呗！"

小军不去理会这个，他问大洋人："晌午谁来了？"

大洋人抿嘴笑笑，说："也不是别人，是我娘家一个堂嫂，去市里办点事儿，顺便来看看我！"

说到这，她马上又转换话题："就你挣那几个猴钱，还倒挺知足哩。"她不是生气，而是越发觉得这个男人可怜了。别看当年他诓她时，精得跟个猴子似的，但在连春面前却像个孙子。

这样一想，大洋人不仅仅觉得小军可怜，更感到了连春的可恨。娘个头，你一个工程下来就能挣个大几万，却给人们开这么点钱，真是个抠门的铁公鸡。

也就是在这一刻，大洋人在心里飞快地算了一下账：照这样干下去，不过几年赶上连春没有问题。哇，到那个时候，小军才不再给他打工哩。说白了，那是给人家当奴才呀。接下来，她就美滋滋地设计他们的未来：钱袋子一鼓起来，先给小军买一辆大摩托，也配上寻呼机。莫非，整个柏树庄就连春是个人物头？风水轮流转，莫非我们家就不能交好运气？

大洋人越想心里越畅快，越想越感到扬眉吐气。而且还生出一种豪迈，她就索性起身，从橱里拿来一只酒杯，斟满了，陪着小军喝了几杯。

几杯酒下肚，大洋人身上顿时燥热起来了，那种欲望像小老鼠一样在她身上窜来窜去。

“快洗洗吧，把一身臭汗洗干净！”吃过饭，她一边收拾碗筷，一边催促小军，温柔里透出几分急切。

“二旦，早点上床睡觉。”又扭头命令儿子。

小军抬头看到大洋人正用热辣辣的目光盯着自己，蒙眬又迷离。虽说小军明显感到大洋人今天有些反常，但他的那种欲望还是被勾了出来，欲望压倒了一切，他不再想那么多了。

二旦很听话，看了一会儿电视就乖乖地上床睡下。小孩子贪睡，不一会儿就发出轻轻的鼻息声。

一轮明月，刚好跃过树梢，将院里铺上一层幽幽的银辉。小军走出来，拿铁瓢从水缸里舀一脸盆水。月亮在脸盆里碎成好几块，像碎玉般轻轻晃动着。

小军脱光了，站在院里哗啦啦地往身上撩水。他洗得很仓促，洗好了，胡乱地拿毛巾擦干身子，然后拎起衣裤，像个急猴儿似的奔回屋里，一伸手，咔嚓，拉灭了电灯。月光透过窗玻璃，像舞台上的探灯一样，射在了床上那团炫目的白肉上。

小军一猫腰，紧赶几步，就扑了上去。

“呀——”大洋人欢快地叫一声，伸开双臂将小军搂住，一口咬住了小军的下嘴唇。

随后，喘息声伴随着大木床有节奏的吱呀声，由弱到强地响起来。

大洋人刚进入佳境，小军忽然停住不动了。她感到扫兴，以为小军不中用了。一扭头，一下子傻眼了，二旦不知何时被惊醒，正挥着小拳头擂小军："不许你欺负俺妈，不许你欺负俺妈——"

二十九

连春没有想到，他今天会接到安猴子的电话。

"喂，是李经理吗？"一个粗哑的声音，有些拿腔拿调。

"是我，你——"连春手握听筒，淡淡地说。其实，他已经听出对方是谁了。那个沙哑得像公鸭一样的嗓音，就是把它剥了皮他也能分辨出来。

对方没有立刻应答，连春能听到他粗重的喘息声，转瞬间就传来一声大笑。这笑声乍听上去爽朗响亮，完全不似他说话那般沙哑、做作，但如果仔细听，会发现这笑声是干涩的，就像干枯的树枝燃烧时发出的那种声音，里面没有一点儿感情成分。

"哈哈，我是老安！你小子听不出来？"

妈的，这个安猴子，他找我干吗呢？连春心里犯着嘀咕，嘴上却说："是安厂长呀！怎么，现在忙吧？"

"忙，一天到晚就那堆烂××事！哎，你晚上有没有时间呀，我想请你一块儿坐坐。"

连春愣住了，想不到安猴子要请他吃饭。这家伙，哪来的这么大方呢？他感到很蹊跷。

"好吧！"连春对着话筒，假装很高兴的样子。这家伙葫芦里到底卖的什么药呢？也许因为好奇，他就爽快地答应了。

听到连春答应了，安猴子的喘气声又粗重起来，像一只即将交欢的猎狗那样情绪激昂："好的，今晚上六点在香格里拉饭店216——"

放了电话，连春看了看表，正是下午四点钟，距离约定的时间还有两个小时。

他坐在办公桌前，点燃一支烟。转瞬间，烟味就弥漫了整个房间。

他的眼前，又浮现出那年为那两栋家属楼，他三番五次找安猴子的情景，心里顿时生出一种憎恶。想不到，这次安猴子要宴请自己，真是太阳打西边出来了，嘿，稀罕呀！

县城的大街上一派秋后的景色，法国梧桐树阔大的叶子所剩无几，槐树叶落得晚一些，黄灿灿得像落满了金色的蝴蝶。一阵微风吹起街上的落叶，发出哗啦啦的响声。而月季花依然开放着，那一朵朵高高擎起的花朵，在这万木开始凋敝的季节，像公主那美丽而不乏高傲的笑靥。

香格里拉饭店位于县城西北角上，是这两年古城餐饮业崛起的新秀，生意非常好。216号雅间里，只有安猴子一人。

见连春进来，矮墩墩的安猴子赶忙迎上前，伸手和连春握了："哎呀，咱一年多没见面了！"

"安厂长是个大忙人，今天怎么有时间喝酒呢？"连春坐下来，接过安猴子递过来的烟，调侃道。

安猴子抬起呈V形的下巴，哈哈地笑道："你行呀，连春，也学会来这一套了！"今天，他穿一身灰色西装，系一条红领带，两只眼珠子闪着光亮，看上去格外精神。

司机走过来，毕恭毕敬地问安猴子："安厂长，菜点好了，酒水也按你说的要了！"

"好吧！"安猴子挥一下手，"你在下面随便吃点吧，我和老李说点事儿！"

司机的背影在门口消失后，连春问安猴子："还有谁呀？"

"就咱俩！"安猴子说，"老弟，咱好久不见了，今天就好好唠唠，平时咱都忙，难得聚一聚！"

连春点点头，心里却想：究竟有什么事，让安猴子这么神秘呢？而且对自己又这么热情。他如堕五里雾中。

安猴子显然猜到了连春的心思，向他解释：“去年你给我搟忙盖房，我今天想表示一下！”

“哎呀，没这个必要！”连春笑了笑。心里却想：扯谎，都过去这么久了，你才想起这个？再说，为这件事请吃饭，也不至于这么躲躲闪闪呀。鬼才相信你的话呢。但他不动声色，他要看看安猴子要唱哪出戏。

服务员开始上菜了。今天的菜非常丰盛，安猴子一个劲地和连春碰杯。没过多久，连春身上发热了，脸上也烧起来。

看上去，安猴子也像是喝多了，舌头开始发硬，然而两只眼珠子又是活泛的，比平时要活泛好几倍。

“马主任对你真不错呀——”安猴子那张雷公嘴翕动几下，目光闪电似的扫向连春的脸，像是要从上面扒下什么来，“只是，我听说这人太贪——”

连春惊诧了。尽管今晚他喝多了，但还没有多到一塌糊涂的地步。安猴子怎么在背后说起了马主任的坏话？他的脑袋嗡地胀大了。再看安猴子那双鬼精的眼睛，后背上咝咝地冒出了冷气。他意识到，今天安猴子请他吃饭，似有什么不可告人的目的。

“你不相信吗？”安猴子笑笑，目光像蛔虫般又探进连春的眼睛里，“他是什么人，莫非你还不知道？”

“我不信——”连春毅然摇了摇头。这事儿太突兀了，突兀得让他猝不及防。不过，他很快就把心态调整了过来，反问安猴子，“我怎么就不知道？”

“×！你小子真不够意思，不说实话！”

“我说的就是心里话，没半点虚的！”

“鬼才信！”安猴子晃动着手里的烟，做出一副大哥责怪小弟的姿态。然后仰起下巴，眼睛望向屋顶。

“我真的不知道！”连春到底是喝多了，心眼就不大拐弯。

安猴子狡黠地一笑，换一副面孔，问连春：“无利不起早，有奶便是娘，老马那么热心帮你，他可是有所图的！”见连春一脸的惊愕，把嘴巴凑过来，“兄弟，这事儿莫非还让我挑明吗？怎么就那么死心眼哩？你老哥我，今后不会亏待你的。后年，我们还要扩建厂房，我可以把建筑活儿统统都交给你！”眼睛又闪电似的眨一下，“你想想吧，一扩建厂房，我们必定还要招收工人，工人多了，规模扩大了，我们不盖家属楼干吗？到时候可不是一座两座了，说不定得盖它个四五座哩——这活儿我也不给别人，都让你干！嘿，谁让咱们打过交道呢，谁让我对你印象那么好呢？你这人呀，又实在又义气！”

这种承诺对连春来说，无疑是极有诱惑力的。一瞬间，在酒精的作用下，他也真的为这个信息感到欣喜。他连烟也忘抽了，就那么呆呆地而又满怀期待地盯着安猴子。安猴子嘴里发出噗噗的声音，是那种带有喘息的笑。但他很快就发现，连春对他这种美好的构想失去了兴趣。

连春已经回过味来了，他甚至为自己刚才那一刹那的欣喜，感到羞愧和恼怒。你都想了些什么呢？你完全被那个美好景象吸引了是不是？人家这是设套儿呀，想方设法让你往里钻！他狠狠地在心里责备自己，不仅为自己感到脸红，而且还瞧不起自己。马主任可是你的大恩人。没有他，哪有你的今天？

“马主任是位好领导，打着灯笼也难找啊——”连春发自肺腑地说，“那肯定是谣言，我不信！”

安猴子摇摇头，目光里透出失望和无奈。

连春又真诚地说：“马主任帮我，那完全是为了工作。他想扶持咱县的个体企业，谁要是打他的歪主意，没门！”

安猴子看气氛不对，赶忙对连春摆手：“我只是听到些风言风语，这对马主任很不利。其实，我也是好意嘛！”他赶忙把话往回收了，拿起筷子，搛一块热切丸子，送进嘴里。

连春微微一笑："我知道你是好意——你老安吗时候有过坏心眼呢？"

说完，有些厌恶地瞥安猴子一眼，心里却替老马捏着一把汗。

三十

三天后，连春在街上吃过早点，正要往工地上赶，迎面碰到张大虎。

张大虎穿一件灰白色风衣，头发梳得油亮而齐整，风度翩翩。他跳下自行车，把连春叫到一边，悄声问他："老马是不是出事了？"这些天，为减肥，他就不让公司小车接他，每天骑车上下班。

"没有呀，你听谁说的？"

"安猴子说的呗。他说有人给县里写了举报信，说老马利用工作之便，收受贿赂。"大虎把声音压得更低，"那天，为了掏我心里话，安猴子还特意请我去洗浴城，给我叫来小姐，说是他请客。我没干。"那次，老马和连春的劝说还真起到了作用，大虎终于顾大局，识大体，打消了和妻子离婚的念头，却背了个处分。那个小红也没法在建筑公司待了，老马就把她安排到了县电子元件厂。

"我才不上他这个当哩。后来，安猴子就问我，老马是不是也收过我的礼金？我说，没有，只是请他喝过几次酒。我们是好朋友，不用那么客气。不管老马多么支持我的工作，从来也没有对我有过那方面的暗示。"

连春怔住了，想不到安猴子这么下功夫。

大虎说："看他神色，像是有吗事儿。我了解老马，他绝对不是那种人。肯定是有人故意诋毁他。——我不能昧着良心说话，我要对得住老马。你说，到哪儿去找这么好的人！"

安猴子到底安着什么心呢？连春越发感到蹊跷。然而，却有一种不祥的预感，风不来，树不动；船不摇，水不浑。直觉告诉他，有人要整马主任了。

上午，他去工地上转了一圈，看没有什么事儿要他办，就骑上摩托，一踩油门，朝经委赶来。

马主任正开会，连春就坐在一楼大办公室里等他。到十点来钟，楼梯处传来一阵杂乱的脚步声，值班员小张放下报纸，抬头对连春说："李经理，会散了！"

连春起身往楼上赶，在楼梯拐弯处，遇到办公室两位资料员，他热情地和他们打招呼。因为连春时常来经委找马主任，早和他们稔熟了。今天，他们的眼神有些不对劲，连春感到气氛也不对。

马主任的房门虚掩着，他坐在办公桌前，手里夹着根烟，眼睛盯在桌上，正在沉思。

连春推开门，马主任抬起脸，有些惊讶，随即，那张清癯消瘦的脸上露出笑容，说："我刚散会，你来得正巧！"

连春进来，坐在他对面那个棕色沙发上。凭直觉，他感到马主任的神态有些异样。

"开吗会了？我一直在下面等你。"

"也没吗大事，是传达上边一个文件——县里准备把经委改为工业局！"

连春赶忙说："那工业局肯定不再管建筑行业了。"

马主任淡淡一笑："还真不管了，把你们分给了建设局。"又安慰连春，"不过嘛，我能帮你还会帮你的。"

"哎呀，我盼着把你提成一把手哩！"

"谢谢你的好意——"老马无奈地叹口气，"这事儿可没那么简单，这个位子，早有人盯上了。"

听到这话，连春就把安猴子找他的事说了。"马主任，我总觉得这里面大有文章，为吗偏偏在这个节骨眼上，安猴子给我们说那个？”

“狐狸终于露出尾巴来了！”马主任把烟蒂摁进烟灰缸里，突然说了一句脏话，“妈的，想不到这家伙这么卑鄙——”

望着怔在那里的连春，马主任又无奈地摇摇头：“连春，本来我不想对你说这事，看来今天是不能不说了！”

连春点点头：“我才不相信安猴子的话哩！他肚里有几条花花肠子，我心知肚明！”

马主任又点着一支烟，吸一口，对连春说了事情的原委。

原来，县里借把经委改为工业局的机会，想把马主任提为工业局局长。原来的一把手老米调任文化局一把手。这显然对老米不利，因为文化局是个清水衙门，权力范围太小，同是正科级，但和工业局不能同日而语。这次调换，虽说级别没有改变，但在人们眼里，老米就是遭贬谪了。老米认为老马一直在觊觎他的位子，是他从中作梗，要把他赶走，于是就对马主任心怀忌恨。前几天，马主任得知县组织部接到了一封检举信，说他利用工作之便，收受个体建筑老板的贿赂。而且这封信一式两份，另一封寄给了县纪检委。虽说上边还没有调查，但这件事已在经委系统传扬开了。显然，这对马主任的擢升非常不利。

马主任苦笑道：“这下我明白了，原来安猴子是老米的心腹！我来经委，安猴子心里一直不平衡，他就和老米成了铁哥们儿！他们沆瀣一气。”

“司马昭之心，路人皆知啊！”马主任又冷笑道，“好你个老米，卑鄙——”

连春也明白了，刚才那几个资料员为何用那种眼神瞧他，虽然他心里替他的好友担忧，嘴上却说：“马主任，你不必担心，你的为人大家都看在眼里！身正不怕影子斜，他说你受贿，总得有个证据吧，总不能两片嘴唇一碰，就把白的说成黑的！”

又向老马保证："你放心吧，马主任，我不管遇到多大麻烦，都得对住自个儿的良心！不能卷着舌头说话。"

马主任感激地望着连春，手在桌上一拍："好，我的眼力不错，我绝对相信你！不管他们怎么引诱你，你总会还我一个清白的！"

不等连春回答，他又说："当不当一把手倒无所谓，关键是清白——"

三十一

刘囤一回到家，两只豹子眼直愣愣地盯住大白桃，一撇嘴，有几分暧昧地笑了。刚刮过的胡子，泛一层青幽幽的光。正是下午三点来钟，院里落满了阳光。

大白桃早已吃过午饭，正坐在堂屋沙发上边织毛衣，边看电视，心里却想着秋山老汉今天的婚宴，越想越觉得有意思。那只花狸猫蹲在她脚前，屋里还弥漫着韭菜炒鸡蛋的香气。

她一回头，看到刘囤正盯着自己，脸上挂着笑，连脖子里那一圈圈的赘肉，也变成了笑纹。她起身，啪地关了电视，把织了一半的毛衣扔到沙发上："哎呀，你可回来了！我还怕你喝个醉蛋哩。"

"×，看这场酒喝的！"刘囤边说边坐下来，拿起茶儿上的烟，抽出一支，伸到嘴里。那张臃肿多肉的脸，让酒精染成了猪肝色。拿起打火机点时，才发现烟屁股朝外了，忙调过来。嘿嘿地笑了笑："娘的！"

大白桃觑眼盯住刘囤："怎么样呀，有意思没意思？"

刘囤喷出一口烟，微微仰着下巴，说："有××吗稀罕的？不就是一顿酒席呗！一个糟老头子结婚，又不举办婚礼，这有吗热闹看哩？嘿，××！"

大白桃哧地笑了，反驳刘囤："就因为是个糟老头子，才有意思呗。——哎呀，兰芳打扮得漂亮不漂亮？"

刘囤噗地吹一口气，依然满脸的不屑："就兰芳那个×样儿，她能漂亮到哪去？她要是漂亮了，她找谁不好，干吗非得找个糟老头子？你呀，真是个死猪脑子！嘿，××！"

大白桃斜他一眼，嗔道："你今个儿是怎么了？把那玩意儿挂嘴上了？"

刘囤这么贬损兰芳，其实是有原因的。当年，兰芳的男人二来子死去不久，他曾打过兰芳的主意。但几次，都被兰芳拒绝了。从此他就对这个看上去瘦小温顺的女人忌恨在心。后来，正想着如何得到她，就听说兰芳和秋山老汉好上了。他就放弃了那个想法，从此不愿意再去多想她。

他今天去参加这个特殊的婚宴，心里也是非常复杂的。他为连春来请自己吃喜酒感到很有面子，他认为连春还是把他放在眼里的。

而连春把刘囤请来，一是要还他个人情；二来呢，也是为父亲着想。因为，刘囤一来，这场喜酒就显得非同寻常了，让父亲和兰芳都有面子。同时，也是告诉村里人，他和二兰子是支持他们结合的，免得人们背后再为这件事儿嚼舌根子。

刚开始，连春多少有一些尴尬。后来酒精的作用让他不再有什么不好意思——他今天为父亲操办婚宴，真有这种感觉——他又回归到那种原本属于他的豁达和开朗。他以主人的姿态，对刘囤的到来表示感谢。而刘囤呢，他认为既然来了就要充分体现自己的尊贵和懂事理，一进门就从口袋里摸出五十元钱，拍在桌上，算是一份贺礼。连春自然也不忘客气几句，说，你来就来呗，还让你破费！刘囤说，看你这话说哩，这不显得咱关系远了吗？秋山大伯的喜事，我能不贺喜？说完，一屁股就坐到了主位，接下来，他和连春言笑于樽，俨然一对亲兄弟了。

直到看到连春酒喝得上了脸，刘囤才在心里说：好哇，时机到了！再摸摸他的底。这是他多年的经验了，因为酒精会让人失去理智的。

他俩又一次碰杯，嗞——刘囤喝下一口酒，抬起胖乎乎的手，抹一把嘴唇，问连春："连春，你真打算在城里干一辈子？哎呀，我不信。"此刻，他眼睛不看连春，却盯住桌上的酒杯，也不能说是盯着，而是睥睨着，因为他的耳朵在捕捉连春的反应。——看似漫不经心，其实是有意为之。那年，当连春向他交了村委会钥匙，望着连春离去时灰溜溜的背影，他心里是何等的痛快呀。连春只有不在他身边，他心里才踏实。无论连春在外面混得多风光多体面，只要他不回来和他争权，他就不在乎。两人都各有各的地盘，井水不犯河水。

结果，令他非常满意。连春漫不经心地说，他就这样一直在外面干下去。"瞎混呗，我哪有你那点本事呀！唉，有口饭吃就得了呗！"连春笑着说。

这句话，让刘囤的心彻底放下了。他这是第二次试探连春，看来连春没有改变主意，他真的没有那个想法。

想着这个细节，刘囤又笑自己太多虑了。连春在外面干得好好的，票子哗哗地往口袋里塞，他肯回村里干吗？虽说是这么个道理，可他心里总是敲小鼓，就是放心不下。

"哎呀，真难闻！一股子酒味——"大白桃一扭身子，躲开刘囤，狠劲地捂住鼻子，那双吊梢眼娇嗔地瞪着刘囤，"一见了酒，就像猪见了尿泡！你就狠命地往肚里灌吧你！"

想着秋山老汉和兰芳，刘囤的下身顿时燥热起来。他忽地站起来，伸胳膊把大白桃抱住了，低声笑道："我是一只喜欢腥的猫！"两只手刚伸到大白桃的胸脯里，啪，被大白桃打开了："没脸没皮！大白天，就不怕让人看见？猪！狗！"

那只花狸猫受到惊吓，一躬身子，喵一声逃了出去。一道浅黄色的影子，在门口一闪就消逝了。

三十二

中秋节一过，田里就是另一番景象了。

没有了庄稼的遮挡，大地露出了它原本的面目，无垠而坦荡。秋风吹跑了空气中的水分，让太阳变得明丽起来，暖暖地普照着大地。冬小麦刚刚拱出脑袋，那是两瓣嫩黄的叶子，鲜嫩得吹口气就化掉了似的。田里很少看到人影了，只有麻雀们叽叽喳喳地鸣叫着飞来飞去。它们是在寻觅人们丢落的几粒粮食，还是在嬉戏？不得而知。

全保就盯住了一对麻雀，它们从旁边麦田里飞过来，落在了他家的田地里。

刚开始那几年，种西瓜收益还不错，可后来种西瓜的渐渐多起来，价钱下跌得厉害，算下来种西瓜比种庄稼也多赚不了多少钱了，而且还花费不少精力。尤其是今年，一场雹灾把几亩早熟的西瓜砸毁了大半，算下来他种西瓜不但没挣到钱，而且还赔进去两千多块。明年全保不打算种瓜了。

全保找了一份职业——去省城的一家热电厂烧锅炉。

他没有什么技术，只有卖苦力。他就托人——那人就是省城热电厂那个采购员，因为年年来这里采购西瓜，他和全保早成了老相识。全保就问人家，你们厂里有没有临时工？那人明白了全保的心思，说，有呀，就是烧锅炉！怎么，你？

全保的眼里迸出喜悦之色，连忙恳求人家，说收了秋，也就腾出手来了，他想去干几个月临时工。那人还不错，打了几年交道，看全保这人实诚，就爽快地答应回去给他试试。他临走时安慰全保，我们吃了你好几年西瓜了，这点面子厂里还是给的。果然，不久那人就捎来信儿，让全保将地里收拾停当了，就去找他，说厂里已经答应了。

明天，全保就要去上班了。晚饭后，他就朝村西走来。不知怎的，他想来自家这块地里看看。那黛青色的远山横亘在西边天际，艾香的坟包上让落日洒了一抹淡淡的橘红色。

他要告诉艾香，他要利用农闲，去城里挣钱。他不仅要供槐林上完大学，还要尽早还清所有的债务。

他仿佛看到艾香在九泉之下责怪他："你为吗不去跟着连春干呢？你这样做，怎么能对得住连春的一片好心？"

他打了一个愣，像是让人狠狠地扇了一个耳光。但他很快就回过神来，嘴角露出一丝恓惶，像是喃喃自语，又像是说给艾香听："我还是那句话艾香——我就是去要饭吃，也不跟着连春干。莫非，离开他这个杀猪的，咱就吃不上猪肉了？"是的，他看不惯连春那一副志得意满的样子。尤其是让他不能容忍和原谅的——连春一直还暗恋着艾香！连春的这种心思无法瞒得过他。他甚至还怀疑，连春所做的一切事情，包括他当初进城办公司，包括他买摩托，装电话，都是要把他比下去。他那是做给艾香看的，是在艾香面前证实什么，以此来夺去艾香对自己的爱。

对于这一点，全保一直耿耿于怀。

他突然又像躲避艾香似的，不敢再多作停留，转身朝回走去。头顶上，是一簇簇的火烧云，像热烈奔放的美人蕉，将整个天空都映红了。明天一定是个大晴天！

一到家，他就开始收拾铺盖、碗筷。他盼着明天快点到来。

第二天，他早早地吃过饭，就推上自行车，朝省城赶去。

一轮红日，跃出地平线，射出无数条金色光芒，照亮了刚从睡梦中苏醒的柏树庄。那房屋，那树木，都因了这旭日的爱抚，顿时变得清晰和生动起来了。鸡在啼鸣，狗在吠叫，柏树庄又开始了新的一天。

果然，是个大晴天！

三十三

这天早晨，小刘来接班时，扫一眼地上的炉渣，问老李：“哎，这地谁扫的？”

正准备下班的老李也没多想，说：“老丁扫的，他干的后半夜。”

小刘一听，像让人夹住了尾巴的老鼠似的尖叫一声：“呦，这是交班吗？这不是哄人呀！”那一头长发像让大风吹起的一团茅草般晃一晃。

此时的全保，正坐在锅炉房西北角那间小屋里抽烟。每当交班时他都要抽上一支烟来解乏。锅炉房门前那棵泡桐树光秃秃的枝丫在大风中摇摆着，发出“嗖嗖”的有几分恐怖的响声，像几个人在抡着皮鞭疯狂地抽打。

全保把烟头扔在地上，走出屋来，来到小刘跟前，神色平静地对他说：“交班哩，我怎么能不收拾一下呢！”

小刘用脚狠劲地踢着地上的炉灰：“×，这是你扫过的？看老子好欺负是不是？”

望着气急败坏的小刘，全保觉得十分开心，他今天就是要逗逗这个蛮横的家伙，就像猫逮住老鼠不急于吃掉，而是先戏耍一番一样，他慢悠悠地对小刘说：“吃饭还免不了掉个米粒吧？这里又不是你家客厅！”看上去，全保不急也不恼，其实两只拳头早痒痒了，他一直想逮个机会教训一下这个年轻人。从一开始，全保对小刘就没有什么好印象。

一个月前，全保一走进锅炉房，看到的第一个人就是小刘。

“我是新来的，今天来报到！”全保笑呵呵地盯着这个长得瘦瘦高高的年轻人，不去理会他目光里那种拒人千里的冷漠。

小刘却听不懂全保的口音，其实也并不是完全听不懂，他是讨厌全保那一口乡下土话，这让他联想到马路边上那些衣着邋遢、样子委琐的农民工，还有火车站地道桥下一脸鬼祟地向行人兜售黄碟的青年男女，尽管他不止一次地从他们手里买过黄碟，但这并不足以改变他对他们的鄙视。他不屑于搭理这个新来的同事，又将目光移向门外。一张没有血色的苍白的脸，让从门口射进来的晨光镀上一层淡青色，有些像服装店里一脸冰冷的模特。

“哎呀，你就是那个刚来的？”正在清理炉渣的老李放下铁锹，脱下黑乎乎的手套，赶过来和全保握手。昨天，负责一号锅炉的王主任告诉他，说这几天新来一个季节工。老李没有想到，丁全保这么快就来报到了。

“哈哈——”见全保点头，老李爽朗地笑着，细眯眯的眼睛都快让笑纹挤没了，像一尊弥勒佛，“你来得正好，我们正缺人手哩！”老李是个大胖子，肚子像个孕妇一样高高地腆着。他把一双大手在全保肩上用力一拍：“哥们儿，你这口音还真不好听懂，你可别介意啊！哈哈——”

老李的笑声，让有些尴尬的全保心里暖融融的，他觉得这个一脸憨态的老师傅简直像个和蔼的老大哥。全保讪讪地笑着，那张比他年岁要苍老许多的脸上绽开了淡淡的菊花纹。一丝煤的气味，钻进了全保的鼻孔里。他觉得煤有些土腥气，但又远没有泥土味好闻。

这就是全保报到时的情景。那天，小刘对他的态度是冷的，冷得像外面呼呼作响的北风；而老李呢，却热得像这锅炉房里的空气。两个人一冷一热，形成强烈反差。然而让全保愤懑而又不解的是，在后来的日子里，小刘对他的态度一点儿也没有改变，目光里始终流露着鄙夷和不屑。不仅如此，每当他俩一个班干活儿，小刘总是把架子端得很足，嘴里叼一支烟，站在旁边看全保把腰弯成一只大虾米，用小铁车往锅炉房里运煤，再往外倒炉灰，这是司炉工最脏最累的活儿。全保大口大口地喘着粗气，而小刘却蹲在旁边悠闲地吸烟，嘴角上挂一丝讥笑，像是说，傻×，这活儿就该由你来干！这是他挂在嘴边的一句口头禅，平时看谁不顺眼，出口就是——傻×！此刻他好像又看到了当年他看押的那些犯人。小刘当过几年武警，职责就是看监狱，成天和形形色色的犯人打交道。

“你们听老丁那××口音，要多难听有多难听，硬了吧唧的，土得掉渣儿！”小刘时常当着全保的面挖苦他，声音又高又尖。

无论小刘如何嘲弄全保，全保都不言声。见全保是个闷葫芦，当小刘再接全保的班时，明明全保将地上的炉灰收拾干净了，他也要故意呵斥几句：“嘿，我说，你看看你干的这××活儿！你这是哄谁呢，给日本鬼子干吗？”

这明摆着是在找全保的茬儿，有那么几次，全保真想上去赏小刘一个耳光。这家伙，欺人太甚！——欠揍！但他还是忍耐着，自己初来乍到，不要把关系搞僵了，伤了和气大家脸面都不好看。

有时，老李看不过去了，对小刘说，全保是个老实人，你别这样对待人家！而老李的口气却又是温和的，他不敢和小刘来硬的，怕小刘和他翻脸，让他下不来台。他只有在心里同情全保。

嗯呀，这个老丁真不容易！老李望着全保额头上那几条深深的皱褶——如此深的皱褶，不应该出现在这个只有四十多岁的男人脸上——老李感觉到了这个乡下汉子生活的负重。

是的，为了节省几个钱，全保从不肯到食堂买饭，只吃从家里带来的干粮。两个冷馒头，加上两个咸鸡蛋，或者把烙饼用开水一泡，就着自家的腌菜吃，这就是全保的一顿饭，却吃得有滋有味。这让老李心里不由得涌出一股热流——全保那张粗粝倔强的脸，连同他手里的那个大饭盆，刹那间幻化成了漫漫的黄土地，在他的眼前波涛般地涌动着，翻滚着。

他突然生出一种预感：瞅着吧，待小刘把老丁逼急了，有他的好果子吃！小刘在部队上学过几套擒拿格斗拳，复员后又在胳膊上文了一只老鹰。平时，他就不大把人放到眼里，说话做事都爱占个尖儿，蛮横，霸气。人们都不大和他计较。何况，他胳膊上那只紫黑紫黑的老鹰虎视眈眈的，像随时要对人发起袭击。

老李的推断果然在今天应验了，在这个寒冷的早晨，一号锅炉房里发生了一场交战。气急败坏的小刘，先是扑过来擂了全保一拳，全保开始还击。于是，两人就叮叮当当地打起来。虽然没有刀光剑影那般惨烈，更没有血雨腥风般恐怖，但着实让老李的心悬起来，他在为老丁捏着一把汗。

然而，全保大获全胜。

在全保那有力的拳头面前，小刘那点让他引以为豪的拳术无疑就是花拳绣腿，那是纸扎的老虎，何堪一击？

全保终于出了郁结在心中许久的那口恶气，这也正是老李所期待的——这个年轻人也太蛮横张狂了呀。他悄悄地扫一眼嘴里依旧不依不饶，但明显心里已经怯了三分的小刘，目光里有轻蔑，更隐含着一丝快意。老天爷有眼，这就是报应，我看你小子往后还霸道还欺负人不？哈哈，自己没有看错，这个老丁其实非常厉害。

老李上前扯住全保，就往外拖。

这里数他年长，此刻他该站出来收拾这个局面了。看上去，他是想把全保拉走，其实那是一种极度的亢奋和激动。他是要用这种方式来向全保庆贺的。那让黑胡子茬围住的嘴里，还说道："嗯呀，全保，你就快走吧，快走——"

全保呢，既然把小刘制服了，他就不想再往深里伤害他，因此当老李一拉他，他就顺坡下驴，鸣金收兵，跟着老李朝外走。其实两人是并肩而行的。而老李呢，看上去比全保还要快活，他那两只大脚一迈出锅炉房，竟然学着戏台上元帅出征的模样，威风凛凛地走了几个方步，就差手捋髯口的动作了。之后，就昂首挺胸地往前走，像一只挺着大肚子摇摇摆摆的企鹅，拙笨，滑稽，却可爱。那招牌似的朗朗笑声，渐渐远去了。

这时，和小刘同一个班的老郭刚赶来。他无论如何也没想到，这里刚刚发生了一场交战。

远处那两只作为热电厂象征的高入云端的大烟囱，又清晰地呈现在人们视线里，大风吹净了天空，蓝得晃人的眼。

这是大风送给这个城市被污染的环境一份最好的礼物。

三十四

冬天离去后，温暖的春天又降临人间。

人们希望太阳总是这么暖洋洋的，各种花儿也总是这么盛开着，永不凋谢。如果这样该多好。然而，春天却又是短暂的，太阳一天比一天热起来，渐渐地就变成了一个大火球，这时，夏天就来到了。

那漫长的夏季呀，对大人们来说也许是难挨的，但在小孩子们眼里，却是个最好玩的季节。他们仿佛天生就不怕热，赤着两只脚，顶着大太阳下河玩水，上树掏鸟窝、粘知了，还去村外的地边上捉蜻蜓，觉得比任何季节都要有趣。因此，在他们看来夏天过得最快了，快得像眨了一下眼睛似的。

又一个暑假结束了，后天就要开学了。吃过早饭，槐林就开始收拾行装。他先要去村北的马路上坐公交车，赶往县里的火车站，再从那里乘火车去哈尔滨。

槐林提着旅行包，一出街门，正好碰到小叶子。

“槐林哥，我来送送你！”

槐林高兴地说：“好啊，谢谢你！”

刚过立秋，乍起的秋风，驱赶走了溽热的暑气。尤其是早晨，秋味已渐渐浓起来。湛蓝的天上浮着几片鱼鳞状的云彩，又让朝阳染上了一层淡淡的玫瑰红，像桃花绽开的花瓣儿。玉米、大豆、棉花等秋庄稼，它们那种接近成熟的气味也飘散开来——这是和夏天完全不同的气息啊，让人的嗅觉不由得兴奋起来，有了一种面临收获的喜悦。

一路上，他俩很少说话。小叶子只是抿着嘴浅笑，心里像是隐藏着什么秘密。是的，她心里真有个秘密，而对于这个秘密她和槐林又都是心照不宣的。

槐林突然问她："小叶子，明年你打算报哪个学校呀？有目标了没有？"

"当然有了，就是不告诉你。你猜猜吧。"霞光映亮了小叶子白皙细嫩的脸颊，她显得越发楚楚动人了，那双杏核一样的眼睛显得愈加的水灵明澈。

"还用猜吗？一定是哈工大了！你不是说过要做我的学妹吗？"

小叶子用牙咬一下嘴唇，羞涩地低下头："哎呀，人家就说了那么一句玩笑话，就让你记住了。那可是全国重点，俺有那个水平吗？"

"我还是别猜了，猜不出来，你就告诉我得了呗。哎，是不是不好决定呀。那好办，等考试过了根据成绩来确定也不迟。"

"我呀，才不用等那么久，早定了，就考省农大。"小叶子莞尔一笑，"这也是俺爸的主意，他说，以后农村需要农业技术人才，不但好就业，还有发展前途哩。"

槐林呆住了，也疑惑了：当初父亲也是极力让他报农大的，那么顽固的父亲，在这方面怎么竟然和连春伯伯想到了一起？莫非，是自己的选择有了问题？他想不明白。但还是表现出很高兴的样子，对小叶子说："好哇，这个主意不错。连春伯伯的观念就是超前，嗨，我最佩服他了。"

"也不能这么说。你学习那么优秀，就应该报哈工大，你说是不是呀槐林哥？我哩，哪能和你比呢。”小叶子谦逊地笑了笑，又摇了摇头。

这时，他们已经来到村北马路边上了。他们分手的时候到了。

当槐林登上公交车的一刹那，小叶子飞快地从口袋里掏出一封信，塞到了槐林手里，调皮地眨眨眼睛：“到火车上再打开，现在不许看！”似在命令槐林。

槐林没有耐心等下去，待汽车开动，他透过窗玻璃向小叶子挥手告别后，就低下头，怀揣着强烈的好奇，迫不及待地将那封信拆开了。

同时，他也打开了一个少女的心扉：

槐林哥：

我喜欢你！我爱你！

其实，在我心目中，你一直就是我的一位大哥哥。你是那么亲切忠厚，又那么聪明，我现在越来越觉得离不开你了，和你在一起让我感到那么的愉快。而这种愉悦又是和从前不一样的。我真的好爱你！我想一辈子和你在一起，永远也不分离！我是想了许久，才鼓足勇气给你写这封信的……槐林哥，我知道你也喜欢我，对吗？我在企盼着你的回信……

槐林把这封信看了一遍又一遍，小叶子那张总是挂着笑容的脸颊一直浮现在他的眼前，那么俏丽迷人，和这些稚嫩而又饱含深情的文字交叠在一起。而他的心，又是激动又是甜蜜，像涌起波涛的湖面般难以平静。这时，他才明白暑假里小叶子请他辅导功课时，总是那么心神不定，目光游移，似有什么心事。当时，他也往那方面想了。他喜欢小叶子，自然也希望小叶子对他有那个意思。但他又觉得这是不可能的，小叶子的父亲是城里的大经理，家里条件那么优裕，说她是柏树庄的小公主一点儿也不过分。而自己家呢，和人家差距太大了。在小叶子面前，他总有一种自卑感。他喜欢她，但又不敢往那方面去想，因此这封信带给了他一个意外的惊喜。想不到呀，这个小丫头竟然这么有心计，还这样大胆，原来她早恋上自己了。因为过分的激动，他的脸颊变得通红，那是幸福的红晕啊。后来，他将信贴到了胸口上。他感到有一颗心在剧烈地跳动，那是一个少女热辣辣的心啊，和他的心紧紧贴在了一起。两颗心，就那么相拥着一起跳动，似要跳到天涯海角，永远也不分开。他似乎又看到了那双长着长睫毛的，忽闪忽闪的大眼睛。

而小叶子呢，她是哼着歌走回家的。

她觉得今天的天格外蓝，天上的云彩也格外绚烂美丽，就连空气也是清亮的，清亮得像纯净的泉水。终于向槐林哥表露了自己的心迹，她似乎完成了一项重要任务，因此感到一身的轻松。然而，又有点忐忑不安。对这件事，槐林会是一种什么态度呢？但她是很乐观的。

一回到家，二兰子就责怪她："你个疯丫头，一大早就跑出去，干吗去来？眼看就要开学了，也不说帮大人干点活儿？你看看，你爸成天待在城里，这家里家外就靠我一双手。你还小吗？就光知道疯玩吧！昨晚睡那么迟，又是在看闲书吧你？"

正沉浸在激动和幸福之中不能自拔的小叶子，冷不丁挨了母亲一顿责备，感到非常扫兴。她没好气地白母亲一眼："妈，明年就要高考了，昨晚俺背书来着。"她对母亲撒了谎。昨晚她一直睡不着，眼前总是晃动着槐林那张清秀的脸庞，还有他那极富磁性的声音和不乏机智诙谐的谈吐。她一直想把掩藏在自己心里的那个秘密说给他，但又不好意思直说。是的，她没有勇气当面说出来，因为他们自小在一起长大，又是以兄妹相称，这种事情她怎能说得出口，万一，槐林心里没有自己怎么办？那她不就太没面子了？因此她感到非常痛苦，那更是一种煎熬。明天，槐林就要走了，她再也等不及。于是，她拿出纸和笔，开始给槐林写信。那封信，她一直写了三遍才满意。写完了，一种难耐的激动让她无法入眠，她一遍又一遍地想象着槐林看到这封信的情形。凭着少女特有的敏感，她意识到槐林也是喜欢自已的，只是作为大哥，他不好说出口罢了。她这样揣度着槐林，她愿意这样想。是的，她太爱槐林了，她压抑不住自己的这种感情，今天她要主动捅破这层窗户纸了。

“好吧，你就在家复习吧，可不许看电视！我去地里看看谷子快熟了没有？顺便轰一下麻雀——”一想到女儿明年高考，二兰子就不想让小叶子帮她干活儿了。其实，她刚才责备小叶子也是一时冲动，是赌气说这话的，她是嫌小叶子不把心思都用到学习上，整天东跑西颠的，她是恨铁不成钢。她期盼着这个宝贝女儿能为她争口气，就像当年槐林那样，高考考出个好成绩，让她和连春脸上有光。

叮嘱完小叶子，二兰子拿起一块浅红色纱巾包住头，就朝外面走去。虽说连春办了公司，家里的日子一天比一天滋润了，但她依然和从前一样，精心地侍弄那几亩地，不肯有半点懒惰和马虎。她是个节俭而又勤谨的女人，在这方面一直没有什么改变。

三十五

自从那次得手后，大洋人的积极性越发高涨起来。后来，她又做成了两宗生意。

为遮人耳目，她颇费了一番脑筋，终于想出一个好主意：做小菜生意。

因此在这个秋后，她买来白菜、萝卜，还有红辣椒、绿辣椒，黄瓜、茄子等菜蔬，开始腌制小菜。他们山里人，一到秋后家家都要做腌菜。冬天人们吃菜单调，除了白菜萝卜，难得吃一回差样，这无意中也发挥了人们的聪明和创造力。于是，在他们手里，就诞生了花样繁多的腌菜，除去萝卜、白菜这些大路菜，像扁豆呀、架豆角呀、茄子呀，还有红薯，以及没人待见的萝卜缨子，都可以用来做腌菜的。甚至，还采摘了春天的嫩柳叶嫩杨叶，用开水一焯，再撒上咸盐花椒，放进坛子里，再用泥封好。当冬天来临，大自然褪去绿装，呈现出一片单调的苍黄色时，这些腌菜就成了人们佐餐的美味。于是单调乏味的饭桌上，就因为这些味道各异的腌菜而热闹起来——红的辣椒，绿的扁豆、豆角，紫的茄子，嫩黄的柳芽杨树叶，还有深红色的咸红薯，真是五颜六色呀，而且味道非常鲜美独特，仿佛菜蔬丰盈的夏天又回来了，让人们完全忽视了屋外呼呼作响的北风。

小时候，一到秋后，大洋人总是戴上花格子套袖，帮母亲做腌菜。她母亲做腌菜是一把好手，同样的东西，总是比别人家的多些滋味。那些让人瞧不上眼的白菜帮子，萝卜缨子，在她母亲一双巧手里就变成宝贝了。待北风吹光了树叶，万木肃杀之时，打开她家的腌菜缸，一股独有的清香扑鼻而来。更让人称奇的是，经过几个月的盐渍，什么菜还是什么颜色，红的红，绿的绿，而且比原有的颜色还要鲜亮几倍。这一只腌菜缸，像是将整个夏天浓缩了。一来二去，大洋人就学会了制作腌菜，而且青出于蓝而胜于蓝，手艺远远超过了她的母亲。

如今，这门手艺竟然派上了大用场。

果然，大洋人的腌菜在柏树庄大受青睐。一来，这腌菜的确好吃，二来，因她是山里来的，又是做的山里风味的腌菜——柏树庄的人也有做腌菜的习惯，但远来的和尚会念经，何况他们也需换换口味。于是一时间，人们对大洋人竟然刮目相看了。咦，这女人不光是小军带回来的“奶奶”，不光成天打扮得妖里妖气的，竟然还有这手绝活儿。真是看不出来。嗨，小军这家伙，还真有福气呀！

在本村卖小菜，并不是大洋人的最终目的。不久，她让小军买来了一辆三轮车，把几只盛小菜的塑料桶放上去，骑着三轮车串村卖。并不是每天都出去，大冷天不出去，刮风下雪不出去，她才不肯吃那个苦呢；只有天气好时，冬天的暖阳普照大地，她才肯走出家门。在外村，人们不知她的底细，生意倒不如在本村红火。但她不在意这个。她是利用这个机会向人们打听谁家想抱养小孩子，是做的另一种生意。她说，她娘家在大山里，一些人家因为生活不济，就想把自家的孩子送人。

有了这个做掩护，她就可以名正言顺地大把大把花钱了。

这样，到了第二年春天，她先是装了一部电话，没过多久，又配了BP机。她也学着连春和刘囤，把BP机别在了腰里，和人说闲话时，时不时地掏出来，说，看看明天天气怎么样呢？有雨没有？刮几级风？紫外线指数多少？是不是适合外出？穿什么衣服合适？要是有雨，或者风太大了，就不出去卖小菜了。人们好奇地问她，哟，上面还有天气预报？她吧嗒一下嘴说，有呀，不光有这个，还有新闻哩。国内的，国外的，嘿，这个世上只要一发生新闻，里面就能看到。她手捧着BP机，轻轻摁了几下，当即就念了两条：6月25日至7月3日，美国总统克林顿对我国进行国事访问。克林顿重申：美国不支持台湾“独立”，不支持“一中一台”和“两个中国”；另一条：国家防汛抗旱总指挥部发出《关于长江、淮河防汛工作的紧急通知》。人们便啧啧连声，哎哟，怪不得连春和刘囤都有这玩意儿，还真是神了。于是看大洋人的眼神，不只是艳羡了，更多了几分佩服。女人让人喜欢容易，让人打心眼里佩服就不易了，因此大洋人就生出一种成就感，感到自己的确不一般，出大本事了。

哎呀，柏树庄又出了一位大能人！人们都私下里这样议论。大洋人呢，自然也心花怒放，仿佛她一夜之间当上了皇后娘娘。

大洋人靠经营小菜发了财，这可乐坏了小军。

他哪里会想到，就一个××腌菜，还能成大气候。可真就成了大气候！

有一天，他对大洋人说："你卖个××小菜都这么发财，我还跟着连春干吗呢？干脆，我他娘的不给他干了！"

"你不干那个还干吗呀，莫非就成天待在家里，让我养活你？"大洋人怏怏不乐地瞪了他一眼，从嘴角上挤出一丝冷笑。

小军却笑嘻嘻的，脸上竟有些讨好的意思，说："哪的话！我哪肯成天歇着，我要和你一块儿干！你在家做小菜，我就去串村卖。——你一个女人家，成天走西村串东村的，我心里哪落意呀！"

看大洋人脸上没什么反应，他又赶忙补充："我不是不愿意在外面干，你说，咱这么发财，我还给连春干个球蛋！"

大洋人不愿意让小军给连春打工，可也不愿意让他回来。这是个秘密，她不能告诉他——至少是眼下。不过，她也知道，那事儿是无法长期瞒住他的。

"就这点活儿，哪还用得着你哩？你就先跟着连春干吧，我也不指望你发多大财，你挣个饭钱就得了。"她的口气里，充满了对小军的不屑。

小军不敢再说什么了，他害怕大洋人这副神态。大洋人不让他回来，他就打消了那个想法。

不过，如今有一点儿让小军感到无比欣慰——大洋人不再整天坐在街门口望风了，也不再刻意把自己打扮得妖里妖气的了。只是，烟还照抽不误——多年的老习惯了，哪会轻易改了？因此在小军看来，如今的大洋人总算是上了正道。

三十六

这是全保来省城打工的第二个冬天了。

和往常一样，全保就着一个咸菜疙瘩，啃着从家里带来的馒头。

他咽下了最后一口，感到胃里有些不舒服。他忽然想起来，这种感觉已经有一阵子了。这时，耳边又响起老李的话——那天，老李见全保又吃冷馒头，皱起眉头，责怪他："老丁，光这样下去，你的胃吃得消吗？"那时，全保感激地望老李一眼，无奈地笑了笑，给自己解嘲："老哥，我们乡下人身子皮实，吃几顿冷馒头，哪就把胃吃坏了？"说嘴打嘴，时间不长，他就感到胃部有些不适。当时他并没有在意。可这么多天了，每当吃过饭，都会有这种感觉，而且越来越严重。

尤其是今天，吃过饭都许久了，心口处还堵得慌，像是有一块石头压在那里。

是不是胃真出问题了？他用手捂着心口，暗暗思忖。但很快又否定了。明天不再吃冷馒头，去食堂吃几天试试看。

第二天，他跟着老李走进厂里的食堂。这是他今年第一次来这里打饭。去年他只是来过寥寥几次，他舍不得多花钱。正值饭口，里面熙熙攘攘，来打饭的人排起了长龙。他发现人们在打量他，目光却是复杂的。有的还让他感到浑身不自在，仿佛在说：咦，这是新来的吧？一准是乡下人，看这么土气。热电厂大多是固定工，彼此都很熟悉，因而全保的到来就格外抢眼。

他打了一份小米粥，一份素炒土豆条。艾香活着时，时常给他煮小米粥喝。小米粥养胃！

吃食堂的饭，到底比吃自带的干粮熨帖。吃过饭，他跟在老李身后，往锅炉房走。他的手不由自主地捂在心口处，他在心里和自己的胃对话：嘿！我的老伙计呀，这次可对得住你了吧？咱不吃凉馒头了，咱喝热乎乎的小米粥——熬得多好的小米粥呀，都快赶上艾香煮的了，你可舒坦了吧？——人和自己的胃，怎么就不能是一对好朋友呢？那是谁也离不开谁的好朋友呀。

还别说，全保这一番说道，他的老朋友真的再没有和他闹别扭。他心里轻松了，像卸掉了一块千斤重的大石头。看看，真没有什么大问题吧！能有什么大问题呢？不就是吃冷的生的吃的呗。幸亏没有去医院，去了，也不会查出什么大毛病的，还不是白糟蹋钱！

可他高兴得太早了。当他刚回到锅炉房，拿起铁锹，正要往锅炉里添煤时，心口处的不适感又卷土重来。

他怨怼他的胃：嗯呀，老伙计呀，你真不够意思，莫非非要和我过不去？

但他还心存侥幸：来这里都两个冬天了，你才吃过几顿热乎饭？你真对不住你的胃呀，人家不给你点颜色看才怪。又劝自己：莫着急，只要你不再吃冷馒头，老伙计就会慢慢消气的。

他非常相信自己的推断，在以后的几天里，他真的就每天去食堂打饭，吃那种煮得稀软的小米粥；对于胃部出现的不适感，他也是硬扛着。平时村里人有了什么毛病，大多是这么硬扛着。奇怪，也许是乡下人命硬，好多病也真就这么扛过去了。他一边扛着，一边留着心，看他的老伙计有什么变化，哪怕是些细微的变化，他也会捕捉到的。他变得很敏感。他也试过一个土办法：用铁锹，从锅炉里掏几块红通通的煤，把馒头放上去烘烤。馒头的颜色渐渐变黄，再变红，是那种刚出炉的面包似的深红，随着一股白烟升起，一股诱人的香味也四散开来。他抽动一下鼻子，却不吃。再烤，馒头就渐渐变成黑色，像炭一样黑。看火候到了，用筷子夹起黑乎乎的馒头，趁热吃起来，嘴唇上沾几粒黑芝麻一样的碎屑，像长出了一层胡子茬儿。吃烤焦的馒头，是乡下人治疗胃病的一个土办法。还别说，不知是心理作用，还是真有效，他的老朋友果真老实了一些。

今天，全保和往常一样，又吃了一个烤焦的馒头。

让他无比沮丧的是，今天这个办法不管用了。他以为吃得少了，在后来的几天里，他每顿饭都要吃上一个。先吃烤焦的馒头，然后再去食堂打饭。然而症状不但没有减轻，反而加重了，看来他的老朋友是彻底和他翻脸了。莫非，正像老李说的，老朋友真出毛病了？

但这个想法又很快被他否定。不对！这么多年都没出过问题，怎么偏偏这时候就出问题了？

然而，胃部的隐隐作痛，就像一只逮不住摸不着的小老鼠，时时地啮咬着他，咬得他心烦意乱。

老李也为他担心："老丁，以我说，你还是去医院做个检查吧！如果没有多大问题，不就放心了。——这事儿可不是闹着玩的！"

老李也是乡下人，是20世纪60年代通过招工来厂的。在全保刚来那几天，轮到老李和他一个班，老李就很热情地向全保传授烧锅炉的要领。幸好，司炉工是个技术含量不太高的工种，全保手脚灵活，没过几天就能熟练操作了。老李很高兴。他也非常喜欢和全保一个班干活儿，在班上他可以听全保聊乡下的事情，这对他来说是一种回忆，温馨而甜蜜的回忆啊。那吐着红缨似一束束跳跃的火苗般葱绿的玉米地，那伫立在田头的看瓜人的窝棚，还有从村里传来隐隐约约的鸡鸣、犬吠，以及夕照下袅袅的炊烟，这些代表着农耕文明的景象在老李的脑海里浮现出来，有些像老照片，虽然只有黑白二色，却留有足够的空白让人的想象来填充，因此就显得意味深长。

全保还给老李讲了一个笑话：那年秋天，一个刚来他们村插队的女知青和人们在地里干活，看到拉玉米秸的公马的阳物长长地垂下来，便大呼小叫地喊："队长，队长，不好啦，马肠子流出来了！"

"噗——"老李喷出嘴里的烟气，一只手拍着膝盖，仰着粗短的脖子，哈哈地大笑起来："老丁，看不出来，你小子还真能编排！”那张胖得像发面馍一样的脸，又变成一尊笑佛。全保没有笑，一脸认真地为自己辩解：“这可是真事儿。那两年这个女知青一见人就脸红，像做了一件多么丢人的事儿。”老李憋住笑，问全保：“那个队长怎么回答她？”全保诡谲地眨眨眼睛：“你猜猜——”老李哪有那个耐心，笑着说：“你小子别给我卖关子了，我猜不出来。”“队长就对女知青说，不碍事，不碍事，一会儿马肠子就自个儿缩回去了。嘿，真是邪门了！那马争气啊，时间不长那家伙就真缩回去了。那女知青好几天也弄不明白：我的妈，这马好厉害呀，肚子破了自个儿还能长好，怪不得国家号召知识青年上山下乡，接受贫下中农再教育，原来乡下的马也这么有能耐！真神了！于是她就下决心好好向农民伯伯学习。”全保是慢悠悠地讲的，而且讲得绘声绘色。

老李把眼泪都笑出来了。他忽然止住笑，抬起关节粗大的手，在脸上抹一把。他并不猜疑老丁是在变着法儿挖苦城里人，他静静地盯着这个肤色如煤炭般黧黑的乡下人：呦喂，真是人不可貌相，真想不到老丁蔫了吧唧的，竟然这么有意思。嘿，有意思！

“全保，我在这儿盯着哩，你去医院看看吧。快去吧，下午病人少！”老李催促全保。

全保向老李投去感激的一瞥，然后去屋子的西南角，拧开水龙头，洗了把脸，脱下深蓝色工装，披上那件半旧军大衣，走出了锅炉房。

在内科门诊，大夫问了他的情况，二话没说，拿起笔来，“唰唰唰”，开一个单子，递给全保：“去胃镜室，先做个检查吧。”

这是市第一人民医院，上午人多得总要排起长龙，大多是从各县来的乡下人。下午，排在各诊室门前的长龙不见了。没用多少时间，全保就走出了检查室。

大夫接过递过来的诊断结果，扫一眼，抬起头，神色严峻地问他：“谁陪你来的？”

全保的心揪了起来："没有，就我自个儿！"又说，"大夫，有吗问题你就直说吧！我能扛住！"

大夫是一位年轻人，看上去很和善。他瞥全保一眼，沉吟一下，随即说："赶紧住院吧！"

"轰——"全保感觉像被人打了一闷棍，眼前一黑，脑袋嗡地大了。

"大夫，你告诉我，我到底得的吗病呀？"全保觉得心也被掏空了。

大夫摘下眼镜，一边擦着，一边说："没关系的，也许是食道溃疡，即便是肿瘤的话，可能也是良性的，这还得住院进一步检查！——得做个切片，才能确诊。"他把擦干净的眼镜复又戴上，目光盯在全保脸上，里面闪过一丝同情。

全保从大夫的目光里明白了一切，他在心里告诫自己：一定要镇定，不就是癌症吗？大不了是个死！他朝大夫笑了笑，笑得有些凄然："大夫，你看，这事嘛，也太突然了——我也得回去跟家里说一声！"

"好吧，最好不要往后拖，这两天就来吧——还来找我，我负责给你办住院手续！"

告别了大夫，全保就往外走。他不知道自己是如何走到医院大门口的。正是隆冬季节，下午三四点的时候，已有了黄昏的味道。这些年，随着污染的加重，一到冬天，这座城市的上空总是弥漫着一层灰蒙蒙的尘埃，似雾而又非雾。太阳已失去了它原本的明丽，像一只蒙尘的黄杏子。这个城市的冬天，总是让人感到沉闷而压抑。

全保绝望地站在大街上，他觉得这个世界只剩下了他自己，身边来去匆匆的行人，就像风一样悄无声息。

他握着检查结果，在大街上站了许久。脑子里非常乱，不知道想了些什么。仿佛又什么也没有想，像一张没有字的白纸。冷风从衣领处钻进去，他的脊梁骨上像浇了一层冰水。

他一走进锅炉房，老李就凑上来，关切地问他：“怎么样啊，老丁？”

老李突然从全保脸上察觉到了什么，又吃惊地说：“嗯呀，你——”

全保蹲下来，两手抱住脑袋，绝望地叹息一声：“唉——我得了那个病——”他没再说下去，他不愿意，也不忍心说出那个“癌”字。在他的意识里，人一旦和这个字沾上边，就只有一个字——死！一行泪水，从他眼里淌下来，又马上克制住再次涌上来的泪水。

“啊——”老李张大嘴巴，怔在那里。很快他又醒过神来了，不该以这种神态面对这个老实人。于是，故意挤出一丝笑，安慰全保：“没关系的，如今医学这么发达，没有不能治的病！伙计，你千万不要有压力！”

全保心里一热。如果说他刚才感觉自己像掉进了一个令人恐怖的深渊，那么老李的话无疑是一束射向他的亮光。而这光亮是带有温度的。于是他再也控制不住自己的情绪了，双手捧住脸，呜呜地哭起来。但很快，他止住了哭，抬起头，抹一把眼泪，对老李说：“哎，老哥，人这一辈子，总得有个头吧。早死，晚死，还不是一个样？不就是俩腿一蹬，俩眼一闭呗！”在这个时刻，他觉得老李就是他的一位亲人。

老李把脸一沉，睇他一眼：“伙计，你可不要这么想，听医生的话，赶紧住院确诊，也许不像你想的那样严重，即便是那个病，赶紧做手术，就不会有大问题！”老李的语气像大哥般慈爱。

正是老李那真切而温暖的目光，让绝望的全保感到了一种力量。眼里又涌出一串泪水，“噗”掉在了落满煤屑的地上。

这天下班后，全保回了一趟老家。

他没有进村，直接来到了村西，来到了艾香的坟前。

天完全黑下来。在暗灰色的暮霭里，升起一轮红月亮。真的是红月亮啊，是那种凝重的褐红色，像一枚大个橙子，带着湿漉漉的气息，悄悄地升起来。月亮下面的柏树庄，是一团黑魆魆的影子，像夕照下的远山，又似一团朦胧的烟柳。从村里飘来柴草燃烧的香气，是有人家在烧火炕，他喜欢这种气味，一缕温暖霎时笼罩在他心头。

全保在艾香坟前木然地站着，北风扑在他脸颊上，冷飕飕的，像用钢针扎他。他不知道自己为何要来这里，是有话要跟艾香说？或许，只是告诉艾香，他得了绝症，也许过不了多久，就要来这里和她做伴。——就像从前一样，他们日夜厮守在一起。

有一只夜鸟从他身边飞过，速度非常快，留下了几声尖细的啁啾声。冬日的原野，辽阔，坦荡，却又清冷，肃杀。

全保的眼前，浮现出了艾香红扑扑的脸颊，还有那双望向他的似是哀求的目光。

“你不把两个孩子拉扯大，不给槐林娶上媳妇，你就甭来见我！”这是艾香的声音。艾香的声音里有责备的成分，在他耳边清晰地响起来。他又看到艾香临终时，指向槐林的那只手。

全保的心顿时像让锥子刺了一下。他向四周望了望，觉得艾香就在他身边。要不，他怎么能听到她的声音呢？然而，却没有艾香的影子。只有冷风，从他身边吹过去。

月亮又升高了一些，那种褐红色像是让晚风吹去了，露出一抹淡淡的银白。田塍上的树木，在月光下现出模糊的影子，那光秃秃的枝杈，像浸泡在清水里，又像是画在了幕布上，有了一种朦胧而凄楚的美感。

我不能等死，我要活下去，活下去！全保喃喃地说着，两只手紧紧地攥在了一起。他感到有一种力量，从他心里最深处悄然滋生，然后涨满了他的全身，犹如早年间汛期的滹沱河河水，顷刻间溢满了河床一样。

三十七

连春提着一塑料袋水果，一箱营养品，走进了市第一人民医院。

连春是怀着怎样一副心情，迈进住院部楼梯的？食道癌——这是多么骇人的字眼。这些年，村里也有人得过这种病，大部分也都做过手术，但终究没能逃过那一劫。这个病怎么会落在了全保身上？他不解，却犹如万箭穿心。

是昨晚吃饭时，二兰子告诉他的。今天，他没有去公司，一早就赶到了省城。

病房里，全保的妹夫，还有老李和小刘在守护着他。

当连春看到躺在病床上的全保时，心里很不是滋味。全保已从麻醉状态中醒来，身上插满了管子。他的脸颊灰得像一张弄脏了的牛皮纸，头发凌乱，元气大伤的样子。这就是和自己从小一起长大，又差一点儿歃血为盟、永结金兰之好的伙伴吗？

连春眼睛一热，轻轻地叫了一声：“全保——”

全保吃力地睁开眼，看到连春，努力地笑了笑，用感激的目光望着他：“还麻烦你跑一趟！”声音很低，有气无力的，眼睛里闪出泪光。

连春将东西放到床头柜上，握住全保的手，抱怨他：“这么大的事，你为吗就不说一声？还是你嫂子告诉我的。”

全保的嘴唇嚅动一下，说：“你弄着那么大个摊子，我不想麻烦你。”他的嘴唇起了一层白皮，像敷上去一层白粉。

对连春前来探望，全保的心情也是复杂的。即感动，又有几分酸楚。也就是说，他既企盼着见到连春，又不愿意见到他。想见到他，是对那段他们共同拥有的美好时光的怀恋；而害怕见到他，是因为脑海里总是浮现他和艾香亲昵的那种画面。

然而，全保这句话，却让连春心里感到很不好受。一方面，他为自己的成就感到自豪；另一方面——尤其是全保眼前的凄惨景况，又让他心生不安。如今，他不能再责怪全保保守和迂腐了。他觉得他太可怜了。他还想抱怨他几句：你为吗不到我那儿干，而去给人家烧锅炉呢？但话到嘴边他又咽下去。这会儿哪是说这种话的时候？望着全保那张倔强的脸，他忽然又完全理解了他，不想再刺激他了。

临走时，连春掏出三千块钱，放到床头柜上。

全保就是不想要，他也没有办法拒绝，此时他仿佛让绳索给捆绑住了——他完全动弹不得。他就像一只被摔得遍体鳞伤的兽，感到自己跌进了人生的低谷。

当连春的身影在门口一消失，一串泪珠就像断了线的珠子一样，“噗噗”地从全保的眼里滚出来，顺着苍白的脸颊，淌在了枕头上。

老李问全保：“这是你什么亲戚呀？”

全保摇摇头，将脸扭向一边——他不愿意让他们看到自己的眼泪。然而，泪水还是顺着脸颊涟涟地淌下来，已经把枕巾洇湿一大片。他吃力却又激动地说：“不是亲戚，这是我从小一块儿长大的伙伴！”

老李惊叹道：“哎呀，你要是不说，我还以为是你亲戚哩！”又啧啧称赞，“你这个朋友真够意思！”

全保说：“他可了不得，在城里办了个建筑公司。”说这句话时，他眼睛里泛出了光亮。然而，心里又像让针尖戳了一下。

一直站在一边，没有言声的小刘，突然对全保的这个好友发生了兴趣。“哎呀，这是个大老板呗！”嘴上说着，眼睛里也露出一丝羡慕。他哪会想到，这个看上去土头土脑的乡下人，竟然还有这么有能耐的朋友。虽说那次全保把他揍了，但后来全保对他非常好。从家里给他拿过新磨的玉米面，还有大白萝卜。全保的厚道和热情，让他越发感到羞愧。这么实在的一个人，我干吗非要欺负人家呢？从此，他对全保的态度彻底改变了，也不再那么蛮横、霸道了。

老李和小刘的神色，全保都看到了眼里。他感到格外高兴，为了连春，也为了他自己。此时，还有一种情绪笼罩着他。这就是他和连春的友情。那温暖的友情，到这种危难时刻，它更显得弥足珍贵。其实，他是下了很大决心，才决定做手术的。因为要筹集手术费，他才不得不告诉了亲人。他妹妹全珍，听说哥哥得了这个病，当即拿出了几千块钱，让哥哥赶紧住院治疗。虽说她家条件也不太好，哥哥又朝她借过几次钱了，但为了救哥哥的命，她还是倾囊相助——她不管谁管呢？都是一个娘肚里爬出来的，亲啊。明知道哥哥凶多吉少，但还是盼着能在哥哥身上出现奇迹，逢凶化吉。

全保没有好意思向同事们张口借钱。幸好，这种手术费用不太高，妹妹又发动其他亲戚帮忙，才解决了这一难题。

当连春离去时，在病房门口，他只是和送他出来的全保的妹夫匆匆辞别，却不敢回头往病房里瞅一眼，他不愿意让全保看到他眼里的泪光。

此时，他不再计较全保什么了。他眼下最关心的，就是将来全保如何生活？他的病是否真的会好起来。

在眼里窝了许久的泪水，终于顺着脸颊落下来，滴在了走廊上。连春抬手抹一下眼睛，但泪水似涌泉般再次涌满了眼窝，眼前匆匆走动的护士变得模糊起来，像一团团洁白的云在天上飘动……

三十八

全保出院后，就回家养病。

让他感到欣慰的是，厂里答应他，待他身体康复后还让他去上班。因此，他恨不得快些康复，他耽误不起。

全保非常清楚，这种病痊愈的机会很少。不过，他也期待着这种幸运真的光顾自己。当他心存这种希望时，心情就格外好，对未来就生出美好的憧憬。是呀，槐林和槐花都还没有成家，老天爷能让他就这样心怀遗憾地去那个世界吗?

而当他的心情不好时，他就感到自己的病是没有希望的。得这种病的人，有几个能蹚过去呢？没有！只不过是多活一天少活一天的问题吧。一生出这个想法，他就有了一种紧迫感。快去挣钱吧，在自己离开这个世界之前，把家里所有债务都偿还清，不欠别人一分钱。

也许是他的体质格外好，手术后还不到一个月，就恢复得和从前差不多一样了。他的饭量大增，身上也有了力气，甚至比得病前还有力气。

在家里待着麻烦，这天他就来到村西，站在他家那块地边上，呆呆地出神。

艾香的坟茔伫立在田地的当央。冬日的阳光下，坟茔披一层苍黄色，这淡淡的苍黄色却又让全保感到一缕温馨。他不敢走近艾香。他心里发怵。他又看到了艾香临终时那双满含期待的眼睛，他感到自己愧对这双眼睛。

当他的目光从那里移开时，心中又充满了期望。待天暖和了，他还要回来种庄稼的。他想，只要自己能蹚过这个坎，他不愁还不清欠款。他不但要还清欠款，还要挣更多的钱给槐林娶媳妇。

他做手术的消息，没有告诉槐林，怕影响他的学业。槐林大学毕业后，因品学兼优，经学校推荐成为公费研究生。对全保来说，这是个大喜事儿。他也没有告诉女儿，但女儿星期天从学校回来还是知道了。他就特意嘱咐她，务必对哥哥保密。槐花很懂事，看到父亲手术做得这么成功，而且也渐渐好起来，悬起的心又放下来。这个单纯的小姑娘，她一旦回到学校，就把全部心思放在了学习上。只有星期天，她才在家里待两天。这两天，她就变着花样儿给父亲做好吃的，让父亲尽快恢复体力。别看她只有十多岁，手却出奇的灵巧，这是遗传了母亲的基因——她会蒸馒头擀面条，还会烙饼包饺子。而且，和她母亲一样，动作麻利，灵活，完全不像这个年岁的孩子——穷人的孩子早当家啊！

但全保不敢看女儿在厨房忙碌的身影，尤其是她耸动着单薄的肩膀擀面条时，让他想到了她的母亲。一想到艾香，全保的眼睛就热辣辣的，鼻子发酸，赶忙把目光移开。

但他的身子的确一天天地好起来了。

全保正站在田边沉思时，白玲玲走了过来。

“哎呀，在这干吗呀全保，是不是想着碰到狐仙呀？”熟悉而响亮的声音在他身后响起。

全保扭转身，他有些诧异：“你到这儿干吗呀？这大冷天的！”

“我是——”白玲玲又向他走近一步，却欲言又止，目光里流露出一丝担忧和关切。

今天，她一出门，偏巧看到全保独自一人往村西走去。知道全保又去艾香的坟上，怕他太伤感而损害身体，便扭动着细溜溜的腰肢，悄悄地跟过来。她是故意用轻松的口气和他开了一句玩笑。

望着白玲玲，全保生出一种莫名的情愫。有几分温暖，更有几分感动。他做手术后，白玲玲去医院看过他一次。当时，小刘和老李在场，他们问白玲玲，你是全保什么人？白玲玲大大方方地说，我是他邻居。小刘和老李禁不住在心里感慨：看全保在村里这人缘，连邻居都来看他！又将目光盯住白玲玲，嗨，看这女人，长得漂亮不算，说话还这么响快，这在乡下该算个人尖儿了。临走，白玲玲还给全保留下了五百块钱。全保不收，她硬是塞到了他枕头下面。

“我倒真想碰到个狐仙，让她把我带走算了，这不狐仙没来，倒把你等来了！”全保的脸让冷风吹得微微泛红。

白玲玲先是咯咯地笑，随后瞪全保一眼，娇嗔道：“想让狐仙把你带走，想得倒美！”她穿一件浅绿色花格子呢子大衣，一头秀发拢在脑后，用一块红绸布束住。那炫目的红色，像冬天原野上跳动的一团火苗，有一种夏天般的热烈。

全保出院回来后，她也去家里看过他两次。有一次，她还瞒着麻五，把家里一只老母鸡宰了，熬了一锅香喷喷的鸡汤，悄悄地给全保送过去。也许是她这一生太坎坷了，这么多年又被刘囤这条恶魔缠着，对“恶”的痛恨，愈加激发了她对“善”的崇尚，以及对弱者的同情。她认为全保这一辈子太不幸了，自己只有通过这种方式来表达对他的同情。

开了几句玩笑，全保告诉白玲玲，自己是在琢磨这块地，盼着明年的小麦有个好收成，下茬再种上玉米，又省事儿又省力气，反正粮食也吃不清，他再卖一些换成钱。

“你想得不错。不过嘛，也得悠着劲，还是身子骨要紧。俗话不是说嘛，留得青山在，不怕没柴烧！”白玲玲用十分庄重的语气，叮嘱全保。

全保面露愧色，低下头说：“我平时总拿吃饭不当回事，凉一口热一口，饥一顿，饱一顿！是我害了自个儿！”

见全保神色黯然，白玲玲赶忙安慰他：“往后可别这样了，这人呀，到吗时候都不要忘了顾惜自个儿的身子骨！”

天色渐渐暗下来。太阳不知何时沉没到了西山里，黛青色的远山像几只振翩欲飞的大鸟。顺着山峦的顶端，露出了一抹赭红色。“暮从碧山下”，夜色就像溪水般从那里流淌下来。已有炊烟升起，像一层淡淡的雾气飘浮在村子上空。旋即，就让暮色吞噬了，由乳白色变成铅灰色，又和暮色融为一体。

“快回家吧！”白玲玲催促全保，“要不，真有狐仙出来了！”

一只黑乎乎的大鸟拍打着翅膀从他们头顶上飞过，转瞬间，就融进了苍茫厚重的暮色里。

三十九

全保在家里歇了一个多月，就再也待不下去了。

他再走进热电厂时，已临近春节。大街上到处是一派年前忙乱的景象，同时又掺杂着一丝节日来临的喜悦。

热电厂却一如平日的样子，没有因为临近年根而有什么变化——那两个高入云端的大烟囱，依然绵绵不断地喷吐着白色的烟气。只是，厂院里的月季花终究不能抵挡严寒，呈现出一种挣扎之后的残败之象。

对全保的到来，大家都感到高兴，脸上的笑容是善意的，善意里又包含了更多的同情。

“哈，这下我们轻松了！”小刘手里拿着扒煤的铁钩子，瞥一眼全保，高声说道。因为咧着嘴笑，那两个本来就有点往外突的门牙，完全凸出来了。全保住院和养病这段时间，他们没有让厂里另找人，而是轮流顶替全保的班，这样厂里就不扣全保的工资了。他们是采用这种方式，来帮助全保的，不过因为时间太长了，都未免感到一些疲惫。

全保对工友们心存感激。而且，因为又是自己给他们添了麻烦，心里又有几分愧意和不安。

一边上班，全保一边按大夫说的进行化疗，服药。每当化疗和吃药时，他的耳边就响起一个声音：“你的手术做得非常成功，只要按时化疗、吃药，痊愈的可能性非常大！”

这是大夫的声音。就因为是大夫的声音，才让他燃起了生的希望。

那天，下班后他在大街上溜达，碰到了中学时的同学大本。

他们有二十多年没见面了，但全保一眼就认出了他。大高的个子，一张粗糙的宽脸，厚嘴唇，只是上面长满了黑密的胡楂。

“哎呀，是你小子！”大本惊讶地问他，“你怎么来这儿了？”

全保愉快地笑了。在离老家只有四十里的省城，他竟然有一种他乡遇故知的惊喜。

“我还想问你哩！你来这干吗呀？”全保像从前一样，在大本胸脯上重重地擂一拳。

“×，我可没有闲工夫来这玩！”大本呵呵地笑着，回答他。他告诉全保，他在附近一家小型中药厂烧锅炉。因干的是夜班，白天没事就出来转转。

全保笑道：“怎么这么巧？我也在这儿烧锅炉，也是干夜班！”

两人就找了一家小饭馆，要了两个小菜。全保不能喝酒，就以茶代酒。

他对大本说了自己的情况。

大本正嚼一块猪头肉，停止咀嚼：“哎呀，我不知道你这么苦——”

全保灵机一动：“我想请你帮个忙——看看你们那里还缺不缺人手？”

大本把眼瞪得像铃铛般大，问他：“你不是干得好好的嘛，莫非，还想跳槽？”

全保苦笑道：“跳槽？我哪有那么浪漫呀！我想找个兼职！白天在这里干，晚上再过去干夜班！反正，我也不回家去！回家也没意思，一个人，冷屋子冷炕的，还不如多挣一份工钱哩！”

看大本迟疑，又故作轻松地说：“干咱们这一行，再苦，比起做农活来，也算轻闲了！无非少睡会儿觉，多熬点夜呗！”

大本又担忧又有几分怜悯地望着他的老同学：“×，你还真会琢磨！不过，我怕你身子吃不消——你的病不是刚好嘛，再累着了多不划算！”

“没那么多事儿！你看我，在家养得这么肥实，比得病前还壮实哩！体重增加了十斤。”全保边说，边拍拍胸脯。

“好吧！”大本端起酒杯，一仰下巴颏，吱一声，喝光了，拿筷子去搛一粒煮花生，“我得给我们工长说一下，正巧有一个人不干了！”

“太好了！”全保欣喜地望着他，“那就麻烦你了！”

大本一摆手：“别××跟我客气！能帮你忙我心里头高兴！”

果然，没过两天，大本就给全保带来了好消息。

“我跟工长说了你的情况，他答应了。只是你得和你们这边协调一下，把时间掌握好！”

全保扔给大本一支烟：“这好办！这里人都对我不赖，他们不会为难我！”

全保就把兼职的事儿对同事们说了，他们都非常理解，都说保证为他提供方便。

第三天，全保就去那家单位上班了。

终于又多了一份收入。可别小觑这个，因为比先前收入多了一倍，全保觉得自己离还清借款的日子又近了一大步。

就这样，他晚上在热电厂上班，早晨下班后，匆忙洗一把脸，又匆匆地往中药厂赶。虽说他精力旺盛，但再旺盛也有吃不消的时候。不过他自有他的办法，实在困得顶不住了，就坐在椅子上打个盹儿。此时那轰然作响的机器声，就变成了他的催眠曲。何况，上夜班是两人轮着干，一个人还可以睡半宿。因此他完全能承受得住，他非常满意自己的这种生存状态——属于他生命的时间排得满满当当，他感到无比充实和惬意，就像一支连绵不断的交响乐，每一个乐符都快乐地跳跃着。

尤其一到月底发薪，他的这种快乐就达到了顶点。从热电厂领一份儿，随即又到中药厂领一份儿。望着那一沓比从前加厚了一倍的钞票，他感到有个明晃晃的大太阳照耀着他，那种温暖，从头顶上一直传到了他心里。

他想请大本吃一顿饭，他得还他个人情。起先，大本不肯，但还是拗不过全保。

这是他们第二次在一起“坐坐”。是在中药厂旁边的一家小饭店，正值晚饭当口，里面坐满了吃客，大多是工薪阶层，显得比街对面那家装潢豪华的大酒店还有人气。一股烧酒和炒菜的香气，营造出一种家常般的温馨氛围。

“×，你小子，又是滴酒不沾！”坐下来，大本和全保打哈哈。

“我还是以茶代酒，陪着你还不行吗？”

大本无奈地笑笑：“哼，也只有这样了！——要不是你那个病，我饶不过你！”还是那个直筒子脾性。

今天，全保非常高兴，他觉得自己完全恢复成了一个健康的人。是呀，那瘦小而敦实的身体，像积蓄着无限的活力。那张方脸虽说显得清癯了些，但却是黑里透红，那是一种健康的光泽呀。他认为自己就属于那种极少数的幸运者，病魔已经离他远去了。

“我和你喝一杯！”全保突然将茶杯里的水倒掉，拿起酒瓶，就要往杯里倒酒。

酒瓶却被大本夺去了。“你想非让我揍你呀？不想活了是不是？”大本脸色凝重地看着全保，完全是一位威严的老大哥。

大本的大嗓门将客人们的目光吸引过来。

面对像是生了气的大本，全保没有再坚持，心里却一热。突然，他望着大本，一咧嘴笑起来。

大本被他笑得莫名其妙，紧盯着他问：“你笑吗哩，全保？”和煤一样黧黑的眉毛往上扬了扬。

全保止住笑，压低声说：“我呀，想起你这名字的来历——”

大本一怔，马上明白了，也“扑哧”笑了。那一条条在一瞬间扯出来的皱纹，把他那线条粗硬的脸弄得像京戏里的大花脸：“×，你小子蔫了吧唧的，肚里的坏杂碎倒不少！嘿嘿嘿——”

大本的名字的确有来历。原来在他们这一带，“本”字代表了一个人的“根”，也就是作为男人“本钱”的意思。如果，小男孩的小鸡鸡长得壮硕，大人往往就给这个孩子起名“大本”。孩子长大后，再起别的名字也是枉然，再好听也叫不起来。因为那小名已经深入人心，先入为主了，何况又形象又有趣。因此，每个村里都有几个叫大本的。这个大本，本来上学时也起了一个学名，却没有叫起来。

大本端起酒杯，吱，喝干了杯中酒，然后将酒杯往桌上一蹾，边伸筷子搛菜，边说：“这一晃，都快三十年了！想想上学那时候，就像做了一场梦。”也许全保的话又将他带回到充满浪漫幻想的学生时代；也许他就是为了转移那个让他尴尬的话题，当着这么多吃客，这个身材魁伟的汉子面露羞涩，有些不好意思起来。

一瓶二锅头，让大本喝个干净。他的舌头有些短了，说话也口吃起来。大本结的账。没办法，他像一头发疯的狮子，和全保争着买单。

全保依了他。这家伙，还是那个牛脾气！大方，义气，谁说岁月能让人变得面目全非？

回到宿舍，全保从床头拿出一个小本子。打开来，上面有一行行的名字和钱数——那是他的借款记录。除了连春和白玲玲，几乎全是从亲友手里借的。最少二百，最多的就是连春那四千，共记两万多元。这是他所有的债务。

他在心里默算着：他每一份工资六百元，一个月就是一千二。一年下来，就是万把块钱。再加上地里的收入，除去槐林和槐花上学的费用——嗨，顶多有三年，他就可以还清所有借款。就像一个远航的人，终于望到了绿树环绕的陆地，又像一个害怕黑夜的人盼来了喜人的曙光，他激动得两只手都有些发颤了。

这天晚上，轮到他干后半夜。和平时一样，他躺到床上后，却又久久无法入睡。

不知什么时候，他又回到了柏树庄，来到了艾香坟前。就像是知道他要来，艾香正坐在那里等他。他一把抓住了艾香的手，用力摇晃着，告诉她，他又找了一份工作，挣的是两份工钱！再过三年，他就能把所有的借款还清了！谁知，艾香甩开他的手，双手捧住脸呜呜地哭起来。全保扳她的肩膀，用力地扳，问她，咱不是一直盼着这一天吗？你怎么还哭？艾香忽然破涕为笑了："好！俺这就放心了！"说完一把将全保推开，一眨眼就不见了。和他不辞而别，像风似的消失了。

不能失去她。全保双手卷成喇叭状，使出全身力气喊道，艾香！艾香！他以为像从前在玉米地里干活儿一样，他在地头这么一喊，艾香就会答应的。——许多时候，是艾香故意藏起来，和他开玩笑，钻进密不透风的玉米地或高粱地，故意让全保找她。这样一嬉闹，一身的疲乏似乎就烟消云散了。

然而，非常失望，他再没有见到艾香的影子。正在他沮丧和伤感时，"丁零零——"一阵刺耳的铃声骤然响起。他睁开眼，看到了从窗外射进来的昏黄的灯光，还有不远处锅炉房里传过来机器的嗡嗡声。那声音像有几百只蚊子在鸣叫。原来是一场梦，在梦里他见到了他的艾香。

不知不觉间，他还是睡着了。

他赶忙起身，披上大衣，把床上的那盒廉价的荷花牌香烟揣进口袋，就走出屋来，去锅炉房接老李的班。

一轮残月挂在天空，像敷上冷霜的瓦片，和昏黄的灯光相互辉映。那两个耸立在夜色中的大烟囱，变成了黑黢黢的剪影，显得比白天巍峨高大。

四十

在这个世纪末初春的一天，白玲玲又来到了李镇。

这是第几次来李镇？白玲玲也记不清了。

她这么想的时候，已经站在了李镇的大街上。柏树庄距离李镇三十多里，坐公共汽车用不了一个小时就到了。

李镇是个大镇，坐落在平原和太行山交界处。镇子的东面，就是沃野千里的大平原；西端则是连绵逶迤的大山，那起伏巉峻的山峰，像迎向大平原硕大无比的屏风。李镇是平原和山区的分界线。

就是因为地理位置的特殊，使得李镇成为一个物资集散地。每逢集日或庙会，山里人就用担子挑，用肩扛，用小车推——那是从前，后来就改为自行车驮，三马车拉，将山货——像核桃、红枣、柿子呀，还有花椒、黑枣等等，运到这里，卖给从平原上来的商贩。然后再从他们手里购买大米、小麦、鲜藕等农副产品，当然还有牙膏、牙刷、毛巾、香皂这些日用品。因此每逢集日，这里商贾云集，摩肩接踵，山里人和平原人混杂在一起，热闹非凡。

白玲玲走在李镇喧闹的大街上，她感到和往年并没有什么不同。在这几年里，她几次来这里，其实就是为了做一件事——她想见李明亮一面。

春阳把白玲玲照得全身暖烘烘的。她一边随着人流，在青石板铺就的街道上缓缓行走，一边用目光扫视着身边的人，搜索着那个熟悉的身影。她盼着遇到他。他总得出来买东西吧。

李明亮被调到这里后，刚开始那几年，她只是把他深藏在心里，虽说日夜都在思念他，但并没有生出和他见面的想法。直到又过去了十来年，她就有了要和李明亮见上一面的渴望，这渴望越来越强烈。她悄悄地打听过李明亮的情况，知道他一直在李镇教学，而且，已经成家。后来，她终于鼓足勇气，在村北的公路上，踏上了开往山里的汽车，向李镇赶来。

和从前不同，这一次，她来到了李明亮所在的学校门口。她不敢走进去，而是来到了正对着学校大门的一条胡同口。她悄悄地躲在这里，等待着那个身影出现。

终于，下课铃声响起来。

她的目光一刻也不肯离开学校门口了。她看到紧随着放学的学生，有三三两两的老师走出来。

果然，那个熟悉的面孔出现了。李明亮是和两个男教师结伴走来的，一边走，他还扭头和身边那个矮个子说句什么。这是他俩分别后，她第一次见到他。二十多年，像眨了一下眼睛，又漫长得似过去了一个世纪。他比从前略微发福了，那张英俊的国字脸上，也多了些沧桑感，那是岁月留下的刻痕呀。他穿一件天蓝色的短袖衬衫，下身是一条灰色西裤，微风将他一头又黑又密的头发吹拂起来，他的前额显得更宽更饱满了。呵，他还是那么儒雅，风度翩翩，只是比从前多了几分成熟和稳重。在这一刻，她感觉自己的心脏骤然停跳了，她听到了自己急促的呼吸声。

白玲玲恨不得马上赶过去，扑进李老师的怀里，就像第一次投入他怀抱时那样。她记得，那时当她滚烫的脸颊贴近他的胸膛时，一股幸福感立刻将她包围了。当李明亮的手指轻抚她的头发和脸颊时，她差不多就要晕过去了。她觉得自己置身于一个阳光明媚、鸟语花香的世界。这是个爱的世界呀，他俩爱得死去活来的。

太阳白花花地照着，这里的太阳比平原上显得更白更亮堂一些。太阳映亮了天空，也映亮了小镇上鳞次栉比的房屋，还有形形色色赶集的人。白玲玲心中的那种欲望就像这阳光一样炽烈。

在一个路口，李明亮和他的两位同事往西拐去，顺着人流，急促地往前走。他们不再说话，而是小心地躲闪着行人。他们去吃午饭吧？今天是李镇的大集，也许是吧！她跟在他们身后，和他们保持着恰到好处的距离——大约有十来米，这个距离，能让她看清李明亮的背影。——这已经让她激动万分了。这个距离，还避免了他无意间回头瞥见她。

就这样，白玲玲尾随着他们，在飘满各种气味的人流里，来到了前边的十字街口。这里也是李镇的中心，四周摆满了各种小吃摊，林立着一个个小饭馆。什么马记饸饹馆，张家正宗羊杂汤，等等，那门额上的每一个牌匾，都闪着喜庆而温馨的光泽，引诱着人的食欲。而缸炉烧饼的香味，早顺着微风，吹进她的鼻腔里。只见他们说了几句什么，就向那家“山里人菜馆”走去。

白玲玲没有跟进去。她多么想和李明亮面对面地坐一会儿，互相说一说分别后各自的经历。哪怕只有一小会儿，她也就满足了。她甚至认为，此时此刻和他坐在一起的不应该是他的两个同事，而是她白玲玲。

她在对面一家小饭店坐下来，要了一份炒饼，一碗鸡蛋汤。慢慢地吃着，喝着，目光不停地朝对面的菜馆眺望。

在等待李明亮的过程中，白玲玲脑海里就像放电影一样，浮现出那一段刻骨铭心的美好时光。她想：是谁让自己在花季年龄恋上了自己的老师呢？如果没有这件事，她和李明亮的命运就会是另一个样子呀。莫非，这一切都是上天的有意安排吗？是的，她喜欢看李老师讲课的动作和神态——一个怀春少女，就那么长时间地盯着自己心仪的男人，怎不春心荡漾呢？何况，他又是那么儒雅和俊逸。就这样，他走进了她心里。但那时，她没有想到等待他们的，会是一个悲剧。

在这个世纪的最后一个初春，白玲玲坐在李镇这家小饭馆里，回忆那些逝去的往事，心中竟然生出缕缕甜蜜。然而，想到他们后来各自的处境，甜蜜里又不免掺杂了一点苦涩。因为那一次的情不自禁，爱情的种子竟然悄悄地发芽了，并在她体内迅速地生长。他们的恋情终于暴露于光天化日之下……

时间不长，李明亮和他的同事从饭馆里走出来。他们喝了酒，李明亮脸上泛出红光，在阳光的映照下，他更显得英姿勃发。他们边交谈，边往学校的方向走。

白玲玲没有再尾随他们，她只是呆呆地目送着那个熟悉的身影渐渐消失在人流里，消失在白花花的阳光里。

“哎，你还吃点什么？”一位脸上长满雀斑的女服务员走进来。她手里拿着菜单，有几分疑惑地望着正在发呆的白玲玲。

白玲玲被这声音吓了一跳。她惊悚地将目光落在了饭桌上，那碗炒饼所剩无几，一碗鸡蛋汤早已被她喝光了……

四十一

人们在日复一日的忙碌中，迎来了新世纪的第一个金秋。

李连春没有想到，这次的河堤村之行，让他心里曾萌动过的那个想法变得更清晰更具体了。

河堤村临近滹沱河畔，只有几百户人家。村南有几百亩河滩地，过河就是省城。而东面距离县城也只有十来里路，因此近年来村里不仅大力开发河滩地，而且又在村北通往县城的公路边上，大力发展板材业，一跃成为全县新农村建设的典范。今年，他们又要建村民住宅楼。连春是经过公开竞标，一举中标的。

如今，国家讲政企分开，进入新千年后，县建筑公司完全改为市场化运作，张大虎终于把包括连春的“飞宇”在内的几家个体建筑公司收编到了他的麾下。他成立了县建筑总集团，出任总经理——他的夙愿终于实现了。摊子大了，他又盖了一幢新办公楼。新楼玻璃帷幕，气派大方，里面装修得也极为豪华，无处不彰显着新世纪的风采，也体现了他这个建筑业巨头的地位。新楼房建好后，他就把自己从前的办公室让给了连春。

归属于大虎旗下，连春有了一种回家的感觉，不但活儿好揽了，而且也有了保障。中国经济发展的步伐之快，令连春感到惊叹不已。当年他刚进城时，对县里的国营建筑公司，又是羡慕，又是敬畏，总觉得自己这个“民营”是后娘的孩子，有些名不正，言不顺。在业务上也只是捡人家的“丢落”，哪敢奢望有和人家平起平坐这一天！然而，白云苍狗，日月如梭，十多年过去，这个行当竟然没有国营和私营之分了，他也成了他们当中的一员。他手下的员工，也增加到了百十来人，固定资产已达上百万元。

他非常看重河堤村这宗业务。十年前，他成功地揽到了磷肥厂那两栋家属楼，让他和他的公司在全县名声大噪。而十年后，他又把全县第一宗农村住宅楼的业务搞到了手。

和十年前不同，如今他已将摩托换成了小汽车——是一辆白色的“雪铁龙”，那是去年买下的，也算是鸟枪换大炮了。对他来说，这也算是新千年的新气象吧。

河堤村村委会位于村子的西南角上。事先，他和村主任老倪约定好了。他将汽车停在了村委会大院，啪！锁上车门，朝南端的那栋两层小楼走去。

进楼，靠北面是一排走廊，走廊北端粉白色的墙上悬挂着一张村规民约，还有市县领导来视察的大幅照片。走廊南端是一溜排开的屋门，分别写着“会议室”“办公室”“财会室”等等，让人疑心走进了城里的某个机关。

他敲开了老倪的办公室，老倪正打电话。

老倪长得精瘦干练，说话急促响亮，一看就属于勤于用脑又善于动手的实干家。

“哎呀，欢迎李大经理来我们村视察！”收了电话，老倪的双眼笑成了月牙状，起身和连春握了手，又拿起桌上的“绿石”，抽出一支，向连春递去。

“老倪，我今天来，是想先看看建楼的地方！”连春吸一口烟，笑容可掬地望着老倪。他们双方已经签订了合同，因此今天面对老倪，连春心里非常坦然。

“好——”老倪颔首微笑着，“我也正好让你到我们村里参观一下。”

为了参观得真切，老倪就领着连春步行，一边看着村街，一边往盖楼的位置走。

连春知道老倪很忙，如今他是县里的大红人，正像他自己前几年一样。那时他是县里个体建筑业的典型，被人称为农民企业家。他暗自觉得好笑，他和老倪走在一起，真是一种缘分啊。

河堤村虽说也是一排排平房，但一留心，就能看出这里和其他村子的不同。那每一排平房高低一致，排列整齐，每一个小院以及和它们相连的胡同，显然也是规划过的，像是画在纸上的几何体。无论是大街还是小胡同，都一律铺上了水泥面，干净，整洁。村子中央的小广场上，有一大块绿茵茵的草坪，草坪上还有一个人工堆积的小土丘。土丘不大，却给人以视觉上的美感。在几棵海棠花树旁边，还摆放着一溜健身器材，城里社区有的，这里一样儿也不缺。几个老太太领着小孙子正在那里玩耍，见他们走过来，都热情地和老倪打招呼。忽然，一阵说笑声和“咔——咔”的撞击声传过来，循声望去，只见广场北端有一排平房，正门敞开着，几个老人围坐在一起。见连春往那里瞧，老倪说，那是娱乐室，老人们正打麻将玩哩。

他们又顺着大街往正东走，街两旁种了法桐，看上去栽种时间还不长，树冠还没有够到两边的屋顶。连春想，草坪，法桐，还有村民住宅楼，莫非这就代表了新农村建设？虽说新鲜，但不免单调了一些。他不明白，规划这么好的平房和院落，干吗非要拆了？可惜不可惜？这不是资源浪费吗？莫非，住楼房就比平房好？再说村里人都愿意住楼房吗？虽说感到困惑，可又不便问老倪。于是，他一边走着，一边在心里构筑自己所喜欢的新农村——新民居不见得一律都盖高楼，不能一刀切，要有乡土特色，农家小院也很好嘛，又方便又实用；而且，法桐要和榆树、槐树、柳树、椿树等本地树种相混杂，来个中西合璧，这样才更富有乡村韵味。

住宅楼建在村东的一块空地上，因为已经规划好了，去年秋后再没有种冬小麦。只是有一些人家吝惜这块地儿，在上面种了几畦菠菜。老倪指着那几畦秋菠菜，告诉连春："不碍事，你们哪天开工，我就让他们把菜收了！"

同样是一片片的绿色，村当央那片草坪，带给连春的是一种新鲜感。而这一畦畦绿莹莹的秋菠菜——那肥大厚实的叶片将田地遮盖得严严实实——却让他感到非常亲切和温馨。面对新农村，他心里竟然生出一种无法言说的滋味。

往回走着，老倪兴致颇高地向连春介绍他们村的福利：村里人一到六十岁，每月就可领一百元养老金。而且村民的水费、电费、有线电视安装费以及部分医疗费全部由村里负担。嘿，明年——老倪提高了嗓门，说："等村民都搬进大楼，暖气费我们也负担！"

望一眼兴致勃勃的老倪，连春从心里佩服他。老倪可不是吹牛说大话，他正是这么一步一个脚印地走在了全县村干部的前列。这不禁让连春想到了过去的"农业学大寨"，想起了近些年崛起的江苏华西村。他想，总会有这么一些"人尖子"，靠他们的智慧和实干精神，成为他们所处那个时代的象征和"品牌"。

"我们靠的是公共积累——"老倪又扳着手指头，如数家珍一般对连春介绍：他们不但在村南河滩地建有养鱼池；而且还要充分利用那一大片槐树林——这是20世纪五六十年代种植的，那时在滹沱河两岸密布着大片的槐树林带，洁白的河滩，碧蓝的河水，还有两岸蓊郁葱茏的槐树，构成了那个时代滹沱河特有的旖旋风光。进入80年代，由于各种原因，河水渐渐断流了。长到人胳膊粗的洋槐树，竟也被村民偷偷砍伐。于是，白沙滩又裸露出来。难能可贵的是，河堤村的这一大片槐树林却完好无损地保留下来。因为河对岸就是省城，如今他们就依托这一大片槐树林，进行综合开发，吸引河对面的城里人来此游玩，消费。

本来，老倪还要开车带连春去那片槐树林和河滩地转转的。他想让连春看看他们的大草场，还有专门在槐树林里为城里人修建的集垂钓、休闲、娱乐为一体的孔雀园——里面不但有人工池塘，还把一大片的槐树林用铁丝围起来，里面放养了十几只孔雀，供人们观赏……只是，没有了河水的滋润，这里再美，也有些像舞台上的布景，缺少了几分钟灵之气。

老倪突然接到乡里的电话。

“哎呀，真不巧——”老倪将手机放进口袋，一脸抱歉地对连春笑道，“我得马上赶到乡里开会，以后有的是时间，到时候我再带你好好看看。我还要请你吃鸵鸟肉哩！我们还在河滩里建了个鸵鸟养殖场——”

辞别了老倪，连春驾车往县城赶。车窗外，临近成熟的玉米像画片般一掠而过。那黄绿杂糅的颜色，呈现出一派收获的喜庆。连春仿佛又嗅到了玉米成熟时的那种香喷喷的气息，他兴奋地抽动了几下鼻子。

而他的脑海里，随即又浮现出柏树庄那乱糟糟的街道，街口上有一大堆臭气熏天的垃圾，上面落满了苍蝇，狗和猫在上面扒拉着觅食。有时，为争夺一只死老鼠，两条狗狠命地撕咬扭打；同时出现在他脑海里的，还有刘囤那双狡黠贪婪的眼睛；这些年他们村成了乡里的老大难，没有一个人愿意去那里做工作，人们还给它起了个绰号：胳肢窝儿。

哎呀，柏树庄竟然有了这么个不光彩的绰号，每每想起来，都会让连春无地自容……

就任刘囤这么折腾吗？连春在心里问自己：你刚进城时，不是曾发誓将来事业有成后，再回来和刘囤较量吗？是的，他怎么能忘记这个誓言呢？只是，后来因为忙于创业，暂时把这个念头藏在了内心深处。对，回柏树庄，让家乡变个样儿。是的，时机已经成熟了。

然而，这依然只是个想法。他不知道自己要通过什么途径，来把它变成现实。

他咂咂嘴，一脸的茫然。

四十二

收过秋，麻五就干起了他的老本行——骑上那辆破自行车，串村收废铜烂铁，攒多了，再拉到废品收购站卖掉。白玲玲并不在意麻五每天赚多少钱，她是不愿意让麻五待在家里，不想一天到晚总看到他。

不知不觉又到了初冬季节，白玲玲盘算着再去李镇一趟。这一次，她一定要鼓足勇气，和李明亮在一起说会儿话。这些天，白玲玲晚上总是失眠，李明亮的影子总是在她脑海里晃动。那影子就像天上的飞鸟一样，在她眼前飞来飞去，她的心就要被它叼走了。

这几天，村里有一户人家盖新房，今天请小毛头安电线。本来中午要请小毛头吃饭的，但白玲玲早给儿子立下了规矩：像给人装个电灯呀，往新房里抻个线呀，尽量不让人家破费。在这方面，小毛头非常听话。

和母亲一起吃了午饭，小毛头又给那户人家忙活去了。白玲玲收拾了碗筷，就坐在外间的沙发上看电视。初冬的中午，太阳还是暖融融的，透过大玻璃门，照进屋里，客厅里像铺一层金粉，黄灿灿的。看了一会儿，她有些犯困，起身把电视关了。

她刚要去屋里休息，全保走进来。

“全保——”白玲玲眼睛一亮。

全保站在白玲玲面前，感到她的目光里依然充满温情，他说：“我来看看你。我干着两份活儿，很难回来一趟。”

白玲玲起身给全保倒水：“怪不得哩，总也不见你回来！”

说完，她就盯住全保看，看得十分仔细。全保变瘦了，也黑了。不过，那张黑黢黢的脸上，却透出一种健康的红润，这是一种让人感到无比欣喜的颜色呀。但她还是替全保捏着一把汗。嗯呀，这个老好人，真有一股子执拗劲！她可怜他，又不得不佩服他。

全保没有再说什么，端起茶杯吸溜吸溜地喝水。他渴了。茶水的温热，顷刻间涌遍他的全身。

放下茶杯，全保的手就伸进口袋，掏出一沓钞票，放在了茶几上。

白玲玲一时没有反应过来，疑惑地盯着全保。年过四旬的她，眼角上涌出了细密的皱纹，而且身体也发福了，但那双丹凤眼依然妩媚动人，总是洋溢着火一样的热情，仿佛蔑视时间的流逝，顽强而执拗地保留着一种东西。随即，她就明白了全保的意思。

她正要张口，全保对她笑了笑：“我今个儿呀，是来还你钱的。在我最苦的时候，你帮了我，这点恩我记一辈子！”

白玲玲脸一沉：“哼，我还真以为你是来看看我哩！我不缺这点钱！小毛头当了电工，每个月还能挣个四五百哩！”

全保望着白玲玲，他感激这个女人。这个看上去大大咧咧的女人，真的有一副侠肝义胆呀。

他把钱又往前推了推：“我既然要还你，就是有那个能力了！我每个月，过两次秋收哩！”说到这里，他眼里闪出愉快的光亮。

“这个我知道，关键是我也不急着花！快收起来吧！”

全保态度很坚决：“这钱你一定收下！我缺钱花了再向你借

还不行吗？”

见全保都说到这个份上了，白玲玲不好再坚持。全保是个自尊心很强的人，她理解他。

从白玲玲家走出来，全保又来到了连春家。

这是他偿还的最后一宗欠款——就是连春两次资助他的那四千块。连春没在家，二兰子在屋里洗衣服，传来洗衣机呼隆隆的声响。

起先，二兰子不肯去接，还责怪全保：“你看看，你见外了不是？你和连春是吗关系呀？再说，我们还缺这几个钱花？你连春哥说了，这钱嘛，我们就不要了！”虽说年近五十岁了，但二兰子并不怎么见老。主要是她在化妆上颇下了一番功夫。卧室的梳妆台上，摆满了各式化装品，那都是当下女孩子们用的。此刻，她脸上贴满了黄瓜片——最近，她听说往脸上贴黄瓜片可以保持皮肤的水分，尤其是在这初冬干燥多风的季节。自然，这只是在那些众多的润肤霜基础之上的一种保养！

“你看看，我这个样子吓你一跳吧？”二兰子指着自己满脸的黄瓜片，对着全保笑笑。淡黄色的牙齿，让淡绿色的黄瓜片比照着，像一粒粒的玉米豆子。

“这钱你拿走，我还怕你连春哥回来吃了我哩——”二兰子做出一副生气和畏惧的样子，“他如今在家里呀，比老虎还厉害哩！他真敢把我吃了——”

全保禁不住笑了，今天二兰子的态度让他感到温暖。冬阳透过门上的大玻璃，将东屋墙映得像个橙黄色的大幕布，屋里也温暖得像个温室。这是入冬以来一个少有的暖和天气。

全保把钱往茶几上一拍：“大嫂，真的，我手头真宽松了。要是钱不够花，也不会来还你们的！我不是见外。”

见二兰子怔在那里，又说：“我把所有的借款都还清了，这是最后一宗——”

“你看看你，还这么认真干吗呀！怪不得你连春哥总说你仁义——”在这一刻，二兰子觉得全保一家真是可怜兮兮的。她为自己先前对待他家的那种态度感到懊悔不已了。

“看看，光顾着说话哩，还没让你喝口热水哩！”二兰子笑着，从脸盆架上扯下毛巾，擦擦手，起身去倒水。

全保扭身往外走：“嫂子，我走了！我还得赶到城里上夜班哩！”

“你怎么说走就走呀？”二兰子见全保走到了院里，将暖瓶放茶几上，紧忙赶出来。

快到街门口时，二兰子朝全保摆摆手：“大兄弟，我就不往外送了，看我这个样子，不把人吓个半死才怪——”

全保是一身轻松地走出连春家那漂亮的街门的。街上没有一个人影，只有两条狗相互追逐着，是嬉耍，还是调情？谁说得清呢。他先是回家，在院里踯躅了一会儿。站在院里，他体味到了一身轻松带给他的那种快感，而且感到自己竟是顶天立地一般高大。是的，从今天开始，他再没有一分的欠款了。这是他和艾香一直在期盼的时刻呀。他恨不得让时间过得慢些，再慢些，就像电影里的慢镜头，他要仔细地品味和享受这晚到的幸福和快乐。

后来，就像让什么力量牵引着，全保来到了村西。

来到这里，他感到一种“静”。一轮橙红色的太阳挂在西边天际。那化育世间万物的太阳，还是一如既往地宁静，泰然怡然，以不变应万变。一望无垠的田野上是清一色的冬小麦，远山的影子呈黛青色，在夕照下显得凝重而神秘。那是一种太古般的静谧，上面仿佛真的住着传说中的神仙。

全保蹚过麦田，来到艾香的坟茔前。落日的光辉，为坟茔铺上一层暖色调。

“艾香，我把借款全都还清了！”全保对着艾香的坟茔，兴奋地叨念着，“从今天开始，咱就没有一分钱欠款了！”

他仿佛看到，艾香在朝他甜甜地笑。那弯弯似新月一样的眼睛里，闪出晶莹的泪花。艾香的笑脸有落日一般的壮美。

一股热流，似泉水般从全保心里涌出。他真不想去城里了，他要和这块土地，这落日，这远山，还有他的艾香，日夜相伴。在这里，他终日可嗅到泥土的芳香，耳听小鸟婉转的啼鸣。这泥土的芳香和小鸟的鸣唱，总是让他心里感到格外的舒坦和踏实。

他突然想大声喊。他真的就朝着空旷的原野，朝着远处的村子，铆足劲喊了一嗓子："我没有欠款了——"

我没有欠款了，我没有欠款了！我没有欠款了！四野里响起了他的回声，似有无数个他在呼喊。那回声拖着长长的尾音，在浩瀚的夜空里回荡着，嘹亮而又悲壮。

四十三

咽下一口馒头，全保忽然皱起眉头。他感到馒头在食管里被什么东西绊了一下。

不好！莫非那个病复发了？

但他又马上否定了。怎么可能呢？距离他做手术已经过去四年了。他明白，对于一个癌症患者，这四年意味着什么。记得他出院后化疗时，大夫曾对他说过，如果五年内不复发，就算彻底治愈了。——你嘛，非常有希望，一来，你的病发现得早，还属于中早期；二来呢，手术做得极好——说到这里，大夫脸上掠过一丝无法掩饰的自豪。又说，还有一点，这也是顶重要的，我看你体格好，心态也不错。当然，你必须坚持服药，化疗，不可大意。

正如大夫所说的，全保的身体果真渐渐地好起来，他完全不像个病人了。只是，头两年他还一直坚持化疗，吃药。两年后，他就不愿意再花这个钱了。由每个星期化疗一次，改为两星期一次。这样坚持了多半年，再后来，就改为两个月一次。到第四年头上，他干脆就不再化疗了；服药也是如此。由一天三次，改为一次，而后再改为两天一次，三天一次。到第四年头上，他干脆就停止用药了，就像对待化疗一样。

是因为没有遵照大夫说的去做，才复发了？他困惑地眨了几下眼睛，神色顿时严肃和沉重起来。

他马上又摇头——不会的，停止化疗又过去快一年了，而且他感觉身体非常棒。有时，他竟然忘记了自己是个癌症病人。甚至他感到自己比先前，也就是他得病前还要结实。他不认为自己的病复发了。他坚毅地摇摇头，怎么会复发呢？一点儿迹象也没有呀。前些日子他还去问过那位大夫。大夫有些生气，狠狠地责怪他："呵，你怎么能停止治疗呢？你应该再坚持两年。不过嘛——"那双像手术刀一样锋利的眼睛又在他脸上扫一下，像是查找什么蛛丝马迹。之后，和蔼地笑了，安慰他，如果这时候不复发，也许复发的可能性不会太大。

就是这句话，让全保吃了颗定心丸。

也许，是这些天吃东西又不注意了，才出现这种情况吧？有时，他还是吃冷馒头，顶多从锅炉里铲出几块通红的煤块，把馒头放上面，烧焦了吃。非常好吃，香，脆，有点像小孩子吃的锅巴。除了烤着吃，有时也用热水泡一下。庄稼人嘛，这样吃惯了，吃惯了就不碍什么事儿。一辈一辈地传下来了。他又搬出这个道理来，以此说服自己，也宽慰自己。然而他就是没想到他的病会复发。怎么会复发呢？大夫的话难道还不可信吗？对，不会的。

也许是消化不良吧？这些天硬的、冷的又吃多了。他这样认为。于是，无奈地笑了笑，咧开的嘴唇将整个脸肌牵动起来。那是一张地地道道的饱经风雨和人生大喜大悲的中年男人的脸。上面写满了人生的沧桑，却又不乏对生活的企盼，深沉得有几分悲壮。

再吃饭时，他就不再啃冷馒头了，不能再那样凑合。即便从食堂打饭，也是细嚼慢咽，又像出院以后那样，变得小心翼翼的，生怕触动了什么，仿佛身边放置着一颗炸弹，他必须远离它才对。

然而，那种下咽不顺畅的感觉却没有逃遁，而且比前几天还加重了——在原来发病的部位，有东西阻挡食物的下咽。

他心里“咯噔”一下。妈的，莫非那个病真复发了？

他被这个念头吓了一跳。他像让人扔到了冰凉刺骨的河水里。然后，就慢慢地下沉，再下沉……

你太悲观了。也许不会这么糟糕！天下倒霉的事儿，哪能总让你摊上呢？你这一辈子，本本分分做人，好人应该一生平安呀。

于是，往医院走着，他又生出一丝希望。

当他拿着检查结果迈进诊室时，觉得自己就像一个面临宣判的犯人，生与死尽在瞬息间。他两腿发软，像是走在棉花垛上一样，全身轻飘飘的。

果然，他的病复发了。老天爷和他开了一个天大的玩笑！

还是那位戴金丝眼镜的年轻大夫，这一次，他脸上没了一点笑模样，惋惜地咂咂嘴，说：“本来嘛，手术做得非常好，如果你一直坚持化疗——”他将诊断结果无奈地往桌上一拍，全保的心仿佛给拍碎了，碎成了一条条，一块块。“如今说什么也晚了！唉，你家人来了没有？”大夫边说，边扭头四下张望，像第一次那样问全保。

全保反而平静了。已经知道了结果，不管是好还是坏，他那颗悬着的心总算落到了实处。“不用了，大夫！不用瞒我——”他说，紧紧地盯住大夫的脸，像溺水的人，抓住了一根救命的稻草。

大夫把检查结果从桌上拎起来，又往他手里一拍，苦笑道：“好吧，想吃什么，就吃——不过嘛，什么事都不是绝对的，也可能会发生奇迹，你也不要太悲观，这就看你的运气了——”

他手握检查结果，来到了医院门诊楼前面。他站在院里，四下里张望着，像是向人求助似的。又是暮冬时节。四年前，也正是这个季节，这个时候，他也是手握那一纸诊断结果，站在这里的。没错，站在这里。而且，天气简直就是那天的翻版。——一层灰蒙蒙的雾气，将西斜的太阳罩住了，但又露出它淡黄色的轮廓，像一个打到碗里的蛋黄。不阴不晴，天地间雾气昭昭，是这个城市冬季常有的天气。没有风，但天很冷，像是有冰凉的水浸到了骨头里。医院外面的马路上，永远是没有尽头的呼呼作响的车流、人流，仿佛长河里污浊的流水。

那时，也就是当他第一次得知自己身患绝症时，他首先想到了压在他身上的那些债务。这一次，当他冷静下来时，反而有一种莫大的释然，因为他已经把所有的债务还清了。

那一纸检查结果，被他攥在手里，一直攥成了一个小纸团，被手心里沁出的热汗浸湿了。可他身上，却愈加的冷，像掉进了冰窖。

他没有把这个消息告诉厂里，两边都没有告诉。他害怕人家辞掉他。

他更没有去治疗，没有化疗，也没有吃药。反正也是死，还花那个冤枉钱干吗？你的命不值钱！他哀怨地想。

他目前唯一希望的，就是自己能多活些日子。能多活一天，就能给孩子们多挣点钱。

后来的几天里，他吃饭时食管里那种不适感竟然有所减轻。这个发现让他欣喜万分，像是又看到一线希望，尽管单薄得像清晨天边第一缕天光，但毕竟太阳快出来了。也许检查结果有误吧。也许——这是他最想看到的，癌细胞已然神奇地消失了。这种幸运怎么就不能降临到他丁全保头上呢？

这生的希望，让他浑身又充满了劲头。

然而，好景不长，那种感觉又卷土重来了。

天，塌下来了。

四十四

刚出正月，天气乍暖还寒。县城街道两边那一排排的垂柳，已经氤氲出一抹鹅黄色，让人想到中国画里表现春色的那一抹淡淡的绿。这早春的信息，总是让垂柳带到人间的。

这天上午，连春刚进办公室，就接到了一个电话。

一个浑厚陌生的男声，在电话里问他："你就是飞宇建筑公司的李经理吧？"

"对，请问你是哪位？"

"我是你们乡新来的乡长，杨连升！你不一定知道我，可我知道你呀。我今天来县里开三干会，下午散会后想见你一面，有件事要和你商量，不知你方便不方便？"从语气里，听出对方很兴奋，也很急迫。

连春说："好吧，我下午在办公室等你！"

放了电话，连春颇感意外，这个杨乡长找他干什么呢？因为成天待在工地上，他和乡里干部没有接触过，和这个杨乡长更是素昧平生。

因为下午要等杨乡长，连春中午回来后，就没有再去工地。

下午四点来钟，连春办公室的门被推开了，杨乡长笑眯眯地进来了。这是个中等身材的男人，说话轻声细语，有几分斯文，完全没有其他乡干部通常有的那种粗鲁和莽撞。他是那种身上有几分文化气息的基层领导，戴一副玳瑁眼镜，穿一身深灰色西装，没系领带，而衬衣领子却是洁白的，显得干净利落。

"你就是李经理吧？"

"对呀，你是杨乡长？"连春赶忙起身，伸出手和杨乡长握了，又一脸谦逊地纠正，"别叫我经理，就叫我连春吧。叫老李也行。那个经理还不是自己给自己封的，没多大意思。哪像你们吃公家饭的，那才是真正的官呢。”虽说已归属张大虎，但连春还是和从前一样谦逊、低调。

杨乡长在沙发上坐下来，望着连春，笑了笑，慢条斯理地给他纠正：“乡长也不是官，是公仆——”

初次见面，连春觉得这杨乡长就是和其他乡干部不一样，人不但朴实、随和，而且又有几分幽默感，甫一接触，就让人感到亲切。

杨乡长接过连春递过来的烟，衔在嘴里，似乎不急于说明来意，问了连春经营方面的一些情况。然后，他面露微笑：“我是久闻你的大名，只是，一直无缘和你见面。我是年前调到你们乡的。我今天来是想请你出山，这对你是件大事儿，我得先来和你商量一下——”

杨连升原来是县政府办主任，是他主动提出下基层锻炼的。一来到这个乡，他就听说了柏树庄的情况——刘囤身在其位，却不谋其职，而且他民怨极大，因此柏树庄早已成了乡干部们的一块心病。先前无论谁来这个乡当领导，都不愿意去触及这个烂摊子，所以“胳肢窝儿”这个外号就流传开了。乡里开会，他也见过刘囤几次。没错，他从刘囤身上，明显地感到了“三气”：霸气，匪气，邪气。他非常惊诧，这么多年，柏树庄的大权竟然一直握在这种人手里。利用新农村建设，他有意识地给刘囤施加过一点压力，目的是焕发他的责任意识，使柏树庄的工作有些新起色。然而，积习难改，当别的村里新农村建设蓬蓬勃勃地开展起来，柏树庄差不多还是老样子。为了应付乡里，刘囤只是做了一点儿表面文章，将村里的街道整理了一下，又将街口堆积了好几年的那一大堆垃圾清理了——仅此而已。正当杨连升发愁如何搬掉这只拦路虎时，恰好上级对基层选举进行改革，实行民选村长。这位新来的乡长脑瓜子一转，就想到了李连春。对，请他回来和刘囤竞选村主任！只有这样办，才能彻底治理好柏树庄！

他把这个想法，告诉了党委书记老胡，征求他的意见。起初老胡并不怎么热心，他在这个乡待了七八年了，和刘囤关系不错。刘囤时常请他下馆子不算，每逢过年过节，还会悄悄地去他家里表示一下。因此，他明知刘囤屁股底下不干净，也只是睁一只眼闭一只眼。他明白，和刘囤较真又能怎么样？除了他，谁能挑起柏树庄的大梁呢？没有！何况，刘囤又是那么尊重他，在这方面非常的乖巧，他不愿意得罪他。尽管他从内心里也不满意刘囤的为人，但只要乡里工作安稳，不出乱子，他才不去捅那个马蜂窝呢。再说了，柏树庄那个“胳肢窝儿”的绰号也叫出去了，再改变已经非常困难。都知道这个村子不好搞，他就不感到有什么丢人的。这丢什么人？搞不好，那不是他没有能耐，更不是他不肯去费那个心思，实在是没办法呀，巧媳妇还难为无米之炊哩。

如今，杨乡长决定请李连春出山，搬掉柏树庄这个“大拿”，虽说他心里不乐意，可明面上也不好反对。何况，在他看来，李连春也不见得回来——人家在外面那么挣钱，又体面又风光，怎么肯回来接手这个烂摊子呢？因此，当杨连升来找他商量时，他满口答应了。可心里呢，却认为杨连升想得未免太乐观了，到底是刚下来，还是嫩了点。他等着看杨连升的笑话。他非常乐意看他的笑话，这不是老天替自己要给他一个下马威吗？我看你小子今后还这么张狂不？哼！不知道自己几斤几两！往后还是乖乖地听我的吧！

连春怎么能想到，杨乡长今天竟然为这个而来。一种激情，从心底陡地生出。这时，他想到了参观河堤村的情景，还想到了那个在心底埋藏了许久的想法。这不，机会终于来了。仿佛冥冥之中，一个重任就落在了他肩上。

“谢谢杨乡长对我的信任！”连春向杨乡长投去感激的目光，又谦逊地说道，“柏树庄是生我养我的故乡，我怎么不想回去呢？当年，是刘囤排挤我，在村里无法实现我的理想，我才出来闯荡的。这些年，虽然我在城里干，但我心里装着的依然是柏树庄。我盼着父老乡亲们尽快富起来。我的生意越红火，赚的钱越多，这个想法就越强烈——说到底，柏树庄才是我的家呀！城里再好，也是人家的。我的根在那里——”

“难得你有这个心——”杨乡长呷一口茶水，满意地笑了，“我还以为你们大老板都掉进钱眼里了！这就好，这就好，我这一趟算没白来！”

杨乡长告诉连春，他之所以选择他、信任他，正是考虑到他在外面闯荡了这么多年，朋友多，路子广，搞经济肯定没问题。而且，在村里口碑也不错，是一块挑大梁的料儿！

只是，他一直担心连春对回村里不感兴趣，更不愿意接刘囤那个烂摊子。连春此时的态度，把他的这个顾虑顿时给打消了。

连春笑了笑，又面露难色：“杨乡长，我是答应了你，可我怕回去干砸了，让你脸上无光！我也对不住父老乡亲啊！”

杨乡长给他鼓劲：“我既然选中你，就相信你能干好。就把你进城拼搏的劲头拿出来，一定能把柏树庄治理好。——这可是乡里对你的期望啊，我们都盼着你去甩掉‘胳肢窝儿’这个外号哩。今天，我是代表乡政府，郑重地请你回去竞选的。我相信，乡亲们的眼睛是雪亮的。”

看杨乡长说得这么恳切，连春还能说什么呢？他吸一口烟，再缓缓地吐出来，眼睛盯住天花板，沉吟一下，手在桌上用力一拍：“好吧，恭敬不如从命，我就回去和刘囤竞选！”

杨乡长开心地笑了，仿佛看到了柏树庄的希望。他是把柏树庄作为一个突破口，然后再把全乡的工作局面打开。

他感到自己很庆幸，遇到了李连春这样一位热血男儿。

“晚上我请你吃饭，咱们再好好聊聊！”杨乡长说着，站起身，“我还得办件事儿，一会儿订好饭店给你打电话。我想把我们胡书记也叫来，你们认识一下！”

连春急忙摆手："今天还是我安排吧，你们来了，我得尽地主之谊呀！你说是不是，杨乡长？"

"好吧——"杨乡长痛快地答应了，他再一次握住了连春的手，两人像多年的一对儿老朋友，相互对望着，用目光传递着各自对对方的信任，大有相见恨晚之感。

四十五

这些天，刘囤无疑就是一只热锅上的蚂蚁。

作为村主任，这些年，他什么时候这么闹心过？没有。在柏树庄，没有让他感到棘手的事情，更没有他办不了的事儿。只要他刘囤说出的话，哪个敢违拗呢？没有。在这块地面上，天王老子都归我管。——这是他时常挂在嘴边上的一句话。

自从杨连升调来当乡长，刘囤心里就开始发毛了。通过几次开会，他察觉杨乡长这人不是那么好对付的。别看他表面上斯斯文文，不声不响的，却是个肚里长牙的主儿。而且，对待工作又一点儿不含糊。因此，他不好再像从前那样稀里糊涂地混天儿了。上边号召搞新农村建设，杨乡长也给他分派了任务，他明知杨乡长不好打发，有时，也曾想过在工作上抓出点成效来，以此来讨好这个新来的乡长。但他哪有那个能力呀。这些年，他光热衷于吃喝玩乐了，一想到抓工作，就觉得脑瓜子疼，手在后脑勺上抓挠半天，也琢磨不出个子丑寅卯来，干脆就再不愿操那个心劳那个神，只做了点表面文章，支应了一下，想蒙混过关。

着急归着急，他其实并没有多大的压力。他明白，这杨乡长再厉害，柏树庄离开了他刘囤，任谁也拨拉不开的。正在他打着如意算盘时，今年上边实行了民选村长，他万万没有料想到，连春会回来和他竞争。

当他得知这一消息时，尽管对连春恨得咬牙切齿，但又不把连春放到眼里。妈的，你小子想和我斗心眼呀，不是我吹大话，你还真嫩了点。

可他心里到底还是没底：这一次上边可变招数了，让大家伙投票。×他姥姥的，万一人家不投我的票，到时候不就抓瞎了？真要到了那一步，就是喊爹也没戏了。

很快，他那两只豹子眼一转，胖乎乎的手抄起茶几上的电话，摁下了一串号码。

不大会儿，他的几个副手就齐刷刷地赶来了。

刘囤一人递给他们一支烟。老房平时很少抽，今天也接了。刘囤很少给他们递烟，平时都是他们给刘囤烟抽的。

刘囤把一支烟塞到嘴里，缓缓地扫他们一眼："我把你们叫来，是有一件要紧事，这事儿和你们也有关系。咱们是一棵树上的果子，不管大小还是丑俊，都连着根哩。"

"主任，咱们谁跟谁呀，你就直说得了，我们都等急了。"其实，他们心里也都明白是怎么回事。

对于属下对自己的"忠"，刘囤非常满意。

他咳一声，清了清嗓子："竞选的事儿你们都知道，这样吧，今晚上咱们就开始活动——"说着，从口袋里掏出一沓钞票，"啪"拍到茶几上，"去吧，找说话顶事儿的，一家一张票子，让他们去动员当家子和亲戚，我就不信，猫见了腥不流哈喇子的。这几天，你们就干这个。第一，把你们当家子的票都拉过来，一个也不许跑了——哼，平时我待你们不薄气吧？今个儿就看你们的了。如果我下台，你们能有好果子吃吗？再一个——"他伸出一根手指，眼睛飞快地扫一下每一张脸，"就是把和你们有点关系的人，也都统统拉过来。吗叫不赖，有事儿了，不帮忙要怎样？平时让他们吃，让他们喝，莫非都统统喂狗啦？"

这几个人，连大气都不敢出一口了，心里明白这句话也是说给他们听的，对他们是个警告。这是刘囤惯用的一种方式。"至于其他人，你们也要尽力去争取。我就不信，连春这个蛐蛐蟮，还能在柏树庄充长虫？——快去吧，是骡子是马，该拉出来遛遛啦！”

老房到底是干了多年会计，对数字格外敏感，他朝刘囤摆下手：“我说主任，要是一家一张票，那得多少呀。”

“不够的话，我明天再去银行取！”

“不是那个意思——”老房摇头，“依我说哩，咱一家买上两条烟，也不用买多贵的，没那个必要，就买‘白石家庄’的，两块五一盒，两条下来也就是五十。然后再买两瓶酒，就买十来块一瓶的，这样总共下来，一家也就是大几十块。按批发价还能再便宜点。”

刘囤拍下脑门，认为这个办法也不错。

这一帮人，接了任务，第二天就开始分头行动。老房负责采买烟酒。因为买得多，他就找来一辆130客货两用车，到镇上的烟酒公司去批发。

就在老房他们去镇上采买烟酒时，刘囤来到白玲玲家。

白玲玲背着喷壶，手里提着药瓶，正要去麦地里打灭草剂，刚走出街门，和刘囤撞了个正着。如今村里人都很少锄草了，而是喷洒灭草剂。

一出门就碰到丧门星，白玲玲心里要多腻歪有多腻歪。她扭头四下望一眼，有下地的人，远远地走过来。

刘囤笑了笑，他笑得很不自然，朝白玲玲摆摆手：“快家去，快家去，我有要紧事对你说。”一把扯住了白玲玲的胳膊，将她拽到了院里。

白玲玲甩开他的手：“有屁快放！长眼没有呀？没见我还急着去田里干活吗？”她害怕刘囤又要把她拉到屋里。猪，狗，把老娘当成什么人了？

看白玲玲误解自己了，刘囤嬉皮笑脸地说：“玲玲，可不是那个意思——这会儿我哪还有那个心思呀？你就是要我，我也不中用！就说几句话——”

“呸，你当谁稀罕你——”白玲玲啐他一口，竟然有些愣神了。他今天来不是为那个事？然而，她心里依然窝着火。如今，小毛头都二十七八了，还没有定下媳妇儿哩。是儿子长得孬吗？不是！小毛头的长相随了她，白里透红的脸庞，一双大眼睛扑闪扑闪的，机灵而又帅气，可就是说不下对象。人家女方一听说他母亲的情况，就对媒人摇头。白玲玲经过一番分析，认为是刘囤把她的名声给糟践了。村里女人和其他男人有染的莫非就她一个人吗？显然不是，而其他女人都是悄悄地和别人相好，人们都心照不宣罢了。而她呢，和刘囤弄得跟明的一样了。这不怪刘囤又怪谁呢？他想吃的肉包子，伸手拿就是了，才不管别人怎么看。

刘囤压低声儿说：“我是来和你商量个事儿——”突然又改口，“不，是想求你一件事——”

“你是让我给你拉选票吧？”

刘囤笑了：“没错，就是那样，等麻五回来你也跟他说说，让他去动员你们当家子。你哩，也得出去帮我活动活动，找和你不错的人，去帮我说说话。我×他妈连春，放着城里的经理不干，偏偏回来和我过不去！这家伙真不是东西，在城里把钱挣足了，又想回村里来捞一把！咱可不能让他得逞了！”

因为急着要去田里做活儿，也是因为想快点摆脱刘囤，白玲玲就答应了他。

“嘿嘿——”刘囤伸手在白玲玲胸上捞一把，“还是我的玲玲，在最关键的时候肯为我出力！”

白玲玲打开了刘囤的手。她要马上离开，她实在不想看到刘囤这张臃肿得像发面馒头一样的脸。

今天的确是个好天气，初春时节的太阳，明亮而又温暖。照亮了麦田，照亮了田塍。麦田和畦畔上的小草，早迫不及待地拱出娇嫩的脑袋，好奇地打量着这个世界，接受着春阳的爱抚。那嫩绿透红的颜色，让人联想到婴孩光洁透亮的脸蛋。

白玲玲喜欢在这样的天气里来田里干活。整个冬天，她几乎都是在家里猫着，一走出村来，这辽阔的田野让她心里豁然一亮。一股麦苗的清新气息扑进她的鼻子里，里面有湿润的土腥味，有小草萌生时的那种甜味，她贪婪地吸几口，感到神清气爽。

她今天格外高兴，因为她看到了刘囤那种焦躁不安的样子。刘囤什么时候这样狼狈过？没有。他是柏树庄的“大拿”呀。许多年来，在人们的意识里，似乎他当村主任是天经地义的。柏树庄俨然就是他的天下了。

她没有想到，连春竟然敢回来和刘囤叫板！

当她刚听到这个消息时，的确吃了一惊。她不理解，这个进城闯荡而且大获成功的人为何肯回来接刘囤这个烂摊子？但心里又隐隐约约地有些明白，她从心里佩服连春的胆识和气魄。然而又替他捏着一把汗，因为，刘囤不会善罢甘休的，她想到了刘囤另一个绰号——刘三刀。就是这个绰号，让她对刘囤的憎恶里又多了一分惧怕。她企盼着这个在柏树庄作威作福多年的家伙早点下台。尤其是这两年，每一次回娘家，对她都是一个不小的刺激。她娘家村里这几年变化很大，有不少人家盖了两层小楼。她哥嫂家也住上了小洋楼，铝合金门窗，瓷砖贴面，里里外外透出现代化气息。此外，村里不但将街道和每一条胡同都硬化了，还设有卫生督查员，整个村子又整洁又干净。老人一过六十岁，就领上了养老金。虽说不多，一人一个月才三十，但瓜子不大是个心儿，把人们的心给暖热乎了。本来，因为当年那场师生恋，后来又因为她和刘囤的传闻，她娘家嫂子一直鄙视她，如今就越发的看不起这个小姑子了。一见到白玲玲，鄙夷里又添加了一丝高傲。有一天，她还满含讥讽地对白玲玲说，看你们村那个外号，“胳肢窝儿”！哎呀，恶心死我了。

因此，白玲玲做梦都盼着刘囤快快下台，让一个有责任心的人来代替他。那样，她不但能过上舒心日子，就是在娘家嫂子面前，也能把腰杆挺直了。

还有，只要刘囤一下台，不再是柏树庄的“大拿”了，她就和他断绝那种关系。只有到那一天，她才有这个勇气。

今天，太阳是那么温暖，空气里又饱含了各种植物复苏和生长的那种清新怡人的气息。白玲玲最喜欢这早春的天气了，尽管时常刮风，在她看来就连风刮起的沙尘，也是温暖的。这个季节，只要是个晴天，哪怕是风歇上一会儿，就会艳阳高照，碧空万里。今天就没有风，看吧，在她家麦田的尽头，有人家种了一片油菜花，迎着太阳，黄灿灿的直晃人的眼，远远望去像堆着一坨金子。不时有肥胖的蜜蜂从她身边嗡嗡地飞过，朝着那片油菜花飞去。她仿佛看到蜜蜂盘旋着，落在了在暖风里轻轻摇曳的花蕾上。从远处传来小鸟的欢唱，却看不到它们的影子，那声音像是从天宇传来的。又从什么地方传来几声男人的吼唱，是河北梆子《大登殿》，“金牌调来，银牌宣，金銮殿前走来我王宝钏……”，却只闻其声，看不到人影儿。她抬起左手，搭个眼罩，四下里张望，依然看不到歌者。她忽然明白了，是有人在大窑沟里浇地。顾名思义，大窑沟，就是村北的一条大沟，它曲里拐弯，一直连接到那座大队废弃的砖窑那里。仔细听，那略带沙哑的声音的确就是从那里传过来的。正因为有些沙哑，听上去才更真实，更让她动情。那是从内心深处流淌出来的声音啊，没有半点杂质。她想走过去，看看是哪个人这么浪漫？脚却没有动弹，害怕人家看到她不好意思再唱下去。听着这高昂又有几分悲凉的梆子戏，李明亮那俊朗儒雅的面孔又浮现在她脑海里。恍若歌者就是李明亮，李明亮的嗓音就是如此，厚重里略带一缕沙哑。一想到李明亮，她就更痛恨刘囤了。因为刘囤把她的名声糟践了，她才一直无颜面对她心爱的人哩。每一次，都只能站得远远地瞧他。——她只能用这种方式来安抚自己那颗日夜思念的心！

中午，她回到家，看到麻五正蹲在院里择一把菠菜。那枣核般的脑袋上，落一层黄灿灿的阳光。

“你再不回来，我就去地里找你了。”

白玲玲把喷壶放院里，问他：“你找我干吗呀？是让我给你做饭吧？”

他俩的关系非常有意思，白玲玲因为嫁给麻五感到委屈，平时对家务活就很少沾手。像做饭呀、洗衣服呀，大多是麻五的事儿。高兴了，顶多也是做个帮手。就连她的内裤，也是让麻五来清洗。麻五任劳任怨，就是心里有意见，堵得慌，也不敢吱声。就这样，渐渐地麻五也就变得非常能干了——干起家务活儿来不但速度快，而且质量好，尤其是他的厨艺大有长进，一个大老爷们，蒸馒头、擀面条、包饺子，样样拿手，而且做的菜也非常有味道。渐渐地，白玲玲在生活方面对他产生了依赖。然而，自从她和刘囤有了那种关系，因为心里发虚，她对麻五的态度就有所改变了，她开始下厨房做饭，只是，她的烹调水平远远赶不上麻五。麻五哪里会想得到，本来让他感到心里憋屈的事情，竟然让他掌握了一门手艺，真是歪打正着啊，正是失之东隅，收之桑榆。

今天，他回到家里没有看到白玲玲，知道她下地还没有回来，就开始动手择菜，准备中午饭了。

“我刚才在路上碰到刘囤了。”

“刘囤也把竞选的事儿跟你说了？”

“说了！”麻五脸上露出几分得意，他认为这是刘囤给他面子，“今晚上我就去找咱当家子，给他们吹吹风。——连春算个屁，也敢来和刘囤争村长？如果刘囤下台了，咱家小毛头的电工说不定还干不成了哩。”

白玲玲没有想到麻五会持这个态度。但又不想把自己的心思告诉他。她理解麻五，这些年他是在她的重压下走过来的，事事都依顺着别人，哪里还有一点儿主见？

洗了手，白玲玲就帮麻五做饭。她今天很想帮麻五做一顿饭。

下午，刘囤又把刘玉民叫来了。

刘玉民以为又是让他来陪酒的，待他踏进门来，着实吃了一惊，我的妈，院里怎么堆了这么多好东西哩？这是开门市呀，还是搞批发？那一箱箱的烟酒堆在一起，就像一座小山一样蔚然壮观。刘囤这是唱的哪一出呢？尤其让他不明白的是，老房，还有大贵、二歪也都在场，他们正弯着腰，撅着屁股，仔细地清点这些东西。

见刘玉民发怔，刘囤哈哈地笑了，扔给他一支烟，调侃道："今个儿可不是让你来陪酒的！别净想××好事！"

刘玉民皱一下那两道扫帚眉，很快明白今天不同以往，像有什么大事情。他边往嘴里塞烟，边和刘囤开玩笑："我说哩，我也没多大酒量呀，给我弄这么多酒？"弯下细长的身子，拎起一瓶酒，扫一眼上面的商标，故意吧嗒一下嘴。

刘囤摆了摆手："咱闲话少扯，老弟，今儿我交给你一个特殊任务，嘿，就看你的了！"

他对刘玉民说了自己的想法。就是除了让他发动他的本家和亲戚，还要发动学校小学生，回去做他们父母的工作。如今的小孩子是集众多宠爱于一身，孩子的意见大人最看重。何况，又是学校老师交派的任务。

这一帮人，就围坐在刘囤家里抽起烟来。太阳懒洋洋地照在他们身上，也映亮了烟酒红红绿绿的包装盒。一只在严冬里苟延残喘的苍蝇刚刚缓过劲来了，吱吱地叫着，围着刘囤飞来飞去，最后落在了他又圆又大的鼻头上。也许它认为那是个好地方，也许，它从那两只粗大的鼻孔里，敏感地嗅到了让它格外兴奋的气味吧。刘囤一晃脑袋，把苍蝇吓跑了。

大白桃倒也机灵，说："这么坐着也是坐着，我弄俩小菜吧。”刘囤一拍脑门子，说：“娘的，光顾着晚上的事儿哩，把这个给忘了！好，咱先喝两杯，给你们鼓鼓劲儿。”

老房和刘囤说话比较随便，说：“你呀，真抠门，还不如夫人哩。”

刘囤很高兴。他喜欢他的下属和他开玩笑，哈哈地大笑着，一拍巴掌，吼道：“来呀，咱他娘的喝就喝，这庆功酒，就提前喝了！”

人们纷纷指责他：“就这么把我们打发了？没门！”

刘囤故意把脸一沉：“怎么？嫌酒孬吗？不都是酒吗？辣辣嘴儿就得了呗！”

刘玉民抢先说：“哪有这么简单的庆功宴？说难听点，你这是打发叫花子！”

刘囤像让人挠了腋窝似的，一缩粗短的脖子笑起来：“我真拿你们没办法了。好吧，这次不算，待结果一出来，咱就去镇上天香楼撮一顿，咱喝五粮液，让你们放开肚子喝，谁喝不醉谁是他娘的王八蛋！”

“这还差不离儿，像个大村长样儿！”

大家嘻嘻哈哈地笑着，就像真的吃上庆功宴了。

油炝葱花的香气，从厨房里飘出来。

正是农历三月十一，尽管月亮离满弦还差几天，像个被咬去了一大块的月饼般悬在深蓝色的天幕上，却雪白得晃人眼睛。这天晚上，柏树庄的狗吠此起彼伏，没有了平日夜晚的那种恬静。有人趁着夜色的掩护“活动”，这是个不平静的月夜呀。

白玲玲撂了饭碗，去屋里对着梳妆镜简单地装扮了一下，对麻五交代几句，就扭动着细细的腰肢，走出街门。

她先去了麻五的那几个本家。这几个本家，有她的长辈，也有晚辈。人们都以为她是为刘囤拉选票的，但出乎他们的意料，白玲玲竟然让他们支持连春。起初他们怎么也不理解，刘囤不是和她相好吗？怎么到最关键的时候，她的胳膊肘往外拐呢？

对于白玲玲，他们的看法是矛盾的。在他们看来，她和刘囤好，就是要从刘囤身上得到一些好处。然而，白玲玲的热情爽朗，又格外讨人喜欢。而且，她对麻五的本家也都很尊重，无论谁家有了困难，她总是热心相助。因而，渐渐地他们对白玲玲也不得不看重起来。——这人呀，往往是有好的一面也有不好的一面，就看你如何看他（她）了。因为佩服白玲玲的聪明伶俐，平时谁家有了红白喜事，总是来请白玲玲主持，因此从某种角度来说，这两年白玲玲已经成为这个家族的头面人物了。她也很胜任这个角色，她见多识广，能说会道，无论什么事儿，什么场合，她都能打理得滴水不漏，圆满得无可挑剔。这是其他人无法比的。

“这么多年，咱们受刘囤的气还少吗？你看刘囤那个霸气！”不提则罢，一提到刘囤白玲玲满肚子怒气，“还有，这两年，咱村的企业占地款都哪去了！往少里说，也得有二十多万吧？这些钱难道让大风刮跑了吗？谁敢查他的账！”

麻五的本家们一个劲地点头。如果说刚开始他们还只是应付白玲玲，可经她这么一提醒，也都幡然醒悟了，对刘囤的憎恨更增加了一层。

“好吧，不光我们不选他，我们的亲戚也不能选他——”麻五的一个堂叔说，“我一会儿就去我亲家一趟。”

白玲玲一气走完了这几个本家，他们对白玲玲的看法顿时改变了。从前，认为白玲玲和刘囤穿一条裤子，虽说心里忌恨刘囤，但当着白玲玲的面又不敢说刘囤的坏话。但今天他们才真正认识了白玲玲。原来这事儿并不怪她，她是被逼无奈呀。谁让她长得那么漂亮，又那么讨人喜欢呢？这下好了，到了这最关键的时候，她要让刘囤尝尝她的厉害了。这个女人高明！

他们都和白玲玲达成了一致：投连春的票，支持这个敢于和刘囤叫阵的农民企业家！除了连春，柏树庄还有谁有这两把刷子呢？没有！他们是看着连春一步一步发达起来的，而且，还让乡亲们跟着他干，把这些人家都带富裕了。人家在外面那么有名气，可回到村里对谁都那么和气，没有一点架子。哪像他娘的刘囤呀，又霸气又蛮横，从不把人放到眼里。

哎呀，柏村庄幸亏出了个李连春！

当白玲玲走出最后一家时，天已经不早了。月亮差不多已经升至天当央，将村子每一条街道都映得亮光光的。此刻，她心里那个舒畅呀，就像刘囤已经下台了。她也终于摆脱掉了这个霸占了她多年的恶魔！她本想往回返，但马上又改变了主意——再去几户关系不错的人家走走。

她之所以做出这个决定，是因为听到村里又响起一阵阵的狗吠。还有一串一串的脚步声，从一条条胡同里传来，像风一样轻，然而又是那么急促，急促里又有一种贪婪，像狼群奔向弱小的猎物。不用说，这是刘囤的人在帮他拉选票。这种声音和皎洁的月光多么不协调呀。白玲玲禁不住冷笑了一声，然后甩开大步，就朝大洋人家走去。事不宜迟，后天就要开选了，她怕夜长梦多。

大洋人家住在村西头，白玲玲拐过一条街，面前就出现了那个高大的门楼。月光下，门楼披一层青幽幽的光，像镀一层青银。

“笃——笃——笃”，白玲玲伸手轻拍街门。

大洋人和小军正在院里洗菜。

今天，一吃过晚饭，大洋人就让小军帮她洗菜。她要趁着明亮的月色，把需腌制的小菜洗好，再晾一晚上，明天就可入缸了。

小军还有些不情愿，说：“我在工地上累了一天了，回来还得捣鼓这玩意儿！”大洋人鼻子里发出一声冷笑：“哼，光你干了一天活儿呀，你以为我就躺在床上舒舒服服睡大觉来？光怕辛苦哪成，钱会自个从天上掉下来吗？大旦结婚，把咱家里的钱都花光了。过几年又该给二旦张罗了，没有几万块能把事儿办了？”大旦没考上大学，就在村北马路边开了个家电维修部。平时小两口儿做他们的生意，过他们的日子，没事很少过来。二旦初中一毕业，就到深圳打工去了，前几天来电话，说最近谈上了女朋友。

大洋人刚开始卖小菜时，完全是为了遮人耳目，可后来干着干着竟然喜欢上这个行当了。看吧，各种水灵灵的菜蔬，在她手里像变戏法儿似的一捣鼓，就成了各色口味的腌菜。这让她获得了一种成就感，因此开始上瘾了。如果不从金钱方面来考虑，她真不想干那个伤天害理的营生了。但王瑟瑟一来，她经人家一番开导，再想着那一张张即将到手的票子，又立马打消了洗手不干的想法。这年头，谁还怕被钱咬了手？

本来，她对村里的事情从不去关心的。偏偏，连春要回村里来和刘囤竞选。在她看来，连春这是钱多了烧的。对连春，他们两口子也说不上多么感激——虽说小军在他工地上干，但干了这么多年，也只是让当了个班长。为什么就不让小军当个副经理呢？就是当个办公室主任也行啊。在小军看来，他甚至完全能代替连春当经理的。心里不满归不满，但又不肯离开那里。在那里干，一年好赖也有一份不错的收入，而且又那么有保障。如今到哪儿去找这样的好活儿？小军的嘴巴好使倒不假，但他却不愿意多费心思。

这样一想，他们对这次竞选不得不在意了。他们不愿让连春回来，他一回来，把那个公司转给别人，没了连春的面子，小军就不能再像从前那样在班上耍滑蹭懒了，说不定，新经理还会炒了他的鱿鱼哩。这几天，小军的心情真是坏透了。

但是今晚的夜色又是分外的好，漫天漫地都是银色的月光。这是个美丽而迷人的春夜啊。但这个春夜，又是那么不平静。那一阵一阵的犬吠，还有从街门外匆匆走过的脚步声，以及不知从哪个人家传来的开门声，都牵动着他俩敏感的神经。他们害怕有人光顾，可又盼着有人光顾，因为被人拉选票也是一种荣耀啊，更是一种地位的体现。面对别人那一脸的谄媚和满嘴的好听话，任谁心里也是舒坦和惬意的。人是不是都有这个毛病?

但他家的街门始终没有被敲响，没有脚步声在门前停下来。两人虽然都不提此事，心里却又都空落落的。

这一次，敲门声真的响起来。

大洋人早等不及了，将手里的那把蒜薹扔下，三步并作两步地去开门。还没到蒜薹下来的季节，他们是采买的外地的大棚菜。如今的蔬菜大棚把季节统统搞乱套了。

吱的一声，街门开了，白玲玲似乎是被满街的月光推到了大洋人面前。

“哎呦喂，大嫂子——”大洋人喜出望外，“快到家来，快到家来！”一把扯住白玲玲一只手，把她拽了进来。白玲玲感到大洋人的手是冷的，上面还沾着水珠。

大洋人心里又明镜似的——白玲玲是为刘囤而来的。

“天这么晚了，你两口子还忙活呀！嗨！瞧这干劲！怪不得说，这票子上有火！总是挣不够哩！”走进院里，白玲玲瞧见了那些绿莹莹的菜蔬。月光下，那菜蔬越发的水灵，仿佛还长在地里一样。一股芹菜雅致的清香钻进她鼻腔里。

大洋人开始经营小菜后，也经常给白玲玲送去一些。什么腌茄子、酸黄瓜呀，大碗大碗地送过去，一点儿也不吝惜，可让白玲玲开了胃口。嫂子，快尝尝我的手艺！她笑吟吟地对白玲玲说。白玲玲嘴上说着，看看，老白吃你的，我哪还好意思呀。两根纤细柔润的手指，早捏起一块腌茄子，或一根萝卜条，连看一眼都来不及就放到了嘴里。也是礼尚往来，白玲玲做了什么稀罕吃食，比如包了饺子呀，摊了煎饼呀，总不忘给大洋人送些来品尝。两人走动得越来越近乎。

小军将一只洗干净的胡萝卜扔到荆条筐里，直起腰来，夸张地晃悠一下身子，抱怨道：“你看看，都干一天活儿了，回来还得弄××这个！”有大洋人盯着，在白玲玲面前他只得中规中矩的，只是悄悄扫一眼她那两只高耸的乳房。

大洋人扭头对白玲玲说：“你看人家，干这点活儿就像要杀他似的。钱要是那么好挣，这人人不都成百万富翁了？”边说，边递给白玲玲一只小马扎。白玲玲坐下来，说了几句玩笑话，就切入正题。

“好，我们听你的！”大洋人马上答应了，连眼皮也没眨一下。

白玲玲心里的顾虑，立刻就消失了。起初，她还认为，他们两口子肯定会投连春一票的。小军跟着连春干活，怎么能不投他的票呢？可转念又想，也不见得吧，如果连春回来了，小军能不能在那里干还两说着哩。此外他还担心，万一刘囤暗中来做小军的工作，再给他们点好处，说不定他们就依顺了人家。她知道小军眼皮子浅，见不得那点好处。因此，她认为这一趟来得值！

白玲玲又和他们说了一会儿闲话，就起身告辞了。

望着白玲玲的背影消失在水银一样的月色里，大洋人才“吱呀”一声关好了街门。

回过身，看到小军正在嘻嘻地窃笑。那蓬乱的头发上落一层月光，像是凝结了一层白霜。

“稀罕，白玲玲竟然来帮连春拉选票。”小军的笑声大起来，变得非常怪异，像从树上传来的猫头鹰的叫声，“呵呵呵——呵呵呵——”

大洋人伸手把他一指：“你看看你，你看看你，怎么笑得那么瘆人哩！”自己也禁不住笑起来，“莫非，她和刘囤掰瓜啦？”

“没错，要不，她怎么肯帮连春拉选票哩！她傻了呀！这些年，刘囤可没少给她好处！如果不是刘囤，她家小毛头能当上电工？”小军又笑了几声，笑声依然那么怪异。

不过，从内心里，他们也不愿意投刘囤的票。对刘囤的霸气，他们也深恶痛绝。正是白玲玲的到来，让他们改变了主意。此外，还有一层原因——大洋人不好拂了白玲玲的面子。毕竟在柏树庄，白玲玲是唯一和她谈得来的人。

这天晚上，白玲玲格外兴奋，她还从来没有这么兴奋过。她高兴，因为人们都这么给她面子，让她今晚大有收获。她仿佛受到了鼓舞，她不想回家，又顺着村街一直朝前走。村街上铺满了月光，像宁静的湖面，正是“玉鉴琼田三万顷，著我扁舟一叶”那种意境。白玲玲的两只脚真似踩在湖面上，她就像一叶扁舟一样在上面轻盈地行走，俨然月光下一个神秘的幽灵，又像“聊斋”里媚人的狐仙。她似乎还听到月光在她脚下呲呲啦啦地鸣响，像河边涌起的水泡泡儿。她脸上泛出淡淡的红晕，头发上披满月色。月色又使她的面颊有了立体感，那高挑挺直的鼻梁，还有线条柔媚的嘴唇，它们的轮廓都越发的迷人。远处依然有一串一串像风一样轻、像风一样急促的脚步声，还有轻轻的推门声，以及骤然响起的狗吠——这注定是一个躁动不安的春夜。一阵微风迎面吹来，掠过她发热的脸颊，凉爽而又温柔。

整个柏树庄，就像春天满是暗涌的河流……

不大会儿，白玲玲又来到了一户人家。当她敲开街门时，似乎才明白这是全保家。呀，原来自己竟是朝他家走来的。

开门的是槐花。

“婶，快进来吧！”槐花客气地招呼白玲玲。槐花和哥哥一样争气，考上了省里的一所师范学校，今年就要毕业了。

白玲玲走进院里，低声问槐花：“你爸睡了没？”

槐花低下头，痛苦地喃喃道：“他哪睡得着呀，那地方总——”

全保在厂里一直坚持到了最后一刻——能坚持一天，就能给槐林多攒点钱娶媳妇。直到有一天，一种钻心的剧痛朝他袭来，起初只是局限于胸部，就是做手术的那个部位。后来就开始向全身扩散了，像有无数把刀子在割他的肉，也像有无数条毒蛇在狠狠地啮咬他。他硬撑着，不让自己倒下，他又坚持了两天，也可以说这两天他就是靠这个念头来支撑的。到第三天晚上，他实在无法忍受那种锥心剜肉似的剧痛了，眼睛盯住了屋顶上的电灯。那刺目的灯光，在他眼前闪烁着、晃动着，后来渐渐地模糊起来，变成了艾香的一张脸。不，那是幸福的彼岸。他只要站上去，用手触摸灯口，他的痛苦便会烟消云散。这样想着，他就真的站到椅子上，手颤抖着，朝那里伸去……

他没有死，只是被电流击昏了。他又被送到了医院。他没有死去，但他的病情却无法再隐瞒了——癌细胞已扩散至全身，医生说他顶多还有一个月的活头。

尽管人们没有将这个情况告诉他，但他心里却跟明镜似的，因此他没有再恳求厂里把自己留下来。而厂领导却埋怨他，说他不该将病情这么一直隐瞒着。于是他只好乖乖地听从厂里的安排——厂里派车，将他送回柏树庄，给他多发了两个月的工资，此外又给了他一千元钱的救济金……

全保一从厂里回来，白玲玲就明白，属于他的时日不多了。她为全保感到悲戚和伤感，可又没有什么办法。只是隔几天来这里看看，陪他说会儿话，有时也给他端来一些吃食，但全保也只是象征性地吃上几口。他那是吃给白玲玲看的，不忍心拂了她的一片好意。有时，吃得多了，又会吐出来，而且将吃到肚里的东西吐个干净。最后，吐出来的竟是像胶水一样的黏液了。望着他的痛苦相，白玲玲不忍再看，悄悄地走出来。她的眼里汪着泪水，往家走着，心里还在不停地为这个可怜的人祈祷。明知道他不会有什么转机了，但依然乞求上苍顾怜他……

白玲玲跟随槐花来到屋里，灯光下，一双亮亮的眼睛正盯着她。

“这么晚了，你还过来干吗，我没事！”全保有气无力地说，像是责备，但更多的是感激。

白玲玲不敢看全保的那张脸，这还是从前的那个全保吗？从前的全保，浑身都透出一种结实和无法战胜的活力。此刻，病魔已把他折磨成了一个人干儿，一百多斤重的人，此时顶多有七八十斤，仿佛只剩下一颗大脑袋了，像秋天伫立在谷子地里，恐吓麻雀的稻草人。脸上也没有多少肉了，这样，两只眼珠子就显得格外大，那么怔怔地盯着她，整个人完全脱了形，像一具骷髅儿——病魔无情，生生地将一个活脱脱的人，折磨成了这样一副可怕的样子。

白玲玲想哭，但她还是强忍着，不让眼泪流出来。

她走到全保跟前，俯下身来，对他说：“有一件事——就是为连春竞选的事儿！”她望着全保，真不想说下去，但她还是说出了口，“咱们都支持一下连春吧！”

听了她的话，全保微笑着点了点头，目光完全是信任和欣慰的。仿佛是说，哎呀，我想不到你也是支持连春的。

从全保的笑容里，白玲玲明白了一切。全保是支持连春的，没错。她想，这个犟驴呀，终于对连春服气了吧。她心里格外欣喜。她突然觉得，这一趟来得多么及时。原来，自己今天来这里，最重要的是她想在全保面前表明自己的心迹——她是支持连春的！还有，她和刘囤的那种关系，并不是她自愿的，更不是图了刘囤的钱财，她完全是被逼无奈呀。她今晚上帮连春拉选票，也是在告诉人们，在这方面，她是清白的！

白玲玲说：“我无论怎么想，也想不到连春会回来竞选。”

全保说：“这就对了，我也一直想说服他，不要他出去。外面再好，也是人家的，那不是咱自个儿的家呀。”

此时，全保的眼前又浮现出省城那熙熙攘攘的人流，还有酒肆茶楼门楣上那些炫目的霓虹灯——那时，吃过晚饭，如果不急着上班，他就去热电厂不远处那条商业街上逛一逛。马路两边的歌舞厅、洗浴城，都是张灯结彩，似一个个不甘寂寞又风情万种的女人不停地向路人抛媚眼。每一个门前，都停满了小车。那豪华的小汽车反射着霓虹灯的光亮，刺疼了他的眼睛，也刺疼了他的心。他不喜欢这里，这里的夜晚看不到天空，更看不到星星。看不到这些，他心里就感到不舒畅，连他自己也觉得虚假起来。还有，他也闻不惯那呛人的汽车尾气味，这种属于城里的气味，远没有乡下那含着柴草香气的炊烟让他感到亲切好闻。那是大自然的气息呀。而他一旦回到柏树庄，踏上这块土地，就连出口气也是匀实顺畅的。他明白，他永远属于这块土地。

白玲玲轻轻地笑了，善意地给全保纠正：“哎呀，看你说哩，连春要是不出去闯荡，他能和刘囤竞争吗？他哪来的那个实力？”

全保赞同地点了点头：“这倒是！这倒是。”他还能说什么呢？当初连春选择去城里干，他觉得那是连春背叛了这块土地，也背叛了他们的故乡。如今他转了一圈又回来了，可回来了就不再是从前的那个李连春了。这些年他在外面闯荡，正是体现了他的价值，也就是说，把他的才华展示了出来。这是一个崭新的李连春呀。他对这个从小和他一起长大的好伙伴不由得肃然起敬了。

白玲玲离开后，全保心里久久不能平静。自己在这块土地上勤勤恳恳地劳作，汗没有少流，力没有少出，最后得到了什么呢？为了还债，他不还得去城里打工呀。

全保突然理解了连春，连春其实依然爱着这块土地。然而，他比自己爱得更深沉更理性。自己不该错怪他，尤其是不该认为连春所做的一切，都是要在艾香面前和自己比高低，以此来夺去艾香对自己的爱；抑或是用这种方式来报复他。哎呀，你根本就不该那么想啊。他恨自己目光太短浅，心胸也太狭隘了。

月光透过窗玻璃，射到他的眼睛里。他明白，这皎洁的月亮，已经不再属于他了。于是，两颗泪珠从他深陷下去的眼窝里汪出，却没法淌下来，就窝在眼眶里，在月光下闪闪烁烁的。

四十六

有一户人家，刘囤是要亲自跑一趟的。

这个人，就是水道爷。水道爷在他们白家属于族长一类的人物，而白家在柏树庄又占了很大比例，如果把这个家族的票都拉过来，刘囤的当选就等于又上了一道保险。

起初，对找不找水道爷，刘囤还是颇费了一番脑筋的。按说，是他让水道爷当的支书，水道爷应该支持他才对。然而，他心里却很发虚，吃不准。因为平时他拿水道爷太不当回事儿了，有好多大事儿根本就不和人家商量，连个面子也不顾。他害怕水道爷明面上不在乎这个，而内心里却又忌恨他。在这关键时刻，他真吃不准了，认为还是有必要去跑这一趟的。

水道爷刚吃过晚饭，正坐在堂屋里的太师椅上喝茶。他老伴拿手巾给小孙子擦嘴上的饭渍，见刘囤进来，撇下孩子，赶忙收拾桌上的碗筷。

“水道爷，您老可好？”刘囤一迈进屋门，就一脸恭敬地和水道爷打招呼，微微躬着身子，将烟和酒放在八仙桌上。

刘囤的造访让水道爷感到诧异，他定定神，说：“哎呀，你来就来呗，还拿吗东西呀？跟我还这么外气！”

刘囤在另一边的太师椅上坐了，把手放在膝盖上，一脸的谄媚：“嘿嘿，这是孝敬您老的。”眼睛紧盯住水道爷，“当然，除了看望您老，我还有一件事儿相托——”

水道爷早明白了他的来意，不动声色地说：“看你这话说哩，我这老胳膊老腿的，能为你帮吗忙呀？你高抬我了！”俩眼依然眯缝着。快七十岁的人了，什么事儿没经历过？什么人没见识过？连春回来和刘囤竞选，这个消息着实让他高兴。他不敢得罪刘囤，但乐意别人把刘囤赶下台。

刘囤说明了来意，然后巧妙地给水道爷戴一个高帽：“这次就靠您抬举了！你们白家人，哪个敢不听您的。您让他们往东，他们就不敢往西，让他们打狗，他们就不敢撵鸡，您说对不对呀，水道爷——”

这番话让水道爷心里感到很熨帖，呵，终于有你刘囤登门求我这一天了。当年刘囤请他当支书时，他心里还是蛮高兴的。可后来越干越感到憋气，别说商量事儿了，有时开会刘囤都不通知他，他和他的那几位心腹，一撮合就把事办了。村里的账目，更是处处瞒着他，他们把肉吃了，水道爷连口汤也喝不上。此外，水道爷还不仅仅觉得自己只是个摆设，其实还是刘囤的挡箭牌，那是拿他来堵乡里和村里人的嘴巴的。他也曾产生过辞职不干的念头，但他又极爱面子。是呀，有这个名分总比没有好吧。再说，老伴也不答应，她是稀罕村里的那点补贴。

刘囤的恭维话也算是实情，水道爷嘴角上不由得露出了笑，虚荣心也得到了满足。他不紧不慢地说：“我跑一趟算吗哩？就怕，就怕人家不听我的。我有那么大的脸吗？哎，老喽，没人把我放在眼里了——”

这最后一句话，就像一坨冰块，“哐”，砸在刘囤身上。一股逼人的寒气，从他的脊背上一直传到心里。他仿佛一下子明白了水道爷的厉害。他后悔平时没有把水道爷放到眼里，怪不得哩，他们白家都那么拿他当回事儿，当尊神一样捧着敬着，唉，不服不行啊，他说话还就是有水平！只好急来抱佛脚了：“哎呀，看您说的。别说你们白家，就是咱整个柏树庄，谁敢不把您放在眼里呢？平时，我哪儿有对您不周的地方，还望您老多包涵。您老当年也是为咱村做了贡献的，老功臣、老革命呀——

这点东西嘛，只是略表个心意，以后我不会忘记孝敬您老人家的——”

一股茶香飘过来，水道爷的老伴沏好茶水，手拿一只洗净的茶碗，来给刘囤倒茶。这是个瘦小的老太太，耳朵上戴着耳环，手腕子上还箍着一副银镯子，因长得精爽，穿戴又整齐利落，看上去比水道爷要年轻许多。

“不打扰了，待我选上了再过来拜望您老人家！”刘囤笑呵呵地站起来往外走。他清楚水道爷和秋山的交情，不敢保证他一定投自己的票，但来争取一下还是有必要的。

送走了刘囤，老伴把嘴一撇：“连春回来也是个好事儿，要不，刘囤哪把咱当个人看呀！”瞅一眼桌上的东西，眯起眼睛笑了。

水道爷用手捋着下巴上花白的胡子，心想：也真是怪了，难道刘囤不知道我和秋山的关系吗？嘿呀，看来，刘囤这次都急红眼了。

过了一会儿，华玉来接儿子。

他望一眼桌上的烟酒，眉头一蹙：“爸，这是刘囤送来的吧？”他刚才在街上碰到了二歪和大贵，两人正拎着装有烟酒的大布包，鬼鬼祟祟地串人家。

“嗯，他让我帮他拉选票哩。”

“你答应了？”华玉脸一沉。

水道爷笑了笑：“我不糊涂。你想想吧，连春和他竞选哩，我和你秋山大伯的交情也不是一天两天了，我能不支持连春？至于刘囤嘛，我明面上也不好戗他脸，可到底往选票上写谁，笔杆子可是握在咱手里呢。”

华玉冷笑道：“狗娘养的，到这会儿他眼里才有咱了！”平时，华玉没少劝说父亲，让他别干这个傀儡支书了，说都替他脸红。但非常要面子的父亲，就是听不进去。他觉得父亲太窝囊了。

这就是水道爷和儿子的不同。水道爷面子软，这辈子净琢磨着说人好话，讨个好人缘了。人们越是敬重他，越给他戴高帽，他也越看重自己的面子，看得似比天还大。何况，他还和刘囤打着伙计呢，这事儿，他怎么好意思当面拒绝呢。

华玉倒一杯茶，咕噜噜喝下去，抹把嘴，说："爸，你忘了那年我小娥嫂子做结扎的事儿吧？"

水道爷的脸陡地阴下来。是啊，他怎么把那件事儿给忘了？真是老糊涂了。那年，他当村妹子家的儿媳小娥一生完二胎，刘囤就催命似的逼着他男人做结扎手术。其实，那是醉翁之意不在酒，他知道小娥男人正闹肝病，不能做结扎，是想借机多罚点款，揣进自己腰包。谁知，小娥要替爱人去挨那一刀。只是因为刚满月，她想休养几天再去。但刘囤哪里肯依，见小娥不肯上开往乡卫生院的拖拉机，一发狠就狠狠踢了小娥一脚。当天，水道的妹子就来家哭诉，说哥，你还当着支书哩，刘囤就这么欺负咱？为这件事儿，水道爷几天吃不下饭，心里那个憋气啊，刘囤这不是往他眼里戳棒子吗，太不像话了！他终究咽不下这口气，就去找刘囤，要问个清楚。刘囤依然装傻充愣：哎呀，你看看，你看看，我怎么就忘了那是你妹子家哩？看这事儿弄的！听刘囤这么一说，他也不好说什么了，就权当刘囤说的是真的。第一次，他感到自己其实活得很窝囊。而这个支书，当得就更窝囊！要多窝囊有多窝囊！

"娘的，你把这烟酒给刘囤送回去，你就对他说，咱不缺这东西！"水道爷气呼呼地说。

华玉狡黠地笑了笑："送，我还嫌麻烦哩！再说，也送不着，难得他孝敬你一回。"

水道爷哈哈地笑了，调侃道："你这小子，怎么也学得这么不地道，咱这不成了白抽人家的，白喝人家的，跟刘囤一个德行了？"第一次，他有了扬眉吐气的快感，而且又是这么无所顾忌地议论刘囤。

“嘿，跟他学的呗！兴狗×的刘囤这样对待咱，就不兴咱们回敬他个狗娘养的？”华玉诡谲地笑道，“再说，你以为这是花他的钱吗？他还不是揩的大伙儿的油水！”

四十七

兰芳端一碗熬得香喷喷的小米粥，来到了秋山老汉跟前。

“啧，你再着急有吗用，就是急下老天来，人家就不听你的，你有吗辙哩。买不回米来，咱也不能把口袋丢了，还是咱自个儿身子骨要紧哩。听人劝，吃饱饭，叫我说，你就甭管他，人各有志嘛，连春那是真想回来干一场哩。来，快吃一口。”兰芳像哄调皮的小孩子一样，劝说秋山老汉。

就为这件事，秋山老汉在炕上躺了整整三天了，他是用这种方式逼儿子回心转意，放弃那个荒唐想法。王八羔子，在外面干得好好的，怎么又回来和刘囤争村长呢？刘囤是什么人？这不是拿鸡蛋往石头上碰吗？这不就和刘囤结怨了吗？

可连春就是不听他的。被老父亲逼急了，就说，爸，我就是想回来干，不出五年，我就得让咱柏树庄彻底变个样，让人们不再喊咱村“胳肢窝儿”！我在外面每听到这个，脸上就臊得慌！秋山老汉忍住怒火问连春，你就是为这个才回来的？连春说，不单单为这个，我还看不惯刘囤那副做派哩。还有，我要报当年那一箭之仇，把他个狗×的撸下来！

秋山老汉冷笑道：“我看你当经理当的，都不知道自己吃几碗干饭了？昏了头！”

秋山老汉的担心也是有道理的，他们李家是良善之家，这在村里是有口碑的。几辈子了，都很少和人犯过脸红，一直遵循“为人处世两件宝，和为贵来忍为高”的古训，遇事总是让一步，不肯与人结怨。当年他能当上大队长，就是凭了一个好人缘。尽管他也看不惯刘囤的所作所为，但看不惯归看不惯，平时不打听事儿，眼不见为净。他这一生，除去那几年闹运动——那是没办法的事儿，属于特殊情况——他还从来没有栽过大跟头，他认为这就是因为自己遵循了这个做人的诀窍。

父子俩就这么僵持起来，这下可愁坏了兰芳。无论她怎么劝说，老头子就是听不进去。对于连春回来竞选，兰芳也不大理解。但因为是后妈，人矬不拉架，脸小不劝人，她不便去说连春，只好苦口婆心地劝说秋山老汉了。

“不吃，不吃，就是不吃！”秋山老汉像个淘气的小孩子，朝兰芳摆摆手，然后将头狠劲地扭向一边。

这几天，每次吃饭都是如此。兰芳好说好劝，他才勉强吃上一小碗。

今天，也没有什么大起色。兰芳又劝说了一会儿，秋山老汉才极不情愿地坐起来，含住了兰芳递过来的小勺子，咽下了第一口米饭。

虽说秋山老汉年近七旬了，看上去不但不见老，反而比从前显得年轻了一些。那张瘦削的刀条脸上，还泛出一抹酡红。这是爱情的力量，在他体内发生了效力吧。当然，还有一个原因：连春不但时常给父亲买高级补品，还用人参、枸杞、鹿茸等几味中药泡了一大瓶高粱酒。每天临睡时，秋山老汉都要喝上两杯，滋肾养精，才有了这么好的精气神。

而兰芳呢，因为和秋山老汉名正言顺地做了夫妻，秋山老汉的风趣诙谐又让她忘记了一切忧愁，感到活在这个世界上真是幸福啊。就这样，他们快快乐乐地在一起生活几年了。这几年，对兰芳来说，每时每刻都是美好和幸福的。

今天和先前不同，秋山老汉让兰芳一口一口地喂他。他是故意享受这种温存和幸福的。

兰芳一边喂他饭，还继续开导他：“咱都这把年纪了，能闭一只眼就闭一只眼呗。真把你急病了，最着急的还能是谁？还不是俺呀！”说到这里，脸上流露出几分凄楚和感伤。

这最后一句话起了作用，秋山老汉深深地吐出一口长气，然后吞咽米饭的声音也响亮了起来。

突然，屋门被推开，连春走了进来。

看到兰芳正喂父亲吃饭，连春有些尴尬：“爸，还没吃呐！”一转身，坐在那把淡黄色的木质沙发上。

秋山老汉眼皮都没抬，气哼哼地说：“吃个屁，都叫你给气饱了！”

连春明白，父亲对他发火倒是件好事，证明情绪好了一些。前两天无论他如何对父亲解释，老人躺在床上，一声不吭，只是气咻咻地喘气，脸阴沉得似要滴下水来，那才是父亲生气的顶峰。

兰芳赶忙为连春解围：“哎呀，快吃饭，快吃饭，再不吃就凉了！”回头问连春，“你吃了没？”

“吃了！”连春回答。对于这个后妈，他倒没有什么可说的，人家自从进门后，方方面面都做得不错。可再不错，也无法消解他心里的那份别扭和尴尬。但平时对她很尊重，尊重里又透出一种客气。

每当这时，兰芳就笑吟吟地说：“哎呀，连春，你这不是见外了吗？咱本是一家人，我既然嫁给了你爸爸，我就是要打算侍候他下半辈子的。只要他身子骨结实，不就是我们的福气呀。”兰芳说着，觑眼望着这位在县里颇有名气的儿子，心里禁不住涌出一种特殊的情感和滋味。说是感到亲吧，那也是因为和秋山成亲的缘故，人家毕竟是秋山的亲骨肉，正像人们所说的，人冷，屋子热。还有，她这“亲”里，还包含着一种钦佩和喜爱。人家连春比自己还小几岁哩，竟然做出了一番大事业。因为从内心里佩服，就愿意和连春多接触，在一起说说话。但连春呢，似是故意躲她。从前，两人见面后，连春总喜欢和她开个玩笑。在这一带，和嫂子开玩笑完全可以放开，荤的素的一起来，什么也不忌讳，甚至动手动脚都没关系。连春和兰芳就没少开那种露骨的玩笑。但当连春知道了她和他父亲的那种关系后，不但不开玩笑了，在街上见到她，能绕开就绕开。而兰芳从心里还是感激这个“儿子”的，因为不管他心里多么不情愿，最终还是同意了她和秋山的婚事，而且还给他们张罗了一顿喜宴，让她体体面面地嫁了过来。

“我听说这两天刘囤正在派人到处活动——”兰芳扭头瞅连春一眼，不无忧虑地说，“又是送烟，又是送酒！”

连春笑了笑，说：“我知道。我绝对不去拉选票。乡亲们信任我哩，就投我的票。要是不信任我，我也不丢人。——我只是让刘囤看看，咱柏树庄并不是人人都是任人宰割的小绵羊！输不丢人，怕，才丢人！你说是不是？”

“你说得不差，我也琢磨着，刘囤无论想吗办法，也难暖热大家伙的心。这不是一天半天的事儿，人们心里对他都结了大冰块子了！”兰芳非常赞同连春的话。

“我可没这么乐观。就怕有人见识浅，见不得人家一点儿好处——不过嘛，如果人们都这个素质，我还回来干吗？”连春是赌气说这番话的。

秋山老汉睃他一眼：“你以为人家都百分之百支持你呀，都和你一个心眼儿？你别以为自个儿在外面出了点能耐，就猪鼻子插大葱，充起大象来了。这村里人就这个贱毛病，都是软得怕硬的，硬的怕愣的，愣的怕不要命的！”说完，抬手抹了下嘴角，推开了兰芳手里的碗。一碗米饭，吃去了大半。自从他和儿子怄气以来，这是吃得最多的一次。兰芳把碗放到了茶几上，嗔怪他：“你看看，还不吃完，差几嘴哩？”脸上却露出满足的神色。屋里依然弥漫着米饭淡淡的香气。

兰芳又接着这个话题说下去："话也不能这么说，就让连春试试呗。即便选不上，他大不了还回去干他的经理。在咱柏树庄，还有谁敢和刘囤叫阵？我也看不上刘囤那个横样儿！一天到晚，就像谁欠他二百块钱似的。"边说着，边端来茶杯，让秋山老汉漱口。

月亮渐渐升高了，村里不时响起急促的狗吠。透过窗玻璃，可以窥到院里雪白的月色。

秋山老汉漱了口，就不再说话，倚墙坐在那里，一声接一声地叹气，脸色却不再那么阴郁难看了。

连春知道父亲的心已经开始松动，就给他谈自己当选后的设想。

今天，秋山老汉听下去了。连春的话，让他感到信服。而且，连春那种难以压抑的火一般的激情也把他感染了，让他又想到了自己年轻时，拧着那么一股劲，带领全村人往好日子上奔的情景。那时，他是怀揣着怎样的一种抱负啊。在他胸腔里激荡的那股激情，几乎要将他融化了。他觉得此刻的连春太像早年的他了。他认为，儿子的设想非常可行，他也相信他能够实现。

"要不，你也去找找咱当家子，还有关系不错的，去打个照面吧。这也是个人情！"秋山老汉想通了，就开始为儿子出谋划策了。尤其听到村里那一声接一声的狗叫，他的心也跟着焦躁起来，恨不得亲自出去帮儿子拉选票。村里的狗已经咬了一个晚上了，今晚似咬得更厉害。

父亲的话，让连春心里感到多么温暖啊。是呀，在这个紧要关头，再没有比得到亲人的支持更重要了。然而，他又说："选上选不上都没关系，我就是想捅捅刘囤这个马蜂窝。从前，刘囤太不把人们当人看了！"

他的话刚落，二兰子进屋来了。

她一进门就冲着连春抱怨："你呀，还真沉得住气！今晚上咱村里又像开了锅了——人家又忙着串门活动哩，你还坐在这抽烟吧。你倒坐得住！”二兰子是很支持连春回来的。在她看来，男人在外面再威风，村里人也不是天天瞧着的。有花戴到头上，有粉搽到脸上。看看人家刘囤，在村里那个威风，就是吐个唾沫星子，也立马就变成金豆子了。什么是威风，这就是威风！大后天就要开选了，因此，今晚上当她再次听到村里的狗乱咬起来，她就为丈夫捏了一把汗。

忽然看到了坐在炕上的公公，赶忙关切地问道：“爸，吃饭了没？连春做事免不了有欠考虑的地方，你不要和他一般见识。”

兰芳赶忙给二兰子递个眼色，笑吟吟地说：“人家早想通了，这不，刚吃了一碗米饭哩。”

秋山老汉没吭声，脸上的神色却是柔和而平静的。

二兰子笑了笑，又将目光转向连春：“看看，咱爸可不糊涂，先前再怎么挡你，还不都是为你好，那都是替你着想哩。”

连春怪二兰子多嘴，白她一眼：“你这不是废话吗？”

二兰子脸一红，咯咯地笑起来，自我解嘲般地对兰芳说：“你看看，人家还没当上村长哩，倒先牛起来了。”

“牛吧，就让他牛，在村里就得牛气点，要不牛气，谁还把你放到眼里？我呀，还等着沾他的光哩！”此刻兰芳又完全是长辈对晚辈的那种口吻了，就连神态也是。她就像个出色的演员，早已稔熟了各种角色的快速转换。

二兰子笑着，悄悄地瞥这个“小婆婆”一眼。呀，这女人真是乖巧，说话总是这么中听，怪不得公公恁大年纪了，被她迷得五迷三道的，连老脸也不要了，硬是把人家娶过来。这女人呀，别看个头不大，小鼻子小脸的，真是个狐媚子！

自从兰芳嫁过来，二兰子以一种非常矜持的态度和这位“小婆婆”相处。正是“媳妇婆婆，近近躲躲”。她也很会把握分寸，在明面上尊重她，处处给她面子。——那是一个晚辈对长辈应尽的本分。但从不叫她一声“妈”，也和连春一样用“哎”来替代，一个字，仿佛里面什么都包括了。而兰芳呢，她哪会计较这个，只要他们能容得下自己，她就心满意足了，哪里还敢有什么奢望。

因此，有时兰芳做了好吃的，也要给他俩送去一些。二兰子呢，心里自然很受用，又是给兰芳倒水，又是递板凳，让她坐下来说会儿话。但兰芳总是摆摆手，说，我得快点儿回去，老头子害怕一个人待在家里。你看看，你看看，非得把我拴在他裤腰带上不可哩。说完，扔下一串欢快的笑，抬腿走人。她们俩，都不卑不亢，却又各自怀揣着微妙的心理。这样相处，倒也平安无事。不过，每一次望着兰芳远去的背影，想着兰芳提到公公时的那种甜蜜劲儿，二兰子嘴角上就不由得漾出一丝笑——嘲笑？也不太对。是同情吧，也不是。也许，最准确的，应该是这两种意思都有一些。不过，心下却想：不就是找了个糟老头子呗，看把你美的！抱住一副棺材板，还当是金条子哩。尽管明知道不该这么想，可又管不住自己的心思。因为这样去想，她才感到自己是幸福的：同样一个女人，兰芳能和自己比吗？嗨！她和自己差远了，不说差个十万八千里吧，也有千里万里。

也许就因为这个心理吧，二兰子也时常去西院看看。包了饺子，也端过去两碗。春天，茴香下来了，蒸了茴香馅包子，也用搌布包几个，送过去让他们尝鲜。明面上是在孝敬老人，可在潜意识里，是想看到兰芳和公公待在一起的情景，老夫少妻，她愿意目睹这种反差。

今天，为了连春回来竞选，东院和西院的人竟然凑到了一起，而且看法还出乎意料地达成了一致，因此他们就显得格外亲近而和睦。他们要团结起来，同仇敌忾，共同应付这件事情。

从父亲院里走出来，连春没有回家，他朝全保家走去。

当他走近全保家时，两只脚又变得沉重起来，他似乎没有勇气去面对昔日的好友。

他踟蹰了一会儿，还是叩响了全保家的街门。“笃——笃——笃”，叩门声在这月夜里显得清脆而急促。

开门的是槐林。槐林瘦高的身材像兀自长出的槐树，一棵蓬蓬勃勃的槐树啊。月光落在他那张俊朗而单纯的脸上，像镀了一层水银。他单薄而不乏挺拔的肩膀上，也披一层迷蒙的月色。

“伯伯，是您呀！”槐林有些惊讶，一双清亮有神的眼睛，定定地盯着连春。他大学毕业后，应聘到省城一家大型企业担任技术员。

“我来陪你爸爸坐会儿——”连春轻轻地说，然后问槐林，“你吗时候回来的？”他从槐林眼睛里，又依稀看到了艾香那双温柔里带有几分忧郁的眼睛。这么多年了，那双眼睛一直伴随着他，让他无法摆脱。有时让他痛苦不堪，有时又让他感到温馨，就像一盏永不熄灭的灯。

“今天刚回来。槐花给我打了电话，说我爸——”他的声音低下去，眼睛里闪出泪光。

连春朝正房走去。接近屋门时，他听到从屋里传来一阵阵的呻吟声。他的心顿时揪紧了。

“爸，我连春伯伯来看你了！”槐林快步进屋，俯下身来，给父亲报信儿，他的语气是轻松而欣喜的，像是用这种方式来减轻父亲的痛苦。

全保止住了呻吟，吃力地睁开眼睛。那是一双迷茫而绝望的眼睛啊，就像一盏灯，一盏将要熄灭的灯。然而，里面依然有一缕不屈和倔强，当然更多的还是和命运抗争之后的疲惫甚至绝望。

当他听到连春两个字时，两只深深陷下去的眼睛里，马上射出一道奇异的亮光。

“连春哥——”他抬抬手，因为无力，随即又无奈地放下了，“你快坐，你快坐——”那干裂的嘴唇顿时绽出一丝微笑，像枯树叶上的一抹残绿，泪水却盈满了眼窝。

连春急忙攥住了全保的手。唉，这还是全保的手吗？是那双大而有力的，勤劳又灵巧的手吗？他握住的这只手，却枯瘦无力。此刻，面对小时候的伙伴，他还能说什么呢？他觉得喉咙发热，鼻腔酸胀，但又极力控制住自己的情绪，脸上尽量显得平静。他大声安慰全保：“兄弟，你不要那么悲观！只要你坚持住，没有过不去的火焰山！”虽然他的语气很坚定，可他的内心又是发虚的，没有什么底气。他知道全保已来日不多了。

全保又吃力地笑了一下。这种笑，把连春吓一跳。哎呀，死神已经临近他的好友了，他仿佛看到全保的魂魄正渐渐地脱离他的躯体，进入到另一个世界。而剩下的，将只是全保空空的躯壳。是的，全保脸颊凹陷，太阳穴松塌，眼睛深深地陷进眼眶，如同沉入水底的鹅卵石，整个人早已没了人形。这一切，似乎都在证明生命是多么脆弱，多么不堪一击啊。

连春的手将全保攥得更紧了，像害怕死神将这具躯壳也掳了去。

“连春哥——”全保用低低的声音说，“你来得正好，我、我还打算让槐林去叫你哩！”他说得很缓慢也很吃力，“我知道，我的日子不、不多了，我多么想见你一面，有一句话要对、对你说——”

连春用关切的目光鼓励他说下去。全保已经走到了生命的尽头，面对此情此景，他还能再说什么呢？在这一刻，语言是多么的苍白。

“我是说——”全保伸出舌头，舔舐一下苍白干燥的嘴唇，“这些年，我、我错怪你了——”这个濒临死亡的人，情绪一下子激动起来了，眼窝里的泪水越积越多，在灯光下像一泓闪着亮儿的清波。而他的声音越来越小：“我知道，你喜欢艾香，她、她心里也有你——”他再无法说下去了。

“全保，不要再说这个——”连春赶忙制止他，眼里闪过一丝愧疚，用力摇了摇他的手。

“老哥，你知道我心里多、多么难受吧！”全保哽咽着，“我对艾香有愧呀，我对不起她。她这一辈子，没跟我，享过几、几天福！这都怪我没能耐，当初，如果我跟着你、你去干——”他心里其实在想：如果艾香当初嫁给连春，那么她的人生将会是另一个样子的。但他不愿把这个意思说出来，这是他心里永远的一个“痛”。

“全保，今个儿咱不说这个了好不好？当初你说得很对，咱乡下人怎么能离开土地呢？我们应该在自己的土地上大做文章——这不，我也回来了，回来参加竞选呀！”连春笑了笑，笑得很笃定，里面还充满了自信。

连春的这番话，让全保止住了哽咽，脸上露出欣慰的笑意。这是发自肺腑的微笑啊，仿佛凝集了他生命的全部能量。他不知从哪里来的一股力气，抬起另一只胳膊，一下子扣在了连春手上：“连春哥，你说、说得很对！咱庄稼人，种地才、才是咱的本分——不过嘛，我也应该像你、你那样先去外面干几年。”

连春点点头，心想：这就对了。全保终于明白过来了。他的另一只手，也压在了全保手上。在这一刹那，连春感到一股热力在他们手上汇集，而后顺着胳膊涌遍他全身。

全保把头扭向了槐林，示意他到跟前来。

全保抽出一只手，拉住槐林，用恳求的目光望着连春：“连春哥，我、我就把槐林交给你了。这是我们丁家的独、独苗苗，这孩子，他命苦呀。以后，你还得多、多照应他，让他成、成家，立业！”

“你放心全保，我一定把槐林当成我亲儿子对待！”泪水早已模糊了连春的双眼。

“我，相信你——”全保说完，终于按捺不住，呜呜地哭起来。

连春的喉咙也像让什么东西堵住了，他感到有一副沉甸甸的担子落在了肩上。

全保的眼睛里突然又迸出一束亮光，就像一道电焊的狐光，那是融汇了他生命的全部热情。就在这一瞬间，把他内心的激动传达给了连春。

接下来，全保大喘一口气，又一次运足了力气，对着连春笑了笑，说：“我相信，你能干、干好！我，相信你。咱村里太、太需要你了！——连春哥，你、你比我强啊。哎，如今，说吗也晚了！我真想再活、活几年，跟着你，大干一场。”

全保说这话时，脸上的笑容渐渐消失，他心里充满了对自己的怨恨。这个即将走到人生终点的人，竟然一点儿也不肯原谅自己。为了让全保平静下来，连春开始给他讲自己当选后的设想：如何改变村子的落后面貌，让人们过上好日子。他发现，随着他的讲述，全保脸上渐渐又有了笑容。这种笑，让人觉得他心里是多么的高兴和欣慰啊。

“槐林，你、你要做像你伯伯这样一个，顶天立地的，男子汉！”最后，全保几乎是拼尽全身力气来叮嘱儿子的。

连春离开了全保家，他走得很慢，两条腿像坠了石块。两行清泪，顺着脸颊淌下来。晚风一吹，脸颊上一片冰凉，像结了一层霜。

哎，全保这一辈子，是个悲剧啊。

连春像是忽然明白了，自己选择回村里来是多么的正确。他回来，不仅仅是向刘囤复仇，把他赶下台，而且也是为了不让村里人再重演全保这样的人生悲剧。

村街上，披一层洁白的月色。那些散落的柴草棍、小石块，在清幽幽的月光里清晰可辨。

四十八

柏树庄人在一种异常的兴奋、新奇甚至不安和期待相混杂的心境下，又迎来了一个新的夜晚。离竞选的那一天，也更近了一些。

夜渐渐地深了。忙碌了一天的人们，都沉沉地睡去了。男人们发出齁齁的鼾声，像是在释放着一天的疲乏；小孩子们偎在母亲温暖的怀里，睡得安然踏实，发出阵阵幸福的呢喃。

突然，一扇街门吱呀一声被拉开了。非常的轻，如果不留心根本听不到，响声很快就让夜风吹散了，于是一切又归于宁静。

一个黑影，像幽灵般从那道门缝里闪出来，复转身将街门关严实。

黑影四下里张望一下，然后，蹑手蹑脚地走出胡同，再顺着大街，一直向前走去。尽管他紧贴着墙根，似提着两只脚走路，却被临街人家那些听觉异常灵敏的狗给捕捉到了。几声狗吠，霍然打破了夜的沉静。于是，黑影变得越发的小心翼翼，身子似乎缩成一团，犹如一个幽灵一般。

不大会儿，这条黑影就溜到了十字街口。

柏树庄南北两条大街，东西两条大街。除此之外，就是一些纵横交错的小巷和小胡同，极像从前村南的那些小河汊；又像一枚树叶的经脉，将每一户人家都连通起来。在东西和南北两条大街的交叉处，形成了两个十字路口。南边的那个路口是村委会所在地，人称这里是柏树庄的政治中心；而村北的路口相当于经济和文化中心。因为，这里不但有小卖部、理发部、小诊所，而且老人们还喜欢凑在这里说闲话，下象棋，冬天靠着墙根晒太阳。南边路口发生什么大事儿，就在这里通过一张张的嘴巴，向全村传播开来。一些芝麻大的小事儿，比如，谁家的儿媳和婆婆吵嘴了，谁家的女儿和人私奔了，也是通过这里传扬开的。因此有一种说法：柏村庄有一大一小两只喇叭，大的是放在村委会房顶上的那只高音喇叭，那是专供刘囤向全村人发号施令的；而那只小喇叭，就在北面的这个十字路口，是由那一张张男女的嘴巴组合而成的。

往往是，一件事情通过这些嘴巴传过来传过去，就难免走了样儿。比如吧，一户人家跑丢了一头猪，本来是白色的，可传来传去，就传成了黑白花的。及至，有人向这户人家报信，说，你家的猪在村西菜园子里啃吃人家的大白菜哩。待这户人家的主人兴致勃勃地跑过去，一看，却满脸的沮丧，说怎么是头黑白花的呢？不是我家的，我家的猪是纯白的，没有一根杂毛。还有，本来，谁谁家的大姑娘，只是和男人跑了，也就是私奔了。可传来传去，就传成已经怀上了人家的孩子。而且，说得有鼻子有眼儿，说有人亲眼看见的，姑娘的肚子大得像扣着一口小铁锅，马上就要生了。如果再不出走，就会把这个野孩子生在娘家了。哎呀，那多丢人现眼！

此时，那个黑影，抻长脖子，像一头长颈鹿般环视一下四围，迅疾地来到了一面墙根下——这正是老人们平时扎堆的地方。借着朦胧的月光，可以瞥到黑影脸上那双闪着惊惶光亮的似田鼠般的眼睛。惊惶里，又有一丝按捺不住的快意。

见四下里的确没人，他麻利地从怀里掏出一张纸，展开来，有五六本书那么大，再从口袋里掏出糨糊，小心翼翼地涂在纸上，一伸胳膊，把纸贴在墙上。可以听到他轻微的喘息声。然后，又用手将纸拍牢，防备让风吹跑。见万无一失，才转身，顺着来时的路线，匆匆地回去了，诡秘得像一只觅食的夜游动物。

一路上，又惊起一阵狗吠。夜，愈加地深了。不知从哪棵大树上，传来几声猫头鹰的怪叫，像有人在掩着嘴偷偷地笑，声音非常瘆人。

那人又轻轻地推开了那扇半掩的街门。一条大黑狗呼地扑过去，他朝它扬扬手，狗顿时变得乖乖的，噗噗地摇起尾巴，不再咬他。

走进院里，他的脚步才放开了，朝着亮着灯的堂屋大步走去。

“怎样呀？”当他推开屋门，传来刘囤急促的问话。

屋里烟气缭绕，只见大贵、老房和刘玉民正守着刘囤，围坐在那只大理石茶几前，吸烟，喝酒。桌上摆着几盘小菜。一盘酱牛肉，一盘熏鱼，一盘韭菜炒鸡蛋，还有一盘盐渍花生米。那条熏鱼，吃得只剩下骨头架了，像一支奇怪的梳子一样摆在盘子里。酒，是五十一度板城烧锅。烟味酒味，还有从人嘴里呼出的热气，混合在一起，形成污浊难闻的气味，塞满了整个房间。

“哎呀，我腿抽筋了——”二歪一屁股坐到沙发上，两只手在右小腿上胡乱地揉搓几下，然后端起酒杯，吱一声，喝个干净。

刘囤一撇嘴：“看你那个破胆儿，真他妈比兔子还小。怕吗哩，你那精神气哪去了？莫非都让你老婆子吸干了吗？”

二歪搛一块酱牛肉，放嘴里嚼着，为自己掩饰：“你以为我真怕呀，我才不怕哩！是那些挨刀剐的狗，叫得太欢了！不怕，也让它们给叫怕了。娘的！”脸上复又生出一股豪气。那张歪嘴，因为用力咀嚼，歪得更厉害了。二歪的嘴不仅歪，还死硬，从来没服过软。而且，还损，从不肯给人留情面。有一次，乡里新到一位管计生工作的年轻女干部，有三十来岁吧，来柏树庄了解结扎情况，她还不认识二歪，见二歪面相老，问道，这位大哥，你今年五十几了？二歪朝女干部一翻白眼，说，大姐，咱先说说你吧。我看你有五十好几了吧？我叫你大姐，你说我五十几了？那女干部被他噎得差点背过气去。

“好吧，东西咱也给他们送了，这‘大字报’咱也贴了，就等着看连春的好吧。”刘囤在大腿上猛拍一下，就连鼻尖上都漾出亮光。他端起酒杯，向大家提议，“来，咱们一块给二歪压压惊，这家伙让狗给吓着啦！”

人们嘿嘿地笑了，端起酒杯咣地碰到了一起。

二歪把酒喝了，似有些不好意思，手在脸上挠一把，还为自己解嘲：“看咱柏村庄这狗们，一个比一个凶，一个比一个没见识。妈的，把老子逼急了，再来一场打狗运动——当然，刘主任家的老黑除外！”看来，他还没到被吓昏脑袋的地步。

本来，刘囤想让刘玉民来写这个“大字报”的。刘玉民的字好，有点柳体的味道，柏树庄人过年贴的春联，大多出自他手。然而，对这件事刘玉民心里却有自己的“小九九”：他和刘囤要好不假，但他绝对不干这种损事儿。何况，万一连春当选了呢？那时不报复他才怪，他犯不着和连春结怨。于是，就找出堂皇的理由推辞：我写不合适，我的字连三岁小孩子都认识。刘囤一想也对，就让二歪写。二歪倒非常乐意，他认为这正是自己对刘囤效忠的好机会。为完成好这个“光荣”任务，他还真费了一番心思。

“哈哈——”刘囤放了酒杯，开心地笑了，“好你个连春，你就做你的春秋大梦去吧。我让你狐狸逮不着，反惹一身臊！”

这时，大白桃正靠在里屋被垛上打盹。她实在太困了。但人们还没有走，她又不好脱衣睡觉。烟气挤满了堂屋，又跑到里屋来，熏得她连打了好几个喷嚏。她终于忍不住，一挺身子，从床上跳下，扭着两瓣肥硕的屁股，推开门走出来，劈手夺去了刘囤嘴里的烟，甩到地上：“你就行行好，少抽一支吧。看把我呛的，这一晚上我比你们吸的烟都不少。”身上那件枣红色秋衣为这烟气缭绕、污浊混沌的堂屋增添了一道亮色。那两只布袋奶，鼓绷绷的像两个垂下来的棉花包。

人们知道，大白桃这是下逐客令了。事情也的确办妥了，而且也吃了也喝了，是该回家睡觉了。

也许是今天晚上格外高兴吧——那张“大字报”无疑是刺向连春心脏的一把匕首——因而，人们离开后刘囤依然没有睡意，又因为酒精和茶水起了兴奋作用，一上床就将手放到了大白桃那两只酥软的棉花包上。大白桃很不耐烦，推开了他，张开嘴，连打了几个哈欠，说："睡觉，睡觉，困死我了。"

刘囤不甘心，翻身往大白桃身上爬。大白桃虽说没有半点兴趣，但也要满足他。平时也是如此。刘囤壮得像头公牛，虽说年届半百，这方面的欲望却非常强烈，比年轻时逊色不了多少。肥水不流外人田，大白桃不想让他到外面找野女人。

刘囤没动几下，就趴在大白桃身上打起了呼噜。那鼾声越来越响，大白桃怎么推他也推不醒。一团又腥又黏的哈喇子顺着刘囤的嘴角，淌到了大白桃散开的头发上。

一声鸡啼，远远地传过来。这是第二遍鸡叫，天的确不早了。

四十九

连春刚吃过早饭，正用嘴角叼着烟，坐在沙发上琢磨明天演讲的内容，白玲玲急匆匆地走进来。

连春赶忙迎上去，笑着说："哎呀，真是稀客！快进屋来吧。"

白玲玲没有进去，就站在院里，说："连春，有人在北十字街口贴了一张纸，说你的坏话——"她是去街上买油条，看到了人们正围在那张纸前面议论什么，觉得好奇，也挤进去，看明白了，一刻也没有停，就赶过来给连春报信。

二兰子赶忙从屋里出来，还没等连春搭话，她就问白玲玲："上面都说吗来？哼，吃饱了撑的，嚼俺的舌根子。"

白玲玲不好明说："你快去看看吧，反正不是吗好话。"说完，就像完成了一项任务，转身往外走。

她跨出街门，忽然感到这件事不会那么简单，肯定是刘囤指使人干的，显然和这次竞选有关。她突然后悔了，后悔自己不该来告诉连春。她在心里狠狠地责备自己：哎呀，你怎么就昏了头？人家连春知道你和刘囤的关系，你这不是让人家犯猜疑吗？你呀，真是缺心眼儿，做事儿也不在脑子里转个弯！她是一脸沮丧地赶回家的。

“我去看看——”白玲玲一离开，二兰子就对连春说，因为气愤，那张扁平的脸涨得通红。

见二兰子走过来，看热闹的人都识趣地散开了。

二兰子匆匆地往上面瞥一眼，嚓，就将那张纸扯下来。

“娘个×，吃饱了撑的。没事儿干，就去碾盘上磨牙呀——”

“大嫂子，那可不是吃饱了撑的，人家是有用意的，故意往连春哥身上泼脏水哩。你也甭生气，没人信这个。是白，就变不成黑的。”人们宽慰她。

“真是胡吣哩，怎么不说连春睡了他老娘？他妹妹？”二兰子说着，将那张纸团巴团巴，往地上一扔。刚要离开，又弯腰，扁着一张嘴，将纸团捡起来，攥在手里。

有人又劝她：“二兰子，你真犯不着生这么大气，连春的为人，哪个不晓得？你就当听了几声狗叫！”

二兰子把那张纸拿回来，往连春怀里一掷，冷笑道：“哼，你自个儿看看吧。也不知道人家是给你泼污水哩，还是你和艾香真那样了？今天你得给我说清楚，如果是真的，算我瞎了眼；如果根本没这回事儿哩，我就去大街上骂他个祖宗八辈。我丢不起这个人——”

说完，一屁股坐到沙发上，两手抱住肩膀，呼呼地喘着粗气，横眉立目地怒视着连春。

连春打开了纸团。只见上面写道，连春不但多年来一直霸占着艾香，而且用种种下流的方式，对她进行性虐待，以至于伤害了艾香的身体，艾香才离开人世的。还说，全保也是因为连春给他戴绿帽子，受尽屈辱，心里憋屈，才得了那个绝症。

嚓——那张“大字报”被连春撕了个粉碎。那纷飞的纸屑，像一团被大风吹落的白蝴蝶，轻飘飘的，一转眼，散落在地上。

“卑鄙，无耻——”连春像被火烧油煎般地大口喷着气，胸脯急剧地起伏着。

啪——他踢飞了一只小板凳。小板凳撞到屋门上，发出一声巨响，屋里的空气被震得都颤动起来，像一枚炮弹爆炸了。

二兰子的脸吓成了一张白纸。两人结婚这么多年，这是她头一次见连春被气成这副样子。她怕他要气疯了。从心里生出的那点醋意，在这轰然而起的响声里，消逝殆尽了。

“你有本事去找人家闹呀！这算吗本事？别吓着我了！”

连春依然站在那里，二兰子这么一说，他渐渐地冷静下来了。他明白，这是刘囤要搞臭自己，以达到他不可告人的目的。刘囤能做出这种事情的。

“没关系。白的变不成黑的，事实就是事实！”他喃喃地说着，似是劝自己，也是安慰二兰子。

此时的二兰子，也相信这是刘囤在故意污辱连春，于是忧心忡忡地说：“光你说顶吗事儿呀，我怕有人就认为是真的！”

“身正不怕影子歪，再说，艾香和全保是怎么得的病，大家伙都瞅着哩，他们心里都有数。”连春又把脸扭向院里，冷笑道，“妈的刘囤，你这是自作聪明，你越说得邪乎，越说明你心里有鬼！”

虽然嘴上这么说，却又害怕一些人会受到这张“大字报”的蒙蔽。人呀，千人千脾气，谁和谁的心思都是不一样的。

五十

柏树庄人一直期盼的时刻，终于来临了。

刘囤没有预料到，竞选那天，从一开始发表演讲，在气势上连春就占了上风。尤其是全保为支持连春，竟然拖着病体来给连春投票，这不仅是用行动洗清了他泼在连春身上的污水，更是给了他一记响亮的耳光！妈的，连春怎么就有这么大的魅力呢？连一个临死的人，都来讨好他。他越想越气，越想越不明白，恨不得让全保再死一次。

眼看着大势已去，他哪里甘心就这样被连春战败呢，急忙给大贵和二歪递眼色。于是，大贵和二歪就以选举不公正为借口，在会场上公然闹事，给杨乡长施加压力，要求重新选举。但杨乡长处变不惊，以他特有的镇静和果敢控制住了会场秩序，让这次非同寻常的选举圆满地画上了句号。

就在连春当选村主任的这天晚上，他来到村南，来到了那棵大柏树下。

此时，热闹了好几天的柏村庄仿佛沉睡了，静得没有一点儿声息，像劳作了一天的母亲，在醉人的晚风里，拥着她的儿女们甜甜地进入了梦乡。月亮已移至大柏树的顶端，像悬挂在上面的一盏天灯，烁烁放光。又似明亮的眼睛。

是的，如今连春已经成了柏村庄的当家人。因此面对着柏树庄，他感到了一种责任。他仿佛又看到了那一双双满含着期望的眼睛。

其中有两双特殊的眼睛，一双是张大虎的，另一双是马主任的。

那天，张大虎在“又一春”摆了一桌，叫来老马一起为连春饯行。

虽然连春被大虎收编了，成了有娘的孩子，然而时间一长，他心里又有了另一种压力。从前，他和大虎是情同手足的朋友，而如今呢，大虎摇身一变成了他的上司。大虎脾气暴躁，情绪变化很大，对下属有点军阀作风，免不了就对他端点架子，发号施令，一副救世主的姿态，这就让连春感到不舒服了。他开始怀恋从前和大虎的那种关系——那种作为朋友的关系是多么单纯多么好相处啊。完全是出于相互尊重，你帮我，我领你的情，那是一种兄弟般的情谊！不，甚至于比亲兄弟还近乎，因为相互间没有什么利益纠葛。可眼下却不同了，他们变成了上下级关系。有时，连春想脱离开大虎，像从前一样自己干自己的，跑单帮，然而理智又告诉他，绝不能这样办。如果这样就把大虎得罪了，恩人，变成了仇人。

现在，杨乡长请他出山，对他来说正是适逢其时。他正好利用这个机会，脱离开张大虎，这样，他们今后还是好朋友的，没有伤一点儿和气。

对于连春回村里干，张大虎明面上极力挽留，说，我的小老弟，你干得好好的，从哪又冒出来这么个想法了呢？而内心里却又巴不得让连春离开公司，因为他已经后悔把连春收编过来了。连春是个聪明人，又非常能干，他害怕日后连春的羽翼丰满了，会对他的职位构成威胁。——在他看来，这可不是危言耸听啊，完全有可能发生。如今是市场经济了，他这个职位谁也有资格来争夺，完全打破了从前那种用人的框框儿。他开始恼恨自己当时为什么就没有想到这一层呢？哼，脑子一热，一冲动，就把连春这一只老虎拉进了属于自己的山林里——他突然觉得连春其实是一只猛虎。而这只猛虎，说不定将来要和他争食吃的。连春可不是个庸常之辈，他的心胸大着呢。

如今，倒是上天给他解了这个围。这是个好机会，只要连春离开公司，他就少了一个隐形竞争对手，消除了一个隐患。而且，他对连春毕竟是有过恩的，连春能忘记吗？将来，如果他在村里真成了大气候，说不定，还有用得着他的时候呢。

因此，他又对连春说，你回村里也不错，现在农村的发展空间很大，在那里你可以更好地发挥你的价值。

马主任目前是旅游局二把手。那年安猴子的举报信还真起了作用。后来县纪委对他进行了一番调查，虽说调查的结果证明老马是清白的，但县里为了慎重起见，在没有对他彻底审查清楚之前，暂时不宜提拔。因此可以说，正是那封举报信，干扰并影响了马主任的升迁。结果米主任如愿以偿，成为县工业局一把手。老马呢，被调到县旅游局担任副局长。他的调离，自然也和米主任有关，米主任怎么能容忍老马留在自己身边呢？在他眼里，老马也是一只猛虎。

老马对连春说："这又是你人生的一个挑战，我希望你还像刚进城那样，再闯出一片新天地。"他又把老子的那句"慎终如始，则无败事"，作为临别的赠言，送给连春。他非常羡慕连春，能有这么一片新天地等着他去施展才能，对一个有抱负的人来说这是多么幸福啊。"男儿不展风云志，空负天生八尺躯"，然而，他如今是空有一腔热血，却无法实现自己的人生鸿猷。这次仕途的失利，让他感到了官场的险恶，人生的无常。莫非，属于自己的时代已经过去？想着自己从前的骄人成绩，他禁不住黯然神伤。但他并不服输，能屈能伸才是伟岸的大丈夫！大海不怕雨水多，好汉不怕困难多。他相信，组织上最终会还他个清白的。然后，他还可以重整旗鼓，在新岗位上做出一番大事业。

老马和连春碰了一杯酒，和他约定：过几年一定去柏树庄看看。

连春就是想象着这一双双热望的眼睛，再次抬起头来，仰视那棵孤峭屹立的大柏树的。银色的月光下，大柏树虬劲的枝权执拗地伸展着，似要探向高远的夜空。那繁茂的枝叶，在夜幕下形成一个清晰的剪影。它是那么气宇轩昂，人们只有仰视，才能一睹它伟岸奇崛的容颜。在人们心目中，它就是柏树庄的精魂啊。它，最有权利来领受柏树庄人的顶礼膜拜！

然而，连春又不明白，柏树庄怎么就有这么大的魅力呢？不但让全保舍不得离开，就连他在外面事业有成，最终还是又回到了她的怀抱。这究竟是为什么？为什么？此刻，他想询问大柏树，仿佛只有它才能回答这个问题。对于柏树庄，这大柏树无疑是最有发言权的。因为它目睹了世世代代的人，在这块土地上繁衍生息，目睹过他们的喜怒哀乐和悲欢离合，还有他们的狭隘和博大，自私和良善；甚至还有兵燹。他想，大柏树上存储着每一个人的信息图码。它又通过一种独特的方式，将这些信息传递给柏树庄的后人，是在一种不被人知的情况下，悄悄地，细雨润无声般地传递的。然而它又总是保持缄默，像一位虚怀若谷的哲人，注视着这个永远属于柏树庄人的舞台，看那一茬又一茬的人，在这里上演相同而又不尽相同的人间悲喜剧。

连春围着大柏树，绕了一围又一围。他嗅到了大柏树那高贵不凡的气息——那是一种伴随着月光的细微的香气，真真切切是从它那壮硕的躯干里散发出的。然而，里面又有一种新鲜的青春的气息。连春翕动鼻翼，深深地吸一口，感到全身通泰，神清气爽，再抬头仰望大柏树，越发觉得它像自己一位和蔼亲切的长者。

连春突然生出一种冲动，他激动地张开胳膊，一下子将大柏树抱住了。他抱住大柏树，就像抱住了自己的亲人。其实，他只是抱住了大柏树的一部分，它那粗硕的身躯，一个人怎么能揽得住？连春先是将脸颊贴在它的躯干上，他觉得有一位老人在用他皴裂粗粝的大手来抚摸他。接下来，他又将耳朵贴在上面，他像聆听什么。他听到了，听到了大柏树对他深情的教诲。那更是一种人生的秘籍啊，他听明白了。月亮像是也兴奋起来了，在他眼里闪闪地跳。他告诫自己：你今后要时常来仰望大柏树呀，只有仰望大柏树，你才能有战胜困难的勇气和力量!

他的眼前，又浮现出大柏树那庞大的根须。它们在柏树庄的地下恣意伸展，似乎连接到了每一户人家，将整个柏树庄拥入它那博大的怀抱里。

“连春哥，你长大干吗呀？”一个尖尖的声音忽然在他耳边响起，眼前也浮现出全保那双明净天真的眼睛，“我长大后开大轮船，在大海上航行。哎，你呢？”

“我想开火车，呜呜呜，一直开到天边去，想开多远就开多远——”连春笑嘻嘻地说。

这样想着，连春痛苦地闭上了眼睛。全保，你怎么走得那么早呢？当他再睁开眼睛时，眼里早噙满了泪水。月亮变成了河里的投影，在他的眼里，散开去，又聚拢在一起……

他转身，朝全保家走去。

今晚，他要为全保守灵，陪伴全保度过他在这人世间的最后一个夜晚。明天，他就要张罗全保的丧事了。

这时，从全保家的方向，传来了凄厉悲凉的唢呐声，像是要把夜幕生生地撕开；随即，唢呐的独奏变成了乐队的合鸣，是在这一带广为流传的“河北吹歌”，在唢呐的引领下，呜呜咽咽，苍凉悲壮，在柏树庄的上空回荡着，随后，又飘向浩渺的夜空，似在向苍天发出一声声的质问……

五十一

大洋人把三只装满腌菜的红塑料桶抬到三轮车上，正要往外走，街门吱呀一声响，一张熟悉的脸闪了进来。

大洋人心里“咯噔”一下——是王瑟瑟。

“大妹子，你这是干吗呢？”

“干吗，还不是去串村卖小菜呗。今个儿你来了，我就不去了！”大洋人说着，跳下车来。

“你呀，不就是打个马虎眼呗，怎么倒认真起来了？”王瑟瑟低声责备着，面带微笑地走进院里。

大洋人边弯下身子往回拽车子，边说：“你说怪不怪？我越来越愿意卖这个了！干上瘾来了——”

王瑟瑟嗔她一眼："你呀，说到底就是这个辛苦命。放着大钱懒得挣，怎么就稀罕这几个小钱哩，出一天臭汗，才捞几个小鱼小虾呀！"

"那有吗办法哩，我就是那个贱命！"大洋人无奈地摇摇头，把车子在院里放好。

这几天，她总是做噩梦。梦见丢失孩子的家人，正撕心裂肺地哭喊着，满大街寻找他们的小宝贝。忽然发现了她，孩子的母亲一把扯住她的头发。呸——朝她脸上狠狠啐一口："你这个挨千刀万剐的害人精！是你偷了我的孩子！你还我孩子！还我孩子！"之后，发了疯似的扑过来，一口咬住她的胳膊。一阵钻心的剧痛，让她从梦中醒来了。醒来后，胳膊上竟然还在隐隐作痛，仿佛那里真被人咬了一口。想想自己这几年也帮王瑟瑟卖过几个孩子，不由得生出一种负罪感。每念及此，她只能把自己的心思，都放在了腌制小菜上，她想通过这种方式，让自己彻底忘掉那些罪孽。她有时也真的忘记了。她的良心，在这一刻，竟然得到了一些安慰。

是的，她干着干着，竟然真的喜欢上这个行当了。虽然赚钱不多，可总比干那个伤天害理的营生强吧。有了这个想法，她就开始厌恶这个名叫王瑟瑟的女人了。看她那张大孤拐脸，要多难看有多难看。不仅仅是厌恶，对这个女人她还有几分害怕。因为这个女人的心比蝎子还毒，比石头还硬，不然，怎么就做出那种损事儿来？她后悔，自己当初怎么就上了这条贼船呢？想到那天在公共汽车上的情景，她这才恍然大悟——原来这个女人早就盯上自己了。是看自己爱打扮？还是看自己爱虚荣呢？她胡乱地猜测着，脊背上早已沁出了一层虚汗。哎呀我的妈，这个女人太可怕了。她感到自己正面临一个陷阱，王瑟瑟站在陷阱对面，笑眯眯地向她招手。

今天，她还得对这个女人笑脸相迎，不能让她看出什么来。

这个蛇胆蝎心的女人呀，她一发狠什么事情也能做得出来。得先把她稳住了。

“大姐，跑这老远的路，先进屋喝杯水——”她推开了屋门，笑盈盈地招呼王瑟瑟。

王瑟瑟来到屋里，接过了大洋人递过来的水杯，吸溜一下鼻子：“哎呀，一屋子腌菜味！像走进酱园子了！”

还没等大洋人答话，又说：“大妹子，你说你傻不傻哩？放着大钱不愿挣，怎么就稀罕这仨核桃俩枣啊？”她这话是有所指的，前些日子她给大洋人来电话，让她也在这里逮机会弄个小孩子，趁赶集上店的工夫，得下手就下手。她说，如今人们都他妈的变警惕了，非常缺少“货源”。大洋人却拒绝了，让她把拐来的孩子卖掉，她可以干，让她亲自去偷人家的小孩，她下不得手！

“我、我可干不来那个，我胆子小！”此刻望着王瑟瑟一脸的责怪，大洋人毅然摇了摇头。

王瑟瑟马上换一副笑脸，用一个大姐所通常有的那种亲切语气，来安慰大洋人：“我知道你心眼好哩。得啦，我不勉强你，教的戏唱不哩，你还干你这个吧！”随后，诡秘地朝大洋人伸出一根手指头，有几分得意地说，“咱又弄到一个，我今天就是为这个来的！那‘货’今儿下午就送到火车站了，我下午就去接。我为吗先来一步哩——这些天外面风声太紧，为以防万一，我先来和你商量一下，看看能不能尽快找个买主！”

尽管这个消息是在大洋人意料之中的，但她还是有几分惊悚。这些天她一门心思地经营小菜，差不多将这件事忘记了。即便偶尔想起来，这噩梦一般的记忆，仿佛离她已经很遥远了。那是她身上的一个伤口。然而，今天王瑟瑟把她身上那块即将痊愈的疤，又生生地给揭开了。

见大洋人像个木偶般怔在那里，王瑟瑟以为她是被自己刚才的话吓蒙了，将茶杯放到茶几上：“看你个小兔子胆！你只管把心搁肚里吧，咱不会出事儿的。你看看我是谁呀。火车不是推哩，牛皮不是吹哩，肚里没有那两下子，能干咱这个？没有金刚钻，咱就不敢揽这瓷器活儿。就说严打吧，哪年不搞一次？还不是刮阵风。风头一过，人们该干吗还干吗，管住了吗哩？哼！百吗也管不住，光是把胆小的吓了一家伙！结果，他妈的胆小的最后也给弄胆大了——我就是！”她伸手指指自己，“光听狼叫唤，就别放羊了！你说是不是这个理儿呀，大妹子？”

见大洋人不吱声，又说：“不过嘛，这会儿咱该谨慎得谨慎，免得老鼠没逮住，反被咬了手！挖墓的被埋到坟里，咱可不办那个傻事儿！这不，就因为小心，我先过来一趟，看这两天能不能为这个‘货’找个下落。如果找不到，就先放你家几天，你再慢慢找，不着急——”

听说要把孩子先放到自己家里，大洋人像让开水烫着了：“哎呀，这可使不得，使不得，我害怕——”她感觉有一只蝎子爬到手上，她要把它甩掉。

王瑟瑟脸一沉：“怕吗哩？你说，你怕吗哩？呵，你就是怕，也得这么办！你懂不懂咱的规矩？这件事，你想办也得办，不想办也得办！——当初你是怎么向我保证的？难道那是放个屁吗？就是放个屁，也还有个响声哩。”

大洋人顿时傻眼了。我的妈呀，原来这个女人竟然有两副面皮儿，这哪里还是从前那个像大姐一样亲切和蔼的王瑟瑟呀，她忽然想起了从前电影上妖艳狡猾的女特务。对，眼前这个面目狰狞的女人，就像电影里那些阴险的女特务。妈呀，自己已经上了人家的贼船了，这可怎么办呀？不行，不能就这样让她给吓住。她这是在威胁我。一股火气涌上来，她胆子也大起来，瞥王瑟瑟一眼：“我就是不想干，你敢对我怎么样？你再逼我，我就去报告公安局——”

王瑟瑟腾地跳起来，呵——呵——呵，她发出一串怪笑，那声音像从棺材里飘出来的，令大洋人毛骨悚然。笑声过后，她伸手指着大洋人的鼻子："好呀，小菊，当初算我瞎了眼，怎么就看中了你？原来你是个稀松软蛋！一个没良心的小婊子！你这种人，连当窑姐都不配。你去报告公安局呀，你这是吓唬谁哩？你有那个胆吗你？你以为你屁股底下是干净的呀？你屎壳郎戴眼镜，还真拿自个儿当先生哩！当初看见钱了，你为吗不说不干呀？如今，看我们遇到难处了，你想脱身溜走呀是不是？我的天爷，还想和我翻脸哩！呸！你的良心让狗给吃了？还是让猪啃了？实话告诉你，如今咱俩可是串到一起的蚂蚱，你就是去自首，也是男人脱裤子，一个××样儿！今儿我就等你，叫警察来抓我！你去呀，去呀——"那双白多黑少的眼珠子凌厉地盯住大洋人。

大洋人还真不敢去了。不但不敢去，她吓得连大气都不敢出了。妈呀，自己就是举报，也得蹲监狱，这不是犯傻吗？可不这样，自己又该怎么办呢？她真想掴自己一个耳光：谁叫你当初听信了人家的甜言蜜语呢？你就见不得那几个钱，你这是自作自受！她最害怕进监狱。如果真的去自守，就像小鸟自投罗网。那么，还是听从人家的吧，只有听从人家的，也许才不会出事儿。

见大洋人软下来，王瑟瑟又坐回到沙发上，深吸一口气，脸上又堆满了笑："我说大妹子，咱们打交道也不是一次两次了，你说，我亏待你了没？你也拍着自个儿的良心好好想想呀，如果没有我，你家小日子能过得这么滋润？你家能装上电话，能配上BP机，能给儿子盖一处房子？你不是还想买手机吗？这不难办。咱们把这宗生意做成了，你不就用上手机了？我这人就是火苗子脾气，刚才的话哩你也别往心里去，我还不是恨铁不成钢呀？我是想告诉你，没有天上掉馅饼的好事儿，那都是自个儿干出来的。人心都是肉长的，我才不信大妹子不长良心哩。你说是不是呀大妹子？"

“好吧——”大洋人依然像木雕般地呆坐在那里，完全由王瑟瑟来摆布了。

吃过中午饭，王瑟瑟回城里去了。她说天黑时把小孩子抱回来。也许她还不放心大洋人，临走又恫吓她：“如果我走后你敢去报告公安局，不等公安局的人过来，就有人先把你弄死！”

“哎呀大姐，你看我还有那个想法吗？”大洋人哭丧着脸，声音都发颤了。

“那就好，你还是个明白人——”王瑟瑟一撇嘴笑了。

当王瑟瑟离开后，大洋人赶忙关上了街门。她仰直身子，靠在门板上，大口大口地喘气，整个人仿佛就要虚脱了。她把街门靠得牢牢的，像是害怕那个女人再踅回来，她要把她挡在门外面。

估摸着王瑟瑟走远了，她才失魂落魄地回到屋里，一屁股坐在沙发上。脑海里晃动的都是这几个字：这可怎么办？这可怎么办呀？

是的，她该怎么办呢？她只有听从人家的摆布了。她更不敢去报警。她感到有根绳子，已经把她牢牢地捆住了，捆住了她的手，又捆住了她的脚，而绳子的另一头则攥在王瑟瑟手里——这是个多么阴险狠毒的女人呀。她呢，就是人家随便操纵的一个木偶而已。

整个白天，大洋人不知道自己是如何度过的。她没有出去卖小菜。她哪还有那个心思呢？有很长时间，她就是这么六神无主地呆坐在床上。堂屋里那个自鸣钟嘀嗒嘀嗒地响着，像是一只铁锤一下一下地在她身上敲打，她觉得时间那么短暂，仿佛眨眼间天就要黑下来。她多么害怕黑夜降临呀，可又盼着它快些降临。这总比这样让她悬着一颗心好受吧。她再也无法忍受这种煎熬了。可是黑夜过后的日子，又会怎样呢？她心里仍然没有底，仿佛自己正往一口大野井里落，落。

中午，她只扒拉了几口早上的剩饭。她已经感觉不到饿了。

太阳快落山时，小军从城里回来了。

“你怎么把铺盖带回来了？”大洋人往自行车后座上扫一眼，不解地问他。

“妈的，一个将军一个令，一朝天子一朝臣！”小军仰起脑袋，冷不丁朝着天这么吼了一句。

“哎呀，人家不让你干了是吧？”大洋人明白过来，忽然又想起王瑟瑟，看天色渐渐变暗了，心跳得越发慌乱。今天这是怎么了，这事儿上赶着似的，都碰到一块儿了？

小军把铺盖从车上拎下来，扔到屋里沙发上，扭头望着面如土色的大洋人。

“你脸色怎么那么难看哩？”他问大洋人，随即又开始安慰她，“你急吗哩？狗×的不让咱在那儿干了，我还不稀罕哩。这不，一找我谈话，我就把铺盖卷驮回来了。明天我就去结账！莫非死了他张屠夫，咱就吃带毛的猪肉了？”

说完，吐出一口长气，坐在堂屋的一只矮脚凳子上，伸手从茶几上拿起烟，抽出一支，塞到嘴里吸起来。旋即，一团烟雾在他脸前飘起。

见大洋人依然怔在屋门口，不说话，而且目光呆滞，他感到有些不大对头了。

“怎么啦，家里出吗事了？”

“我怕，我怕——”大洋人还是忍不住了，一脸惊恐地向小军说了今天发生的事情。

啪嗒——小军手里的香烟掉在了屋地上。

随即，一拍大腿，哧地笑了：“你呀，怎么就让人家给吓蒙了？这不又是送上门来的财呀。这年头，莫非谁还怕钱咬手呀？”小军为什么又变得这么高兴呢？原来，他忽然发现，从今往后他也应该加入到这个行当里了。这样一想，心里的失落早跑光了，甚至认为干这个远比他在工地上干划算得多。当他最初得知大洋人干这个营生时，又是害怕又是生气，恨不得上去掴她一个耳光。但他只是这样想想罢了，他不敢！后来，他一看到那一沓钞票，火气马上就消了。妈的，不干白不干，只要能吃到香的，喝到辣的，管它钱怎么来的呢！看看人家连春，不就是因为有钱了，才那么风光！

“哎呀，吓死我了！”没了主意的大洋人，见小军竟然这么欢喜，那颗提起的心又落下了，把两只手捂在心口上，嘶嘶地喘几口气，“嗯！王瑟瑟也是这么说的。”

小军觖望地瞥她一眼，责怪道：“看你个小蝎虎胆！怕吗哩，这么长时间都没事儿，我就不信这次还能栽了？”

刚吃过晚饭，王瑟瑟从城里回来了。

是一个男孩。孩子被裹在枣红色的襁褓里，脸蛋让灯光映得红扑扑的。孩子刚从睡梦中醒来，睁着一双清澈的大眼睛，惊恐地望着四周。也许因为看到的都是陌生的面孔，小嘴一咧，哇地哭起来，两只小手四处抓挠。

“哎呀，看这孩子，长得真富态！”大洋人摸摸孩子的脸蛋，称赞道。

这天晚上，王瑟瑟就住在了大洋人家。

五十二

第二天，吃过早饭，王瑟瑟就要离开。

她刚打开街门，和从这里路过的连春相遇了。

连春停下来，和小军两口子打招呼。之后，目光落在王瑟瑟脸上，这是小军家什么亲戚呢？怎么这么面生？

小军赶忙向王瑟瑟介绍连春：“这是俺村刚当选的村主任。”

王瑟瑟听说站在面前的男子是村主任，心里扑通跳了一下。但马上又镇静下来，望一眼连春，故作矜持地笑了笑。

连春客气地朝她点点头，扭头问小军：“这是哪的客人呀？”

没等小军答话，王瑟瑟就抢先说：“我是来我表妹家串亲戚哩！山里的！”

“这是我表姐！”大洋人说。

“这么远来了，就在你表妹家多住几天呗！”一听说是从山里来的亲戚，连春热情地对王瑟瑟说，“别急着走哇，看看我们大平原这几年的变化！过去，我们平原上可不如你们山里！你们山上净种果树，像核桃呀、大枣呀，还有山里红、柿子，这都是经济作物，值钱！前些年你表妹都把我们比土气了！”

大洋人脸上飞起红晕：“哎呀，连春哥，你这是羞俺哩！俺吗时候洋气过？”

“大村长，你们说话吧，我得紧着走！”王瑟瑟哪里还待得下去，恨不得赶忙离开这里。她害怕连春那双犀利的眼睛，那双眼睛，能洞穿人的心。

“怎么说走就走呀——”连春嘴上客气着，却觉得这个女人有些怪异。

“我得走，我得走！还赶汽车哩！”王瑟瑟边说边朝前移动步子，有逃脱的意思。

“哎呀，我正要去找你哩！”为转移连春的注意力，大洋人赶忙说，“你前脚走，这不人家后脚就把小军给开了！”

“真的？”连春皱了皱眉，把目光移过来。

“这还有假！”小军苦笑，“人家昨天上午找我谈过话了，我哩，总不能在那儿赖着不走吧？这不，昨天下午我就把铺盖驮回来了。我先炒了他——”

“想不到，老刘这家伙是个黑脸——”连春说着，转念又想：在工地上谁不知道小军干活儿滑头一个！谁当老板也不会要他的。除非是自己，和他乡里乡亲的，磨不开面子！

“这事儿我也没辙了——我已经离开那儿了，公司成了人家的，人一走茶就凉，我总不能硬逼人家吧？”连春摊开两手，无可奈何地说。

“那倒是，那倒是——”小军赶忙附和，“嗯，回来就回来吧，你以后还得结记着我。你不是当了村长吗？”小军像是又看到了一线希望。

“哎呀，这还用你说？连春哥肯定结记着咱哩！你说是不是呀连春哥？哎，连春哥，我们可是投了你一票的！”大洋人满脸带笑地望着连春。

连春和他们两口子开玩笑：“你们支持我干吗呀？你看，我这一回来，小军的饭碗也掰了！”

大洋人收住笑，皱皱鼻子：“可不是呗！大村长呀，这话我可撂给你了，我们可是为你当选做了贡献的，你今后可别忘了我们！”

连春想：大洋人这张嘴真了不得。这么伶俐一个人，当初怎么就让小军给诓来了？

“忘不了！忘不了！”连春心里反感，嘴上却说，“我把咱柏树庄搞好了，大家伙都能得到实惠，这不就对得住你们了。——你们说是不是呀？”

正说着话，屋里传来婴儿的啼哭。

“谁的小孩？”连春的目光在大洋人身上好奇地探索着，“莫非，是弟妹又——”

“哎呀，看你说哩，我哪还有那个能力呀！”大洋人神色慌乱，尴尬地笑了笑，转身朝屋里赶去。不大会儿，小孩的哭声止住了。

小军把手伸进衣袋里摸烟，但没摸到，他有些讪讪的，笑着打圆场：“这是她表姐的孙子，孩子病了，先放在这儿，过几天再去市里的医院做检查！”

大洋人在屋里边哄孩子，边扯着嗓子说："哎哟，我的小祖宗，你奶奶刚离开，你就给我发脾气！呵，乖乖，过几天你奶奶就来接你，不但你奶奶过来，你爸爸也一块儿来哩。"

小军突然想到了什么，哭丧着脸对连春说："你看看，这个孩子多可怜呀，才这么大，他妈妈就和他爸爸离婚了，扔下孩子，一拍屁股就走了！"心里暗暗高兴，看今天他和大洋人演的这出戏，俩人配合得多默契呀！

连春是满腹狐疑地离开的。他觉得这里面似乎隐藏着什么秘密，不像小军和大洋人说的那么简单。看他们那么神神秘秘、遮遮掩掩的样子，里面没有猫腻才怪。尤其是那个自称大洋人表姐的女人，她的神态和举止哪像个平常女人呀。他凭着这些年在外面闯荡的经验，感觉这女人不是个善茬，心里似藏着什么见不得人的事情。

然而，什么证据也没有，再想也是胡乱猜测，于是他干脆就不去想。但脑海里那个大大的问号，却无法抹掉。

街上的人都热情地和他打招呼，这个说，干吗去呀连春哥？那个说，连春叔，这下就看你的了！

连春感激这些乡亲们，他们把一颗颗滚烫的心捧给了他呀。"我去村委会一趟，催催老房把账早点交清。"他笑呵呵地对人们说。

当他来到村委会时，老房低着头，正在清理账目。

见连春进来，老房朝连春点点头，笑了笑。他笑得有些不自然，而且神色踟蹰，有皮笑肉不笑的意思。"哈，来啦？"他说出这几个字，又把头垂下去，藏在花镜后面的那双眼皮上生了皱褶的眼睛，又盯在了账本上。

对于这位新上任的村主任兼党支部书记，不用说，老房心里是抵触的。他明白自己的会计生涯即将画上句号了。但明面上，又不敢对连春怎么样，他害怕日后连春给他小鞋穿。他本来想把账目快点清理好，交给连春了事儿。然而，他也耍了个心眼，这是刘囤特意嘱咐给他的——能拖就拖，不要让连春接得那么痛快。而且，还要在一些账目上做做手脚。对他们那些见不得人的事情，必须想办法掩盖。反正连春又不懂得账目，他现在是俩眼一抹黑儿。管他呢，能拖多久就拖多久。此外，刘囤还鼓动其他人和连春闹事儿，给他使绊子，说不定，这么一吓唬，连春还真打了退堂鼓呢。虽说是民选的，他担不起来，乡里还不得重新选举呀？如果那样，柏树庄这片天，还不得继续由刘囤来支撑？这是刘囤所期待的，而老房也巴不得这样。

连春扫老房一眼，淡淡地笑了笑，不卑不亢。他还在观察老房的表现，因为老房毕竟有一定的工作经验，如果表现好，他还可以重新起用他，做村里的会计。他不信老房永远是刘囤的人。在配备副手方面，他想任人唯贤。只要自己看准的，他相信他们会好好地配合他开展工作的。他在外面闯荡，吗人没见识过？吗事儿没经历过？在这方面，他非常自信。

他在办公桌前坐下来，点着一支烟，吸一口，徐徐地喷着烟气，环视这间他既熟悉又陌生的办公室，心里禁不住涌出一种说不清的滋味。是的，他终于代替刘囤坐在了这个位子上。激动之余，他有了一种复仇后的快感。然而，也清楚自己将面临巨大的挑战。他仿佛又看到了那一双双充满期待和热望的目光。

"李主任，喝点水吧！"见连春坐在那里发怔，老房推开账本，起身给连春倒了一杯茶，放在他面前。

"还有几天能把账弄清？"连春握住水杯，神色庄重，目光盯住老房的眼睛，盯着很深。

老房躲开了连春的目光："莫急，莫急，弄了一多半了，还得有几天哩。——我的大村长呀，这么多年的账目，一点儿也马虎不得！真要出点差错，我怎么向你交代呢？"

看上去，老房和刘囤无疑是一根绳上的蚂蚱，但老房却有自己独特的想法：他从心里，感激刘囤的知遇之恩。而且，刘囤许多见不得人的事儿，都没有背着他——其实也没法儿瞒他。什么事儿能瞒得了会计？刘囤是把老房当作了自己人！如今刘囤倒了台，他也只好自认倒霉。但又不甘心，盼着连春能像当年刘囤那样，重新起用他。虽说“一朝天子一朝臣”，但他知道新班子离不开他这样的“人才”。他对连春印象不错，人品绝对胜过刘囤。连春可是大伙儿选出来的，群众基础牢固，不但为人正派，而且点子多又有才干。能给好汉牵马坠镫，不给赖汉当祖宗。他还真的乐意在连春手下干哩。因此，从这个角度来说，他也是支持连春的。但也有顾虑，一是连春上台后不见得能起用他，二是给他穿小鞋，往他眼里戳棒子。以他的处事经验来判断，没有哪个人不会这么干的。

因而，此时他是脚踩两只船，一方面不得罪刘囤，另一方面，他对连春也非常客气。他觉得自己就像一条遇到大风恶浪的航船，只得听天由命了。哪里风大，就倒向哪里。

“老房，咱村账面上还有多少钱哩？你给我说个大概数。”连春盯住老房，口气淡淡地问他。

老房把目光从账本上收回来，两只眼珠子转了两下，苦笑道：“说不大清。依我的判断，没亏欠就算不赖了，烧高香了。”

连春的额头堆起两个肉疙瘩：“怎么会这样哩？光咱村的企业占地费，还有果园承包费，还有村北马路边上那些个门市，每年不是都要收取管理费吗？这可是一笔不小的钱，都哪去了？咱村又没有搞建设，光你们工资，也发不了那么多呀？”

老房眨眨眼，轻轻地笑了：“哎呀，说起来是不少，可每年光给饭店就是一大笔哩。再说，有的企业占地费和管理费根本收不齐，比如那个赵二吧，哪年也交不够。”接着，老房又说出了一串名字，都是村里的小混混儿。这几个小混混儿，对刘囤都是毕恭毕敬，因为从某个角度说，那是他们的祖师爷呀。当年，刘囤不就是拿着一把菜刀，把老宋吓住，才当上村主任的吗？没有这点膘劲儿和横劲儿，哪能捞到那么大便宜？因此，村里出几个小混混儿也就不足为怪了。这几个人，都在村北做着生意，那里就成了他们的地盘。村里的各种税费，其实他们一点儿也没少缴，他们不敢得罪刘囤，只是，这些钱大部分都揣进了刘囤的口袋里。而村里账面上，又看不出一点儿痕迹……

老房不想把实底掏给连春，他还要为刘囤保这个密。因为，刘囤吃了肉，他也是喝过汤的。

“呃——”连春明白了，又似不明白。不过，他暂且把这个问题放下，等老房交接账目时再去理论。

连春喝一口水，眼睛盯住屋顶，他开始琢磨副手的人选了。

五十三

这天晚上，大洋人心里一直惶惶然。半夜时，她被一个噩梦惊醒了。

“妈呀——”她惊叫一声，猛地坐起来，两只手胡乱地抓挠。

小军赶忙开了灯，看到的是大洋人那双惊恐万状的眼睛。

在梦中，大洋人被人追赶。她跑呀跑呀，最后扑通一声，掉进了一口大野井里。井里有那么多水蛇，大大小小的水蛇吐着猩红的芯子，向她游来，顷刻间把她牢牢地缠住了。

“我害怕——”大洋人喘着粗气，早吓出了一身虚汗。

“一个破××梦，就把你吓成这样，那全是假的。——夜梦反，晨梦真，午梦正反不好分！你连这个也不懂？”

“我怕——我怕——”大洋人一扭身，扑到了小军怀里。只有依偎在小军怀里，她才有一种安全感。

“我觉得咱要出事儿，迟早——”大洋人紧紧抱住小军，害怕有人把她掳去似的。

之后的几天里，大洋人一直沉浸在了这个噩梦里。她没有按照王瑟瑟的嘱咐，去为孩子寻找落脚处。她觉得四周都布满了一双双警惕的眼睛。

她也不敢往床上看一眼。她害怕看到那个小孩子。有时听到孩子哭，她也吓得一阵心悸，仿佛躺在床上的不是一个小孩子，而是一颗炸弹，只要有一丝的震动，就会引起轰然巨响。

可有时她又俯在床前，呆呆地望着那个小孩子，一看就是老半天。看着看着，竟然突发奇想——把孩子养大，这是个多么可爱的孩子呀。这种想法，让她的心里又平静了一些，就像这个孩子真被她收养了。而且，还开口叫她妈妈。

小军看到大洋人整天魔魔怔怔的，对她彻底失望了。本来，他是想回来和大洋人一块儿干的，两个人总比一个人力量大吧？他梦想着发大财，就像李连春那样，成为柏树庄一个人物，让人捧着敬着。他哪里看得起做小菜这种生意呢，他认为干这个是没什么大发展的。他计算着，待他们发了大财，也像连春那样买上一部车，跻身于柏树庄的富人之列。

然而，当看到大洋人这副中了邪的样子，他禁不住扼腕叹息：妈的，这个女人怎么变成了麻雀胆儿？好好的怎么就会出问题呢？他不信那个邪！

不过，后来他也害怕起来。他想，目前最好的办法就是把这个孩子尽快处理掉，不能让他这么待在自己家里。万一出事了，那不正是人赃俱获吗？

大洋人也后悔不迭：当初就不该答应那个王瑟瑟，自己怎么就那么傻呢，能把孩子放在自己家里吗？也许——是不是王瑟瑟为了躲避警察，故意把这“货”甩给了他们？看王瑟瑟当时那副惶惶然的样子，完全有这种可能！

这样一来，小军和大洋人就更害怕了。我的老天爷，这可怎么办呢？真是叫天天不灵，叫地地不应啊。他俩顿时变成了热锅上的蚂蚁，坐卧不宁。

“这条道儿可是你自己走的，当初光知道有了钱风光，莫非你就不知道钱还有咬手的时候？”小军先是急得搓动两手，像是能搓出摆脱困境的好办法。但结果令他很失望。他就开始给大洋人甩脸子了。又联想到她原先那么爱虚荣，穿衣打扮那么讲究，更是气不打一处来，就有算总账的意思。

大洋人红着脸白小军一眼：“你说吗哩？这都怪我吗？你还有脸说哩是不是？今个儿你倒给我充起大尾巴狼来了！你说，你不是让我跟你来平原上享清福吗？姑奶奶告诉你，我就是指望着来跟你享清福哩。要不，我干吗嫁给你呢？你要有能耐，也去挣大钱呀！你说，你让我享的清福在哪儿呢？我倒要看看它长了几个鼻子几只眼睛！哎呀，你给我了没有？我干这个，还不是让你逼的？一个黄花大闺女，就这么白白让你糟蹋了。呜——”两手捂住眼睛，在沙发上坐下来，哭了两声，又把手移开，两眼逼视着小军，“不说我受了多大洋罪，吃了多大苦，你倒教训起老娘来了！”

受了大洋人这番抢白，小军虽然心里窝火，可又不好对大洋人发泄。因为他们一结婚，大洋人就占了上风，从此他在大洋人面前总是唯唯诺诺的，没个硬气劲儿。

他只有鼓着腮帮子，喃喃地说：“这都怪我吗？莫非就没有你的原因？你说你是黄花大闺女，我把你给糟蹋了，照你这么说，我那时还是个毛头小伙子哩。还是个童男子哩！我把我的青春也给了你——”

大洋人把脚一跺，尖叫一声：“你倒有理了呀？哎哟，羊圈里跑出驴来了，这家里数着你大了是不是？”

见大洋人动了肝火，小军连吱声也不敢了，只好把蹿上来的火苗使劲往肚里按。之后，就不停地咽唾沫，像是要用唾沫把肚里的火气浇灭一样。这已是小军的一个毛病了，只要是受到了大洋人这种劈头盖脸的斥责，他就抻着脖子使劲地咽唾沫。

大洋人今天也不敢再闹下去，因为那个恐怖的阴影依然笼罩着她。

五十四

连春刚吃过饭，正站在院里吸烟，突然，咕咚一声，一块砖头从墙外飞过来，砸在了地上。

“谁？——”

没有人应答，只有一串咚咚的脚步声渐渐远去了。

他赶忙打开街门。他看到一个人影，在街口的拐弯处一闪，就消失了。

这是谁干的呢？又是什么意思？他愣在那里，眉头皱一下，马上明白了：这是刘囤在给他动静呢。

妈的，你想把老子吓住，休想！我李连春认准的道儿，一定得走下去。他把手里的烟头扔到地上，一条红亮亮的弧线，在一瞬间里把他的手和地面连到了一起。

这天晚上，他在院里站了好大会儿，也思考了很多。他想明天就去乡里一趟，找杨乡长谈一谈，尽快让自己进入工作状态。

回到屋里，二兰子问连春：“院里吗响哩？那么大动静。”她正趴在被窝里看电视。最近，村里安装了有线电视，从以前的几个频道增加到了几十个。为了方便，二兰子就把电视从堂屋挪到了里屋，她喜欢晚上趴在被窝里看电视剧。

“我踢翻了一个板凳！”连春不想对她说实情，怕她睡不好觉。

“哎呀，一个小板凳，怎么那么大动静！”二兰子做出惊讶状，调侃道，“呦，当村长了，就是跟从前不一样了！”

“把电视关了吧。”不等连春回答，二兰子朝他挤一下眼睛说，然后转身仰面躺下来。

“啪——”连春关了电视，脱衣上床。

连春刚躺下，二兰子就凑过来。连春感到有一条光滑的鱼儿，贴到了他身上，两只胳膊一下子把他抱住了。二兰子身子真柔滑呀，他浑身的血腾地烧起来。

自从连春的生意红火起来，因为业务忙，有时好多天也不回来一趟。如今城里有了做那种生意的女人，二兰子对连春越来越不放心了。而且，随着年龄的增加，她那方面的渴望也与日俱增。这下好了，连春终于可以整天待在家里，守在她身边了。今天，她用极大的热情来迎合连春。连春也将刚才那件事忘却了，身上仿佛有用不完的劲儿，直到大汗淋漓才停住。今晚，他的身心得到了彻底放松。

第二天，连春正要去乡里，小军来找他。

“连春哥——”小军哭丧着脸，两手不停地搓着，“这可怎么办呀？这可怎么办呀？连春哥，你得给我拿主意！”

“不要急，你慢慢说——”连春把拉开的车门又砰地关上。

小军一脸惊恐地向连春诉说了事情的原委。

竟然发生了这种事儿？连春眨了眨眼睛，他忽然想起那天的情景。这就对了，怪不得那天大洋人和小军的样子有点蹊跷。

“连春哥，你快救救我们——”小军无助地望着连春。今天早晨，他和大洋人终于达成了一致，他们要彻底结束那种惶恐不安的生活。不然，他们就有可能发疯的。连春见过世面，又是村长，只有来向他求助了。

“如果救你们，只有一条路——赶快去自首吧！”

“自首？哎呀，俺可不敢！那女人说了，如果报警，他们就对我们下毒手——我怀疑他们在村里还有内线哩。”

连春笑了：“那还不是吓唬你们呀！嗨，还真被人家蒙住了。”

“我们真是害怕——”小军像一个让猎人逼得走投无路的小兽一样，惊恐失色地望着连春。

连春安慰他：“不要害怕！有我们大家哩！再说，你们真要报了警，警察也会把你们保护起来！”停一下，朝小军招招手，“别犹豫了，走，我带你去派出所！”

小军自首了。

为了不打草惊蛇，将那伙人贩子一网打尽，派出所的人交派给小军和大洋人一个任务，让他们立功赎罪。

从派出所出来，小军又担心起来：“连春哥，我还是害怕！”

连春手握着汽车方向盘，目光盯着远方，鼓励他：“你怕吗哩，挺起腰杆来，像个男人样儿！”

小军带着哭腔说：“我总担心会出问题！”

连春耐心地宽慰他：“难道你还不相信派出所？他们绝对保证你们的安全！再说，还有我哩——那女人一来，你就赶紧扯个谎出去叫我！”

连春又叮嘱小军：“记住，那女人来了千万可不能慌张，别让她看出破绽来！要镇定，像平时那样，该怎样儿还怎样儿——”

把小军送回来，连春又朝乡政府赶去。

乡政府离他们村不远，只有七八里的路程。不到一支烟的工夫，连春那辆洁白的雪铁龙就驶进了乡政府。宽敞的院子里种着几棵大杨树，还停了几辆小车。微风吹来，大杨树阔大的叶子发出哗啦啦的响声。

他刚走到杨乡长办公室门口，刚好有几个人从里面出来，他们是乡里的工作人员，其中有一个人手里还拎着一份材料。连春前几天来乡里和他们打过照面，但还不熟。见到连春，他们都很客气。连春放弃城里的公司来村里竞选村长，而且还把柏树庄的刘大拿战胜了，因此，在他们眼里连春就成了英雄。这几天，他们议论最多的就是这个话题。

看到连春，杨乡长赶忙从办公桌后面站起来。

“杨乡长，我来跟你谈谈工作——”

“好呀——”杨乡长一脸的欣喜，忙招呼连春坐下。

落座后，连春说：“杨乡长，我是来向你汇报一下这几天的情况——”他又想到了竞选那天的情景。他感激杨乡长，他从杨乡长身上看到了马主任的影子。他想，无论是哪一级领导干部中，都有这样一些品行端正的好人。我们社会的进步和发展，不正是靠这样一些德才兼备的好领导来引领吗？

杨乡长笑了笑，朝他摆摆手：“不用你说，我也猜得到，刘囤肯定不服气，他会暗地里给你使绊子的。这非常正常。你要有足够的心理准备，无论遇到多大困难，都要挺住！你放心，乡里会给你撑腰的。”

杨乡长又告诉连春，这次竞选村主任，各村的情况都不尽相同。有的顺利一些，有的比较麻烦。他打算把这些情况综合一下，然后写份材料，向上级领导提供乡村基层民主选举的真实信息。基层民主选举是中国政治体制改革的一大突破，将大大推进中国乡村民主化进程。

连春点点头，眼睛里迸射出坚毅的光亮：“我不怕！有乡亲们支持我，我不怕他！眼下，刘囤只能利用交接来拖时间——”

“他再拖，还能拖多久呢，越是这样，越证明他心里有鬼——”

“对，我也这么认为——”连春一脸的愤慨，“我们村每年光企业占地就有几十万，这些钱哪去了？村里街道没有硬化，晚上连个照明的路灯都没有！我就等着和刘囤算这笔账哩——”

杨乡长神色凝重起来：“这的确是个问题。我来时间还不长，对下面的情况不太熟悉。这个问题我们不会放过的。现在你先稳住他，想办法搞到证据，割净苇子露出狼，下一步，乡里会配合你的——”

连春心里一热：“请杨乡长放心，我会按你说的去做。我一定要让乡亲们的血汗钱从刘囤嘴里吐出来！”

接下来，连春向杨乡长谈了他今后的工作设想。

在杨乡长面前，连春似乎有说不完的话。杨乡长也饶有兴味地倾听着，时不时地插几句话。他们吐出的烟雾，在屋顶上集结了厚厚一团，然后又慢慢地压下来。但两人却浑然不觉，依然激动地交谈着。

院里那棵大杨树，依然不时地发出哗啦啦的响声，像拍着巴掌欢迎什么。

五十五

小军从派出所回来，把情况对大洋人说了。当听说对他们可以从轻处罚时，大洋人才像吃了颗定心丸，心里踏实了一些。

她按派出所吩咐的，拨通了王瑟瑟的手机。

“王大姐，我是——”大洋人的手有些颤抖，声音也结结巴巴的，“我是小菊呀大姐，我找到买主了！”她按照王瑟瑟对她要求的，在电话里要把孩子说成“货”，货物的意思。

看到大洋人这个熊样儿，小军急得直撇嘴，恨不得把电话夺过来。这个女人平时张牙舞爪的像个母老虎，可到关键时候却变成了草鸡毛。不，是一只窝里爹的草鸡！

所幸的是，对方并没有听出破绽。大洋人的结巴，让王瑟瑟误认为是过分激动所致。她就鼓励大洋人：“大妹子，你还真行呀。才这么几天，你就把这事儿办妥了。你等着，我明天就赶过去。”

放了电话，大洋人手捂心口，那张柿子脸吓得惨白，像传说里那种被鬼吸干了血的妇人：“我的老天，吓死我了。”

这天晚上，大洋人和小军久久不能入眠。他们想象着明天的戏如何开演。本来，一个以姐妹相称的人，在那一瞬间竟然反目成仇，大洋人不敢去想那个残酷的场面。

第二天，是个阴天。天空灰蒙蒙的，有点闷，空气也湿漉漉的，似要下雨的样子，有了几分夏天的味道。

王瑟瑟打扮得依然很时尚，头发刚刚做过，还染成了淡黄色——这是刚刚时兴的样式；身上穿一件咖啡色短大衣，脚上蹬一双棕色高筒靴子；手里还拎着一塑料袋水果——是黄澄澄的大个儿橙子。

一进门，大洋人就望见了那一兜橙子："大姐，来就来呗，你还破费！"脸上强装出来的笑却似要滴下来了。她害怕见到王瑟瑟，但真见到了，竟然也镇静下来了，比想象的要好得多。

"先喝口茶吧——"待王瑟瑟走进屋来，小军早将一杯热茶放到茶几上。今天，他是调动了全部心思和情感来演这出戏的。他恨不得派出所的人像天兵一样降临，立马把这个让他们提心吊胆了好几天的女人抓起来。

大洋人瞅机会给小军递个眼色，装作兴奋又急迫的样子："哎呀，还愣着干吗？快去叫人家呀？这个孩子早把我烦透了——"

王瑟瑟将橙子撂茶几上，在沙发上坐了，笑道："好吧，咱早出手早安生！"抬头望大洋人一眼，右手的食指和拇指碰在一起捻一下，"这活儿不赖吧，在家里坐着就把钱挣到手了！嘿！一会儿你就等着点票子吧！"

小军起身往外走，他的脚一跨出街门，还没走上几步，就拔腿跑起来。两条腿驮着他那瘦小的躯体，飞快地往连春家跑去。

他先是碰到了秋山老汉。秋山老汉正坐在街门口吸烟。这些天，他喜欢坐在街门口，边吸烟，边微笑着和过往的行人打招呼。人们也乐意凑过来和他说话。连春真当上村长了，他又感到脸上有光了。尤其是连春以高票当选，让他心里乐开了花。他觉得连春的当选正是自己当年风光的延续，可自己当初怎么竟然还拖他的后腿呢，他后悔不已！他在心里问自己：如果你是连春这个年纪，眼看着刘囤这么霸气蛮横，你能袖手旁观吗？当年，你可是个血性汉子啊。因此，他觉得连春其实也为他出了口恶气。

看到小军急匆匆地往儿子家里跑，秋山老汉喊住他："小军，吗事儿呀这么急，像让狼撵着似的？"小军从建筑公司回来的事儿他也听说了。他同情小军，但又何尝不为儿子感到自豪呢——看看，连春一回来，他就把饭碗丢了！今天，说不定他又为吗事儿找连春呢。

小军没有停下来，他朝秋山老汉摆摆手："大叔，没事儿，没事儿！我找我连春哥哩！"一头撞进了连春家。

二兰子正在收拾屋子。自从连春当了村长，她每天都要把家里收拾得干干净净的，把茶几、桌子和电视柜擦得一尘不染。再把院子也清扫利落，不能有一片树叶，一根草棍。一切物件，像铁锹呀、三轮车呀、水桶呀，都有固定的位置，那是不能随便乱放的。因而，一进得院来，从视觉上就让人感到非常舒服。此外，她穿衣打扮也比往日更讲究了。她喜欢穿那件大红花中式上衣，一条筒裤，头发呢，也学着城里女人的样子，剪得很短，染成了棕红色。整个人儿，就像一只刚出土的水萝卜，光鲜水滑的，满身的喜气。这也正是她所要的那种效果——红红火火。如今，她成了柏树庄第一夫人，她生生把大白桃的地位给夺了过来。每每想起这个，二兰子就喜形于色。她看不惯大白桃那个张狂样儿。大白桃目中无人，脸蛋子上总挂着一股子傲气。她盼着在大街上遇到大白桃。非常奇怪，这些天她还从来没有遇到过那个女人。是因为刘囤落选了，她羞于出门吧。活该！一想到这个，她心里那个痛快，就像三伏天喝了一碗冰镇凉粉。

“嫂子——”小军一进来，就大声问道，“连春哥在不在家？”

哎呀，小军今天这是怎么了？莫非大洋人又和他吵架了？唉，一个男人混到这个份上，真是窝囊透了。忽然，二兰子想起连春昨夜说的那件事儿，十万火急，她赶忙迎出来，两只手在大腿上猛地一拍：“哎呀，你快到村委会去吧。你连春哥刚走。快，快去赶他——”

小军刚跑出街门，二兰子又想起连春临走时交代给她的：如果小军来找我，你就拨我手机。她哪里还敢耽搁，转身回屋里，抄起电话，拨了连春的手机。

其实，小军一走出家门，王瑟瑟就嗅到了一丝异常，感到情况不妙。

这个女人，不但聪敏，而且还有干这个行当的那种超乎寻常的机警。是从小军那貌似平静的外表下，窥视到了一些异样和慌乱？还是从小菊的举止里看出了破绽——这一次，她的热情和欢快比从前更甚。她为什么这样呢？这一次交易，和从前有什么区别吗？没有。那么，小菊对她的态度为什么会发生改变呢？这里面一定有鬼！但她毕竟是个经验丰富的老手，知道眼下自己该怎么办。于是她不动声色，脸上依然笑盈盈的，拿眼角轻扫大洋人一下。就这一眼，让她从大洋人的眼睛深处，证实了自己的猜测。×他妈，她心里果然藏着鬼哩。事不宜迟，三十六计，走为上计——赶快脱身吧。

她将目光移向大洋人，恨不得一口把她吞吃了，眼珠飞快地转两下，说：“我先去一下茅房——你看看，这路上连个方便的机会也没有！”边起身，边支使大洋人，“孩子呢？是不是睡着了？你去给他洗把脸吧，咱得把孩子体体面面地送出去呀！”

大洋人到底是嫩了些，她哪想到这是人家设的计，她还想：对呀，是该给孩子打扮一下。一来，对得住这个孩子；二来呢——她忽然醒悟了，自己这不是做戏吗？哪里是真的迎接买主儿呀。她迎接的是警察。可她又必须按王瑟瑟说的办，一定要稳住她，将这出戏演下去。

就在大洋人推开屋门，进到睡室时，王瑟瑟早来到了院里。快走，越快越好。即便小军去报警，他们赶来也得用点时间呀。只要自己赶到村北的公路上，就能坐上去城里的汽车。不，干脆就在马路上拦一辆去山西拉煤的大卡车。她明白那些跑长途的卡车司机，一个个都是馋嘴的猫，只要往马路上一站，给他们一招手，再朝他们抛个媚眼，没有哪个司机不肯停下来的。她盼着他们把汽车一直开进大山里，只要一钻进深山，她就像小鸟飞进山林，就万事大吉了。如果他们向她提那个要求，她也干！不就是为了钱，她才干上这个营生吗？干这个，她出卖的是良心，而和这些司机，她出卖的又是肉身。不都是一个“卖”吗？卖良心，她眼睛都不眨一下的，哪还在乎那个“肉”？何况，这样不仅可以挣到钱，还可以顺便放松一下，压压惊。何乐而不为？妈的，今天真是吓死个人。

既然为自己设计好了出路，那就赶快逃出去。快——她催促自己，身子就像一片被风吹起的树叶，早已走出了街门。街上没有一个人，她不敢顺着来时的路线走，而是逆着那个方向。她不敢跑，害怕让人起疑心。她只好走，因为两只脚快速地移动，那样子很像体育场上的竞走比赛。她恨自己穿了一双高跟鞋，影响了她行走的方便。但她的速度没有因此而减慢。远远地望去，她就像一只受到惊吓的蝴蝶一般，朝村外翩然而去。

王瑟瑟不知道自己犯了一个致命的错误。因为她逃跑的路线正好通往村委会，因此她还没走多远，就和迎面而来的连春还有小军撞个正着。王瑟瑟哪里肯束手就擒呢，扭身就朝旁边一条胡同里跑。刚跑出两步，看是条死胡同，就转身往旁边的茅房里钻，认为那个地方可成为她的保护伞。谁知，半个身子刚进去，就被连春给薅住了，一用力把她扯了出来。

此时小军最担心的是大洋人。他抬腿就往家里跑。

刚拐过一个弯，就和跑来的大洋人迎面相遇。

“王瑟瑟跑了，不知道跑哪了。”

“你没事儿吧！哈，王瑟瑟让连春给逮住了！”

大洋人一听，手捂住胸口，长长地吐出一口气。

五十六

这些天，刘囤犹如一条丧家犬。

他恨上边出台这个民选政策，这不是打他的脸拆他的台吗？如今这个结局，是他无论如何也没有想到的。他怎么能想得到呢？钱，他也花了，功夫他也下了，但村里人依然不投他的票。更让他不解和愤愤然的，是他的一些本家也“胳膊肘往外拐”，在这最最关键的时候，竟然不买他的账了。妈的，不知好歹的东西！我平时待你们赖了，还是薄了？他这样骂着，可的确又想不起平时都给过人家什么好处。本来，他们刘家在村里占了很大比例，因此对这次竞选，他是稳操胜券的。何况，他又下了那么大本钱。想不到，他的投入竟然打了水漂，连个响儿也没有。他在柏树庄“大拿”了二十多年，竟然在这条小河沟里翻了船。

妈的，见连春得了势，就纷纷巴结人家。连春是你们的爹，还是你们的爷？他越想越来气，恨不得再像早年那样，拎上把菜刀去和连春拼命——出出这口恶气。但理智又提醒他：连春可不是当年那个像软鼻涕一样的老宋。何况，他也不是二十年前的那个岁数了，他没了当年的锐气。

这些天，他很少出门。大多的时候，他是坐在堂屋的沙发上抽闷烟。有时，大贵和二歪也过来陪他坐一会儿。老房呢，因刘囤给他交派了重要任务，他就很少过来，以免引起人们的猜疑。

刘囤看不惯他们这副垂头丧气的样子，把那双豹子眼一瞪，吼道：“看你俩这一个个尿包样儿，像让人把××割了！怎么就不能把头抬起来？你们以为连春能干好吗？哼，咱们就等着看他的笑话吧！柏树庄就是那么好搞的？妈的，他想得太简单了。别看大家都支持他，那是因为对他期望太高了。”又安慰他们，“待连春干不成了，出了笑话，乡里还得来找我。柏树庄没人能挑这个担子。到时候，咱们再重打锣鼓另开张，妈的，来个东山再起！”

他这么一鼓劲，大贵和二歪就像死尸又还魂了。他俩心里踏实了，也打起了精神。这些年来，刘囤就是他们的靠山，是主子。小船歇在大船边，三天不用买油盐。他们跟着刘囤干，日子过得极滋润。大贵和二歪从前都是村里的小混混儿，是没人敢惹的瞪眼虎。但刘囤却把他们降伏住了。宁交双脚跳，不交眯眯笑！这种人，其实最好对付。为了笼络人，刘囤让他们当了他的副手，大贵是副主任，二歪是治保会主任。对于他们来说，这就是天大的恩泽呀，他们有一种归顺的意思，就像当年梁山泊的各路好汉归顺宋江一样。他们认为自己就是一条好汉！如今让他们欣慰的是，主子竟然还这么有底气，明白刘囤不会善罢甘休的。刘囤只是一时失利罢了，终归还是个英雄！于是他俩也极力配合刘囤，时不时地在村里制造点动静。那天，往连春家院里扔砖头的就是二歪。

他们都盼着刘囤东山再起的那一天。

那天大洋人家出事，是大贵跑来告诉刘囤的。听说连春也在场，刘囤高兴得差一点儿要哼两句梆子戏了。妈的，原来连春和人贩子有瓜葛呀，这下你可完蛋了。为了更准确，刘囤又派大白桃去打探一下情况。大白桃是怀着无比激动的心情赶去的，远远地，她就望见了大洋人家街门口围了一圈人。看到连春时，她恨不得让警车快点把他带走。就是他，把自己从村里第一夫人的位置上撵了下来。然而，接下来发生的一幕让她呆住了，张大的嘴巴半天都没有合拢：只见派出所的人，只是把那个外来的女人，还有大洋人和小军，带上了警车。临走时，他们还和连春很客气地握手，说了几句感谢的话。之后，警车就一路呼啸着，开出村去。大白桃是兴致勃勃而来，垂头丧气而归的。如果把来时比作一只充满气的皮球，那么她回返时，这只皮球就被人扎了个洞，瘪得一塌糊涂。

那天听了大白桃的汇报，刘囤噗地吐出一口烟，从短短的朝天鼻里发出两声冷笑：“妈的，怎么就和他没关系呢？他刚当村主任，村里就发生了这种事情，哼！他有责任！”

大白桃俩眼欢快地眨动着：“对呀，如今他是村长，他能逃得了干系？这不是明摆着的事儿吗？”

今天，大白桃的表现让刘囤非常满意，想不到，这个女人对政治还是敏感的。刘囤认为，他和连春之间的事情，其实就是政治，是权术，是较量。

兴奋之余，他又交派给大白桃一个任务——让她抽空到外面去和人聊天，哪人多就到哪去。聊天时，要对人透露这样一个信息：连春和大洋人有一腿！

这个任务，他不光让大白桃去做，还让大贵和二歪一起做。无风不起浪，假的说多了，也就会被人当作真的了。雀放屁还能扇股风哩！何况，这也不是空穴来风，没有一点儿证据的。为什么连春对小军家那么关心呢？大洋人可是个爱打扮又有几分不安分的女人呀。看看在柏树庄，哪个女人嘴里叼烟卷呢？哪个女人又那么爱打扮？

大白桃很高兴干这件事儿，这样正好可以让她那张嘴发挥一下作用。想想吧，一张嘴竟然能把一个人的形象给改变了，这是何等的威力？这就是本事！本来，她觉得自己是个能说会道的女人，只是在刘囤这棵大树底下，把她这方面的才能给遮住了。她哪甘心呢？

这个女人，此刻变得异常兴奋。她得赶忙行动要为刘囤的东山再起尽一份心，出一把力。何况，她还企盼着重新当上柏树庄的第一夫人呢。

五十七

当大白桃出去发挥她的作用时，刘囤在家里也待不住。在一个傍晚，他走进了大碗家。

大碗刚吃过晚饭，正在院里给两只奶羊喂草。院里弥漫着一股羊膻气和青草混合在一起的那种气味。他的那个跛脚女人，在厨房里收拾碗筷。这是个小个子女人，因为跛脚，显得她更瘦弱矮小了。

对于刘囤的到来，大碗颇感意外。

“嗯呀，你也打奶呀，拿奶瓶了没有？”大碗有点怯怯地问刘囤。见刘囤空着手，又说：“没拿也不碍事儿，我这有塑料袋。嗐，这羊奶可比牛奶营养丰富，尤其是上了点年岁的人，喝羊奶对身体光有好处没有坏处。”一边说，一边把手里的草扔到地上。一只奶羊先叼到了嘴里，另一只哪里肯依，急忙去抢。于是，两只奶羊便撕扯起来，裆里的大奶袋子来回晃荡。这两只奶羊，每年为大碗家带来不少的收益呢。

“我喝吗××羊奶呀，喝你个球蛋吧。”刘囤把脸一沉，有些不耐烦。他本来想给大碗一点儿笑脸的，不管怎么说，当年是自己夺走了人家那个如花似玉的媳妇的。但他很快就打消了这个念头。不能对大碗太客气了，一来，虽然自己下台了，但在大碗这样的人面前依然要端点架子。大碗在村里算吗哩？在他眼里，大碗连一个臭虫也不如。

“那你吸烟！”望着刘囤这张阴沉得似要拧出水来的脸，还有那双威力四射的豹子眼，大碗心里开始发怵，当年那把菜刀，将他的胆差点吓破了。因此面对刘囤，他心里的恐惧总是无法消除。

刘囤接了大碗递过来的烟，在手里把玩一下，才放到嘴里，伸着嘴让大碗点着了。此刻，他心里却是舒坦的，因为在这个唯唯诺诺的男人面前，他又找回了在台上的那种感觉。他恨不得把这个时刻固定下来。

见刘囤还是不吭声，大碗也不再问他，心里却打起小鼓：他到底来干吗呢？不过，比从前到底是有底气了——如今的刘囤，在柏树庄可不是“大拿”了。一想起竞选那天刘囤的狼狈相，他感到很解气。

刘囤抽一口烟，眯起眼睛，冷冷地说：“大碗，你小子真不够意思——”

“我，我怎么不够意思？”大碗脑袋嗡地大了，心里虚飘飘的。

刘囤弹弹烟灰，狞笑道：“哼，你还想瞒我哩？你小子白吸了我的烟，白喝了我的酒！”

“哎呀，你冤枉我了。”大碗虽然口气很硬，却不敢看刘囤的眼睛。

“哈哈——”刘囤大度地笑了，摆出一副大人不计小人过的姿态，“我不跟你计较这个，反正多一票少一票，我也是下台了。”

不等大碗再为自己辩解，刘囤又说：“我这次找你，是有件事要请你帮忙——这一次，你心眼可不能放歪了。”

看到刘囤现出的一张笑脸，大碗悬在半空的心往下落了落。那天，面对选票，他犹豫了许久，但最终还是没在刘囤名字后面打钩。那时候，他抱有侥幸心理：反正我选谁，刘囤也不知道。因此把选票交上去后，他心里还生出一种复仇后的快感。

刘囤怎么知道我没投他的票呢？妈呀，这家伙的眼真毒！这样想着，大碗感到脊背上冷森森的，因此当看到刘囤对他的态度又改变了，而且还有事相求时，他又沉住了气。

刘囤把嘴凑到他耳边，悄声说了几句话。

“你是让我干那个呀——”大碗怔怔地望着刘囤。他感到刘囤正往一个陷阱里推他，而他伸开胳膊，又极力想抓住点什么。

“你不愿意？”刘囤眼里忽地射出一道凶光，恶狠狠地说，“我不想再跟你浪费唾沫星子，我把话撂这了，你就——看着办！”

大碗感觉自己的一只脚已经掉进了陷阱，但他还没有抓住能救他一命的东西。从刘囤的目光里，他又恍若瞥见了那把菜刀的锋刃。“我，我，我怕做不来，你知道，连春也不是好惹的——”他说话结巴起来了，那惊悚到极点的目光里，满含了哀求的意思。

大碗一提到连春，刘囤脸上就涌起了一片云翳，他发出一声冷笑，又用目光紧盯住大碗的眼睛：“我告诉你吧大碗，连春是兔子的尾巴长不了。大洋人不是犯法了吗？连春和大洋人有一腿，就凭这个，连春能没事儿吗？你就想想吧。”以他的逻辑就是，连春既然和大洋人有一腿，那么他就和人贩子也有勾连。即便退一步说，他们没有勾连，连春能不知道情况？而他知道又不去报告，这就是犯了包庇罪。如今大洋人还没交代出这个，但事实总归是事实，最后大洋人一松口，肯定会来个竹筒倒豆子，一个不落地说出来的。那么，不撤销连春的职务才怪。

“大碗，你也是个明白人，你拍着肚子好好想想，等连春一下台，咱柏树庄，还有谁能当这村长？嘿嘿，乡里还会来找我的——”

大碗起初还不信这个，但忽然想到，这几天村里风传连春和大洋人有一腿，莫非他俩还真有一腿？

善于察言观色的刘囤，不失时机地向大碗承诺：“这样吧大碗，我一旦上台了，保证让你当治保会主任。到那时呀——”他瞥了堂屋一眼——那个跛脚女人已经收拾好碗筷，去堂屋里忙活别的去了。刘囤扭回头，轻声道，“到那时，嘿嘿——你个傻家伙，明白我的意思了吧？”

见大碗不表态，刘囤知道他自己跟自己正在心里头打仗，眼珠一转，一脸懊悔地说：“早年嘛，也是我一时冲动，做下了对不住你的事儿，你还得多包涵！”

这是刘囤第一次这么推心置腹地和大碗说话，而且又是那么温和虔诚，还让大碗“包涵”他，完全不像先前那么凶蛮了。大碗点了点头。

从大碗家出来，刘囤喜滋滋地哼起了小曲儿。他仿佛看到，面对大碗这颗死拧死拧的“钉子”，连春那副无可奈何的狼狈相。

他不敢保证这颗“钉子”是否能阻挠连春的那个计划，这真的说不准。然而，能让大碗坚持多久就坚持多久，不能让连春干得太顺当了。

五十八

这几天，大白桃什么也干不下去，饭也吃不下，觉也睡不好。本来，她是想象着那天连春被那辆警车带走的，然而事与愿违，这让她感到很沮丧。难道就没有别的办法了吗？她不甘心当了十多年村长的刘囤，就这么生生地让人家撵下台。而她第一夫人的位置，也让二兰子给占了。她咽不下这口气。她觉得这一切仿佛就是一场梦。起先，她还指望着刘囤拿什么灵丹妙药来挽回这个败局，然而几天过去，刘囤的表现却让她彻底失望了。虽说有大碗跳出来和连春闹事儿，可在她看来，那只不过是给连春找点麻烦而已，不会掀起什么大浪的。又看到刘囤像让人打怕了的狗似的，整天蜷缩在家里，于是气不打一处来，狠狠地挖苦他：

“原来你娘的是一只纸老虎！你的威风呢？哪去了？让狗给啃了？弄半天你连人家连春也斗不过，真是丢你个先人！”

刘囤呢，面对大白桃这一顿臭骂，脸上虽说挂不住，但哪里还有勇气来反驳呢？只是坐在沙发上抽闷烟，一根接一根地抽，那两只豹子眼半塌眯着，变成了一只半死不活的豹子。

但他不想让大白桃再这么挖苦下去，想了想，说：“你不是挺有能耐吗？你光在家里抱怨我干吗，你去和连春闹呀。哼——”

本来，这是刘囤随便说说而已，谁知，这对大白桃倒是个提醒。对呀，自己光在家里拿刘囤发火干吗呢？为什么不去找连春大闹一场？对，去骂二兰子。是二兰子将自己第一夫人的位置给夺去了，就去骂她。这个想法，让她有了一种莫名的兴奋。因为，骂大街是她的一大本事，不是就连刘囤也怕和她吵架吗？嗨，这一下又有用武之地了呀。

她把时间选在了晚饭后。这时，外出做工的人都回来了，人们又刚吃过晚饭，有充分的精力和时间来观看。——一个出色的演员，总是希望观众越多越好。

她两脚生风，呼呼地来到了连春家街门口，运足气，一手叉腰，一手指着连春家大门，扯开了嗓子：“你个狗×的连春，你也不撒泡尿照照，你算个吗××东西哩？你有吗资格当村长？你个耗子下（生）哩，猫下哩，狗×哩，蛤蟆下哩，蛐蛐蟮养哩……”她恨不得把所有动物都和人扯上关系。

为什么大白桃敢这么口无遮拦地瞎骂呢？因为在柏树庄，女人骂大街是一大习俗，什么难听话都可以骂。如果被骂的是个男人，往往是草草地回敬几句就赶忙躲开了。好男不跟女斗，这个古训已深入人心。如果他不跟女人对骂，还会落下一个不跟女人一般见识的好名声。不管占不占理，先占了一个高姿态。而如果一个男人和女人针尖对麦芒儿地对骂，就被人笑话没有肚量。一个大男人，怎么去和一个女人骂大街呢？就是有理儿，脸上也不好看，那是有失风度的，就难以得到大家的同情。如果对方做得太过了，往往是自己女人来和对方较量。女人就是女人，女人骂大街没有深浅，骂到什么程度都没人笑话的。

哎呀，今天晚上柏树庄可有热闹看了。平时人们都是各干各的活儿，除了婚丧嫁娶，很少有热闹看的。那天民选村长，让人们有了一回热闹看；想不到，今晚上又要有热闹看了。因此那一条条的神经像注入了吗啡一样，顿时兴奋了起来。

当他们听明白是大白桃在连春家门口骂街时，更来了兴致。虽说他们都支持连春当村长，但也不妨要看一下热闹的。看看连春如何收场，再看看二兰子是不是也出来和大白桃叫阵？是不是骂得过她。如果说，竞选时是连春和刘囤——这两个男人的较量，那么，此时就是两个女人的较量了。而两个女人的较量其实有收尾的意思，只不过是大白桃发泄一番罢了。于是，连春家街门口上一下子围了许多人。不知怎的，他们非常愿意看大白桃撒泼。她越是撒得厉害，越说明她气急败坏，就如同一只困兽在做垂死前的挣扎一样。看大白桃的这种表演，让他们感到既痛快又解恨。

“连春，有种儿的你可出来呀。你屎壳郎打能能儿，充吗人样哩？你说，你凭吗当村长哩？”大白桃的声音在晚风里回荡着。

连春家的晚饭晚了一些，当大白桃刚开口时，二兰子刚把饭端到饭桌上。她把饭勺往钢精锅里一扔，就要往外冲，却被连春制止了，说别理她，她要不嫌嗓子疼就让她骂吧。对这件事，连春没有感到多么惊讶，他料想到大白桃会来这一手的。如果不这样，她还是大白桃吗？

二兰子不怕大白桃，但她却听从了连春。在她看来，自己成了村长夫人了，得表现得有点涵养。怎么能和大白桃这样的泼妇对骂呢？大白桃不要脸了，她不能不要。何况，她更不能给连春丢脸。

“好，就让她骂，骂没劲了她就闭嘴了。”她像自言自语，又像安慰连春。说完，就盛好饭，放到连春跟前。也为自己盛一碗，然而，嘴上说得轻松，哪里吃得下去呢。连春也吃不下，他们都让大白桃弄得没了胃口。

谁知，大白桃越骂越上劲了。看到连春家的街门一直没有打开，院里也没动静，她就把街门当作了连春和二兰子，到最后竟然跳着脚来骂了。

此时的大白桃，她是何等的兴奋呀。终于可以把这些天窝在心里的恶气，统统发泄出来了。

连春的迟迟不来应战，让围观的人们开始纳闷了。因为他们大多是抱着看热闹的心态赶来的，但没有人和大白桃对骂，又未免感到失望。他们不明白，二兰子怎么也不肯露面呢。连春不出来吧，他是一个大老爷们，而二兰子不该不出来！是不是怕人家了？何况，大白桃这副凶样儿又让他们想起了她平时的霸道劲儿，就盼着二兰子出来，替他们解解恨。

在人们的期待中，连春家的街门终于吱扭一声打开了。

二兰子走了出来。见大白桃骂起来没完，她哪里还在家里待得住呢。嘿，大白桃这是给脸不要脸哩。

“大白桃，你个破鞋老婆，你屎吃多了呀，在这满嘴喷粪——”

“哎哟喂，我的天爷，这是从哪钻出来个蝲蝲蛄呀，我骂连春哩，碍你吗事儿？你说，碍你吗事儿？这个世上啊，我见过捡金的拾银的，就没见过来拾骂的。”

“你骂连春就不行——”

“呀，我先问你，连春是你吗人哩？”

“你说他是我吗人呀？我看你是不傻装傻——”

大白桃就等着二兰子这句话呢，她两手用力一拍，冷笑道：

“嘿，咱还说不定谁装傻哩？你以为连春跟你一个床上睡觉就属于你了？他心里还说不定想着谁哩！”

二兰子的脸唰地红了，大白桃这句话太毒了，像往她心里插一把匕首，她的嘴唇开始哆嗦了：“他想谁也用你个破鞋来管呀？莫不是想你哩，哼，你也配——”

“咦，你认为你配？别成天价人模狗样儿的，以为自个儿多美哩，连春的心反正没在你身上。——他想谁，只有他清楚！”大白桃暗暗地得意，自己轻轻松松地就让二兰子钻进了她布下的陷阱里。

二兰子嘴皮子不能说不好使，可论撒泼，她还真不是大白桃的对手。此刻，二兰子又是急又是气，只是不停地说：“不许你个破鞋老婆污辱连春，连春的人品大家都清楚，不然，也没那么多人选他！”她恨不得上去撕烂大白桃的嘴。

正在这时，秋山老汉推开街门，噔噔地赶过来。

他和兰芳早就听不下去了，兰芳不便出来，何况，论骂大街，文静内向的兰芳更骂不过大白桃。

秋山老汉先是强忍着，听二兰子和大白桃吵，当他听到二兰子终究吵不过大白桃时，他就亲自上阵了。我一个老头子，还怕她个泼妇不成？他是这样想的。

“大白桃，你给我住嘴——”秋山老汉大喝一声。

这一声吼，仿佛他使出了浑身的力气，还真把大白桃给震慑住了。她停住，怔怔地望着秋山。

“按说，我一个老头子不该和你这妇道人家一般见识，可你也太不像话了。你说，你说的是人话吗？恁大一个人，这么胡说八道，莫非就不脸红？连春当村长是大伙选出来的，我们没有拉一张选票！你骂连春，这不就等于骂大家伙哩？你这个娘儿们，别给你脸不要脸——”老人气得连胡子都跟着乱颤，两只眼珠子都快蹦出来了。

见父亲出来了，连春也不能不出来。他害怕老父亲被气出病来。他要来收场了。

连春不搭理大白桃，他大声对人们说：“乡亲们都看到了吧？有会说的，就有会听的，我是怎么当上村长的，大家心里跟明镜似的。我们本来不想理她，可她也太不自重了——”

这时的大白桃，心里着实发毛了。哎呀，说不出来，一个也不出来；而说出来，就都出来了。尤其是秋山那一声吼，惊天动地一般，真让她感到害怕。还有，就是连春那柔中有刚的几句话，竟然让她理屈词穷了。今晚她是准备和二兰子叫阵的，她不怕她。可对连春，她心里却发怵，她害怕连春那双犀利而又爱憎分明的眼睛。她甚至有些后悔自己单枪匹马地来向人家叫阵了。这时候她多么希望刘囤突然赶到，来帮她解围，为她助战。然而，刘囤的身影却一直没有出现。

但明面上她不能服软。她只有一声接一声地对连春说：“我就是骂你了，你敢咬我呢，还是敢吃了我？我就是骂你了，骂你了，骂你了——”

围观的人群里传来一阵嘲笑。是的，这个结果让他们感到满足了，更感到解气。此时的大白桃，仿佛一条让人打断腿的四眼狗，只剩下汪汪乱叫的份了。因此他们就认为，这一趟没有白来，这出戏的高潮终于出现了。

这时，人群里不知是哪个调皮鬼，捏起鼻子，模仿着大白桃的嗓音，怪里怪气地喊道：“狗抓哩，猫掐哩，谁偷了俺家北瓜啦，左查（数）右查碰不够对儿啦，十二个北瓜剩下十仨啦——”

轰——人群里爆发出一阵大笑。

马上又有人接腔：“大白桃，你娘的连个数儿也数不清，还在这逞吗能儿哩，快回去抱孙子去吧——”

于是，又是一阵大笑。

这真是神来之笔呀，为大白桃的这次骂街，画上了一个非常漂亮的句号。仿佛人们一直以来的沉默，就是在等待着这句话的出场，让它有一种于无声处听惊雷的效果！

大白桃哪里还骂得下去。望着那一双双愤恨和嘲笑交织在一起的目光，她想报复，可又找不到具体的目标，那一片黑压压的人，还有那一双双亮亮的眼睛，让她第一次感到了柏村庄人的可怕。

“你们，你们，你们欺负女人——”大白桃嘴里这么嘟囔着，仓皇地往回走去。

大白桃是个非常要强的人，当她快走到家门口时，就把胸脯挺起来了，挺得高高的，那样子像个凯旋的女将军。

来到屋里，她轻蔑地扫刘囤一眼，说：“娘个头，我总算把连春臭骂了一通，给你出了那口恶气——”

是的，虽说今天的结局让她灰溜溜的，但她的目的已经达到了。是呀，她并没有指望通过这件事儿来挽回刘囤的败局，但把连春骂一顿还是很有必要的。不然，那不太便宜他了吗？再说，如果不那样，好像是怕了人家似的。

这就是柏树庄多年以来的一个习惯：一个人和人吵架，就是再没理儿，也是不能认输的。如果还挨了打，并且又打不过对方，可以用嘴去骂；如果因为骂人又挨了打，不敢再骂了，但嘴里还必须要说“老子就是不怕你”“老子就是不怕你”；而如果再因为“老子”两个字挨一记耳光，那也有办法，把“老子”换成“我”就是了——以此来表明自己虽然打不过你，也骂不过你，但我并不是个懦夫，更不是个真正意义上的战败者。这和那句著名的“屡败屡战”竟有异曲同工之妙。也正是人们常说的，“惹不起不丢人，怕，才丢人”。

因此，从这个角度来说，大白桃今晚上也算是个胜利者了。至少，她自己这么认为。

五十九

前些日子，刘囤没有找过白玲玲。一来，他是没那个心情了；二来，他也有些不好意思来见白玲玲，毕竟在连春面前吃了败仗，他不但心里不痛快，脸上也不光彩。

而这两天他的心情突然又好起来，因为大碗跳出来和连春闹事儿了，他似看到了一丝胜利的曙光。

为了给大碗鼓劲，他还给大碗送去了两瓶酒，一条烟，还有一个熏猪头。烟和酒，都是选举时给人们送礼剩下的。猪头肉是他花钱买的，他觉得为了和连春斗法，花点钱也是值当的。那天，大碗看到这些东西，眼睛都放出光来了，信誓旦旦地向他做保证：你就一百个放心吧，我一定让连春栽个大跟头。兵来将挡，水来土掩，我怕他个××蛋！刘囤听了，俩眼一眯，嘴角上绽出赞赏的笑，说，这就对了嘛，只要你狠劲顶住他，任十个连春也没辙！我嘛，肯定说到做到，不放空炮，待连春干不成了，我一上台，就立马把你弄上去，嘿，你当不了司令，总得给你弄个旅长之类的干干吧。这最后一句，他用的是从前那出样板戏里人人皆知的台词。

眼瞅着大碗成了一个死硬死硬的"钉子户"，刘囤心里早乐开了花，心里一高兴，就想来见见白玲玲。

这是一个暖洋洋的正午。太阳白花花地照耀着，村子里已经弥漫起了初夏的气息。桃花、梨花都开过了，嫩绿的树叶布满了枝头，在阳光下闪着新鲜的光亮。几朵白白的云彩，将天空映衬得格外蓝。街上没什么行人，鸡不叫，狗不咬——整个村子仿佛睡着了，正在做一个甜美的梦。然而谁也没想到，这个中午会发生一件大事，以至于可以载入柏树庄的史册。

白玲玲刚撂下碗，正坐在院里树荫下剪指甲。连春终于代替刘囤当了村主任，窝在她心里的那口恶气，总算一吐为快了。这几天，她心里真是舒畅啊，出门进门脸上总是挂着笑，每天还要精心地把自己装扮一番；描了眉，还往脸上擦了润肤霜，将眼角那些细密的皱褶遮住；还抹口红，只是很淡。也许天生丽质吧，也许她平时非常注重保养，因此脸上没有多少皱纹，紧绷绷的依然极富弹性；而双唇呢，也像年轻时那般饱满红润。虽年近五旬，看上去却像四十来岁。这几天，里里外外都透出一股精神劲儿。而且，还有一件事让她高兴，有人刚为小毛头介绍了一个对象，明天就要来家里见面了。今天上午她把家里好好地收拾了一下，她不敢保证这个姑娘是否能相中小毛头，但心里依然充满了希望。是的，如今她看什么都顺眼，对一切都满怀憧憬。

刘囤走进来，望着风韵犹存的白玲玲，恨不得上去亲她一口。

白玲玲抬头瞥刘囤一眼，两条描得细细的眉毛蹙了蹙，又低头剪指甲。

“嘿，你倒挺美——”刘囤朝白玲玲笑笑，然后噘起嘴唇，像年轻人一样吹声口哨，“你也不关心关心我。你知道这些天我是怎么过的？哎呀，龙在沙滩被虾戏，虎落平川遭犬欺，背兴呀！”他又牙疼似的咧了咧嘴，哼起了京戏《野猪林》：“大雪飘，扑人面，朔风阵阵透骨寒。彤云低锁山河暗，疏林冷落尽凋残。往事萦怀难排遣，荒村沽酒慰愁烦——”这几天因为郁闷，上火，嗓子哑得厉害。他用这种嗓音来唱这段“林冲夜奔”，更有一种悲凉的韵味。远处那只鹁鸪还在啼鸣。淡黄色的阳光，在院里跳动着。

在这一刻，白玲玲竟然被这个喑哑的声音打动了，不由得生出恻隐之心——是女人心灵深处最柔软部位的那根弦，被轻轻地拨动了。

但她又责备起自己：刘囤是吗人哩？你干吗这么同情他？她

极力让自己去想刘囤从前的种种劣迹。她忽然想起了上学时，学过的那篇“东郭先生和狼”。他觉得刘囤就是那条落难的中山狼。她可不能做那个善恶不分的东郭先生。为了让自己镇静，她不去看刘囤，抬头望了望天空。那几片云彩依然静静地挂在那里，像一大团雪白的芦花。太阳依然照耀着大地。那只鹁鸪还在有一声没一声地啼鸣。鹁鸪的啼鸣为这宁静的正午增添了几分庄重。

唱了几句，见白玲玲没理自己，刘囤就掏出烟来吸，眼睛狠狠地盯住白玲玲：“玲玲，你把我当傻子了！”是二歪告诉他白玲玲拼命为连春拉选票的。他相信这是事实，但又不愿意承认这个事实。

没有不透风的墙，白玲玲明白自己所做的一切，刘囤都知道了。但她一点儿也不害怕。她和刘囤的关系，到该了断的时候了！

刘囤吸一口烟，心想，这个女人原来并不和自己一条心呀。不，她是把老子利用了，耍了。如今连春上了台，她想把我一脚踢开，再一头扎进连春怀里。他觉得自己没有亏待她。尤其是，还让她儿子小毛头当了电工。一股怨恨，顿时从他心里滚出来。然而，当他看到白玲玲那张妩媚迷人的脸颊，还有她身上那种好闻的气味，又对她恨不起来了。这个白玲玲，怎么就比花妖狐仙还有魅力呢？无论多么强硬的男人，一旦到了她这里都会化为一摊泥儿——他忽然想到了他自己。每一次，他不是都像一团泥一样摊在她身上吗？难怪当年她的那个老师就因为她犯了错误。都一个德行！“英雄难过美人关”，这句话还真有道理。——刘囤认为他是个英雄。而英雄嘛，也有落难的时候。

他对白玲玲的愤恨消失后，身上便开始燥热起来。这些天他疲惫不堪，心情也坏到了极点。有两次，晚上睡下后，大白桃主动把他的手拽过去，给她揉肚子——这是她要他的一种暗示。却被他拒绝了。但他一看到白玲玲，那种欲望顿时卷土重来。

白玲玲不搭理他。剪完了指甲，两条胳膊抱住肩膀，仰起脸来往天上瞅。那张瓜子脸，让没有一点儿赘肉的滑润白皙的脖颈托举着，愈发的楚楚动人。那几片白云还悠然地浮在那里，白得耀人的眼睛。她恨不得把它扯下来，拥进自己怀里，让自己融进这洁净无瑕的白云里面。

这个女人，她心里肯定想着连春呢。望着一脸冷漠的白玲玲，刘囤心里不由得泛出一股醋意。他幸灾乐祸地向白玲玲讲了那天大洋人家发生的事情："嗨，你就等着瞅连春的好戏吧，别看大伙儿把他选上了，可村里出了这事儿，他能没责任？嘿，玲玲，你还不知道吧，小军两口子干那个是连春支使的。要不，就小军那个吊儿郎当样儿，连春干吗让他在工地上干呢？你看看，他一从城里回来，小军也被人家辞退了！他们三人伙穿一条裤子。再说，别看他上台了，村里也有不服他的，你看那个大碗，动不动就和连春瞪眼，人家就是不让连春动他的房子，我看连春能拿大碗怎样？嘿，没辙！他连动人家一根屌毛都不敢——"

刘囤越是这样说，白玲玲越是厌烦他。不仅仅是厌烦，她还非常生气：她知道大碗是受刘囤的支使，才跳出来和连春叫阵的。连春自己出钱拓宽街道，这是在为全村人办好事儿，可刘囤却给他暗地里使绊子，这是人干的事儿吗？此时她的目光虽然没有盯向刘囤，但她知道他说这话时是怎样的一副嘴脸。她太熟悉他了。他一撅腚，就知道他要屙什么屎。

看白玲玲不吱声，刘囤便认为她赞同了他的说法。

他使劲咳一声，吐一口浓痰，仿佛堵在心里的块垒被吐出来了。而身上的那种欲望，就像让大风吹起的山火般熊熊地烧起来。是的，白玲玲家里没有其他人，正是个好机会。整个村子依然在沉睡着，连一声狗叫也没有。他再也忍不住，伸开双臂，从后面拦腰将白玲玲抱住了，伸出嘴巴，在她耳边说："宝贝，想死我了！今个儿得放放火——"开始往屋里扯白玲玲。

白玲玲身下的凳子，啪一声倒在地上。

“放开我——”白玲玲一努劲，站起来，她想甩开刘囤，她感到自己又被恶魔缠住了。

然而，她无法甩开他。她感觉刘囤今天身上有一股邪劲。他的胳膊就像恶魔的触角，将她牢牢地箍住，用力又是那么狠。

转眼间，白玲玲被刘囤扯进了屋里。门“哐当”一声，被他关牢了。而且，一只大手朝白玲玲的下身摸去。

如果是以往，白玲玲也许会屈从他的。心里就是有一百个不情愿，还是乖乖地跟进屋里，让他在自己身上发泄一番。这一次，她不能再忍受这种屈辱了，她要和他断绝这种关系，就从今天开始！她的眼前又浮现出李明亮那张英俊的脸。同时，浮现在她眼前的，还有一双充满怨恨的特殊的眼睛。

那天，就是这双眼睛，狠狠地逼视着她，冷冷地说：“妈，我不干那个破电工了，我嫌丢人！”

当时，她一头雾水，乖乖，小毛头这是发的哪门子邪呀，干得好好的，怎么就说不干了呢？

望着母亲疑惑的目光，小毛头眼睛里又射出一丝鄙夷：“妈，你不嫌丢人，我还嫌丢人哩！”这个年轻人，都二十七八岁了还没寻下媳妇。在村里这就属于大龄青年，成了老大难，真有打光棍的危险。因而，窝在他心里的那股邪火终于在这天喷发了。

儿子这句话，像一把匕首噗地刺进白玲玲心窝里。她的心开始滴血了，脸上也让浓血染红了，恨不得地上裂开一条缝儿一头扎进去。这是她有生以来，第一次在儿子面前感到这么卑下，甚至是龌龊。她喃喃道：“小毛头，我知道你心里头着急。莫非你妈心里就不急？这不，你连春叔不是当了村长嘛，又不是刘囤——”此时她有些语无伦次，不知道为何说出这种不着调的话。是要为自己掩饰什么，还是要为儿子增添信心，给他个安慰？她哪里说得清呢？她的神经早崩溃了。像是十多年来一直被她极力捂着盖着的那个疮疤，蓦地被人揭开了，疼到了心里。那流出的血啊，迷了她的眼，蒙了她的脸。她的嗅觉里，充斥着呛人的腥臭。

而小毛头呢，心里的恼恨和怒火把他每一根神经都要烧化了。失却理智的他，变成了一只恶兽，他用一种极度憎恶的目光望向母亲："怎么，你还想去找连春呀，呸，丢人现眼——"

这是多么恶毒的一句话呀，在这一刻，他是把自己的母亲看作了城里那种在床上"卖"的女人。

那天，白玲玲脑袋嗡地响一下，扑通，坐在地上。她被气晕了。

那一年，她一个人偷偷去县地段医院做人流。医生故意羞辱她，把手术室的门敞开着。来看病的人都赶来看稀罕，门口围了一大堆人。她一气之下，不知哪来的勇气，朝看客们吼了一嗓子："看，有吗好看的。隔着八面看九面，没见过十（世）面！"一个中年女人冷笑道："俺们就是没见过十（世）面，哪见过大闺女怀孩子！"当时，她气得恨不得上去撕烂那人的脸。但她又动弹不得，因为她赤裸着下身躺在手术台上，医生手里拿着寒光闪闪的器械，正要探入她的下身，去毁掉她肚里的那个生命。她生那女人的气，更生医生的气，但她绝不后悔，因为她是为了爱情。当年，所有这一切她都忍了，但儿子对她的羞辱，却让她无法接受。

当她醒来后，就像醍醐灌顶一样，什么都明白了。明白了，她就不再生儿子的气了。是的，是她把儿子这一辈子给毁了。不，是刘囤，是这个挨千刀剐万刀剁的刘囤，葬送了他们一家人的幸福。

今天她越想越生气，她对这个男人的憎恶达到了极点。因此当刘囤的手扯她的裤带时，她再也无法按捺心中的愤怒，抄起桌上的一把剪子，猛地朝刘囤的胸部刺去。

一股浓血从刘囤的心窝里喷出来。刘囤哼一声，嗵地倒下了。

白玲玲傻了。

她扔掉了那把让血染红的剪刀，瘫坐在屋地上，嗅觉里塞满了浓烈的血腥味，恍若看到一条红色的河流决堤了，铺天盖地都是这种红彤彤的颜色。她被淹没在了这血的河流里。一会儿把她抛上来，一会儿又把她摁下去。那呛人的血腥味，让她作呕，让她窒息，更让她恐惧。

事实上，太阳依然静静地挂在天上。只是那两片云彩稍微移动了位置，那只鹁鸪不知何时飞走了。天地白亮亮的。

在这铺天盖地的血色里，白玲玲再次看到了那张英俊温和的脸。这张脸是在天上，在天上朝着她微笑。

六十

当刘囤朝白玲玲家走去时，连春也朝大碗家走来。

他没有想到大碗会找他的麻烦，成为他这一重大举措的“钉子户”，让他出师不利。

他是先把新的领导班子组建好，才去落实那个承诺的。组建新班子，倒没有费多大周折。那几位副手，都是经他举荐，全体村民投票通过的。他们都比连春年轻，而且在村里也有些口碑，又都有一股子闯劲，不然也过不了村民这一关的。水道爷很通情达理，看连春是真心要干一番事业的，自己不能再图那个虚名和那点补贴了，因为年岁大了，也帮不上连春多大忙，就主动把支书辞掉了。这样，连春就村主任和支部书记一肩挑。村会计一职还没有找到合适的人选，暂时空缺着。其实，连春也自有他的主意，他想重新起用老房，毕竟他是个难得的人才。因为老房正在清理从前的账目，他也就不便过早表态。同时，他也是在暗中观察老房的表现。

只是拓宽街道时，出现了麻烦。

因为要动临街人家的房子，拆掉一间半间的。幸好，碍事的人家不多，满打满算有十多户。当连春拿着赔偿协议来到这些人家时，他们虽说心里不大情愿，但还是顾大局识大体，非常痛快地答应了，在上面签了字。——人家花自己的钱为大家伙办好事，自己怎么好意思拖他后腿呢？

连春是最后一个去的大碗家，想不到，他却在这里碰了钉子。

“你修街道，干吗要动我家房子？我不同意！”那天，大碗当场就拒绝了。无论连春如何给他做工作，他就是死活不答应，一副死猪不怕开水烫的横样儿。

连春觉得和大碗再费多少口舌也没用，就采用迂回战术，回来想别的办法。正当他感到疑惑——大碗这么个老实疙瘩，怎么也耍起了横棍呢？这时他就听说大碗原来是受了刘囤的支使，才跳出来和他闹事儿的。这个消息，让他又是气愤又是好笑：大碗，好你个没有骨气的混蛋，你怎么竟然认贼作父呢？

他知道大碗的软肋在哪里，他不信这个小泥鳅，也能掀得起大浪？

大碗刚吃过午饭，正蹲在院里的树荫下，脚跟前放一盆水，擦他那辆刚买的漆成红色的“钱江”牌摩托。他的跛脚女人收拾好碗筷，正站在院里，拿毛巾擦脸上的汗。一头蓬乱的乌发，让一只红发卡箍住。擦好了脸，她把毛巾搭在晾衣绳上，一扭头，瞥见了连春。

“哎呀，连春——”她热情地招呼道，“快进来，快进来！”神色竟有些慌，赶忙去屋里拿小板凳。她对连春印象不坏。哎呀，到哪去找这么好个人，一上台，就自个儿掏腰包为大家伙修街道，她从心里佩服他，敬重他。她知道大碗当钉子户是刘囤的鬼主意，那天连春一离开，她就把大碗好一顿数落：“你说，人家连春这是为大家办好事儿哩，你挡的哪门子呀？车按轨行，水按渠流，咱该怎么办就怎么办呗！你看人家别人，哪个也不像你！就你二百五！”她越说越生气，尤其是想到大碗竟然让刘囤当枪使，更是气不打一处来了。“没脑子的东西，刘囤是吗人呀，就给你说了几句好听话，你就让雀屎糊了眼。你忘了，当年人家哪把你当个人看呀。”这个女人，别看她是个瘸子，生得又黑，嘴叉子也大，但好模样长到里面了。她人机灵，脑瓜子考虑问题非常周到，这是大碗无法比的。她叫“多多”，一个怪怪的名字，平时大碗喊她“多”，又简洁又亲切。只是，因为自己身上有缺陷，平时她就处处让着大碗。但为这件事，她却大光其火。她不愿意让人们挖大碗的脊梁骨，眼瞅着大碗做出这等糊涂事儿，她得站出来说话了。

她最后那句话，着实说到了大碗的疼处。当年刘囤把他那个漂亮的媳妇夺去了，他怎能不恨他呢？知夫莫过妻，在一起生活了十多年了，多多就是大碗肚里的一条蛔虫，她把着他的脉哩。这时，她又对他好言相劝：“常言说，好马在路上，好汉在事儿上，人家大家伙都那么支持连春，你却跳出来充当坏人，不但连春恨你，就连乡亲们的唾沫星子也得把你淹个半死。可话又说回来，咱不就是少了一间厨房呗，这有吗大不了的，在院里搭一间不就得了。可咱往后一出街门，就是水泥路面，又宽敞又干净，哪头轻，哪头重，你好好掂量掂量吧。再说，村里也不是白拆，还给咱补偿哩，算下来咱一点也不吃亏——”

明知道多多的话句句在理，但大碗就是铁锅里的鸭子，肉烂嘴却死硬。他把脖子一梗，说：“我不管别人，反正我就是不让他拆咱房子。我还怕坏了咱风水哩。”但口气，明显软下来。

连春在树荫下坐了。他从口袋里掏出烟，抽出一支向大碗递去。大碗把湿手在身上揩拭一下，伸手接了。

连春敏锐的目光，已从大碗脸上察觉出来，刘囤投向自己的这颗炸弹，其实并没有多大威力，而且说不定还是一颗哑弹哩。

为了做通大碗的工作，连春不急不躁地吸着烟，向大碗列举了刘囤在村里的种种劣迹。之后，说："像他这种人，是不会再当上村主任的——如今和从前可不一样了，不是他想当就能当上的。"

他这是先让大碗吃了颗定心丸，随后，就提到当年刘囤用菜刀抢走了他漂亮的媳妇——为了唤起他的尊严，连春不得不将他这个疤揭开了，尽管这多少有些残忍。而后，他给大碗鼓劲："这人在世上，活的得有骨气，你说是不是呀大碗哥？"

没错，连春的一番话，又重新唤起了大碗对刘囤的恨。而且，还打消了他的顾虑。——嗐，哪像刘囤说的，他马上就能上台呀，听连春这么一说，那可是没影儿的事！于是他幡然醒悟了，这么多年，自己其实一直生活在刘囤的阴影之下啊。他感到羞愧，刘囤对自己是有夺妻之仇的，自己怎么能当他的帮凶和连春作对呢？人家连春自己掏腰包修街道，这是造福全村人的善举，你这不是找着让人戳脊梁骨吗？此时多多的话，似又回响在他耳边。这个黑脸汉子，不再吭声了，脑袋低低地耷拉下来——刘囤投向连春的，果然变成了一枚哑弹。

"大碗就是这么个炮筒子脾气，心眼本来不坏，可就是耳朵根子软，又胆小怕事，人家一吓唬他，他就没主意了——"多多赶忙又为男人开脱，这个聪明伶俐的女人，见大碗终于服气了，心里很高兴，可又害怕连春计较这件事儿。

从大碗家出来，连春心里舒坦极了。威力四射的太阳，烤热了他的脊背，他的整个身子，连同他的心，都是火热的。拔掉了大碗这颗钉子，明天，他就开始为拓宽街道做准备了。

刚走出胡同，啪，一只手拍在他肩上。

一个声音在背后问他："连春哥，干吗来？"

连春回过头来，吓了一跳，哎呀，这不是年轻时的刘囤吗？一双豹子眼，肥肥的下巴，短短的鼻子，两腮密布着黑漆漆的胡楂，望上去像一只毛茸茸的大刺猬。很快，他回过神来了，这哪是刘囤呢，这不是那个赵二吗？到底是怎么回事儿呢？原来，问题是出在赵二的母亲身上，因她年轻时被刘囤霸占过，一不小心，就为人家留了后。让人称奇的是，这个赵二，比刘囤的儿子还像刘囤。嘿，十足一个小刘囤！

“连春哥，嘿嘿——”见连春发怔，赵二笑了，满嘴的酒臭。

“赵二，有事儿吗？”连春问他，不卑也不亢。

赵二在村北马路边上开着一个加油站，虽说只有二十来岁，却是这两年柏树庄新崛起的黑老大。人们说，在柏树庄村里面，是刘囤的天下；而一出村，就是赵二的天下了。赵二纠集起那一帮小痞子，在村北的马路上净干些欺男霸女的损事儿，和刘囤年轻时一个屌样儿。这两年，光媳妇就换三个了。据说，还在城里和朋友伙养着一个歌厅小姐。刘囤倒非常欣赏他的这种“闯劲儿”，有时，还让他代收企业占地费和管理费。自然，赵二对刘囤也不薄气。两人打得火热。

“嗬！你成柏树庄大拿了——”赵二笑了笑。他笑时只是脸肌往两边扯了扯，目光却是阴冷的，里面没有一点儿笑的意思，紧盯着连春，“往后，别忘了关照兄弟。”

连春明白赵二是在警告他，心里顿时生出一股怒气，却又克制着，不动声色地回答他：“没问题，不过也得看吗事儿。”

赵二从连春身上，感到了一种凛然正气。出水才看两腿泥哩，他眼下并不敢把连春得罪了，他要一点一点地让连春知道他的厉害。

“好吧，有这句话就得！”赵二朝连春诡谲地眨眨眼，扬长而去了。

从前，虽说连春听说过赵二的恶名，但总觉得他还是个孩子，并没有放到眼里。看来，他的这个看法应该纠正了。

但连春并不惧怕他们。在外面摸爬滚打了那么多年，他有对付这些小混混儿的办法。

六十一

小军蹬着三轮车，刚走出村口，迎面走来一个人。这人有五十来岁，戴一副墨镜，一张红润英俊的国字脸，高挺的鼻梁。见到小军，把墨镜摘了，露出一双又黑又亮的眼睛。

“这位大哥，我向你打听一个人！”

小军从车上跳下来，打量着这个穿一身藏青色西装的人，脸上堆起笑：“伙计，你说打听谁吧，只要是俺柏树庄的，没有我不知道的。”自从和大洋人从监狱出来后，小军就添了一个毛病——见人脸上就露出笑，见大人和大人笑，见小孩子和小孩子笑。他笑得很和善，和善里又有几分谦卑。因为自首，又因为积极配合派出所将人贩子抓获，他和大洋人得到了宽大处理，只被判了半年监禁。也许是被小军那张谦卑得有几分讨好的笑脸感染了，中年人也笑了笑，这才说：“我想打听一下，你村里是不是有个叫白玲玲的？”

小军再次上下打量着这个宽肩膀、英俊洒脱的中年人，像是自言自语般地问：“有呀，你是——”看这个人西装革履、气质不俗，是个有些身份的人，他感到好奇：他到底是白玲玲吗人呢？“你打听她干吗呀？她不在家。”

中年人从口袋里掏出烟，递给小军一支，目光里露出几许忧虑：“她出远门了吗？怎么不在家？”

小军吸一口烟，又缓缓吐出来：“唉——就别提了，她倒没出远门。我先问你，你到底是她吗人呀？”

中年人怔一下，说：“我和她是——我是她一个亲戚，多年没有来往了。你说，她到底出吗事儿了？”眉头皱成个大疙瘩，一脸的急切。

小军眼珠子飞快地转一下，心里猜测：莫非，这个人就是从前和白玲玲相好的那个老师？看岁数也像，身份也像！于是，盯着中年人，问他：“这位同志，你是做吗工作的呀？看你不像个庄稼人！”

中年人极力想知道白玲玲的情况，不屑于回答这个问题。但出于礼貌，还是告诉了他：“我在学校教书，当老师。”又笑笑，“怎么？查户口呀？”

小军明白了，没错，这就是当年那个和白玲玲相好的老师了。嘿，稀罕，都这么多年了，他怎么又来找白玲玲呢？

是的，这中年人就是李明亮。

那年，因为那场师生恋，他不但受了处分，还被调到了县里最偏远的李镇，而且很快就和一位他并不喜欢的女人结婚了。说他没有得到家庭的幸福一点儿也不过分。那女人，把他和白玲玲的事儿当作了他的短处，牢牢攥在手里，作为制伏他的一个法宝。那是孙悟空头上的紧箍咒啊。他后悔当年一时冲动，害了白玲玲也害了他自己。然而，他又无法将白玲玲忘掉，他是真心爱她的。她身上有一种让他痴迷的东西。时光飞逝，眨眼间他们已分别二十多年了。而且，他越来越厌烦自己的妻子，那个女人年岁越大，对人对事儿也变得越刻薄。他一直想和她离婚，只是总下不了决心。但他心里只有白玲玲。

今天，他和几位同事来附近一所小学校参观。参观完毕，他找个借口，和同事分手，一路打听着，来到了柏树庄。是一种什么力量和心态让他如此呢？他心里也说不清楚。

从小军口中，他知道了白玲玲的事情。这个消息让他格外震惊。他不相信白玲玲会那么凶残，肯定是那个男人将她逼到了绝路上啊。他恨不得马上见到白玲玲。当然，他还不知道，白玲玲杀掉刘囤，有很大一个原因是为了他。

看到李明亮惶惑不安的样子，小军安慰他：“白玲玲出事儿后，我们村主任，还有全村的乡亲，都去公安局保她。她杀掉刘囤，那是给俺村除了一大祸害。村里还有人放鞭炮庆贺呢。你不知道，这个刘囤简直就是个畜生，在柏树庄作威作福，见谁家媳妇漂亮，他总千方百计搞到手。大家对他是敢怒不敢言！这下好了——”

看中年人不吭声，就那么怔怔地望着他，小军又补充：“不过嘛，你放心，听说法院要判玲玲正当防卫，这两天就要宣判，一宣判，她就马上回来了。”

告别小军，李明亮转身，朝不远处的公路匆匆走去。

他要从这里坐车，去城里的看守所见白玲玲一面。他非常迫切地想见到她。他那魁伟挺拔的身躯在地上投下一条长长的影子，他的脚步急促而沉重。

只要白玲玲心里还有他，他就可以下决心和他女人离婚。只是，白玲玲会答应自己吗？她会离开那个家，和他到一起生活吗？他心里没底。

秋庄稼早已收过了，冬小麦又为大地披上了绿装。秋阳高照，天空湛蓝，是一个响晴的好天气。

六十二

五年后的一个夏天，一辆白色的帕萨特驶进了柏树庄村委会。

车门打开，首先下来的是马主任。比起几年前，他略显苍老。额头上多了几条皱纹，头上又添了不少白发，只是，眼睛依然深邃而充满活力。紧随他下来的，是张大虎。因为发福，大虎的肚子高高隆起。他穿一身咖啡色西装，一件挺阔的暗蓝隐格衬衫，系一条浅色红碎花领带，显得更有风度了，把衣着质朴的马主任比得像一位中学老师。最后下来的，是建行的老穆。老穆已退休了，头上那几根曾作为重点保护对象的头发，早已了无踪影。他没有发胖，还是那个老样子。

连春和他的几位副手，正在村委会迎接着他的老朋友。这几位副手里，就有老房。刘囤死后，老房把刘囤的问题都交代个清清楚楚，又把给他的好处，都一分不落地退还给了村里，而且态度很诚恳。连春任人唯贤，还让他担任村会计。

听到汽车响，连春带领大家迎出来。他微笑着，和客人们一一握了手。

“哎呀，过得真快呀，你回来都五年了！”马主任望着连春，大发感慨。连春变化不大，依然那么精神，只是脸上多了几分沧桑感。

连春先是让他们在村委会稍作歇息，抽根烟，喝杯茶。

利用这个时间，连春向客人们介绍了村里的情况。他说，柏树庄有两大经济支柱，一是利用村北紧临省级公路的地理优势，大力发展家具制造业，村里还为经营户的销售和板材的采购提供服务——和河堤村的老倪进行合作，从他们那里采购板材，这样不但可以享受价钱上的优惠，而且质量也有保障。再一个，就是大力发展大棚种植，种西瓜，还种无公害蔬菜。如今，村里的公共积累已达到大几百万，成为全乡最富裕的村庄。

喝了两杯茶，连春就领着客人，走出村委会。

如今的柏树庄，格局完全改变了，分成了新住宅区和老住宅区两大部分。新住宅区位于村北，紧临公路。他们先是参观了新住宅区，这里和城里的小区没有什么两样，四栋五层高的楼房，楼前种着垂柳、榆树，还有法桐。此外，还种了丁香、海棠等等花木。丁香和海棠花迎着阳光灿然怒放，淡淡的幽香，随着微风扑进他们鼻子里。连春告诉大家，这里从前是个大沙坑，平整后盖了楼房，他们的新民居没有占用一分耕地。

走在宽敞的村街上，老房指着整洁的水泥路面向客人介绍：

连春刚接班时，村里的账面上没有一分钱，是连春自己出资十多万修建的。言语中，流露出对连春发自内心的敬佩和感激。——他跟随刘囤是走向罪恶的深渊，而一身正气的连春把他引向了一条洒满阳光的大道。他工作非常卖力，有立功赎罪的意思。

马主任笑了，说："时势造英雄嘛，这话一点儿不假。我们的农村应该再多些像连春这样的带头人。"他想到了刚才在村口牌楼上，看到的那副烫金楹联：千家万户共建美好家园，一村和谐同享发展成果。嘿嘿，这个连春还真有两下子。

连春有些不好意思："马主任过奖了，我哪有那么大能耐。"嘴上虽说得轻松，但他心里却又生出百般滋味。——柏树庄能有今天，他付出了许多。光是制服赵二那一帮小混混儿，那故事就能讲一个晚上。

一边走，连春一边向他们做介绍，他说，已有三分之一的村民搬进了楼房。那完全是自愿的，我不强迫，住不住楼房自己拿主意！

和河堤村不同，他还别出心裁，保留了一部分旧民居，一来，可以尊重一些人喜欢平房的生活习惯；二来，他要把这些旧民居作为历史见证保存下来。而且，还在院里摆上了石碾、碌碡、水车，以及锄头、牛马车、犁耧等这些早已废弃不用的农具。还有，像纺车呀、织布机呀，还有杆秤、木桶、扁担等，他们把这些代表着农耕文明的生活用品也收拢起来，分别放置在几个房间里收藏。

马主任对这个非常感兴趣，他迫不及待地说："走，咱们看看旧民居吧。"

出新区，往西南走不多远就是原来的柏树庄，也就是所谓的旧民居。那些保留下来的民居，大多是20世纪七八十年代的建筑，典型的北方平房，简洁实用。这些老屋，基本保留了原貌，只是把每一条胡同全部硬化了。而每一户街门口，还栽种了树木和花草。围墙上，爬满了扁豆和丝瓜。紫色的扁豆花，黄灿灿的丝瓜花，相互辉映着，别有一番情趣。连春告诉大家：“无论是楼房还是平房，村里都统一供暖，而且一律免费。”

眼前的情景，让马主任开始思索这样一个问题：农村到底适不适合盖楼房？因为近两年，一些地方打着建设新农村的旗号，使农民被迫上楼，不但劳民伤财，而且还占用了大量的耕地。而农民住上楼房后，粮食如何晾晒，农具又在哪里存放？再说，没有了院子，想养猪养鸡都办不到了。从前，他们还可以利用庄稼秸秆烧饭取暖，变废为宝，而住上楼房后，每年得多花费一大笔燃料费和取暖费，这无疑也增加了能源负担。为什么非要让农民住楼呢？上边的一些好政策，为什么一到下边就变了味呢？这农家小院就挺好，又干净又整洁，住着多舒服呀。嘿，乡村就得有个乡村的样子，要充分发挥自己的优势，不要盲目地模仿城里。他在心里这么自言自语，认为连春这样做倒是很不错，到底是楼房好还是平房好，让村民自己来体验来选择。这也算是一种试验吧。

参观完了旧民居，连春又领大家来到村边，那里有一排平房，是村里的育苗合作社。

槐林正和小叶子在屋里查阅资料。

槐林从城里回来三年多了。在没有进城之前，他一心想做个城里人。而当他大学毕业参加了工作，才发现城里并不是他心灵的栖息之地。他的心依然是飘浮的，像飘在高高的天上。后来，他所在的那家企业不景气了，他就从城里回来了。

小叶子从省农大毕业后，就和槐林结了婚。虽说她已经当上了母亲，但脸上依然充满了稚气，眼睛依然那么清澈，恬静，依然爱笑。今天，见父亲领着客人过来，脸颊立刻飞上两片红晕。而槐林就显得大方多了，这几年，他跟着连春受到了锻炼。

连春向客人介绍槐林：“这是个大学生村官，也是我家女婿。他不但是村长助理，还是我们村育苗合作社的社长。这个合作社，就是他们小两口办的。这个大学生村官，可给我们发挥了大作用！”

槐林向大家介绍了育苗合作社的情况。他说：“目前，这些西瓜苗采用的是国内最先进的‘轻基质穴盘育苗’新技术。在整个瓜苗生长过程中，不用一点土，用的都是基质和他们自己配制的营养液，这样，就可杜绝病菌的侵入。用老法培育的瓜苗栽种后要七天才能成活，而用这种新技术培育的瓜苗，随栽随‘醒’，缩短了缓苗期。以往的西瓜要到五月中旬才能上市，而现在提前到四月底。可别小看这短短的一周多时间，那价格可就不一样了。”

看客人们对这个很感兴奋，槐林又介绍说：“合作社除了向瓜农出售瓜苗，还聘请了农业专家作为技术顾问，同时又依托县农业局的技术支持，为种植户提供技术培训、交流和咨询服务，确保西瓜生产管理科学化、规模化。而西瓜成熟后，合作社还帮助大家统一销售，保证效益，为种植户提供产前产中产后一条龙服务。”

目前，他俩正在研究无公害蔬菜的一些新技术。因为，西瓜收过后，地里不能闲置，马上就要种蔬菜了。槐花在市农科所工作的爱人有时也来帮忙。槐花师范毕业后，在市里一所中学教书，小叶子就把自己农大的同学介绍给了她。

往村委会走着，一直没怎么说话的张大虎，突然在连春肩上擂一拳：“连春，看你不声不响的，不叫的狗最会咬人。当初你选择回村里，真是对了！”

马主任突然两手一拍：“连春，我刚有了个想法——咱们，就来个合作吧！”

连春不解地望着马主任。

张大虎哈哈一笑：“看这老马吧，肚里不定又有吗点子哩。”这也是实话。那年，老马来到旅游局后，依托千年古城的优势，短短几年就把县里的旅游业搞得红红火火。去年，他已经成为旅游局一把手。

马主任兴致勃勃地说了他的想法：“咱们两家就来个合作，增设一个新项目——柏树庄观光采摘旅游线。这样，你们的旧民居以及那些石碾呀、农具呀等等，就都派上了用场。除了参观这些民俗展览，游客还可以去摘西瓜、拾鸡蛋、挖野菜，让城里人走出水泥森林，去充分体味大自然的美妙——”

“好哇！”还没等马主任说完，大家齐声叫好，都说，到底是马主任，点子就是多，快赶上《水浒传》里的智多星吴用了。

连春更是兴奋不已，这辈子能和马主任这么优秀的人才交朋友，真是一种福分。马主任的思维总是走在时代的最前面，听他的准没错。

“连春，等我和老马退休了，要来你这柏树庄安享晚年，我们就住旧民居，在院里种菜养花，喂柴鸡呀！”张大虎说。

一直没有言声的老穆，突然插话：“大虎，是不是把那个小红也带来呀？”

张大虎哈哈地笑了：“什么小红，早成老红了。你这个家伙呀，怎么哪壶不开，专提哪壶？”

大家哄地笑起来。

张大虎倒认真起来了：“我当年太冲动了，一不小心就犯了那么个不可饶恕的错误。不过嘛，我也蛮对得住小红了。前几年元件厂不景气，她和他爱人都下岗了。两口子成天给人家打工，日子过得很紧巴，刚够吃口饭。去年，我听说她要在‘晨光’小区买房子，开发商是我好哥们儿，一个电话，就给她省去几万块钱。她很感激，对我又表示过那个意思。嗨，咱可不能再那样干了，人家安安生生过日子，我再瞎掺和就没意思了。”

马主任点点头，说：“这倒是。你也得替人家想想。”

老穆说：“那不正好呗。她说老也不是太老，你俩还接着来呗，熟门熟路的，不用再培养感情了，省一球子事儿。嘿嘿，干柴烈火。——”不知为何，老穆很乐意拿大虎这件事开玩笑。

大虎哧地笑了：“看你这家伙，怎么老鼓动我犯错误哩？唉，老喽，心里的想法和年轻时不一样了。”

大家嘻嘻哈哈地笑了一阵，接下来，又说起了刚看过的小院。“连春，你也得给我俩一人留一处——”马主任和老穆也积极响应，目光里都充满了对田园生活的向往，在这个渐渐走向城镇化的社会，那是难得的世外桃源呀。

中午，连春在村北的春来酒馆宴请大家。饭店老板马小合不怎么见老，只是越发的胖了，胖得没了脖子，胖得脸和身子几乎一般粗了，像一个木墩子。而他的春来酒馆，房子也重新翻修过了，改成了两层楼房，里面也仿照城里饭店的样子进行了装修，楼下是大厅，楼上是雅间，已经成了全村生意最火爆的饭店。

今天，连春招待他们的饭菜也非常别致：自家养的柴鸡，柴鸡蛋，地里现摘的茄子、西红柿、大青椒、芹菜；还有野菜、丝瓜、扁豆，都是现摘现做，一律是绿色无公害食品。而酒呢，是连春珍藏了十多年的两瓶茅台。他今天把它们拿出来，是要款待他的好朋友……

尾　　声

艾香和全保的坟茔，在那浓得化不开的绿色里，呈现出一种凝重的淡黄色。

连春神情肃穆地站在这里。刚刚升起的太阳，映亮了他厚实的肩膀。今天是艾香的忌日，一大早他就悄悄地赶来了。一晃，艾香已经走了十多年了。他从田里采了两束浅红色的牵牛花，放到了艾香和全保的坟前。带着夜露的牵牛花，鲜艳水灵，弥散着淡淡的幽香，望上去像原本就开在那里的。在这满眼的绿色中，那是两团让人眼睛一亮的色彩呀。

“全保，我的好兄弟——”连春对着全保的坟茔，喃喃道，“你怎么就走得那么早呢？如果你不走，咱们可以一块搭伙干，就像小时候在一起玩耍一样。”今天，他有许多话想对全保说。

可是，说什么也无济于事了，全保已经离开了这个世界。他和艾香长眠在了这块曾经吃过苦、流过汗，又承载着他们对未来期盼的土地上。连春想，全保和艾香能听到自己的声音吗？

能听到，一定能听到。风吹瓜叶，发出窸窸窣窣的响声，那声音仿佛在告诉他：他们能听到！他们能听到！

从远处传来鹌鹑尖细的鸣叫，那声音也仿佛在告诉他：全保能听到！艾香能听到！

“爸爸——你怎么在这儿？”

他一惊，忙扭回头，见槐林正定定地望着他。槐林身后，就是那轮正冉冉升起的朝阳。

他多少有些尴尬，但马上平静下来，笑了笑，说：“呵，是槐林呀。”

“今天是我妈妈的忌日，我来看看她，也看看我爸。”槐林轻轻地说。他穿一件白底黄格子衬衫，下身是一条洗得泛白的牛仔裤，干练、洒脱，浑身透出一种青春的活力。

“我也来看看你爸和你妈，我在想，如果他们还健在，那该有多好，能过上好日子了！”连春咂一下嘴，语气里满是遗憾和惋惜。朝阳映亮了他的半边脸，斜射的光线，让他脸庞的轮廓愈加分明，透出坚韧和刚毅。

这时，一个稚嫩的声音从村口传来：“姥爷，爸爸，回家吃饭——”

两人一扭头，见小叶子拉着儿子阳阳，站在村口，正朝他们招手。

“爸，回家吃饭吧。”

“好吧。”

于是，他们走出瓜地，迎着那轮光芒四射的朝阳朝村里走去，很快，就融进了那团金色里。啊，那耀眼而又迷人的金黄呀！

连春的耳边，又传来那个童稚的声音：

蔬菜精，蔬菜精，青枝绿叶红眼睛。神农年间出了世，蔬菜们见了都心惊。吓得韭菜叶儿扁，吓得小葱叶子空……

在这脆生生的声音里，连春的眼前又浮现出少年的全保。少年的全保和阳阳的小脸蛋重叠到一起。

远远的，那棵大柏树出现在连春的视野里，它通身披满霞光，像高大巍峨的桅杆，正引领着航船驶向遥远的前方。

连春心里一热，眼里涌出一汪泪水。于是那棵大柏树，还有整个柏树庄，在他的视线里渐渐模糊起来，然后幻化成了波涛汹涌的大海，跳跃着，升腾着，连亘天地，一片苍茫。

他的泪水，却是滚烫的。

今天又是个大晴天。

天天都有大太阳！

2008年7月～2010年3月初稿

2011年11月第5稿改定

2017年4月修订

后 记

在很久以前，我就有过创作长篇小说的想法，只是迟迟不敢动笔。长篇小说不比短篇，是需要大块时间并且耗费大量精力的；何况，一部几十万字的作品，没有熟练的技巧也难以成功。我只好老老实实地写短篇。我明白，优秀的长篇小说需要精妙入微的细节来支撑，而短篇小说正是对作家笔力和耐力的一种最有效的训练。有时，握笔的手禁不住发痒，我只好抑制住，努力让自己沉静下来。这种心态，也许是出于我对长篇的一种畏惧吧。我承认，我缺乏创作长篇小说的勇气，总觉得自己的艺术功力还需要进一步磨砺和提升，心里发虚呀。

2007年，石家庄市委宣传部发起青年干部下基层活动，为了拓宽我的视野，在创作上再迈一个新台阶，著名作家、石家庄市文联主席周喜俊亲自找到宣传部领导，为我争取了一个下乡名额。而作家深入基层，从火热的现实生活中汲取创作营养，也正是我们石家庄市作协这几年一直大力倡导的。

我下乡的正定县塔元庄，是全市新农村建设的一个窗口。而正定又是我的家乡，无论口音还是风土人情我都熟稔于心，可以让我尽快进入状态。为了便于开展工作，县里安排我担任了村委会副主任。这是我第一次以这种方式来体验农村生活。我从前回老家，从亲朋的闲谈中，听到的大都是一些家长里短的琐碎事儿，那只是采撷的生活中几朵浪花而已，写出的也只是如《醉酒》《团圆饭》和《回门》这样的短篇。如果想写大部头作品，必须站位再高些，艺术视角也再开阔一些，更需深入到当下农村的“内核”里去。因此我非常珍惜这个机会，不仅和村干部们一起开会研究工作，麦收时节，还和他们一起成立防火指挥部，亲自到田间参加防火工作。以这种方式和他们接触，让我对当下的乡村干部有了更直接更深入的了解，也从他们身上感受到了这个时代所特有的气息，这是坐在书房里所无法得到的。

正是这次下乡，让我获得了创作这部长篇的激情和灵感，也为我塑造好李连春这一文学形象打下了良好的基础。与此同时，石家庄市作协其他几位作家，也都有了自己的创作基地，河北省文学院院报专门开辟专版，分别介绍了我们体验生活的情况和感受。就在这一年的秋天，市文联将第二块“石家庄文艺家创作基地”的牌匾，挂在了我下乡的塔元庄。这是对我的鼓励，更是对我的一种鞭策。

在创作这部长篇时，我还调动了自己多年的生活积累和乡村生活的体验，也就是说，把过去对乡村的记忆，和在塔元庄所体验到的生活，进行了“嫁接”，一个是“过去时”，一个是“现在时”，这也算是我在创作上的一种探索吧。像小说里的一些人物，如白玲玲、小军、大洋人、丁全保等等，都是从生活中来的，他们一直就存活在我的记忆里，我只是信手拈来罢了。同时，我还把小时候在村里听到的一些非常富有生活情趣的事情，用到了作品里，为塑造人物服务。当这部作品在《中国作家》杂志刊发后，有读者朋友对我说，仿佛每个村子里都有一位老实肯干又固执倔强的“丁全保”、有狡黠奸诈的“刘囤”，有漂亮热心又绯闻缠身的“白玲玲”，还有爱慕虚荣的“大洋人”等等。而主人公李连春，则糅合了塔元庄村支部书记尹计平的人生脉络和一些生活经历。当然，李连春身上，也包含着我对生活的理解与向往。艺术不是生活的照搬，而是作家对生活的高度概括与提炼。如果说作品里的人物能给人留下深刻的印象，并且能引发读者的一些联想，我想，这正是生活对我的馈赠！

为故乡写一部书，是我久埋心间的愿望。我对那块土地和那块土地上的人们，太熟悉不过了。尽管我在三十年前就走出村子，来到城里追求所谓的理想，但故乡的一草一木，一直没有在我记忆的底片上消失过；相反，随着时间的流逝和年龄的增长，反而愈发清晰，犹如一坛老酒，历久弥香，成了我一生中最美好最珍贵的记忆。前些天，在山东“郭澄清小说奖”颁奖会上，同湖南著名作家聂鑫森先生聊天，他说的一句话，让我很有同感：“一个人不管年岁有多大，其实一直都在回望自己的童年。只有回望童年，才能让人永葆最初的那种善良和纯净。”这话说得极是。这些年，我每次回老家，如果时间允许，我都要去村外当年和小伙伴们玩耍的地方转一转，看一看，寻找童年和少年的足迹，其实也是在寻找一个渐渐远去的梦。那也是久存心间的“乡愁”！这些年，我就是徜徉于现实与记忆的巷道之中，这样会让我以冷静和理智的心态，来面对和审视纷攘复杂的现实，而且还引发我对一些社会现象和问题的思考。我认为，应该有一种东西，是不被时代的洪流冲走的，它超越于时间之上，而这种东西也不能简单地用历史的痕迹来囊括，只能存活在脑海里，构成我们的精神世界，那是让人存放灵魂的地方。然而，我们这个时代发展太快了，快得让人来不及回味，更来不及思索，它带来的副作用，就是使这个社会变得物欲喧嚣，人心浮躁。我的故乡也在改变，这种改变，有的令我很困惑。它让我明白，人们物质上的富足，和精神境界的提升并不是成正比的，甚至有时还会下滑。“近乡情怯”，渐渐地，我也有了这种心态。然而，我依然愿意回到故乡，依然愿意去每一条小巷、每一条田间路上，寻找儿时的踪迹，重温往昔的欢快，哪怕只有儿时的一点影子，也会让我那颗漂泊而疲惫的心，得以获得片刻的宁静和温暖。时光不能带走一切！也不应该带走一切！这或许就是我在这部小说中所想表达和呼唤的！

以上文字，是我这部小说2013年由天津百花文艺出版社出版时所写《后记》的主要部分。关于这部作品，我不想再多说什么了，读者会自有感想和评判的。我只想说，一部作品的问世，除去作者，还包含着许多人的心血。当初这部作品定稿后，先是在《中国作家》2012年第1期头题位置发表，并且非常幸运地获得第二届“《中国作家》剑门关文学奖”大奖，百花文艺出版社出版了单行本，并被改编为影视剧，制作成有声小说，引起一定的社会反响。时光流转，五年后又承蒙花山文艺出版社厚爱再出修订版，使她又有机会以一种新的面貌和读者见面。借这次再版机会，再次向曾对我这部作品进行过无私扶持和关爱的所有领导、老师和朋友们，表达我最诚挚的谢意！

2018年4月于古城正定